U0633797

贵州省高校"专业综合改革试点"项目（汉语言文学）·中央双一流资金项目资助

贵州省基础教育质量提升工程项目资助

金元
全真诗词研究

郭中华 ····· 著

中国社会科学出版社

图书在版编目（CIP）数据

金元全真诗词研究/郭中华著. —北京：
中国社会科学出版社，2018.8
ISBN 978－7－5203－2986－6

Ⅰ.①金… Ⅱ.①郭… Ⅲ.①宗教文学—古典诗歌—
诗集—中国—辽宋金元时代 Ⅳ.①I222.74

中国版本图书馆 CIP 数据核字（2018）第 185045 号

出 版 人	赵剑英	
责任编辑	郭晓鸿	
特约编辑	席建海	
责任校对	冯英爽	
责任印制	戴 宽	

出 版	中国社会科学出版社	
社 址	北京鼓楼西大街甲 158 号	
邮 编	100720	
网 址	http://www.csspw.cn	
发 行 部	010－84083685	
门 市 部	010－84029450	
经 销	新华书店及其他书店	

印 刷	北京明恒达印务有限公司
装 订	廊坊市广阳区广增装订厂
版 次	2018 年 8 月第 1 版
印 次	2018 年 8 月第 1 次印刷

开 本	710×1000 1/16
印 张	19.5
插 页	2
字 数	259 千字
定 价	86.00 元

凡购买中国社会科学出版社图书,如有质量问题请与本社营销中心联系调换
电话:010－84083683
版权所有 侵权必究

序

    金元时期的全真教是历史上影响深远的一个道教流派，同时也是一个极具文化气息的道教团体。其融合儒、佛思想文化之精髓为道所用，逐渐形成了圆融、深邃而又独具特色的全真文化体系。全真教对于传统道教在承袭的同时，更多的是改革和创新，在宣教、传教方面，独树一帜以诗词为宣传媒介。自教祖王重阳始，全真宗师便进行大量的诗词创作，不仅充实了金元文坛，而且丰富了道教文学。金元全真诗词由此也成为金元文学的一个重要支脉，与世俗文人之作一道，璀璨于中国文学的长廊之中。和世俗文人之作相比，金元全真诗词不仅在遣词用语、运思造境上别具一格，在思想意蕴、文化审美上更标立不群。因此对金元全真诗词进行研究，不仅是对道教文学、金元文学研究的推进，而且是对道教文化乃至中国古典文化研究的有力助推，具有重要的学术价值与意义。

    然而就目前的研究现状来看，金元全真诗词及整个金元时段的诗词研究，都堪称"门前冷落车马稀"。而专以金元全真诗词作品为研究对象的学术专著，目前所见者仅陈宏铭的《金元全真道士词研究》和左洪涛的《金元时期道教文学研究》两部；对全真诗词有所观照的专著也仅有詹石窗的《南宋金元道教文学研究》、陶然的《金元词通论》、李艺的《金代词人群体研究》等少量的几部。这显然与全真诗词的实际成就和文学研究的应有格局是不相称的。郭中华博士这部即将付梓的《金元全真诗词研究》一书，无疑是金元全真文学研究领域又一部重要的标志性成果，书中的一些章节则是突破式的研究，有着填补空白的学术意义。

中华 2011 年考入湖北大学，跟随我攻读古代文学博士学位。他的家乡河南鹿邑是道家鼻祖老子的故里，至今依然是一个道家文化气息浓厚的地方。其家乡周边的县市，分布着太昊伏羲、漆园庄周、睡仙陈抟的文化宗祠。从小经历这样的文化熏陶，使他正直、淳朴的秉性中又蕴藏了几分圆融与通脱，这也使得他对道教文化与文学生发浓厚的兴趣，同时也拥有了更多直接、通透领悟道教文化的思想基因。

郭中华在读博期间，勤奋刻苦、踏实认真，在精心于本专业学习的同时，又广泛涉猎于哲学、历史、宗教以及休闲养生领域，建立了较为完备的人文社科知识素养。这也为其深入而独到地研究金元全真诗词，打下了坚实的学术基础。在日后的学术研习中，他不仅倾心于全真诗词的探析，而且注重对自我情致的陶冶，把全真文化之精髓主动运用于自我性情的塑造之中，去虚浮而增沉稳，淡外求而重内华，学术与修养相互增益。三年时光，他学业有成，顺利毕业。而他三年来的学术结晶——博士毕业论文，也受到了师友、匿评专家、答辩专家的一致好评。

该部《金元全真诗词研究》，就是郭中华在博士学位论文基础上，加以精心完善而成的。该书涵盖了金元全真诗词的文学解读与文化阐释两大块内容，在结构安排上，不苛求形式上的完整与平稳，而着意于重点的突出与翔实，较以往的研究成果，该著作在学术视野、研究方法及现实意义等方面均有创获。其一，学术视野开阔。作者对金元全真诗词进行研究，持有的是"大文学"的观念，将金元全真诗词放归于中国诗词、中国文学的大背景、大框架内进行客观地观照与对待，并未因为金元全真诗词作者身份的特殊，而给予规避或持以偏见。如此做的意义,一则能够显示中国文学的丰赡与多彩;二则能够凸显全真诗词的个性与魅力。这对当前的古典文学研究颇有启示意义。其二,观照视角新颖。在学术视角上,能够进行大胆的超越与突破,跳出就文学而文学的研究思维,既能从文学鉴赏批评的视角进行观照,又能从思想、文化以及审美的角度进行切入,更彻底地揭开了金元全真诗词朦胧隐晦的面纱,而直指其深藏于内的文化精髓。其三,研究方法独特。在研究方法上,不依循、不拘囿于前人的研究成果,而是在翔实资料、扎实文献的基础上,独辟蹊径,进行更开阔更深入的挖掘,探索出很多前人不曾涉足的新领域。如对金元全真诗词文化内涵的品读,对全真诗词中文化心态的解析等,均是前人研究未曾涉及的领域。其四,现实意义突出。作者对金元全真诗词研究,并未止步于艺术探讨、思想揭示、文化阐扬,而是更进一层,对这些丰富而深刻的思想文化进行价值的激活与再现,指出它们对现代人生所具有的积极的劝示与指导,包括"人的自我审视与定位""人生境界的修行与提升",以及对更上一层境界的参悟与趋近等。对这些内容,作者专设一章,论述充分而契合人心,充分显示了作者对古代文学研究重要意旨的认知和把握。作者把自我研究的心得与感悟,形诸书籍并广而告之,其实就是对全真文化"广施善举"的体认与践行,同时也是作者追求独乐乐不如众乐乐的学者情怀的展现。

作为导师,能亲眼见证学生的进步与成长,我深感快慰。我深信在今后的日子里,中华博士一定能够凝神定气、博观约取,以更加诚笃的情怀潜心于学术研究与修为提升之中,日新月异、精进不已。

张震英

2018 年 4 月 18 日

于广西民族大学国学院

目　　录

绪　　论

一　金元全真诗词的研究现状

金元文学是中国古典文学发展史上不可或缺的重要一环，但就长期以来文学研究的状况来看，金元文学研究却不及唐宋与明清。杨海明就此指出："在唐、宋、元、明这四个朝代的文学研究中，金元文学一直处于比较冷落的境地，甚至称为'门前冷落车马稀'也不为过。"① 赵维江亦说："在现代学术研究领域中，金元词基本上是一个被遗忘的'角落'。"② 这与金元文学发展的实际状况和文学研究的合理格局是不相称的。

而作为金元文学的一个重要支脉——全真诗词，因其作者身份特殊、用语趋于玄化、内容偏于出世劝化等原因，问津者相对较少。笔者就近 20 年（1994—2014）全国文学博士选题分布在南宋、金元段的毕业论文［以中国期刊全文数据库（CNKI）中可见到的为主］进行统计分析，发现 300 多篇博士论文中，选题分布于南宋段的有 200 余篇，而分布于金元两朝者仅近 100 篇，其中以金元全真作者及其诗词为选题者寥寥无几，仅左洪涛的《金元时期道

---

① 左洪涛：《金元时期道教文学研究·序》，人民出版社 2008 年版，第 1 页。
② 赵维江：《金元词研究八百年》，《西北师大学报》（社会科学版）1999 年第 5 期。

教文学研究》（浙江大学 2003 年）、张强的《马钰 "全真" 思想研究》（山东大学 2010 年）两篇；对金元全真作者及作品有所涉及者也仅有陶然的《元词研究》（浙江大学 1999 年）、李艺的《金代词人群体研究》（中国社会科学院研究生院 2002 年）、于东新的《多民族文化背景下的金代词人群体研究》（河北大学 2010 年）三篇，除此之外，对金元全真诗词则鲜有论及者。于此可见金元全真诗词研究之一斑。

金元全真诗词研究虽然相对薄弱，但也并非停滞不前，近年来其由冷转暖的趋势已经显现。随着古典文学研究的深入和研究领域的扩展，金元全真诗词渐渐被纳入了学者的研究视域，其文学价值和文化意义慢慢被激活和开发。20 世纪 70 年代之后，金元全真教诗词渐渐走进学者的研究视阈，成为新的学术增长点。随着时间的推移，研究成果呈递增趋势；近十年来，成果数量显著增多。就目前的研究现状分析，金元全真诗词研究，主要分布在基础文献整理和文艺批评两个领域。

（一）基础文献整理

对金元全真诗词进行全面完整搜集汇编的，首推唐圭璋先生的《全金元词》（中华书局 1979 年版），该部词集收录金元两代词人作品共七千二百余首，其中约二分之一为全真道士词，为后人研究提供了很大便利。《全金元词》出版后 "金元词的研究才出现了一些令人欣喜的起色"①。

1988 年文物出版社、上海书店、天津古籍出版社联合出版的《道藏》，共 36 册，是明代《正统道藏》《万历续道藏》之合集，收录了大批道教经典、论集、科戒、符图、法术、斋仪、赞颂、宫观山志、神仙谱录和道教人物传记等等，金元全真道士的诗词均见于此，可谓研究全真历史及其文化的百科全书。

_____

① 赵维江：《金元词研究八百年》，《西北师大学报》（社会科学版）1999 年第 5 期。

薛瑞兆、郭明志编纂的《全金诗》，于1995年在南开大学出版社出版；阎凤梧、康金声主编的《全辽金诗》于1999年在山西古籍出版社出版。这两部断代诗集几乎收录了所有金代全真道士的作品，并于作者之后附有小传，对所收诗和诗题进行数量统计，指明诗作文献来源，是较为精细的诗集文本。

2005年由周立升主编的《全真道教文化丛书》第一辑，在齐鲁书社出版，包括：《王重阳集》《马钰集》《丘处机集》《谭处端　刘处玄　王处一　郝大通　孙不二集》四部，该套丛书汇集了王重阳及全真七子的诗词集及其序文、传记、碑文、方志等相关资料，可谓详备。之后2009年，由张广保主编的《全真学案》第一辑也于齐鲁书社出版，包括：《马丹阳学案》《谭处端学案》《刘处玄学案》《丘处机学案》《王玉阳学案》《郝大通学案》《尹志平学案》《李道纯学案》《刘一明学案》《王常月学案》《陈致虚学案》十一部。学案内容主要是对传主的评传、著作、传记资料等进行汇集，可作为《全真道教文化丛书》的辅助资料。

2013年由杨镰主持汇编的《全元诗》，在中华书局刊印发行。该部元代诗歌文献总集，收录近五千家元代诗人流传至今的十三余万首诗篇，其中包括元代全真作家之作。《全元诗》的推出，对元代文学、历史、社会等领域的研究，都有着重要意义；对金元全真诗词研究来说，同样有着重要的推动作用。

（二）文艺批评

对金元全真诗词的文艺批评研究，主要集中在对全真诗词整体研究和对个体作家作品研究两个方面。

1. 对金元全真诗词的整体研究。对全真诗词进行宏观评述比较早者是金启华和张仓礼。金启华在《金词论纲》中指出："有大量的修仙学道、炼丹养性之作，宣传道教，企成神仙，浑似谶语、签文，虽以词牌名篇，而在思想意义方面，则无足取了。"① 张仓礼在《金代词人群体的组成》一文中对全真诗词品论说："这些道士词人之作，数量多而质量差，实为金词中的糟粕。"② 结论偏颇而武断，实为肤浅之论。之后的研究者渐渐对全真诗词有了客观的认识，立论渐趋公允。

虽是整体宏观研究，但各家观照视角不同，依据现有的成果来看，在金元全真诗词研究中，所展现的审视视角主要有以下几类：其一，从艺术形式、诗词思想等方面对全真诗词进行解读；其二，从全真诗词的语言风格及诗词体式等方面进行研究；其三，对全真诗词兴盛原因进行分析；其四，对全真诗词的影响进行论述。

整体宏观研究的成果中，具有代表性的专著有：詹石窗的《南宋金元道教文学研究》（上海文化出版社 2001 年版）、陶然的《金元词通论》（上海古籍出版社 2001 年版）、杨建波的《道教文学史论稿》（武汉出版社 2001 年版）、左洪涛的《金元时期道教文学研究》（人民出版社 2008 年版）、李艺的《金代词人群体研究》（首都师范大学出版社 2008 年版），其中陶著对全真词的词史价值论述深刻，并指出全真词具有独特的文化价值，首次提出全真词的文人化倾向问题，影响很大。

具有代表性的专论有：赵山林的《从词到曲——论金词的过渡型特征及道教词人的贡献》（《山东师大学报》1992 年第 3 期）、张海新的《浸乎世风染乎世情——全真教与元杂剧关系谈》（《上海大学学报》1999 年第 1 期）、长虹的《重阳真人师徒词的特色》（《中国道教》2001 年第 2 期）、吴国富的《全真教与元散曲讽世精神的淡化》（《江西社会科学》2001 年第 5 期）、蔡静平的《瑶台归去恣逍遥——论金元全真道士词》（《江淮论坛》2002 年第 1 期）、贺玉萍的《全真教对元杂剧清丽派艺术风格的影响》（《河南科技大学

---

① 金启华：《金词论纲》，见《词学》（第四辑），华东师范大学出版社 1986 年版，第 140 页。
② 张仓礼：《金代词人群体的组成》，《东北师大学报》（哲学社会科学版）1987 年第 4 期。

学报》2003 年第 4 期)、左洪涛的《论金元时期全真道教词兴盛的原因》
(《新疆大学学报》2004 年第 1 期)、吴国富的《金代全真词与元代散曲的俳
体》(《中国道教》2005 年第 3 期)、申喜萍的《元散曲与全真教》(《四川师
范大学学报》2008 年第 5 期)、李艺的《论金代全真道词的通俗化创作倾向》
(《语文学刊》2011 年第 11 期)、于东新的《论金词之别宗——全真道士词》
(《求是学刊》2012 年第 2 期)等。此外，还有从全真音乐与全真诗词关系的
角度进行论述的，如于东新的《论全真音乐机制与全真道士的诗词艺术》
(《中央民族大学学报》2012 年第 2 期)；对全真诗词中的意象进行分析的，
如左洪涛的《论金元道教词中的"姹女"》(《宁波大学学报》2005 年第 3
期)等。

2. 对个体作家作品的研究。对于金元全真道个体作家作品的研究，成果
主要集中于对王重阳、马钰、丘处机等人及其作品的研究上，尤以丘处机及
其诗词研究为多见。

对于丘处机诗词的研究主要集中于以下几个方面：一、对《磻溪集》的
整体研究。比较有代表性的作品有：朱越利的《〈磻溪集〉创作时间考》
(《文献》1994 年第 4 期)、舒天啸的《长春丘真人〈磻溪集〉词牌别名释
解》(《中国道教》2002 年第 1 期)。二、对丘处机诗词中的思想内涵的探析。
总括来讲主要有：三教合一思想、苦修证仙思想、内丹审美思想等，代表作
品有：刘嗣传的《悟道咏道之绝唱——读丘祖〈磻溪集〉后》(《江西社会科
学》2001 年第 12 期)；左洪涛的《论丘处机道教词的苦修思想》(《中国道
教》2002 年第 6 期)；石玲的《丘处机〈磻溪集〉：道心的诗式表达》(《全
真道与齐鲁文化国际学术研讨会论文集》2005 年 8 月)。三、对丘处机诗词
的单篇解读。如王洞真、李瘦卿的《丘处机及其咏崂山诗词》(《中华文化论
坛》2000 年第 1 期)，宋晓云的《丘处机的丝绸之路诗歌创作》(《新疆师范
大学学报》2005 年第 4 期)，左洪涛的《"活神仙"丘处机的三首咏物写景词

赏析》(《名作欣赏》2008 年第 5 期)等。上述专论对丘处机诗词进行了多角度的探析,对我们全面立体地认识丘处机的作品无疑是一大推动。

对王重阳和马钰的诗词进行研究者相对较少,具有代表性的成果有:王树人的《全真道教之文化底蕴初探——王重阳诗魂育全真评析》(《中国社会科学院研究生院学报》2008 年第 4 期),解秀玉、于东新的《论金代王重阳与全真七子的"杂体诗词"创作》(《时代文学》2011 年第 1 期),张强的《马钰"全真"思想研究》(山东大学博士学位论文,2010 年)。其中王树人之文对王重阳诗词的文化内涵进行了阐释,指出:"全真道教创始人,以诗词或以具体实物等隐喻方式,陶铸自身和教诲弟子,正是体现中国'象思维'之文化传统。"① 张强的论文则对马钰的性命双修、先性后命、明心见性等思想以及以"真性"为修持之本体、以清静为炼养功夫、以损己利他等为代表的宗教伦理思想进行了全面深入的探讨。

另外台湾学者陈宏铭的《金元全真道士词研究》一书(花木兰文化出版社 2007 年版)对金元全真道士词既有整体评述,又有个体作家词作研究,因此将其单独列出。陈著对全真词的整体评述从词作内容、词作形式、词作价值等方面展开;对个体作家词作研究,重点对王重阳及全真七子词从内容与形式两个方面进行解析,同时对全真后人王丹桂、长筌子、尹志平、姬翼、李道纯等人的词作进行了研究,涉及全真文人较多,较为全面。

综上所述,近三十年金元全真诗词研究经历了一个逐渐深入的过程,在一般性问题上形成了一些学术共识,全真诗词的文学价值得到了初步的肯定与挖掘,浅层的艺术品评较多,全真诗词真正的文学、文化价值还有待于进一步激活。因此全真诗词的研究依然存在着很多不足与空白,可归纳如下。

其一,诗与词研究失衡。从上面所列的研究成果可以看出,对全真词作

---

① 王树人:《全真道教之文化底蕴初探——王重阳诗魂育全真评析》,《中国社会科学院研究生院学报》2008 年第 4 期。

的研究明显盛于全真诗作。事实上全真诗作在数量上远远大于全真词作，艺术成就与文化内涵也不亚于词。

其二，研究视阈不够开阔。全真诗词研究现有的成果，主要集中于思想内涵、语言风格、文体特点以及对元散曲的影响等方面，而对全真作品某些特殊体裁的诗词关注很少，如全真叙事诗词、全真山水诗词等；同时对于全真诗词的社会思想及文化内涵的挖掘亦显得十分欠缺。

其三，立论视角有失偏颇。对于全真诗词的研究，绝大多数的立论者首先关注的是作者的道士身份，其次才是作品文本。把作品文本置于道教的文化氛围中，立足于宗教视角审视宗教文学，总会遮蔽一些文学所本有的韵味与嚼头。若把全真诗词归类于其应属的诗词行列，不以宗教的身份贯之，则其诗词特点与文学文化内涵就会更为显现与富赡。正是基于偏颇的立论视角，致使以往的研究成果中存在欠妥的论说，如"全真诗词的文人化倾向"等。自陶然在《金元词通论》中提出这一观点后，学者纷纷跟风附和，以至于使"文人化倾向"成为全真诗词的个性标签，这实为学术谬区。之所以说"全真诗词的文人化倾向"立论欠妥，原因有二：其一，全真道士本就是文人，道士诗词本就是文人诗词，何来"文人化"一说？其二，道士作诗词本无不可逾越的界限，什么风格均可创作，何来倾向之说？

总之，金元全真诗词研究，无论对金元文学研究，还是对道教文学研究都是重要的一个环节，其所蕴含的丰富的文化信息，对当今时代有着重要的启迪意义。因此，期待不久的将来金元全真诗词能得到更广泛、更深入，多角度、多层面的研究与挖掘。

二　本专著的主要内容及学术意义

（一）本专著的主要内容

除"绪论"部分外，本专著共分为六章内容。

第一章"金元全真诗词概述"，主要从宗教色彩、体式分类、内容特点三个方面对金元全真诗词进行宏观梳理。本章采用文学回归的基本思路，把金元全真诗词归类于其应有的文学作品行列，以大文学的视角审视之，其诗词个性与内容特点就更加凸显和丰富。

第二章"金元全真诗词的艺术特色"，主要对金元全真诗词的用语与修辞、诗词意象及诗词意境进行分析与解读，以展现金元全真诗词本有的艺术特色。而其中一些特色颇能体现其作为道教文学的本色，诸对如"青龙""白虎""婴儿""姹女"诗词意象的运用；对灵逸与美妙、自适与超脱意境的描写等，均在世俗作品中少能见到。

前两章的内容算是对金元全真诗词在文学视角下的观照，一方面有利于我们对金元全真诗词进行客观全面的认知，对其文学特点有直观立体的感受，能够为其进行文学坐标定位；另一方面有助于我们对其诗词内容进行理解和把握，为后四章的文化探析做铺垫。

从第三章到第六章，重点对金元全真诗词的社会文化蕴含进行深入的挖掘和探析。这是体现金元全真诗词深层的魅力之处，亦是本专著的论述重点。第三章论述金元全真诗词的伦理思想，包括社会伦理思想、宗教伦理思想、生态伦理思想等。由此可以看出金元全真诗词思想内涵的独特与丰赡、圆融与通脱。

第四章探析金元全真诗词的文化内涵，包括内丹心性理论、隐逸文化、"和合"文化等。我们在认知金元全真诗词独特文化魅力的同时，也可从纵深层面上理解全真教为什么能够自金初创建就迅速为世人所接受，并成为与正一教对峙传承至今的一大道教流派。

第五章通过对金元全真诗词的品读来透析其中的文化心态，诸如既出世又入世的文化心态；否定与超越的文化心态；自足与自适的文化心态等。这些心态指向均是他们对社会、自我及内在生命进行深层观照与解读后所作出的智慧标引，从中我们可以领略到全真家生命觉悟中的那份"不执"与

"无待"。

第六章着重论述金元全真诗词的现代启示。21 世纪的今天，我们站在新世纪文明的高度，再次回首全真诗词与全真文化，会拥有不同的诠释系统与审视视角，对其会有不同于古人的心态与见解。我们发现，金元全真诗词并没有成为化石，亦非博物馆文化，它并没有过时。其对当今时代的生活与人生依然有着诸如人的自我审视与定位、人生境界的修行与提升、修道的世俗化观照等方面的启迪，这样的启迪足以让人受用一生。本章可以看作对金元全真诗词文化价值的激活，也是古典文学及文化研究的重要目标。

对于金元全真诗词中的叙事词体、全真作品中的山水审美与自我安置、龙门派诗词的"清雅格调"以及全真诗词中的"尚闲"思想等问题；金元全真诗词的审美特征、价值指向与精神情怀，金元全真诗词中的哲学思想等内容，因篇幅所限，本专著不可尽述，具体内容可作为本专著的续篇或于他处再作进一步的探讨。

（二）本专著的学术意义

对于金元全真诗词的研究，其学术价值及意义可归纳为以下几端：1. 推进对金元全真诗词的认识，促进金元全真诗词文学价值的展现；2. 挖掘和激活金元全真诗词中丰富的社会思想及文化内涵，如金元全真诗词的伦理思想、金元全真诗词的文化内涵、金元全真诗词的文化心态，以及金元全真诗词的现代启示等，使金元全真文化得到应有的展现和发挥；3. 通过对金元全真诗词的文化解读，从而更全面更立体地了解、认识全真教及全真文化，促进传统文化的弘扬与传播；4. 扩充和推进金元文学研究以及道教文学文化研究。

三　本专著的研究视角与研究方法

本专著从文学解读与文化解析两个方面架构金元全真诗词的研究体系，试图在文学与文化综合视角下，多角度、多层面地对金元全真诗词的文学价值与文化意义进行把握和认知，为金元全真诗词构建一个更加客观、立体的文学、文化坐标。而文化探析为本专著的侧重之处，因此在章节的安排上也尽可能地突出重点和核心，不刻意于文章结构的平稳与完整。

在研究方法上，注重文献学与文艺学相结合，宏观把握与微观分析相结合，历史背景与文学创作相参照，文化思潮与境界追求相联系，作品内涵与作者思想相印证等。力求文学解读与文化解析互参互证，突出研究的重点和价值。

在本专著撰写之前，对有关金元全真诗词、全真教及全真作者的文献资料进行了大量收集和整理，并对目前的学术动态及最新研究成果进行关注；在撰写过程中，尽力避免重复他人的观点，对现有的研究成就从略或不谈，并力求在视角与视野上逾越前辈，围绕所述重点，精练论述。由于金元全真诗词语言通俗易懂，几乎没有引经据典，所以为行文精练，在引用其诗词作品时少有大篇幅的赏析与阐释。

第一章 金元全真诗词概述

全真教是金初由王重阳（1112—1170）创立于我国北方的一个道教流派，其发展迅速，至元代臻于极盛。元以后与正一教对峙而传，嗣响闻于至今。

全真教承继以往的道教，更有别于以往的道教。在宣教、传教方面，全真独树一帜以诗词为宣传媒介。事实上，"任何一种宗教的传播，都需要有某种媒介表达其基本教义"。[①] 全真教选择以诗词传教，实践证明是成功的。诗词以其趋近精神体验的内在本质，和温柔敦厚、含蓄跌宕的表述方式，有足够的理由成为修道者传达修道体悟的绝佳载体。而事实上，诗词已然成为宗教家们不可或缺的表述手段。

全真教祖王重阳十分看重诗词尤其是通俗诗词的宣示作用，并通过身体力行、积极倡导的方式，促使后世门人进行各自的创作实践。因此，金元时期，全真宗师为传播教理教义、吸纳教众进行了大量的诗词创作，不仅充实了金元文坛，而且丰富了道教文学。

金元全真诗词在金元文坛及道教文学史上可谓难得的一座文学高峰。就创作队伍来看，金元时期的全真教涌现出大批诗词作者。依据《道藏》等现

[①] 张立文主编，张怀承：《中国学术通史》（隋唐卷），人民出版社 2004 年版，第 40 页。

有的道教史料及现存的诗词作品，可以确认为金元全真教的诗词作者约 50 人。其中留存作品较多、影响较大的全真作者有：王重阳、丘处机、马钰、谭处端、王处一、刘处玄、郝大通、王丹桂、侯善渊、尹志平、姬志真、于道显、李道玄、李道纯、长筌子、王玠等。同一时期涌现出如此庞大的创作队伍，在文学史上实属罕见。

就作品数量观之，金元全真道士为后人留下了丰硕的创作成果。唐圭璋先生 1979 年于中华书局出版了《全金元词》，其中收录金元两代词人 200 余家，词作 7200 余首。其中全真道士之作占了一半有余，存词较多者如王重阳 670 首，马钰 880 首，谭处端 156 首，刘处玄 65 首，王处一 95 首，丘处机 151 首，王丹桂 148 首，侯善渊 259 首，尹志平 168 首，姬志真 162 首。与词相比，全真道士诗的数量显得更为可观。依据《全金诗》《全辽金诗》《元诗选》《全元诗》等，可以见到王重阳存诗 500 余首，马钰 580 余首，谭处端 87 首，王处一 520 余首，刘处玄 500 余首，丘处机 420 余首，侯善渊 750 余首，尹志平 250 余首，姬志真 420 余首……而同时期的著名文人蔡松年存词仅 86 首、存诗仅 59 首；党怀英存词 5 首、存诗 69 首；赵秉文存词 10 首，存诗较多亦不过 640 余首；而一代文宗元好问可谓金元时期诗词创作最丰者，存词仅 370 余首，存诗亦不过 1300 余首。足见全真作家诗词创作，在数量上并不逊于世俗文人。

而以诗词的艺术、审美观之，全真诗词的成就虽不及当时世俗文人作品，但亦不乏独特的艺术魅力与审美个性。就文化内涵及文化价值方面而言，其丰富性及深厚性并非一般世俗文人作品可比拟，有着深层的价值内核，是中国古典文化以及道教文化的重要载体。同时，在全真作品中既深蕴着方外之人超然脱俗、离尘拔世的潇洒风度，又有着凡间士子感时伤事、悲喜于物的世俗情怀。这就使得全真作品既不乏深刻的人生哲理，又饱含深切的世道人情。

由此可见，金元全真诗词对于金元文学及道教文学研究来说，都是一个不可忽视的重要领域。

第一节　金元全真诗词的宗教色彩

纵观金元两代的诗词创作，其主力军大致可归为两派：一为世俗文人创作群体，以蔡松年、党怀英、赵秉文、元好问等人为代表；二为道士创作群体，以王重阳、全真七子等人为代表。这两派的文学创作迥然有异、赫然不同。就主体格调而言，世俗文人之作以个人情感为关怀重点，道士文人之作则以自然之道为关注重心，一个以诗词寓情，另一个以诗词寓道，各有所寄。加之全真诗词所承载的传教的"重任"，其中蕴含了很多全真教理、教义。因此，全真诗词被全真文人赋予了一股浓郁的宗教色彩，被贴上了一个鲜明的宗教标签。

一　鲜明的仙道意味

金元全真诗词与世俗文人诗词相比，一个最显现的特征就是其拥有鲜明的仙道意味。正是这一特征使全真诗词的研究一直鲜有问津者，甚至全真诗词因为这一特征而被人曲解，被武断地归入了"诗词中的糟粕"[①] 的行列。

如前所说，金元全真诗词的关注重心是"自然之道"，其情感基调是循道成仙；而世俗文人作品关注的重心是个人、社会生活，以个人情感、个人感

---

① 参见张仓礼《金代词人群体的组成》，《东北师大学报》（哲学社会科学版）1987 年第 4 期。

悟为立论基点。终极关怀的差异导致审视视角及思想境界的不同，表现于诗词中也就显现出了主题色调的各异。从另一个角度来说，这也正是全真诗词的本色，是全真诗词与世俗作品相区别的一个文化标签。

具体来说，金元全真诗词的仙道意味，主要从以下三个角度展现。其一，使用"仙人""仙宫""仙乡"等仙道意象群直接渲染诗词的仙道气氛，如王重阳有诗云："外假莹明内真乐，凡人不觉做仙人。"① 马钰有诗云："我访青莲池上客，人看黄鹤洞中仙。"② 谭处端有诗云："人还情欲断，步步履仙乡。"③ 刘处玄亦在诗中说："大悟不争空，忘形见亘容。理明全至行，蜕壳住仙宫。"④ 诸如此类的诗词语句，在全真作品中比比皆是，不胜枚举。这是自祖师王重阳以来，全真文人诗词创作的一个显现的主体格调，也体现了全真教在"三教合一"的基本教理、教义下，对自身修持的一种持重。

其二，通过对"蓬岛""洞天""瑶池"等神仙出没场所的展示来烘托诗词的仙道气氛。刘处玄有词云："无中炼就汞和铅，携云跨鹤归蓬岛。"⑤ 又云："达了莫矜夸，访洞天、闲卧烟霞。"⑥ 王处一有诗云："炼就大丹归不久，有缘相伴到瑶池。"⑦ "蓬莱"是《山海经》中记载的海上三座仙山之一，上住有神仙。"洞天"在道教语境中是指神仙居住的名山胜地。而"瑶池"是传说中西王母居住的地方，位于昆仑山上。这些地方在道教中均是仙境的代称，全真作者以此来显示自己的人生向往与修行目标。

其三，通过罗列以往的神仙人物来营造诗词的仙道氛围。在金元全真诗

---

① （金）王重阳著，白如祥辑校：《王重阳集》，齐鲁书社 2005 年版，第 8 页。

② （金）马钰著，赵卫东辑校：《马钰集》，齐鲁书社 2005 年版，第 13 页。

③ （金）谭处端、刘处玄等著，白如祥辑校：《谭处端　刘处玄　王处一　郝大通　孙不二集》，齐鲁书社 2005 年版，第 18 页。

④ 同上书，第 106 页。

⑤ 同上书，第 137 页。

⑥ 同上书，第 139 页。

⑦ 同上书，第 253 页。

词中出现较多的神仙人物有：王乔、钟离权、吕洞宾、刘海蟾、西王母、东王公等。如王重阳有诗说："有个王乔还识否，同归蓬岛跨云霞。"① 谭处端有词云："吾门三祖，是钟吕海蟾，相传玄奥。"② 刘处玄有诗云："从了道朝王母，载成真访木公。"③ 全真门人尊王玄甫、钟离权、吕洞宾、刘海蟾、王重阳五人为五祖，视他们为得道高人，是全真丹法的授受者，是循道成仙的代表。全真宗师以这些仙人作为自己的修行向导，也以他们来激励后学。

而仙道意味这一诗词特征并非金元全真文人首创，从某种意义上说，它是道教文学本身所具有的一个文学质素。金元之前的道教诗词，已普遍具有鲜明的仙道意味。如魏晋时期道士作诗以"炼丹诗""咒语诗"为主；南北朝时期以"游仙诗""步虚词"为主。至隋唐及北宋，道士诗词创作渐趋繁荣，创作队伍扩大，作品视阈拓展，形式上新创了"洗心诗""遗世诗""题壁诗"等，内容也不再限于炼丹与游仙，山水也被纳进了诗词作品之中，但诗词内容的"仙化""玄化"的意味依然浓厚。由此可见，金元全真诗词的仙道意味是对以往道教作品创作特征及手法的继承和发展。

二 浓厚的出世情怀

金元全真文人创作诗词的一个主要动因就是传播教义、吸纳教众。与以往道教作品及其他道派作品所不同，金元全真诗词有着明确的创作指向——广大的社会民众。因此金元全真诗词在创作上，意指明确，目标清晰，有很强的针对性。在内容上，具有明确的劝化意图和规劝色彩，劝说世人离尘拔世、归入玄门。这便凸显了全真作品浓厚的出世情怀。

一提到宗教的出世思想，人们极易把它同消极避世、逃避社会的心态相

---

① （金）王重阳著，白如祥辑校：《王重阳集》，齐鲁书社 2005 年版，第 148 页。

② （金）谭处端、刘处玄等著，白如祥校：《谭处端 刘处玄 王处一 郝大通 孙不二集》，齐鲁书社 2005 年版，第 24 页。

③ 同上书，第 95 页。

等同，视其为消极、沉沦的负面思想。其实，这是对出世思想的一种曲解与误读。出世与入世都是一种文化心态，并无优与劣、正面与负面的区别，只是人们观察审视社会人生所采用的价值标杆、观照视角以及思维模式不同，而做出的不同的心态回应而已。

具体到全真教而言，全真宗师诗词中的出世思想是通过斥破现实、归趣物外的思维模式来传达的。全真宗师立足于历史长河，他们看到在浩渺无际的时空中，有限的人生显得短暂而渺小，而这短暂而渺小的一生中，所能够拥有的尘世功名与利禄亦如昙花一现、过眼烟云，是那么的缥缈虚幻。尘世的价值体系不足以评判人生的意义。他们认为人的一生应有比"修身、齐家、治国、平天下"更为重要的追求目标——回归自然、循道成仙。若能实现这一"更上一层"的人生目标，生命的意义将归于永恒。

基于这一"更上一层"的境界认知，全真教众超越了时空，以高于现实的精神高度来审视和体悟天地之道法，淡泊清静、显现真性，涤心洗尘、复观真我，在不执不着、身心全息中与道混一。生命有了更高层次的生存体验，自我得到了纵深的成长，人生得到了深层的超脱。把这一超越的思想境界及独特的道法体悟表述于诗词中，与凡间士子诗词创作相比，自然而然会滤去一层依尘恋世的情怀，而平添几分了悟、通达的出世精神。所以他们在诗词中传达着跳出尘世、追求尘世之外生命时空的人生志向，同时也招引世人一同脱尘离俗，寻找生命的终极归宿。王重阳的《和落花韵》诗云："久厌尘情名与利，素嫌人世是和非。"① 刘处玄的《酹江月》词云："厌居人世，似孤云飘逸，鹤升霄汉。自在无拘空外去，撒手直超彼岸。"② 全真师徒诗词中"出世"之情志清晰可见。

---

① （金）王重阳著，白如祥辑校：《王重阳集》，齐鲁书社2005年版，第5页。
② （金）谭处端、刘处玄等著，白如祥校：《谭处端　刘处玄　王处一　郝大通　孙不二集》，齐鲁书社2005年版，第133页。

对于世人来说，能否在滚滚红尘中守护一颗恬淡的"出世"之心，关键在于能否淡化对尘世功名利禄的执着。对此全真宗师多有劝化。马钰有诗云："浮利浮名引调人，劳劳深苦更劳辛。谁知势耀如残雪，我觉荣华似暮春。"① 丘处机在《满庭芳·警世》中说："旧日掀天富贵，当时耀、绝代英雄。百年后，都归甚处，一旦尽成空。"② 诗人看透富贵的虚幻，看到争名夺利反倒自寻烦恼，现实的拥有不能作为生命价值的参考系，一时的高贵富有不再是诗人觊觎的目标。再看丘处机的一首《水龙吟·警世》，词曰：

> 算来浮世忙忙，竞争嗜欲闲烦恼。六朝五霸，三分七国，东征西讨。武略今何在，空凄怆，野花芳草。叹深谋远虑，雄心壮气，无光彩，尽灰槁。
>
> 历遍长安古道。问郊墟、百年遗老。唐朝汉市，秦宫周苑，明明见告。故址留连，故人消散，莫通音耗。念朝生暮死，天长地久，是谁能保。③

上至六朝五霸，下至唐朝汉市，在词人笔下一掠而过，一股厚重的历史沧桑感给后人一份由衷的劝慰。曾经的雄图霸业、昌盛兴隆已成烟云，往昔的绚烂辉煌尽归灰槁；富丽堂皇的秦宫周苑尽成一片灰土瓦砾、枯石草莽。世间轰轰烈烈的功名在历史的长河中实属昙花一现，正如他在《沁园春》词中所说"似电光开夜，云中乍闪，晨霜迎日，草上难坚。立马文章，题桥名誉，恍惚皆如作梦传"④。如此之下，尘世名利亦不足以痴心迷恋。这就为"出世"理想的孕育打通了一个重要的世俗关节。

全真宗师以"出世"为人生指向，其终极目标是要回归尘外世界，归趣

---

① （金）马钰著，赵卫东辑校：《马钰集》，齐鲁书社 2005 年版，第 49 页。
② 唐圭璋编：《全金元词》，中华书局 1979 年版，第 458 页。
③ 同上书，第 457 页。
④ 同上书，第 455 页。

物外。"物外"在全真诗词里是与尘世相对的一个范畴，并无明确的时空所指，泛指与道接近或与道合一的精神家园。凡具有物外之趣的人，便会拥有着逍遥自足的主体个性，所谓"逍遥物外固精神，绝虑忘机合至真"①"物外逍遥快活人，修持非苦亦非辛"②。而真正能做到物外寄情、物外归趣的，已趋同仙人，可列仙班。马钰在《赠綦殿试暨诸道友》诗中说："人人争竞看仙踪，谁肯留心继我踪。一志超然归物外，自然有分步云踪。"③谭处端亦在其《畅道》诗中云："云水逍遥物外仙，闲闲静静本来天。"④从"出世"情怀的传达到"出世"归宿的明晰，足以说明全真作者"出世"思想的浓厚与坚定。

需要指出的是，全真宗师之所以能超脱尘世，不依尘恋俗，并非因为他们在现实社会中走投无路、困顿塞塞而选择逃避，寻求精神解脱，而是因为他们自性的觉醒、真性的开启。翻阅全真史料可以发现，历代全真高道多是儒匠出身、仕宦之后，在现实生活中他们有着较为优裕、富足的物质条件。如全真第二任掌教马钰，出身山东宁海显贵之家，世代从儒业，家业富足，有"马半州"之称。郝大通"家世宁海，历代游宦"⑤，家境显赫，"家财甲一州"⑥。刘处玄家境殷实，孙不二出身宁海名门大族。"全真七子"之后的历代掌教也多儒业出身。足见全真宗师皈依玄门，主因是人生机缘和自性的觉悟。至此，我们应该客观地认识到，真正的修行者并非借助宗教逃避现实，而是他们对生命、对人生有着更高层面的洞达与了悟。他们选择出尘离世皈依教团，只是为了寻求一个更好的修道环境和修持平台。

---

① （金）马钰著，赵卫东辑校：《马钰集》，齐鲁书社2005年版，第6页。
② 同上书，第51页。
③ （金）马钰著，赵卫东辑校：《马钰集》，齐鲁书社2005年版，第23页。
④ （金）谭处端、刘处玄等著，白如祥校：《谭处端 刘处玄 王处一 郝大通 孙不二集》，齐鲁书社2005年版，第13页。
⑤ 《道藏》第三册，文物出版社、上海书店、天津古籍出版社1988年版，第363页。
⑥ 同上书，第378页。

而和以往修道者隐居深林或潜居宫观中秘密修行所不同，全真道士有着"遍拔黎庶"的宗教愿望。他们希望有更多的人成为道法的体悟者，有更多的人从迷茫混沌中走出，成为悟超脱者。明了这一点，我们也就能够对全真作品中诸多说教内容作出不同以往的品读与审视。

三　显现的修行理念

对于全真高道来说，除传教收徒外，一个最重要的生活内容就是修行。道教自汉魏产生发展至金元，已形成了多种支派。各家各派的修持方法、修行理念有所区别。金元全真教对以往道教修行理路有所承继，但更多的是扬弃和革新。最主要的一点是摒弃了传统道教的外丹修炼，而倡导全性而真的内丹修持。宏括来说，金元全真诗词中所映射的修持理念有：清苦为尚，识心见性，功行双持。

（一）清苦为尚

金元全真道士向来以清修、苦修著称。清修其要义就是清心寡欲、清静无为。这既是对老庄淡泊无为思想的继承，又是对道教传统节欲主义的宣扬。全真家认为人的七情六欲是与自然之道相背离的"人情"，是循道而仙的障碍，也是生死轮回的根由。在道教的仙道修行理论中，有着"顺则成人，逆则成仙"的说法。顺着道的演化方向，就成就了世间万物，人也只能为人；而逆着道的演化方向，可回溯至道的源头，与道混一，则人可成仙。因此王重阳警示世人说："修行切忌顺人情，顺著人情道不成。"又说："悟超全在绝人情。"①

在诸多"人情"中，男女之欲被全真宗师列为摒弃之首，被视为洪水猛兽。丘处机曾说："夫男，阳也，属火；女，阴也，属水。唯阴能消阳，水能

---

① （金）王重阳著，白如祥辑校：《王重阳集》，齐鲁书社 2005 年版，第 41 页。

克火。故学道之人，首戒乎色。"① 所以戒除色欲就成为金元全真诗词劝化世人的一大主题。如王重阳的《色》诗云："色，色。多祸，消福。损金精，伤玉液。摧残气神，败坏仁德。会使三田空，能令五脏惑。亡殒一性灵明，绝尽四肢筋力。"② 丘处机的《示众戒色》诗说："劳生有万种，最大无过色。不唯丧命根，复乃销阴德。还能戒此一，酷胜其他百。慕道修仙人，从来是标格。"③ 再如丘处机的《示众》诗之一、谭处端的《如梦令·赠张、李二公道友》词、王处一的《居尘不染》诗等，均在劝告世人戒除情欲、色欲。

金元全真道士修行的另一个特点就是苦修，尤其是早期全真高道最为显著。他们多以异迹惊人，以畸行感人。元好问曾这样描述全真道士："其兼爱也扬，其苦节也墨，有许行之树艺，有头陀之缚律，其淡然无营又似夫修混沌氏之术者也。"④ 评论颇为中肯。马钰在修道时，誓死赤脚，夏不饮水，冬不趋火。王处一"曾于沙石中跪而不起，其膝磨烂至骨，山多砺石荆棘，赤脚往来于其中，故世号铁脚云"⑤。郝大通于"赵州南石桥之下，因持不语趺坐，留六年，寒暑风雨，不易其处"⑥。丘处机"转展苦志炼魔，惟恐无功。于山上往来搬石炼睡，只为福小，不能心定"⑦，于磻溪修炼，昼夜不寐六年。

丘处机曾在其词中描绘了当年苦修的情形，如其《无俗念·居磻溪》词中描绘说："烟火俱无，箪瓢不置，日用何曾积。饥餐渴饮，逐时村巷求觅。选甚冷热残余，填肠塞肚，不假珍羞力。"⑧ 词《无俗念·岁寒守志》中也说："同云瑞雪，正三冬、郁闭严凝时节。寂寞山家孤悄悄，终日无人谈说。

---

① （金）丘处机著，赵卫东辑校：《丘处机集》，齐鲁书社 2005 年版，第 137 页。
② （金）王重阳著，白如祥辑校：《王重阳集》，齐鲁书社 2005 年版，第 17 页。
③ （金）丘处机著，赵卫东辑校：《丘处机集》，齐鲁书社 2005 年版，第 41 页。
④ 陈垣编纂：《道家金石略》，文物出版社 1988 年版，第 483 页。
⑤ 张广保：《尹志平学案》，齐鲁书社 2010 年版，第 171 页。
⑥ （金）谭处端、刘处玄等著，白如祥校：《谭处端　刘处玄　王处一　郝大通　孙不二集》，齐鲁书社 2005 年版，第 392 页。
⑦ 张广保：《尹志平学案》，齐鲁书社 2010 年版，第 185 页。
⑧ （金）丘处机著，赵卫东辑校：《丘处机集》，齐鲁书社 2005 年版，第 63 页。

败衲重披，寒控独坐，夜永愁难彻。长更无寐，朔风穿户凄冽。"① 全真高道均是用常人难以忍受的艰苦来砥砺心志，打破般般旧习，意志稍不坚定者恐怕难以做到。

全真家之所以选择清苦的修行模式，就是因为他们希望通过清苦的生存状态来磨砺自己的修道意志和决心，打破自我原有的生理及心理运行轨迹，重新建立一种逆着"人情"、回溯道法的生命模式，更好更快地体悟道法，觉悟"本真"。这种在常人看来难以理解，甚至是自寻苦吃的修行方式，正是全真家借以炼心的绝好方法。

（二）识心见性

全真教是一个"内丹"修持的道教流派，其将内丹理论最终提炼为"心性"问题，即"识心见性"。"心"指先天之"元心""本心"；"性"指先天之"本性""真性"。所谓"识心"就是洗涤内心的尘垢，消除往世的业障，断除自我的妄念，摒除凡尘的濡染，从而使"本心"得以显现，"元心"得以明了。"见性"即恢复"真性"的本然状态，使"真性"复归于道、与道混一。王重阳在《答战公问先释后道》诗中说："识心见性全真觉，知汞通铅结善芽。"② 马钰亦在《赠鄠县独孤五郎》诗中说："修仙须要降人我，更向水中养真火。意灭心忘无点尘，性灵丹结成功果。"③ 又在《联句》诗中说："心猿紧锁丹无漏，意马牢擒性自明。"④

在"心性"修持中，"识心"是修行的具体理路，"见性"是修行的重要目的。"识心"是因，"见性"是果。心若已明，性即可见。"识心"是全真内丹修炼的肯綮之处。因此，全真宗师在修炼中处处着眼于"心"。在金元全

---

① （金）丘处机著，赵卫东辑校：《丘处机集》，齐鲁书社 2005 年版，第 63 页。
② （金）王重阳著，白如祥辑校：《王重阳集》，齐鲁书社 2005 年版，第 4 页。
③ （金）马钰著，赵卫东辑校：《马钰集》，齐鲁书社 2005 年版，第 8 页。
④ 同上书，第 94 页。

真诗词中关于心念调持的作品俯拾即是，如谭处端的《减字木兰花》词、《行香子》词；马钰的《契遇庵》诗、《日用吟》诗；尹志平的《西江月·赠万莲会众》词、《无俗念·龙阳观道众索》词；姬志真的《洗心》诗、《心月》诗、《治心》诗等。全真教通过定心、降心、清心、静心等实证修持，以达到"无心"的心境状态，所谓"尘心起处，隔了逍遥云水路。不起尘心，色相还空猿马擒"①。心境至于空无，犹如定水至于澄湛。尘心不生，元心自明。"心体念灭，绝尽毫思，内无所知，外无所觉，内外俱寂，色空双泯。目视其色不著于色，耳听其声非闻于声。故声色不能入者，自然摄性归性，混合杳冥，化为一点灵光，内外圆融，到此处，方契自然体空之道也。"② 元心得以澄明，真性得以彰显，自然之道得以体悟，明心之修持以臻登峰。如丘处机所云："初心真切，久之心空，心空性见，而大事完矣。"③"真性"得以朗现，性体得以长存，而人则为神仙矣。即谓"真性不乱，万缘不挂，不去不来，此是长生不死也"④。

（三）功行双持

金元全真诗词中又一显现的修行理念是"积功累行""功行双持"。所谓"功行"，是指"真功""真行"。王重阳引晋真人的话对"真功""真行"解释说："若要真功者，须是澄心定意，打叠精神，无动无作，真清真净，抱元守一，存神固炁，乃是真功也。若要真行者，须是修行蕴德，济贫拔苦，见人患难，常行拯救之心，或化诱善人，入道修行。所为之事，先人后己，与万物无私，乃真行也。"⑤ 由此可见，"真功"乃清静修炼，是自我的内在炼

① （金）谭处端、刘处玄等著，白如祥校：《谭处端 刘处玄 王处一 郝大通 孙不二集》，齐鲁书社 2005 年版，第 54 页。

② （金）马钰著，赵卫东辑校：《马钰集》，齐鲁书社 2005 年版，第 257 页。

③ （金）丘处机著，赵卫东辑校：《丘处机集》，齐鲁书社 2005 年版，第 150 页。

④ （金）王重阳著，白如祥校：《王重阳集》，齐鲁书社 2005 年版，第 295 页。

⑤ 同上书，第 159—160 页。

养功夫；"真行"则是行善济世，传道度人等有为于社会的外修功夫。前者属于修"仙道"，后者属于修"人道"。"仙道""人道"合而为一，功行双全，方可成仙。

全真这一功行双持的修行心法始自教祖王重阳。金正隆四年（1159），几近知天命之年的王重阳于终南甘河镇遇仙，并得仙人授之真诀。他在《遇师》一诗中说："四旬八上得遭逢，口诀传来便有功。一粒丹砂色愈好，玉华山上显殷红。"① 自此他便弃俗从道，于终南南时村掘墓自居，称所居之处为"活死人墓"。并前后用八年时光以割断尘网、降心正念，终至心空性见、全真自我。在终南潜修的岁月里，王重阳已经完成了自我了悟，可谓真功已备。但在大定七年（1167）四月二十六日他毅然自焚茅庵，决定出关东赴，倾毕生之精力广化天下、遍拔黎庶，去实践其"教化世人"的真行功夫。王重阳早在大定元年（1161）于终南掘墓自居时就曾暗自立下"使四海教风一家"的宗教宏愿。他于墓穴四隅各植海棠一株，以示其意。

王重阳一生的宗教事业始终立足于度己度人，其宗教践行生动鲜活地阐释了真功、真行。在他的劝喻风歌中随处可见"功成行满，跨鹤蓬岛"的喻示和期许。如他的《瑞鹧鸪》词中有云："不日修成功与行，骑鸾跨凤入仙乡。"②《虞美人》词中说："功成行满仍须早，云步归蓬岛。"③ 皆是对功行双全的谆谆劝示。

全真七子及后世门人深承师风，在诗词创作及言传身教中积极倡导功行双持。如谭处端的《述怀》诗云："二物定闲人事尽，功圆行满产胎仙。"④《望海潮》词云："此际功成行满，同泛渡云槎。"⑤《长思仙》词云："功须

---

① （金）王重阳著，白如祥辑校：《王重阳集》，齐鲁书社 2005 年版，第 29 页。
② 同上书，第 206 页。
③ 同上书，第 208 页。
④ （金）谭处端、刘处玄等著，白如祥校：《谭处端 刘处玄 王处一 郝大通 孙不二集》，齐鲁书社 2005 年版，第 9 页。
⑤ 同上书，第 44 页。

圆，行须圆，功行双全作大仙，携云归洞天。"① 王处一的《赠杨殿试》诗（之二）说："功行无亏通道德，他时归去步云霞。"② 《赠李局令》诗说："他时功行足，归去赴仙乡。"③ 王丹桂的《金莲出玉华》词曰："功圆行满，撇下皮囊都不管。行满功圆。朝拜丹阳师父前。"④《踏云行》词曰："修持功行两完全，携云笑指蓬莱岛。"⑤ 长筌子的《和朗然子诗并序》说："朗然昔日达重玄，功满飞升入洞天。""行满决疣何处去，稳乘彩凤看瑶台。"⑥

基于对"真功""真行"的深刻认知，全真弟子在功行两方面的修行毫不懈怠，在清静淡泊、苦证道法的同时，还普济众生、广施善举。全真教由此也得到了广大民众的认可与信服，自创建以来便保持着兴盛的发展势头，以至成为金元时代玄门中最为旺盛的一个支派。

第二节　金元全真诗词的体式分类

对于修道者来说，若对生命、生死有了绝对高度的认识，却归隐林泉、自我逍遥，而不能把超脱的金针度与他人，这至多算是一个独善其身的觉悟者。全真宗师显然不是独善其身者，而是度己度人的圣者。他们在了达性命、超脱自我的同时亦不忘接引群迷、传法度人，把幸福的金针度与他人。

自教祖王重阳至全真七子，再到后来的众多门人弟子，皆以诗词歌曲启

---

① （金）谭处端、刘处玄等著，白如祥校：《谭处端　刘处玄　王处一　郝大通　孙不二集》，齐鲁书社 2005 年版，第 51 页。

② 同上书，第 312 页。

③ 同上书，第 316 页。

④ 唐圭璋编：《全金元词》，中华书局 1979 年版，第 484 页。

⑤ 同上书，第 485 页。

⑥ 薛瑞兆、郭明志编纂：《全金诗》第四册，南开大学出版社 1995 年版，第 573、572 页。

悟众生、劝化世人。金元时期，全真文人成了诗词创作队伍中一支重要的力量。就现存诗词观之，作者可以确认全真道士者有50余人，词作3500余首，诗作近5000首。

就整个道教文学创作来看，魏晋至南北朝的道教文学创作尚处于发轫和酝酿时期，其在同时期的文学领域中无足轻重，算是对世俗文学创作的一个补充和点缀。时至隋唐及北宋，创作队伍遂为壮大，创作形式渐趋灵活，不再拘囿于以往的"游仙诗"和"炼丹诗"；作者的视阈也大有拓展，人文风情和秀美山水成为道士们挥毫的视窗。至金元，道教文学创作已然娴熟，诗词尤是。

金元时期，道教文学创作的主力军则是全真作者群体，以往道教视文字为悟道障碍的传统至全真而被彻底打破。全真诗词的门类齐备、内容丰赡，同时在创作队伍规模、作品数量以及创作技法等方面，都大大超越了以往的道教文学，可谓道教文学史上的一座高峰。

与世俗文人作品相比，金元全真诗词在创作体式上并不显单调。文人通常使用的诗歌体式在全真作品中几乎都可找到。宏括而言，全真诗词可以归纳为以下几类。

一　留题、唱和之作

（一）留题之作

题诗这一诗歌样式历史悠久，始于两汉，盛于唐宋，历来为文人墨客所热衷。全真道士继用这一创作形式进行了不少题诗实践。但这一创作实践只存在于诗歌中，词中几乎没有留题之作。

全真留题诗中，所题之处以宫观、穴洞、书画、扇面、石桥、茶坊等居多。如题于宫观的代表诗作有王重阳的《题麻真人观》《题终南山资圣宫殿壁》；谭处端的《题延真观玉皇殿西壁》；刘处玄的《题灵虚宫》；丘处机的《题莱州招远县云屯山观》等。题于穴洞的代表诗作有谭处端的《题孔先生垤中》；王处一《题云光洞二首》等。题于书画的代表诗作有马钰的《题文山孙会首画三仙图》；丘处机的《题阎立本太上过关图》《题支仲元画得一元保元素三仙图》等。题于扇面的代表诗作有王重阳的《题温凉扇两首》；丘处机的《题杨五纸扇》《题王生纸扇》《题周道全纸扇》等。

古之题诗者，或触景生情或睹物思人或应制遣兴，多属于有感而发有所寄托，或展雄心壮志或寓困顿生活或寄高情雅趣，其共性则是抒发作者一己之情思。与之不同，全真作者的留题之诗抒一己之情思者少见，而传达体道之美妙、得道之超脱的道情之作居多。其留题之目的就是使睹诗之人了然自悟、破除尘迷，进而反观自持、保性全真。如王重阳的《题茶坊》诗云：

> 已吃蟠桃胜买瓜，此般风味属予家。
>
> 只须换假全真性，指路蓬莱跨彩霞。①

该诗题为"题茶坊"，但内容却与茶坊并不相关。四句诗全在书写吃蟠桃、归蓬岛、跨云霞等方外仙家之活计，而茶坊人声鼎沸、迎来送往的热闹市井气息皆无。充盈全诗的只有浓厚的出世意味和显现的仙道色彩。

再如谭处端的《题孔先生控中》云："空门寂寂锁灵泉，喜趣灵泉玄上玄。僻静每招闲客至，幽居常共马风眠。清凉境界超尘路，履此方知别有天。行者肯来低处觅，便教瞥地见神仙。"② 此诗亦是直指仙道，寄情物外。倘若明眼人或仰真慕道者读之，定会怦然心动、合拍共鸣。其余诸多留题之作，从其内容上看皆是抒发道情、以诗寓道的作品，以出世仙道为主色调。

继王重阳及全真七子之后，创作留题诗作较多者是全真第六位掌教尹志平。他现存的留题诗有《题新张村庵》《题马谷观音阁》《题南庵》《题山水石砚屏》等。而在他之后的全真道士则鲜有题诗创作了。这说明随着全真教

---

① 薛瑞兆、郭明志编纂：《全金诗》第一册，南开大学出版社1995年版，第210页。
② 同上书，第334页。

团的日益壮大，影响渐次深远，全真宗师不再倚重留题诗作这一形式来吸纳招求向道之人。

（二）唱和之作

继和赠答一类的唱和诗词在全真作品中所占份额很大，有二分之一强。与其他体式之作相比，该类作品最显著的特点是，其有着明确的阅读对象。全真道士所继、和、赠、答的对象遍及儒、释、道三教门众。几乎在每一位全真作者的诗词集里，都可以找到数量不菲的与三教往来之作。

以《重阳全真集》为例，其中与儒者往来之诗词，代表之作如《赠傅太丞》《赠终南主簿赵文林》《京兆来学正觅墨》等诗；《浪淘沙·唐秀才索春寒秋热词》《如梦令·赠县令》《河传令·知县董德夫小》等词。与道门中人往来之诗词，代表之作如《赠王道人》《道友索如何是修心定性》《赠道友韩茂先》等诗；《喜迁莺·赠道友》《渔家傲·赠道友》《小重山·道友求问》等词。与禅门中人往来之诗词，代表之作如《禅门初洪润乞无相》《老僧问生死》《僧净师求修行》等诗；《如梦令·赠僧子哲》《永遇乐·郭法师求》《卜算子·妙觉寺僧索》等词。

与三教门人往来的诗词，只是该类作品中的一部分。更多的唱和之作，则是与广大中下层世人的交往诗词，诸如以"杨公问""王公求问"之类为诗题或词题的作品比比皆是。

如此数量庞大的继和赠答之作，其内容上则以说教讽喻、切磋悟道心法为主题。如马钰的《复赠李大乘》诗说：

> 钓出迷津离苦海，同行同坐恣遨游。
> 心中剔性真分付，达妙通玄玩十州。①

---

① （金）马钰著，赵卫东辑校：《马钰集》，齐鲁书社 2005 年版，第 10 页。

王处一的《踏云行·赠文登王志明》词说：

> 个个修真，人人办道，玄机妙理须寻讨。时时常爇宝瓶香，朝朝每把心田扫。步步清凉，神光覆罩，十方贤圣加恩报。紫霞堆里玉容光，长春境界无衰老。①

除此之外，在全真继和赠答之作中，亦有着作者对生活体悟、世事人情及道友情谊的表达。如马钰的《长思仙·寄长春子丘通密》词云：

> 长思仙，长思仙。思忆长春子最贤。何时得面圆。展花笺，展花笺。写就清吟三两篇。专凭鸾鹤传。②

该词表达了马钰对丘处机的思念之情。据全真史料记载，马钰和丘处机虽同为王重阳弟子，是师兄弟，但他们相聚的时光并不多，更多的时候是在相对独立的悟道传教生涯中度过的。但在漫漫人海中能得遇些许志同道合而又堪称知己者甚是幸事，况又有着同门学道的胜缘，这不能不使得全真弟子互相欣悦和赞许。同样的情怀在丘处机的词作中亦可见到。如他的《齐天乐·忆法眷》一词云：

> 自东离海上，元本三洲，四人同契。异域殊乡，同行并坐，终日相将游戏。谈玄论妙，究方外清虚，道家真味。唱和从容，一时法眷情何义。如今分头回然，苦志勤心，磨炼各逃倾逝。既是飘零，难为会合，幽僻关山迢递。乾坤间隔，望落落犹如，晓星之势。再遇何年，驾云朝上帝。③

---

① （金）谭处端、刘处玄等著，白如祥校：《谭处端　刘处玄　王处一　郝大通　孙不二集》，齐鲁书社2005年版，第356页。

② 唐圭璋编：《全金元词》，中华书局1979年版，第314页。

③ 同上书，第462页。

词上阕回忆四人（丘、刘、马、谭）异域相聚，相识后终日相伴，一同参道悟道相互唱和的美好时光。下阕笔锋一转回到现实，四人各自漂泊东西，相隔千山万水难以遇见，不知何年才可相见，待到各自功满在朝见上帝时或许能够见到。道友间深深的情谊显现于词。

二　自咏、述怀之作

自咏、述怀之作是全真诗词中常见的一类作品，可见于每一位存作较多的全真道士集中。该类作品有着明显的内在化抒写倾向，以阐发作者自我的生命体悟和生存感受为主题，意指清晰明了，表意通俗畅达。其内容丰富而不落窠臼，蕴含着世俗文人作品所不具有的独特的信息，砥砺自我、启悟后人。细而论之，作者以自咏、述怀之作主要表达了其向道之志、度人之心、悟道之门径、体道之感受等几个方面的内容。

（一）向道之志

对于修道而言，坚卓的向道之志、诚笃的慕道之心，是成就全真而仙终极道果的首要关隘、初步心阶。世间凡成就大事者，必有着坚毅之心志。而修行所需要的坚韧和刚毅是成就世俗功名所远远不能及的。全真宗师在实际修行中诸多惊骇人心的异举足以说明这一点。所以自教祖王重阳到历代宗师，其修行无不以立志为先。

王重阳曾在其《述怀》一诗中云："慧刀磨快劈迷蒙，挫碎家缘割以空。"[1] 又在《自咏》诗中说："从此擘开真铁网，今朝跳出冗尘笼。便将明月堪拿弄，拨断闲云好害风。"[2] 从"慧刀磨快""挫碎家缘""擘开真铁网""跳出冗尘笼"等诗句的措辞中即可强烈地感受到作者出尘入道的坚决和坚定。

---

[1]　薛瑞兆、郭明志编纂：《全金诗》第一册，南开大学出版社1995年版，第159页。
[2]　同上书，第211页。

马钰 46 岁方经祖师王重阳点化出家。与丘处机、刘处玄等人相比，其出家之时可谓深谙世间人情，久历尘世沧桑，内心深处有着更多的事功挂碍与恩情的牵绊，但马钰既已入道，心遂坚定。如其《自述》一诗云："万缘堪破总归空，从此修行早见功。意马难为迷爱欲，心猿易得做愚蒙。"① 尘世各种因缘都被看破，一切归为空无，内心只有向道修行之志。他又在《玩丹砂·自咏》词中说："昔日施为狡猾心。闻人活路向前侵。暗生荆棘闹如林。不顾伤身并损气，欲求积玉更堆金。行尸走骨作知音。"② 以前苦心经营、追名逐利的尘世生活，如今再次回首，内心充满了无限的悔恨之意。否定尘世生活，肯定悟道生涯，在这两相对比中已充分展现了马钰内心深处向道之志的坚定。

马钰还曾多次赠诗其妻孙不二，以劝导和激励她的修行之志。后来他这样教导门人："断情、除欲、降心，休与亲戚相见，休教心到处去。"③ 与其说这是觉悟者对沉迷者至真至诚的点悟，不如说这是马钰当年跟随祖师立志修道的真实写照。正如丘处机所说："大抵修真慕道，须凭积行累功，若不苦志虔心，难以超凡入圣。"④

全真后人皆能深悟此理，以志大愿宏为世人敬仰。如尹志平、王丹桂、于道显等，可谓全真弟子中立志修行的代表人物。而在他们的诗词作品中亦都寄托着坚贞不二的向道之志。如尹志平的《踏云行·自咏》词说："薄利虚名，谁人能戒。前头路险犹贪爱，惟予不肯着浮华，中心有愿超三界。"⑤ 王丹桂的《小重山·述怀》词说："猛悟尘劳跳出笼。胸襟多少事，尽成空。逍遥物外效愚蒙。直脱洒，端的好家风。"⑥ 于道显的《述怀》诗云："道念坚

---

① （金）马钰著，赵卫东辑校：《马钰集》，齐鲁书社 2005 年版，第 61 页。
② 同上书，第 180—181 页。
③ 同上书，第 253 页。
④ （金）丘处机著，赵卫东辑校：《丘处机集》，齐鲁书社 2005 年版，第 142 页。
⑤ 唐圭璋编：《全金元词》，中华书局 1979 年版，第 1188 页。
⑥ 同上书，第 484 页。

弥熟，人情自远疏。清虚为活计，寂淡养真如。铅汞烹金鼎，玄霜炼玉炉。功成归去后，永永住仙都。"① 坚毅诚笃的向道之志跃然纸上，砥砺自我，激励后学。

（二）度人之心

全真宗师一生的宗教事业，无外乎两件大事，一是自我了悟；二是济度世人。广化天下、遍拔群迷，这才是圣者设教之目的。王重阳曾在《三州五会化缘榜》中说："普济群生，遍拔黎庶。银艳充盈于八极，彩霞蒸满于十方。……人人愿吐于黄芽，个个不游于黑路。"② "人人愿吐于黄芽，个个不游于黑路"正是他的设教之理想。话语间超度众生、解脱万民的人生追求十分显现。而教风远播四海一统的宗教宏愿亦隐现其中。在他的诗词中，这一人生理想得到了多次阐示。他在《述怀》（之一）诗中说："坐客同归回首度，教君也得出高坡。"③ 自我了悟的同时，也要帮助他人了悟超脱。

王重阳如是立说，更是如是践行的。在征战杀伐、民不聊生的岁月里，宗教之于众生最大、最直接的救度方式莫过于广开教门，为芸芸苦众提供一方生存安息之所。王重阳东渡传教、广设教团组织的度人实践恰是切中民瘼、因需而应的拯民之举。

受祖师言传身教的影响，全真后人都深怀度人之心，并于诗词中多处展现。如王处一在其《述怀》一诗中说："浊酒狂歌数十年，空身放荡梦游仙。存心救拔通三界，全体光明彻九天。"④ 可谓道出了所有全真道士的四海行化的心声。刘处玄亦在其《上敬奉三教道众并述怀》诗中立志说："救生拔死，

① 薛瑞兆、郭明志编纂：《全金诗》第三册，南开大学出版社1995年版，第18页。
② （金）王重阳著，白如祥辑校：《王重阳集》，齐鲁书社2005年版，第255页。
③ 同上书，第20页。
④ 薛瑞兆、郭明志编纂：《全金诗》第二册，南开大学出版社1995年版，第11页。

德遍十方。"①

王重阳大定十年（1170）于汴京升遐，之后全真教的传教布道的重任就落在了其七大弟子身上。号称"全真七子"的丘、刘、马、谭、王、郝、孙不负祖师之重望，积极悟道传教，足迹遍布大半个中国，致使全真教于元代臻于极盛。尹志平在回首祖师及全真七子的度化之功时，这样总结："七真修德动天颜，一举玄风过玉关。水调歌头明有验，大开门户倚燕山。"② 就王重阳及全真七子的历史功绩和影响来看，这样的评价比较客观，并非夸饰溢美之词。

"全真七子"之后的后世门人个个深承全真之宗风，以济世度人为设教之目标，始终心怀苍生、胸怀天下。尹志平在其《凤栖梧·述怀》一词中，把内心深处的度人之心、拯民之志进行了绝好的展现。词曰：

> 天下周游将欲遍。十载区区，恐负先师愿。老也休休人事远。游山玩水随缘转。
>
> 报与知音听我劝。劫运刀兵，各个都亲见。仍自贪求生爱恋。前头路险如何免。③

云游是早期全真道士布教的一种方式。作者深承先师教门广大、众生得道的宗教愿望，想要用十载时光云布天下，又恐力之不及。于是他又一次规劝天下能识音之人、能明心之士，切勿贪求爱恋，以免遭受劫运。"前头路险如何免"一语一出，其视民忧为己痛、推心置腹为众生担忧的殷切之情顿时显现。

类似之作在全真弟子王丹桂、长筌子、姬志真等人的作品中均不鲜见，

---

① （金）谭处端、刘处玄等著，白如祥校：《谭处端　刘处玄　王处一　郝大通　孙不二集》，齐鲁书社 2005 年版，第 118 页。

② 薛瑞兆、郭明志编纂：《全金诗》第三册，南开大学出版社 1995 年版，第 93 页。

③ 唐圭璋编：《全金元词》，中华书局 1979 年版，第 1174 页。

寄托的同是一片诚挚真切的度人之心。

（三）悟道之门径

全真宗师在讽歌传教、点化度人的同时，亦会把自我悟道之门径赋诸诗词，以助后来者悟道修身。与世俗文人之作相比，全真作品关注的是人的除社会化以外的内在生命的进化与成长。所以读全真作品，无论道门中人抑或凡尘俗子均可从中有所体悟。对于修道者来说，从中可得循道之理路；对于尘俗之人来说，从中可得修心之法门。

在全真宗师的自咏、述怀之作中所涉及的悟道门径，首先是"清心静意"；其次是"淡泊无为"；最后是"以闲悟道"。这对于虔心向道但循道无门者来说，可谓有拨云指日、启悟茅塞、醍醐灌顶的功德。现略举几首全真诗词，以便领悟其中的向道法门。

自述二首（其一）

分修进有何凭，下明珠炼要精。

麦哺餐全藉阴，阳运转莫生情。

无杂念除思忆，不胡进处净清。

火相逢成溉济，将婴姹业升平。①

述怀九首（其一）

昏昏默默探玄玄，清净无为守自然。

真性得凝真气助，无穷变化可冲天。②

---

① 薛瑞兆、郭明志编纂：《全金诗》第一册，南开大学出版社1995年版，第166页。

② 同上书，第340页。

述怀十三首（其二）

浩劫容光不动移，体天法道道无为。

自然变炼真三宝，生育乾坤万化垂。①

本源觉海聚神灵，万物同归一化生。

要复本源归觉海，无为功满自圆成。②

好离乡·述怀

乱草独弯跧。鼓腹高歌自在闲。一枕游仙清梦断，怡颜。笑傲声喧碧嶂间。

日午启柴关。雀跃徘徊望远山。山下有人来问道，知难。雀跃无言笑却还。③

下手迟·自咏

物外优游散诞身。似青霄、一片闲云。任虚空、往来呈嘉瑞，但不惹纤尘。

八表天游何所亲。会三光、日月星辰。向闲中、别没生涯事，且作伴为邻。④

在全真作品中类似之作多处可见。读此类诗词我们可明显体悟到全真道士日常的修行理路。依照其修行理路，修道之事时时刻刻、一行一止中都可进行，所以全真宗师把修行看做"日用"，分为"内日用"和"外日用"。

---

① （金）谭处端、刘处玄等著，白如祥校：《谭处端 刘处玄 王处一 郝大通 孙不二集》，齐鲁书社2005年版，第303页。

② 同上书，第304页。

③ （金）丘处机著，赵卫东辑校：《丘处机集》，齐鲁书社2005年版，第92页。

④ 同上书，第93页。

值得指出的是，全真修行不再主张借助外物来促升仙阶，而是注重内在自我的提升，把修行的意念和升仙的寄托全部集中在自我的修持上，有着凸显的自足的主体精神。如谭处端《述怀》一诗云："不会搜空向外寻，蛟龙猛虎倒颠擒。朝昏懒慢修香火，十二时中只礼心。"① 因此可见，修行的真谛不在于外寻，而在于内持。修行的根基全在于打理自身，而自身的打理又始于治心、理心。这也正是全真教内丹心性理论的另一版本的阐述。

（四）体道之感受

对于道士来说，修行是生命中重要的磨砺和体悟过程。在这一异于常人的历程中会有许多超于常人的生命感受和感知。道士们经过沉心静念、识心见性和积功累行的修持，自我真性渐趋显现，自然之道法也渐可体悟。

体道，若滤去其神秘玄化的色彩，它只不过是人们在某一生命境界下真实的生命体悟而已。人的生命，在不同的境界里会有不同的生命体验和觉知。不同层阶的境界，对应着不同层阶的觉悟和感知。而对道法的体悟，此中充盈于心的真味，只能用心去感知，而无法用确切的语言来传达。正如老子所说："道可道，非常道。"道虽不可言，但体道后的愉悦爽快之心情却可行诸文、付之于诗词。因此在全真作品中，我们处处可以感受到宗师们借诗词传达出的欣悦、洒脱、了悟的体道之心境。

王重阳的《行香子·自咏》一词，把自我体道后的欣悦和快慰展现得颇为淋漓。词曰：

> 有个王三，风害狂颠。弃荣华、乞化为先。恩山爱海，猛舍俱捐。
> 也不栽花，不料药，不耕田。
>
> 落魄婪耽，到处成眠。觉清凉、境界无边。蓬莱稳路，步步云天。

---

① 薛瑞兆、郭明志编纂：《全金诗》第一册，南开大学出版社1995年版，第340页。

得乐中真，真中趣，趣中玄。①

有了道法的体悟，才知何为真乐。尘世的欢乐是有条件的、易失的，而回归道法的欢乐才是真正的、永恒的。这是祖师对后来者的接引与启悟。

王处一在其《满庭芳·述怀》词中说："人还穷此理，尘缘悉屏，世梦都忘。觉身心和畅，无限清凉。万化收归鼎内，红光迸、丹熟馨香。吞服了，还童返老，出自满庭芳。"② 由此可以推知，体道之时顿觉身心和谐、境界无边，这是一种舒展、自适、全知全觉的了达状态。李道玄的《晚年述怀》诗云："白发簪冠百不易，日常睡早起还迟。月圆月缺几经见，谁辱谁荣总不知。闲说个中君子话，狂吟方外道人诗。一生不问浮生计，除此无为总不为。"③ 心境的了悟洒脱如月之朗、水之清。这正是全真后人对全真宗师们谆谆教诲践行和自我勤于修持的结果。

在如此豁达的心境之下，道人们生活情态之悠然不难想见。丘处机在其一首《自咏》诗中说："自游云水独峥嵘，不恋红尘大火坑。万顷江湖为旧业，一蓑烟雨任平生。醉来石上披襟卧，觉后林间掉臂行。每到夜深云雾处，蟾光影里学吹笙。"④ 诗中悠然自得、自娱自乐的生活场景，正是作者对自我修道生活的一个描述，也是大部分修道者生活情态的一种真实写照。再如他的一首《下手迟·自咏》词：

> 落魄闲人本姓丘。住山东、东路登州。自少年、割断攀缘网，从师父西游。兀兀腾腾不系留。似长江、一叶孤舟。任红尘、白日忙如火，但云漾无忧。⑤

---

① （金）王重阳著，白如祥辑校：《王重阳集》，齐鲁书社 2005 年版，第 124 页。
② （金）谭处端、刘处玄等著，白如祥校：《谭处端 刘处玄 王处一 郝大通 孙不二集》，齐鲁书社 2005 年版，第 344 页。
③ 薛瑞兆、郭明志编纂：《全金诗》第四册，南开大学出版社 1995 年版，第 557 页。
④ 薛瑞兆、郭明志编纂：《全金诗》第二册，南开大学出版社 1995 年版，第 145 页。
⑤ （金）丘处机著，赵卫东辑校：《丘处机集》，齐鲁书社 2005 年版，第 93 页。

该词是作者对自我修道历程的一个自述。词为小令，虽简短但把词人从入道到从师西游的行迹清晰展现。下阕议论，使用了比喻的修辞手法，把不易名状的飘零之境遇以一孤舟喻出，顿显明朗鲜活。最后两句用衬托的艺术手法，把尘世繁忙如火的生活与自我闲云荡漾的心境形成鲜明的对比，反差愈大，抒情效果愈佳。

上述所列举的诗词，仅为其一类作品中的代表之作。类似的诗词在全真作品中俯拾即是，不可备述。不难感受全真宗师此类抒怀、自咏诗词，在淋漓尽现自我体道感受的同时，亦抒发着对自然道法的敬仰及对芸芸众生的劝示之意。

三　写景、咏物之作

写景、咏物类诗词在金元全真作品中所占比例不是很大，但也并不鲜见，有三百余首。与其他几类诗词相较，该类作品以自然风光、自然风物为描写对象；用语清新自然、简洁质朴；多能围绕所写之景、所咏之物行文遣句；并以修道者独特的审美视角，向读者展示着大自然内在的深层之美。

同时，读诗词使我们能够深切地感受到，在修道者眼中自然之美是与道混一的。山水风月、茂林修竹其不加修饰、意出自然的情态中深蕴着自然之道法。自然风物是道的外化和具象。

与世俗文人写景、咏物之作的"以美寓情"相比，金元全真之作则是"以美寓道"，以自然之美寓自然之道。正如姬志真在其《山居》诗中说的那样，"盘石巍巍权宝座，柔莎冗冗代青毡。灵岩月窦排幽胜，风伯山灵助法筵。溪水茂林俱演道，野花飞鸟尽通玄。须臾径及无何有，不待言传决是仙"。[①] 茂林溪水、野花飞鸟均是道的衍生物，在这些自然风物中蕴含着自然之道性，通过参悟这些自然风物，人们可以体悟道法。这正是全真道士和世

---

① 薛瑞兆、郭明志编纂：《全金诗》第四册，南开大学出版社 1995 年版，第 304 页。

俗文人的审美情趣不同，而导致的审美视角和终极关怀的差异。

（一）写景之作

金元全真道士的写景之作，主要围绕山水风光和田园景色两大主题展开。这无疑是对盛炽于唐代的山水田园诗风的承继和发扬。全真教的山水田园之作，既有诗又有词。

各种文学样式之间，总会发生相互渗透与借鉴。山水田园诗歌的发展和成熟，促进了山水田园词作的产生和成长。以诗法创词，把山水田园的秀美风光和清雅韵味镶嵌于词中，而形成山水田园词。这一手法在全真文人那里得到了大量的实践，这对于写景词的发展有着重要的贡献。

山水，对于中国士人尤其是出家修行之人，自古就有着莫大的吸引力。其远离市井、静谧清幽，可屏蔽尘世之喧嚣；其山青水湛、景胜韵优，可洗涤倦怠之心尘；其安然自处、随任自然，可参悟自然之道法。因此参玄问道者多隐迹山林，出没烟霞，在与青山秀水的亲近中，寻求心灵的寂静，感受生命的脉动，体悟人生的玄奥。全真的修行亦是如此。

自祖师王重阳至全真七子再到后世门人，多喜欢云游传教，游高山奇水、访明师大贤，于亲见中感受自然造物之神奇，于亲闻中领悟人生性命之玄理，每有所见所闻所悟，则情不自禁寄于诗词，以期与知音者共鸣。就如尹志平所说："我有林泉兴，君无补缺心。一方圣境理幽深，物外结知音。"[1]

毫不夸饰地说，几乎每一位全真高道都写有景美韵幽的山水诗词。从超越世俗的角度审视，其中蕴含着一般文人之作所不曾有的特质之美。先列举王重阳的一首《烟霞洞》诗，以资品呷其中深味。诗云：

> 古洞无门掩碧沙，四山空翠锁烟霞。
>
> 天开玉树三清府，池涌青莲七子家。

---

① 唐圭璋编：《全金元词》，中华书局 1979 年版，第 1172 页。

阐教客来传道去，游仙人去换年华。

可怜此地今谁管，春暖桃夭自发花。①

诗的颈联映射着全真的一段布道历史，但这并不影响整诗景与理的渲染。诗中古洞掩碧沙、山翠锁烟霞的美景尚属其次，重点在于尾联两句哲理的阐发。烟霞洞昔日曾是王重阳师徒参玄悟道的处所，今日他们传教远去，此地已无人照管。但春天依旧如约到来，桃花依旧应春绽放，虽无人赏景但风景自秀。"春暖桃夭自发花"中的"自发花"一语点中机关。大自然的美不会因人的来去而有所改变，人见与不见，它的美都会自发展现，一如往常；如同自然之道，人悟与不悟，它都在那里，一如往常。诗看似写景，实则以景寓道。

王重阳的另一首《骊山》诗亦写得别有韵味。诗说："常访饮乐真闲，间金花镇远山。自神仙来此地，知身在白云间。"② 诗虽简短，自有一股清新幽玄深蕴其间。再如马钰的《咏秋景》诗、《瑞鹧鸪·过杨柳渡》词；谭处端的《游灵山寺》诗、《南柯子》词；刘处玄的《满路花》词；王处一的《满庭芳·住铁查山云光洞作》词；长筌子的《瑞鹧鸪·月照洞庭》词；尹志平的《西江月》词等，都是全真道士写景诗词的代表作。

若要以创作数量和艺术成就论之，全真写景诗词的代表作家当首推丘处机。他以文人细腻的感触、道人灵动的觉察，深深沉浸于对山水风骨与气韵的体悟审视当中；把自然山水之神美融会于心，又润色升腾于笔端。他用娴熟的笔法，恰切生动的描绘，使自然之灵气不隐于纸墨，使山水之秀美尽现于诗词。这也正是他磻溪、龙门十几年的修道生涯中玄对山水的见证。试看其几首作品：

---

① 薛瑞兆、郭明志编纂：《全金诗》第一册，南开大学出版社1995年版，第236页。

② （金）王重阳著，白如祥辑校：《王重阳集》，齐鲁书社2005年版，第45页。

春晓雨

雨晴春色倍光辉，风引泉声出翠微。

宿鸟繁吟朝斗巧，游人远适夜忘归。

参差绿树初腾秀，浩汗青苗乍长肥。

洞口时闻三岛鹤，天隔来访一蓑衣。①

春日登览

时出碧云堂，回旋望八荒。

云收千里净，风散百花香。

欲海愁思远，春山兴味长。

楷筇登眺罢，深入醉中乡。②

金莲出玉花·青峰

云收雨霁，露出青峰寒骨势。野静天空，发发高横碧落中。

南溪无景，与尔炎天销日永。永日题诗，不赋闲愁只赋伊。③

写诗作词对于全真道士来说，多为遣兴挥毫之举，毫无刻意。但读丘处机的上述诗词，我们很难觉知其为修道之人依兴随机之作，和久操文墨的文坛老匠之作相比亦不逊色，反更有别境韵味。如《春日登览》诗中的"欲海愁思远，春山兴味长"两句，所述说的就绝非世俗风怀，面对春山的兴味，心中的欲念与愁思已渐趋消弭。这既是对山水涤心洗尘功用的赞许，又是对自我参悟山水内心感受的表达。其中春山长长的"兴味"，也不仅仅是其外在秀美给予人们的视觉冲击与感受，而且是其内在"道味"给予人们的心灵涤荡与

① 薛瑞兆、郭明志编纂：《全金诗》第二册，南开大学出版社1995年版，第145页。
② 同上书，第182页。
③ （金）丘处机著，赵卫东辑校：《丘处机集》，齐鲁书社2005年版，第85页。

涵养。

正是这种丰厚的蕴含，丘处机的诗词歆羡时人而激励后学，为历代批评家所激赏。胡光谦对丘处机诗词评论说："其文豪纵，意出新奇，盖非俗学所能知者。"①移剌林亦说："今见长春子《磻溪集》，片言只字，皆足以警聋瞆而洗尘嚣也。"②《道藏提要》说其"诗词艺术水平甚高"。③王卡在《道教三百题》中亦评论云："其诗词艺术水平极高……不愧为道流诗文上乘之作。"④此皆非溢美之词。

他的出色的写景之作还有很多，如《秦川》《磻溪》《幽居》《山居三首》《平堂山四首》《旧游》《望昆嵛》《游春》《烟霞洞四首》等诗；《无俗念·暮秋》《水龙吟·西虢》《双双燕·春山》《望蓬莱·秦川》等词，均是诗境似画、词境深厚的佳作，读之让人倍感清新舒展。

和同时期其他全真道士之作相比，丘处机的诗词可谓独树一帜，以清新淡雅为主体特征。全真诗词自丘处机始则独辟了"清雅"一径，以语言清拔、通俗；词意晓畅、通达；意境清幽、旷远为显著特征。这一创作格调由其所创的龙门一派所传承。

而对于田园景色，全真作者亦有倾心。和山水诗词相比，在数量上田园作品略显稀疏，但是此类之作多为佳品。田园风光外在的秀美与内在的恬静，尽显笔端。对于修道之人来说，山水风月尽涵于道，田园风光亦是如此。不管置身何地，只要有着向道之心，处处皆是修行的净地，正所谓"道不远人"。全真作者正是依循这样的审视视角，发现了田园景色的另一层美。

---

① （金）丘处机著，赵卫东辑校：《丘处机集》，齐鲁书社 2005 年版，第 1 页。
② 同上书，第 3 页。
③ 任继愈主编，钟肇鹏副主编：《道藏提要》，中国社会科学出版社 1991 年版，第 914 页。
④ 王卡主编：《道教三百题》，上海古籍出版社 2000 年版，第 163 页。

报师恩·渭南涍里

一方胜景满川稀。水竹弯环四面围。簇槛名花红冉冉，当门幽桧绿依依。

争歌稚子春风舞，斗巧灵禽晓树啼。社内人家三十户，崇真修道压磻溪。①

金莲出玉花·西虢南村

南村地胜，曲水横斜穿柳径，是处荷塘，拍塞荷花映粉墙。

高堂大厦，户户如屏堪入画，峻岭崇岗，日日生云遥降祥。②

丘处机这两首词作是典型的田园作品，朴实而又充满生机的田园气息充盈其间，读之令人心向往之。就所写之景来看，赏心悦目、宜居怡人自不必说；就所用笔法观之，其裁景拼图的痕迹隐现其中。以《渭南涍里》一词为例，水竹环绕四面、名花簇拥左右、幽桧掩映门前、灵禽争鸣林间……这样优美的景象如此齐全地汇集一处，实为难得，显然其中有着作者主观拼凑之功。但这并没有影响词作的优美气质，也无丝毫的做作之态，反而词中画卷令读者心驰神往。

和世俗文人之作相比，丘处机笔下的田园风光似乎少了几分鸡犬相闻、渔樵互答的农家气息，而多了几缕清新淡雅、天人相息的原始生机。而在清幽、自然的田园格调之中，更多了一层仙家气韵。从"社内人家三十户，崇真修道压磻溪"到"峻岭崇岗，日日生云遥降祥"，我们可以深切地感受到，田园家风中所浸蕴的仙道气质。

继丘处机之后的全真后人亦有此类创作实践。如尹志平的一首《瑞鹧

---

① （金）丘处机著，赵卫东辑校：《丘处机集》，齐鲁书社 2005 年版，第 83 页。
② 同上书，第 85 页。

鸪·过龙泉峪》："西山一带好人烟，曲水环山若洞天。无是无非无宠辱，有花有果有林泉。家家奉道养闲客，户户钦坛礼大仙。如此勤心行吉善，太平快乐过丰年。"[1] 尹词所用笔调与丘词如出一辙，所表达的词境亦是异曲同工。家家奉道、户户礼仙显然是作者理想中的境况。作者之所以如此祈望，无非是希望人人得以"太平快乐过丰年"。从更深的层面说，作者希望更多的世人得到终极的解脱。此类作品还有长筌子的《贺圣朝》、姬志真的《鹧鸪天》等。

在全真写景作品中还出现了不少"四时"诗词，即以某地风光为对象，把其春、夏、秋、冬四时的景象描绘于笔端，形成组合诗词，更为立体鲜活地展现所写之景的特色。此时的景色在时间的转换下具有了流动性和跳跃感，景随时迁，情态万状。如丘处机的《望江南》春、夏、秋、冬四首词，《公山春》《公山夏》《公山秋》《公山冬》四首诗；姬志真的《盘山四咏》春、夏、秋、冬四首诗等，均是意境幽远、意蕴丰厚的"四时"之作。

（二）咏物之作

如果说写景之作多是以宏观景象为描写对象，是抽象的瞭望式镜头的话，那么咏物之作则显得细腻形象，是具体的特写式镜头。咏物之作一般一题只咏一物，主题集中，所咏之物无论形美抑或神美，都可以得到形象立体的展现。

咏物之作，往往托物言志或借物抒情，通过对事物的咏叹传达作者的主观思想。所咏之物其内在气韵，映射着作者所要传达的情理和哲思。全真道士的咏物之作亦是如此。

在金元全真作者笔下，所咏之物主要有月、雪、竹、月桂、鹤等自然风物，这也是文人墨客所乐于吟咏的对象。但和一般文人相比，全真道士眼中的这些自然风物都别有深韵。

---

① 唐圭璋编：《全金元词》，中华书局 1979 年版，第 1186 页。

1. 月

月自先秦以来，一直是文士乐此不疲的吟咏对象。其仰首可观，明亮皎洁，倾泻无限的淡雅素美；且有圆有缺、阴没晴现，与世道人情相呼相洽，为众生所敬仰品味自然不足为奇。

吟月之诗最早见于《诗经》。如《诗经·陈风》中的《月出》诗云："月出皎兮，佼人僚兮。……月出皓兮，佼人懰兮。……月出照兮，佼人燎兮。"①之后的汉魏南北朝再到唐宋，咏月之风方兴未艾，迄今依旧绵绵不绝。

自词体产生以来，月便映照词坛。唐代咏月词便出现不少，如李白的《秋风清》《忆秦娥》，温庭筠的《菩萨蛮》，欧阳炯的《西江月》，冯延巳的《归自谣》《三台令》等。直至清代，月之明亮素静依然见于词人笔端。

金元全真文人咏物作品中咏月者，数量居最，有五十余首，约占咏物诗词的二分之一。月这一诗词意象，向来被文人赋予浓厚的思想情感，寄托着作者的欢聚离愁，可谓兴也叹月，伤也叹月，而更多的则是望月哀叹，在对月当歌中倾吐胸中那份无穷无尽的相思愁苦。与此相异，全真道士笔下的明月则全无这股世情风味，有的只是超脱、潇洒、浩荡、圆明的淡雅风姿。这是因为世人仰望明月，心中涌起的是"执我"的"人情"；而全真家仰望明月，心中涌起的则是忘我的"道情"。就像尹志平在他的《山中雨过赏月三首》（之一）中所说的那样，"山静云收入夜清，月光澄彻九霄明。照人肝胆无他虑，唯有诗情与道情"。② 看着月光一尘不染的澄澈，道人的心也变得如是澄澈。

在修道者看来，月亮独居云霄之外，远离尘世，又通彻晃朗、浩浩荡荡，是超尘脱俗、了悟通达的象征。此时的月是一种境界的具象，也是道士修心了悟的向导。静夜独坐，朗月自明，心向明月，月照心台，心愈静而月愈明，

---

① 李学勤主编：《十三经注疏·毛诗正义》（标点本），北京大学出版社 1999 年版，第 451—452 页。

② 薛瑞兆、郭明志编纂：《全金诗》第三册，南开大学出版社 1995 年版，第 88 页。

人与月虽遥不可及却又近在咫尺。月的脱落挥洒、不执不着，赏月者神晤于心。在仰月、赏月、体月、赞月中，心已溶进明月，与月一起临照万物，游迹三岛。

丘处机曾在《见月》一诗中这样写月："沉沉云退晚风幽，皎皎蟾光奋九州。万里碧天清照夜，四郊黄叶冷飞秋。高空似睹虾蟆现，大野还知魍魉囚。脱洒圆明孤且洁，飘飘尘外不淹留。"① 又在《夜深对月二首》中云："耿耿中宵月，无人独自行。下连沧海白，高满太虚清。旧迹离三岛，游空照万城。城中多少客，睡重不能惊。"② 月的脱洒圆明、孤高普照的神韵为作者慧眼独识；月的超脱万物、不沾不滞的风姿正是作者修行的理想。后一首尾联两句颇有抱憾之意，当皓月腾空遍洒光芒、万籁俱寂尘嚣弥远时，正是人们观月洗心、赏月正念的好时机，而城中的众生却无所动，全都昏昏沉睡，辜负了一片皓月，白费了珍贵的时光。

明月高悬太空，自适自足，周而复始一如往常。在修道者眼中这便是一种寂淡无为、任其自然的境界与"真性"。月是他们参玄悟道、体悟道法的对象，也是道性与灵性的载体。王处一《中秋二首》其一云：

> 秋云消散碧天晴，一颗寒光海内生。
>
> 照透玉壶神彩结，三田流注自圆成。③

他又有《对月》诗：

> 真空境内观青霄，宝鉴何曾有动摇。
>
> 若解凭斯为体用，方知神性本昭昭。④

---

① 薛瑞兆、郭明志编纂：《全金诗》第二册，南开大学出版社1995年版，第148页。
② 同上书，第184页。
③ 同上书，第50页。
④ 同上书，第52页。

从月的晃朗到自我"真性"的圆成,其中深寄着作者的哲理运思,体月与体道在全真家的仙道审美视阈中达成了同构。而千古之下,明月高悬于青霄,任尘世兴衰更迭,它都不动不摇。其自足、自适、恒久如初的秉性,恰恰是对道法自然、如如不动的绝好解说。若悟到此处,便知遍地挥洒的月光,尽是道性的倾吐。"道"环居我们左右,昭昭可见,所谓"若解凭斯为体用,方知神性本昭昭",说的正是此意。

全真后学尹志平,亦有不少咏月诗词。他的《山中雨过赏月》诗云:"道人赏玩中霄坐,为爱灵光一点圆。"① 其《卜算子·太平兴国观中赏月》词说:

> 海清山静,素秋光满,凉夜人圆。恣开怀赏玩过三更,更谈论幽玄。
>
> 圆明顿悟,无私普照,善行周全。向今霄觉彻性皆通,证陆地神仙。②

上述列举的诗词皆无引经据典,但意境清新明朗,又不乏深寄。明月的静处圆明,启发着赏月人修行的心法,人心与月性有着深层的相通。赏月不光要借月宣泄自我一己之情思,更要摒除自我,从月的寂淡与自适中寻求心灵的陶冶与滋养。这就是全真咏月诗词超越世俗文人之作的深蕴之所在,也是全真宗师给予后人的弥足珍贵的修行启悟。

月的与世无争、淡雅素净,亦为全真作者所喜爱。李道玄在其诗《中秋夜》中说:"喜观天面十分月,岂惹人间半点愁。饮醉西风忘彼此,不离眼底看瀛洲。"③ 月光清净如洗,毫无尘世的污垢纤尘;月性清颖淡雅,毫无世间的相思哀愁。与月相视,内心充盈的积虑与牵绊顿时随风而逝,剩下的只有

---

① 薛瑞兆、郭明志编纂:《全金诗》第三册,南开大学出版社1995年版,第88页。
② 唐圭璋编:《全金元词》,中华书局1979年版,第1189页。
③ 薛瑞兆、郭明志编纂:《全金诗》第四册,南开大学出版社1995年版,第558页。

忘我的心境，和此心境下才可显现的仙岛瀛洲。李道玄月下所感，和先师谭处端如出一辙。谭处端在其词《酹江月·上元夜观月》中云："上元佳节，正一轮西步，天渠飞跃。素魄当空澄湛湛，独观寒光无着。皓彩乾坤，无私遍照，万古无瑕膜。浑如宝鉴，莹然悬向寥廓。"① 作者眼中之月，素净淡雅，澄澄湛湛，不沾不滞，万里倾泻而下，遍照无私，莹然通透，犹如一面宝鉴。如此不惹纤尘的月光，自然可以启悟内心的澄明与洒脱。尹志平的《江城子·沁州神霄宫赏月》词，亦是此类同调之作。

2. 雪

雪晶莹剔透、洁白如玉，可轻飘如飞絮，亦可急下如毛羽；来自寒宫，又可久驻凡间，因此历来为世人玩赏品鉴，咏赞不绝。纵使修道之人，也会睹雪兴起，挥毫泼墨，以寄胸中无限的欣喜与快慰。

当秋风乍起，万物归藏，衰飒遍野时，洁白通彻的雪花便会飘落人间。一夜之间漫山遍野银装素裹，一片银色世界。遍地素净，满树银花，山水也充盈着别样的生机和灵动。这就是雪花带给人们的视觉冲击和美的享受。此情此景，赏雪之人难免心神荡漾，文思泉涌，遂于尺牍笔墨间记下这惊艳绝伦的胜景。丘处机的《初雪》诗便这样写道：

> 昨夜雨成雪，今朝地变银。
>
> 窗明不是晓，野暗即非尘。
>
> 出海金波淡，弥天玉树新。
>
> 乍观清入眼，堪动作诗人。②

景色的清幽素雅撼动着诗人的视觉与心灵。作者虽潜心于悟道修道，心

---

① （金）谭处端、刘处玄等著，白如祥校：《谭处端　刘处玄　王处一　郝大通　孙不二集》，齐鲁书社 2005 年版，第 25—26 页。

② 薛瑞兆、郭明志编纂：《全金诗》第二册，南开大学出版社 1995 年版，第 558 页。

境趋于湛然，但眼前胜景乍入眼底，亦不免诗兴大起。这和祖师的感触遥相共鸣。王重阳在他的《醉蓬莱·咏雪》词中说："然间云雾，密布长天，遍空呈瑞。屑飘飘，舞风前轻坠。面凝酥，山头铺粉，又爽兼鲜媚。姹婴儿，相将携手，同来游觑。"① 全真作品中，姬志真的《瑞雪》诗、李道玄的《雪》诗、尹志平的《江城子·咏腊雪》词等均是展现冬雪胜境的绝好佳作。

全真宗师醉心雪之美景，但绝不辄止于雪花的外在形美。全真作者笔下的雪花在晶莹剔透、素净淡雅中，深蕴着不同寻常的神美，其有着独特的精神气格和非凡的超脱气韵。这恰体现了修道之人独特的审美视角，和超常的体物格物的洞达功力。读全真诗词，我们从中可品味出雪花在洁美的外形之中，所蕴藏的风骨神韵。

咏　雪

得其真趣绝搜寻，物物般般总不侵。

碧落澄湛非有意，白云来往本无心。

盈盈明月赠佳致，细细清风送好音。

举目慵观潘岳赋，怡颜懒抚伯牙琴。

外除花卉游人静，内蕴芝苗只自临。

决要三田归至宝，亦令一性上高岑。

养成幻体如光莹，无正胎仙似啸吟。

杳默昏冥长作伴，寂虚永保水中金。②

王重阳的这首诗虽题为"咏雪"，但诗中并未见到雪的飘洒和壮丽，雪的形迹并不显见。事实上，该诗所要咏的并非雪的外在形美，而是雪的内在神美。诗开门见山，指出雪中有真趣，能悟得此真趣便可"物物般般总不侵"。

---

① （金）王重阳著，白如祥辑校：《王重阳集》，齐鲁书社 2005 年版，第 104 页。

② 薛瑞兆、郭明志编纂：《全金诗》第一册，南开大学出版社 1995 年版，第 198 页。

而此"真趣"所指为何呢？从诗的叙说可知：雪缘起于无意，化生于无心；其体态晶莹喻示着脱尘离垢；其遇物而覆、寂淡虚静喻示着随缘无争。在无意、无心、脱尘、无争中，雪之真趣已不言而喻、呼之欲出，这就是雪与道相契相合的精神风貌。雪在飘落与沉寂间已展现了自然道法之真谛——自然、无争。这便是悟道与得道之人慧眼独识之处。

再如王重阳的《雪》诗和《望远行·咏雪》词等，俱是深寄之作，读之令人深有所悟，深受启发。

3. 竹

竹亦是全真作者嘉许的风物。其经冬不凋、四季常青，与梅、松一起被称为"岁寒三友"，其傲雪欺霜的耐寒品质为世人赞许。王重阳《咏竹》一诗云："夜月照对金琐碎，清风拂处玉玲珑。岁寒别有非常操，不比寻常草木同。"[1] 谭处端亦在《酹江月·咏竹》中赞其曰："终不凋零材异众，岂似寻常花木。傲雪欺霜，虚心直节，妙理皆非俗。天然孤淡，日赠物外清福。"[2] 作者赞咏竹的耐寒品操与脱俗气质，在雪欺霜压下依然坚韧挺拔，实有自况之意，喻示着全真道士苦修不辍似竹之耐寒，坚卓循道似竹之超俗。王丹桂的《无俗念·咏竹》词把此意表现得尤为显现。词中说："一竿修竹，有天然标本，森然唯独。槛外窗前横翠影，幽雅真非寻俗。内蕴虚心，外彰高节，超越凡材木。静吟风月，韵同敲击冰玉。"[3] 从"非寻俗""蕴虚心""彰高节""超越凡材木"等措辞中，即可感受到作者对竹之气韵的赞赏，同时以竹自励与自况之意亦隐现其中。同韵之作还有他的《秦楼月·咏竹》等。

竹之清虚的个性亦为全真家所喜爱。清节、虚心不仅仅象征着刚正不阿与审慎谦下的君子风度，同时还与"道"之健行自然的秉性相契合，正所谓

---

① 薛瑞兆、郭明志编纂：《全金诗》第一册，南开大学出版社 1995 年版，第 210 页。

② （金）谭处端、刘处玄等著，白如祥校：《谭处端　刘处玄　王处一　郝大通　孙不二集》，齐鲁书社 2005 年版，第 25 页。

③ 唐圭璋编：《全金元词》，中华书局 1979 年版，第 486—487 页。

"直节自非凡草木，虚心真合道生涯"①。竹的气韵秉自天然，从破土之笋芽到千尺之苍竹，始终以清虚为本性。睹物内省，深格苍竹之理亦会使人自慎不俗。丘处机在《无俗念·竹》中说道，"虚心翠竹，禀天然、一气生来清独。月下风前堪赏玩，嘲谑令人无俗。嫩叶萧骚，隆冬掩映，秀出千林木。英姿光润，状同玄圃寒玉"。②

　　自古以来高人隐士多喜欢幽居竹林，与竹之清拔相竞秀，与竹之潇潇相齐鸣。心怀雅淡的文人墨客也喜欢植竹于庭院，绘竹于纸宣，养竹于心田。竹成为承载深厚的文化符号。竹这一独特的文化魅力全源自其超俗的气韵和清虚的风骨。全真家的咏竹诗词亦着墨于此。

　　4. 月桂

　　以月桂为吟咏对象的诗词在全真作品中相对较少。全真作者赏析月桂主要着眼两点：一是其耐寒的秉性，如同松竹。谭处端有《咏月桂》诗："绿叶柔茎结翠红，精神朵朵弄晴风。岁寒坚耐同松竹，尽占年光造化功。"③

　　二是其"仙花"气格。全真者视月桂为月中桂树的化身。王重阳《题净业寺月桂》诗云："识将月桂土中栽，争忍尘凡取次开。折得一枝携在手，却将仙种赴蓬莱。"④ 丘处机亦有诗云："太原门下景幽深，一簇仙花压古今。根干发从云上面，祖宗来自月中心。香苞灼灼披红粉，茂叶重重锁绿荫。朵朵精神皆异俗，飘然特使众人钦。"⑤ 月中有"仙桂"是由来已久、并广为人知的仙话传说。《酉阳杂俎·天咫》载："旧言月中有桂、有蟾蜍，故异书言月桂高五百丈，下有一人常斫之，树创即合。"⑥ 全真影射这一神话故事，把月桂与月中桂树相联系，无疑是为了增加其仙化色彩。

---

① 薛瑞兆、郭明志编纂：《全金诗》第二册，南开大学出版社1995年版，第154页。

② （金）丘处机著，赵卫东辑校：《丘处机集》，齐鲁书社2005年版，第64页。

③ 薛瑞兆、郭明志编纂：《全金诗》第一册，南开大学出版社1995年版，第339页。

④ 同上书，第180页。

⑤ 薛瑞兆、郭明志编纂：《全金诗》第二册，南开大学出版社1995年版，第148页。

⑥ （唐）段成式撰，方南生点校：《酉阳杂俎》，中华书局1931年版，第9页。

赋予月桂"仙花"气格并非全真作者首创，先前月桂便有"仙树"之称。全真对此加以渲染，一是意在说明凌云九霄外的仙宫与人间是相通的，仙、人相距并不遥远；二是通过对月桂的赞誉，表明自我慕仙向道的追求。

5. 鹤

鹤亦是全真作者喜爱之物，是长寿和超俗的象征。如谭处端的《咏鹤》诗云："停停独立对秋风，黑白分明造化功。休讶得延千纪寿，为他顶上结丹红。"① 丘处机的《鹤》诗云："一种灵禽体性高，丹砂为顶雪为毛。冥冥巨海游三岛，娇娇长风唳九皋。洒落精神超俗物，飞腾志气接仙曹。抟风整翮云霄上，万里峥嵘自不劳。"② 而鹤超俗的一面在中国文化中展现得最多，相传鹤能翩翩于仙凡之间，来去自如，被誉为"仙禽"。在道教故事中仙人驾驭的多是鹤与鹿，如《列仙传》中载有王子乔乘鹤成仙的故事。全真文人咏鹤多是取其仙道的文化意指。

除此之外，全真作品中所咏之物还有：菊、茶、蝉等自然风物，代表作品有王重阳的词《雨中花》《菊花新》、诗《咏茶》；马钰的词《踏莎行·茶》；王重阳的诗《六月闻蝉二首》；等等。

与世俗文人之作相比，全真诗词咏物之作皆不拘于外在形态的赞赏，而重在内在神韵的烘托。因此诗词中这些意象的意指更为丰富，且有着浓厚的超越尘俗的意味。

---

① 薛瑞兆、郭明志编纂：《全金诗》第一册，南开大学出版社 1995 年版，第 339 页。
② 薛瑞兆、郭明志编纂：《全金诗》第二册，南开大学出版社 1995 年版，第 149 页。

第三节　金元全真诗词的内容特点

从整体来看，中国古典诗词属于抒情文学，抒情特征十分明显，是作者借以抒发内心丰富情怀的文学样式。金元全真诗词与之类似，但又有明显区别。和世俗文人相比，全真作者借助诗词抒发的不是豪情壮志，不是悲苦失意，亦不是忧怨离愁，而是修道悟道后充斥于心的"道情"。全真道士欣喜于道、充实于道、超脱于道、了悟于道，最后和合于道。

在全真诗词中，作者始终传达着两种情怀和心态：一是忧叹；二是喜悦。忧叹的是芸芸众生依恋红尘、执着四假、昏昏不悟，难脱轮回之苦；喜悦的是圣人设教以度人，自我了悟己自度，传教事业亦渐盛。这就是全真宗师度己亦不忘度人的宗教情怀，这也是全真诗词与其他道教文学作品相区别的一个重要特征。

就诗词的内容而言，相较于世俗文人作品和其他道教作品，全真之作亦有着独特的个性。

一　以传道说教为主要内容

对于全真宗师来说，自我了悟绝非难事，但若这一了悟仅仅终止于自我，其了悟究竟有多大的意义？此绝非全真宗师的修行理想，把超脱的金针度与他人，使人人不游于黑路，个个超越于轮回，才是他们终极的宗教关怀。这与忘怀自我、飘然长去的羽客有着本质的区别。

全真高道是得道之人，也是宣道之人，亦是苦口婆心点化群迷之人。他们写作诗词时时不离"道法"，处处不忘警众，倾毕生精力履行着度己度人的宗教使命。其后世门人深承师风，诗词创作一如前人。传道说教成为全真诗词的主要内容，更是全真道士创作的主要目的。

读全真诗词，无论是题寄赠答之作、自咏述怀之作，或是写景咏物之作，其中传道说教的主体意识都十分清晰，读者自明，毋庸赘述。

二 以三教合一为思想基调

"三教合一"是全真教基本的教理教义，是对东汉以来渐趋炽热的"三教圆融"思想的继承和发扬，更是全真宗师顺应历史潮流、依据金元社会现实所树起的一面运思高明的理论旗帜。在全真诗词典籍中，"三教一家"论处处可见。

从全真者的视角来看，三教之所以能够成为一家，首先是因为儒释道三者的义理相通，真道相融。王重阳在答孙公问三教时说："儒门释户道相通，三教从来一祖风。"① 又在《示学道人七首》诗中说："心中端正莫生邪，三教搜来做一家。义理显时何有异，妙玄通后更无加。"② 全真后人李道纯在他的《水调歌头·示众无分彼此》词中说："道释儒三教，名殊理不殊。"③

其次，三教在开启群迷、济度众生上本质一致。圣贤设教之目的无外乎锻就众人刚毅之人格，锤炼众人澄澈之心境，启悟众人超俗之真性，使人们不昏昏于尘俗，不痴痴于尘迷。因此王重阳认为儒、释、道的开创者都是后世教众的宗祖。他在《金关玉锁诀》中云："太上为祖，释迦为宗，夫子为科牌。"④ 刘处玄也说："始终不变，圣贤来度。三教高真，便是师父。"⑤ 圣贤之于众人，可谓清醒觉悟者之于昏昏沉迷者，他们都怀有一颗点悟群迷、遍引众生的普度之心。王处一有《敬三教》诗云："三教同兴仗众缘，真空无语

---

① 薛瑞兆、郭明志编纂：《全金诗》第一册，南开大学出版社1995年版，第150页。
② 同上书，第156页。
③ 唐圭璋编：《全金元词》，中华书局1979年版，第1234页。
④ （金）王重阳著，白如祥辑校：《王重阳集》，齐鲁书社2005年版，第288页。
⑤ （金）谭处端、刘处玄等著，白如祥校：《谭处端 刘处玄 王处一 郝大通 孙不二集》，齐鲁书社2005年版，第119页。

笑声连。放开法眼全玄理，莲叶重重作渡船。"① 谭处端亦有诗云："三教由来总一家，道禅清静不相差。仲尼百行通幽理，悟者人人跨彩霞。"② 王丹桂在《满庭芳·咏三教》中云："……共扶持邦国，普化人天。浑似沧溟大海，分异派、泛流诸川。然如是，周游去处，终久尽归源。"③ 这些诗词对三教的社会共性及度人的本质进行了清晰的阐示。此种阐示其视域已超出三教之外，融会三教亦不拘于三教，这也证明了全真作者境界的高远与思想的通脱。

最后，道、释在修行之理上相通。正如上面谭处端的那首《三教》诗所说"道禅清静不相差"，在修行理路上，释门与道户是相通的，都讲究清静无为、自然淡泊。在修行心法上，道、禅有着殊途同归的修持理念——明心见性。对此王重阳在《答战公问先释后道》诗中表述得十分清晰，诗云：

> 释道从来是一家，两般形貌理无差。
>
> 识心见性全真觉，知汞通铅结善芽。
>
> 马子休令川拨棹，猿儿莫似浪淘沙。
>
> 慧灯放出腾霄外，照断繁云见彩霞④

全真后人深明此理，在诗词中多处显示和发挥，如于道显的《示人》诗云："为佛为仙在寸心，可能尘世废光阴。"⑤ 全真后人在修持中无一不是遵循着性命双修、明心见性的修行理路，这也是全真内丹修炼的核心法门。

那么三教合为一家的情状如何呢？王重阳在《金关玉锁诀》中进行了形象的比喻。他说："三教者，如鼎之三足，身同归一，无二无三。三教者，不离真道也，喻曰：似一根树生三枝也。"⑥ 三教如同鼎之三足，树之三枝，俱

---

① 薛瑞兆、郭明志编纂：《全金诗》第二册，南开大学出版社1995年版，第29页。
② 薛瑞兆、郭明志编纂：《全金诗》第一册，南开大学出版社1995年版，第339页。
③ 唐圭璋编：《全金元词》，中华书局1979年版，第481页。
④ 薛瑞兆、郭明志编纂：《全金诗》第一册，南开大学出版社1995年版，第145页。
⑤ 薛瑞兆、郭明志编纂：《全金诗》第三册，南开大学出版社1995年版，第3页。
⑥ （金）王重阳著，白如祥辑校：《王重阳集》，齐鲁书社2005年版，第287页。

汇于真道，这就是早期全真道三教融合的主流意识。这种核心思想在他的词作中亦多有展现。他在《武陵春》词中说："道释儒经理最深，精气助神悟。"① 在《望蓬莱》词中云："三教好，妙理最深幽。摆脱浮生并世事，这回前路赴蓬洲。"② 又在《爇心香》中说："谑号王风，实有仙风。性通禅释、贯儒风。"③ 类似之作还有《特地新》《临江仙》等词。

与"三教合一"的基本教理相一致，全真教在伦理思想、修行观念上，亦对儒释进行了吸纳和融会，从而援佛入道、援儒入道，吸纳儒佛思想精髓为道所用。这其中最为凸显的，就是把忠、孝、仁、义等儒家核心的伦理道德列为教诫，要求门人弟子审慎遵行；把佛家的"三界""轮回""禅定"之说引入自我的修持方法之中，同时仿效释门头陀的修行理念，以苦修为主。"全真七子"及后世门人，修持皆以苦行相闻于世。

前已提及全真教如此鲜明有力地倡导"三教合一"，一是对由来已久的三教合一思想的承继和发扬；二是在战争频仍、民族矛盾激化、社会动荡的时代背景下，为世人提供身心双重拯救的舆论之需。后者则为主要原因。

援儒入道、援佛入道的目的，是吸纳儒佛的精髓为道所用，而不是模糊三教不分彼此。儒佛尤其是儒家之于全真，只是外在"真行"修持上的理论借鉴，主要体现在德识与人格的提升与保鲜上。而在内在"真功"修持上，在最为核心的修行心法——内丹修炼上，全真则十分注重门户的自重与师传，对本家修行始终保持着高度的自信心与优越感。全真两位掌教马钰和丘处机曾有诗词对此进行论说，颇有意蕴。马钰诗云："身在儒门三十年，不知一字大如天。偶因悟彻风仙理，顿觉灵明满大千。"④ 丘处机在其诗《访终南怀道村宁之道留宿竹园》中云："怀道访之道，摅情远世情。安居神自爽，欲睡梦

---

① （金）王重阳著，白如祥辑校：《王重阳集》，齐鲁书社 2005 年版，第 69 页。
② 同上书，第 196 页。
③ 同上书，第 268 页。
④ 薛瑞兆、郭明志编纂：《全金诗》第一册，南开大学出版社 1995 年版，第 249 页。

还惊。仙院风光雅，琼林月色清。儒生真得趣，奚恋紫袍荣。"① 又在其词《西江月》中说："莫把修丹看易，无师坐破蒲团。药材火候少真传。妄泄天机受谴。世上黄缁千万，试看那个成仙。只因执著坐枯禅，强把身心静敛。"②此中意指十分明了。

这一思想在全真后人中尤为凸显。略举全真后人于道显的几首诗作，从中便可窥见其意指。

示龙窝张会首

吾家门户几人知，知者须明造化机。

清静之中含妙用，无为之内隐玄微。③

示史道人

众妙之门日日新，家风冷淡绝纤尘。

闲招云外长生客，同赏壶中不谢春。④

示费庄夏会首

我家门户本幽玄，寂寂寥寥任自然。

修短纤洪都莫话，饥来吃饭倦时眠。⑤

全真道士对本家修持保持高度的热衷和持重并无可厚非。全真之所以为全真，自有其独特的文化核心与独树一帜的修行法门。全真道士有足够的理由，维护其自信心和优越感。但全真宗师又从未显现出"唯我独尊"排除异

① （金）丘处机著，赵卫东辑校：《丘处机集》，齐鲁书社 2005 年版，第 51 页。
② 同上书，第 157 页。
③ 薛瑞兆、郭明志编纂：《全金诗》第三册，南开大学出版社 1995 年版，第 41 页。
④ 同上书，第 43 页。
⑤ 同上书，第 46 页。

己的门户之见，反而对儒释取长补短、借鉴融合，摒除外在的分歧，存异求同，以求和合圆融。这恰也说明了全真文化的博融与独特，博采众家又不失本色。

三 以诗词记述布道历史

与以往的道教诗词相比，全真作品中有着突出的历史意识。作者在诗词中着意记述全真宗师及自我布道传教历程，并从中寄托着自我对祖师设教传道的崇敬与敬仰，对自我得到点化接引的感恩与欣喜，以及皈依玄门后的那份精神快慰与自适。从这一角度说，全真诗词已具有了重要的史料价值。

王重阳于金正隆四年（1159），在甘河镇得遇仙人，并得授口诀，之后他便拔尘离俗，慨然入道。对这段经历，王重阳在其诗《遇师》中有所记述。诗云："四旬八上得遭逢，口诀传来便有功。一粒丹砂色愈好，玉华山上现殷红。"① 王重阳于大定七年（1167）七月十八日在山东宁海与马钰相识。九月丘处机自昆嵛山来谒见，请为弟子。是年冬，谭处端出家循道，前来拜师。次年（1168）二月初八，马钰经祖师耐心的点化规劝终于出家入道。同日，王处一自牛仙山来，投入王重阳门下。二月晦日，王重阳携马、谭、丘、王四徒入昆嵛山，开烟霞洞居之。三月郝大通来昆嵛山出家。早在王重阳刚到宁海之时，郝大通就曾与他谋面，因家中有年迈老母，未随即出家。重午日（五月五日），孙不二亦追随王重阳出家。九月王重阳于莱州点化刘处玄入道。至此"全真七子"聚集王重阳门下。

对于有宗教信仰的人来说，如果能够得到圣贤的点化与接引，那将是人生中无与伦比的幸事。在循道证仙的征程中有了先师的提携，生命的轨迹将会发生重大的改变，生命的意义也会发生质的飞跃。因此入道后的全真弟子，对祖师的接度之功深怀感激，对祖师的传教事业，及设教拯救群迷的壮举深

---

① 薛瑞兆、郭明志编纂：《全金诗》第一册，南开大学出版社 1995 年版，第 170 页。

表景仰。此情之真挚真切非世俗情感所可比拟，非世俗之人所可体受。情真意切之至，最好的抒发方式莫过于倾诸诗词。几乎每一位全真弟子，都有着抒发如是情感的诗词作品。

曾富甲一方号称"马半州"的马钰，经祖师王重阳反复耐心地劝化方才出家入道。在"全真七子"中，马钰是受祖师劝化之功最多者。王重阳的《教化集》《分梨十化集》中的诗词主要就是为劝化马钰而作。相比之下，马钰身上也承载着王重阳更多的期望与教门重托。马钰出家于大定八年（1168），时年四十六岁，是祖师门下最为年长者，与祖师年龄仅相差 11 岁，有着同祖师类似的人生经历，生命体悟中与祖师也有着许多共鸣之处。入道后的马钰对祖师的提携之恩，触动最为深刻。他曾在《论恩》一诗中这样表达心中的感恩之情：

> 天地日月父母恩，不能使我脱沉沦。
>
> 弟兄姊妹暂相识，妻妾儿孙愈不亲。
>
> 幸遇风仙传秘诀，致令马钰得良因。
>
> 断情割爱调龙虎，绝虑忘机产凤麟。
>
> 玉内金生丹结宝，水中养火气安神。
>
> 师恩深重终难报，誓死环墙炼至真。①

在马钰看来，父母、兄弟、姊妹、妻妾、儿孙的恩情都是尘俗的、短暂的，不足以超脱沉沦、长久存在。祖师的点化则使自己忘尘绝虑、金丹圆融，生命归于了永久。这样的师恩才是至真至大的。对于修道之人来说，对师恩最好的回报莫过于勤参苦炼、循道而仙，修成终极道果。所以马钰挥笔写下了《十报恩》词，共十首。每一首表达的都是坚笃的向道成仙之志。如第十

---

① （金）马钰著，赵卫东辑校：《马钰集》，齐鲁书社 2005 年版，第 95—96 页。

首云：

> 山侗十愿报师恩，劈碎金枷玉杻情。
>
> 久视门中修久视，长生路上得长生。
>
> 昏昏默默澄澄湛，杳杳冥冥净净清。
>
> 响亮丹成蓬岛去，重阳师父远来迎。①

在马钰的诗词中，约有四分之一是传达感激师恩的作品。类似之作在丘处机、谭处端、王处一、刘处玄等人的作品中亦是随处可见。谭处端在《神光灿》词中说："谭哥昔日，赡养家缘，积孽有若山丘。因遇仙师，东历海岛三州。劝诱顽愚向善，悟轮回、舍爱回头。随缘过，守清贫柔弱，云水闲游。"② 丘处机在《下手迟·自咏》词中云："落魄闲人本姓丘。住山东、东路登州。自少年，割断攀缘网，从师父西游。"③ 再如丘处机的《无俗念·赞师》《金莲出玉花·得遇行化》等词；谭处端的《酹江月》《如梦令》等词；王处一的《沁园春》《青玉案·谢师恩》等词，皆是感念师恩的典型之作。

在全真后人的诗词作品中，同样随处可见感念师恩这一重要的情感记述。如王丹桂的一首《满庭芳》词云：

> 雪霁郊原，冰凝池沼，时当深入穷冬。重阳此日，降迹阐真风。还是丹阳师父，乱尘世、飞上天宫。玄元理，一升一降，显现至神功。
>
> 无穷。真匠手，京南陕右，河北山东。但儿童耆老，谁不钦崇。应物随机顺化，垂方便、三教通同。诸公等，从今已往，何日再相逢。④

---

① （金）马钰著，赵卫东辑校：《马钰集》，齐鲁书社2005年版，第97页。

② （金）谭处端、刘处玄等著，白如祥校：《谭处端　刘处玄　王处一　郝大通　孙不二集》，齐鲁书社2005年版，第26页。

③ （金）丘处机著，赵卫东辑校：《丘处机集》，齐鲁书社2005年版，第93页。

④ 唐圭璋编：《全金元词》，中华书局1979年版，第479页。

重阳祖师生于宋徽宗政和二年（1112）十二月二十二日，而马钰升仙于大定二十三年（1183）十二月二十二日，两个日期恰好都是十二月二十二日。这在全真门人看来，绝不是巧合，而是道机玄理的显现。所以王丹桂在词中说："玄元理，一升一降，显现至神功。"而该词亦写于十二月二十二日。众道友修斋完毕，为感念先师而创作一词。词虽简洁质朴，不事华美，但所记先师事迹翔实，所抒情感敦厚。作者淳然的念师之情与诚挚的慕道之志尽现无遗。在尹志平、姬志真、李道玄、于道显等人的诗词中，此类之作亦俯首可见。

第二章　金元全真诗词的艺术特色

近年来，随着金元文学及道教文学研究的深入，人们对金元全真诗词渐渐有了公允客观的认知。李艺在他的《金代词人群体研究》专著中总结说："曾有人说道家词（全真道词）枯燥无味，那也许是指其中的一部分的词作，并不能代表全部。"[①] 并进一步指出："金元之际的全真道，在诗、词等文学作品的创作上更是形成了道教文学上的一个奇观，不仅作者众多，而且作品数量也很巨大。……因此，研究金词不能不研究全真道词。"[②] 詹石窗的《南宋金元道教文学研究》专著认为："作为中国道教后期的一大道派，全真道不仅在思想史上留下颇多创获，而且在文学方面也有独特的建树。"[③] 于东新在其博士学位论文《多民族背景下的金代词人群体研究》中指出："作为汉族词人群的别一宗，全真道士词人群的'道士词'则与'文人词'面貌迥异，其别样的特质尤值得深思。""全真道士词实际代表了金词成就之一大宗。"[④] 这些论说都是立足于丰富可靠的文献资料基础之上的，可谓公允。

客观而论，作为金元文学的一大支脉，金元全真诗词与世俗文人之作在

---

① 李艺：《金代词人群体研究》，首都师范大学出版社 2008 年版，第 245 页。
② 同上书，第 281 页。
③ 詹石窗：《南宋金元道教文学研究》，上海文化出版社 2001 年版，第 4 页。
④ 于东新：《多民族背景下的金代词人群体研究》，河北大学博士学位论文，2010 年。

艺术风格上赫然有别，在诗词的长廊中大放异彩。进一步来说，金元全真诗词的艺术特色主要表现在语言修辞、诗词意象、诗词意境三个方面。

第一节　个性化语言与多样化修辞

金元两代均建国于北方。由于受到地理环境、士人气质及"苏学盛于北"① 的影响，金元两朝的诗词在语言上主要表现为清旷、质朴的风格，与南宋诗词的语言格调大有不同。元好问在其《自题中州集后》一诗中，对此有过评说，其诗曰：

> 邺下曹刘气尽豪，江东诸谢韵尤高。
> 若从华实评诗品，未便吴侬得锦袍。②

对沿袭至金元时代的北方诗风格，元好问以"豪""实"二字概括之，实为切中肯綮之评。正如刘勰《文心雕龙·辨骚》所指出："酌奇而不失其真，玩华而不堕其实。"③ 真实是自然质朴的根本之所在；唯有真实，才足以感动读者。金元两朝之诗词多以注重内容、取质轻文为特征。故其言语以清旷、质朴为主；与注重音韵格律、着意文采的南宋诗词自然格调不侔。而较强的现实气息与凸显的精神主体，正是北方文学的特有质素，若就内容的"华实"而论，江南的"吴侬软语"未必有强胜之处。

与之相近的批评之见，在其他评论家言中并不鲜见。《蕙风词话》卷三

---

① （清）赵执信、（清）翁方纲著，陈迩冬校点：《谈龙录·石洲诗话》人民文学出版社 1981 年版，第 153 页。
② （金）元好问：《元好问全集》，山西人民出版社 1990 年版，第 398 页。
③ 周振甫：《文心雕龙今译》，中华书局 1986 年版，第 46 页。

曰："南人得江山之秀，北人以冰霜为清。南或失之绮靡，近于雕文刻缕之技，北或失之荒率，无解深裘大马之讥。"① 又曰："金源词人伉爽清疏，自成格调。"② 冯金伯谓《中州乐府》所选词作"颇多深裘大马之风"。③ 可见诗词的北方一脉，其清旷、质朴的文风为批评家所深谙。

在这样的主导文风之下，金元全真作者在诗词创作中，虽在用语上以质朴为主调，但也别具风格。他们在诗词中使用了大量的口语、俚语，尽可能地使其明白易解。为了增进传诵的效果，他们致力于加强诗词的音律美和节奏感，在创作时巧妙地运用了叠字与叠句、类字与和声等语言技法。同时为了使诗词说唱更为形象与生动，他们还使用了比喻、夸张、拟人、联珠、互文等修辞手法，在促升文辞表达效果的同时，尽可能地增强了诗词的可读性。

一　个性化的语言

（一）用语通俗、口语化

金元全真作者，创作诗词的一个主要动因就是传教、宣教。他们秉持着"劝化诗词如醒悟，免教投火似飞蛾"④ 的心态，孜孜不倦于写诗作词。而他们传教和宣教的对象遍及社会各个阶层，除文化素养较高的读书人之外，更多的是广大的中下层士民。因此在诗词的遣词造句中，通俗易懂就成了首要的要求。

自祖师王重阳始，金元全真诗词创作便以通俗、口语化的语言为主导风格，不再追求字句的工整与形式的华美。这并不代表全真宗师缺乏足够的文学素养。"王重阳本士流，其弟子谭马丘刘王郝，又皆读书种子"。⑤ 而从全

---

① （清）况周颐：《蕙风词话》，上海古籍出版社 2009 年版，第 63 页。
② 同上书，第 68 页。
③ 唐圭璋编：《词话丛编》，中华书局 1986 年版，第 1893 页。
④ （金）马钰著，赵卫东辑校：《马钰集》，齐鲁书社 2005 年版，第 11 页。
⑤ 陈垣：《南宋初河北新道教考》，科学出版社 1958 年版，第 15 页。

真高道的德识造诣及宗教成就看，他们大多数拥有着丰赡广博的学问功底。通俗、口语化的创作只是传教的一种需要。

首先，用语通俗。语言的通俗，最直观、最显现的效果便是易懂。如唐代白居易的诗，语言通俗易懂，被称为"老妪能解"之诗。全真作者同样追求这样的表达效果。下面我们就从他们的诗词中品咂其通俗的风味。

先看一首王重阳的《咏清凉》，诗云：

> 清凉何所似，不与苦寒同。
>
> 半夜临潭月，初秋过雨风。①

整诗用语平淡无奇，无引经据典，"半夜""初秋"等均为通俗的口语。但该诗通俗并不庸俗，所寄之意蕴并不俗浅，饱含作者真切细微的生活体验。

又如其《金丹》诗云：

> 本来真性唤金丹，四假为炉炼作团。
>
> 不染不思除妄想，自然衮出入仙坛。②

这是一首典型的内丹诗词，表述的完全是修炼路径的宗教内容。但通读四句诗，其意已了然于心，并无谲奥晦涩之处，略识文字之人便能通晓诗意。

马钰在诗词创作中承袭祖师王重阳的风格，其在入道前后进行了大量的"继和重阳韵"的写作实践。该部分作品主要收录于《重阳分梨十化集》卷下，可见于《道藏》第二十五册。马钰一生创作成果丰硕，著有《洞玄金玉集》《渐悟集》《丹阳神光灿》等诗词集，近 1500 首作品，其中的诗词在用语通俗上，较祖师有过之而无不及。因此其诗词语言大都浅白质朴、明白晓

---

① （金）王重阳著，白如祥辑校：《王重阳集》，齐鲁书社 2005 年版，第 158 页。
② 同上书，第 30 页。

畅，虽文学性不强，却是绝好的传教工具，如同童谣民歌一般传唱于街头巷尾。人们在口口相诵中无理解障碍而能有所感悟，这比单纯讲经说法有着更高的接受度。现略举其诗词以观之：

建　德

道家无亲无不亲，哀物哀人哀己身。

心起慈悲行大德，意无情念显精神。

有为境界时时拨，无漏园亭日日新。

暗积行功功行满，携云归去礼师真。①

这首七律读起来朗朗上口，词句浅白流畅，诗意也不难把握，很适于市井巷陌间传诵。细细品味又不难发现，朴实无华的诗句间又别有深蕴。诗之首句表面上是写道家的世俗亲情关系——无亲无不亲，实则是对道家的出世原则——"无为无不为"的另一种版本叙述。中间两联说的则是具体的修行路径，从"心慈"到"无念"，从"有为"到"无漏"，修持理路清晰可见。尾联则是作者对全真修行理念的总结——功行双持。该诗的信息量大、理论性强，但诗句却不显得枯燥无味，道内道外之人读此诗均会有所悟，可谓雅俗共赏的佳作。又如他的《西江月》词：

大道都来六字，自然清静无为。有人依得合希夷，视听何须眼耳。

清静内容欢喜，无为功就神飞。自然云步赴瑶池，三岛十洲仙会。②

和马钰同岁的"全真七子"之一的谭处端，其诗词语言格调亦与祖师相一致，以通俗见长。如他的《劝众修持》诗：

① 薛瑞兆、郭明志编纂：《全金诗》第一册，南开大学出版社1995年版，第291页。
② （金）马钰著，赵卫东辑校：《马钰集》，齐鲁书社2005年版，第175页。

> 听我洗心方，脩然滋味长。
>
> 无无中妙用，有有内含光。
>
> 人被欲情染，情生神气伤。
>
> 人还情欲断，步步履仙乡。①

诗句平白如话，如述家常，徐徐道来。作者的劝化情怀在质朴、素雅的语言中缓缓倾注，给人一种平易贴切的审美感受。诗虽以劝人出世修持为主要内容，但读之并不虚幻怪诞，这正是金元全真诗词受人喜爱的一个重要原因。

在全真七子中，才情独具而又文翰精深者是丘处机。"其登临揽胜，讴歌山川，苦旱细雨，警世悯物，有如仁人志士；其赠答应酬，随机施教，除顽释蔽，论道明心，俨然一代宗师；其居山观海，吟月赞松，流连风景，则似隐士文人。"② 因此，其写诗作词"接物应俗，随宜答问"③。"动容无不妙，出语总成真"④。即便如此，全真通俗的文风至其手也并未消弭。他以清拔的造语风格，使诗词更加淡雅清新，读之更加朗朗上口。如他的《落花》诗，以花的繁盛凋零来喻示世间的荣辱兴衰，用语十分通俗，诗曰：

> 昨日花开满树红，今朝花落万枝空。
>
> 滋荣实藉三春秀，变化虚随一夜风。
>
> 物外光阴元自得，人间生灭有谁穷。
>
> 百年大小荣枯事，过眼浑如一梦中。⑤

全真教历经王重阳、马钰、谭处端、刘处玄先后掌教，至丘处机而臻于

---

① 薛瑞兆、郭明志编纂：《全金诗》第一册，南开大学出版社1995年版，第341页。

② 任继愈主编，钟肇鹏副主编：《道藏提要》，中国社会科学出版社1991年版，第913页。

③ （金）丘处机著，赵卫东辑校：《丘处机集》，齐鲁书社2005年版，第4页。

④ 同上书，第1页。

⑤ 薛瑞兆、郭明志编纂：《全金诗》第二册，南开大学出版社1995年版，第152页。

极盛。随着全真教团组织的壮大，诗词的传教功用也渐次隐退。此时全真收纳门徒主要凭借其浩大的社会声望，但写诗作词的创作风气并未随即终止，通俗易懂的全真文风依然弥漫全真文坛。如全真后人李道纯的《炼丹砂·示众》词云：

> 至道本无传，只要心坚。始终立志莫教偏。九载三年常一定，便是
> 神仙。
>
> 真息自绵绵，灵地平平。饥来吃饭困来眠。夏月单衣冬盖被，玄外
> 无玄。①

整首词明白晓畅，既无引经据典又无谲怪遣词。"只要心坚""便是神仙""饥来吃饭困来眠"等皆是白话用语，老妪、孩童皆可理解。该词可谓金元全真诗词中"白话词"的代表之作。

又如王玠的《沁园春·全真家风》一词：

> 不恋功名，不求富贵，不惹闲非。盖一间茅屋，依山傍水，甘贫守
> 道，静掩柴扉。读会丹经，烧残宝篆，终日逍遥任自为。真堪悦，遇饥
> 来吃饭，冷即穿衣。
>
> 个中消息谁知。自里面惺惺外若痴。且藏锋挫锐，先人后己，和光
> 混俗，岂辨高低。处世随缘，乐天知命，白雪壶中配坎离。时来到，与
> 十洲仙子，同驾云归。②

王玠把全真的家风概括得十分精确而到位。读此词可清晰得知全真家风为：无为淡泊、清静自然、逍遥自适、先人后己、和光同尘、处世随缘、全真而仙。如此朴素而淡雅的风范，岂止是全真教门风尚，全真文风何尝不是

---

① 唐圭璋编：《全金元词》，中华书局1979年版，第1237页。
② 同上书，第1261页。

如此呢？

其次，以口语、俚语入诗词。相对于诗词用语的通俗化来说，口语化的特征则更易于发掘和把握。在全真诗词中作者大量使用口语、俚语、方言等词汇进行创作，造就了突出的口语化的诗词特征。《道藏提要》指出："王重阳诗词常杂俚语，……全真派道士之诗文，其内容、风格率多效仿重阳。"①

对于方言和口语的使用，全真作者各有偏好，在其诗与词中各有展现，而于词中所见为多。下面仅以王重阳、马钰、丘处机三人的诗词为例，略作探析。

在王重阳的诗词中使用较多的方言、口语有：兀底、忒、恁、这个、笑呵呵等。其中"兀底"一词在当时的语境中表示"这"的意思，更多的是表示惊诧和强调语气。忒，在现代的口语中亦经常使用，表示"太"的意思。恁，在现代方言中不为鲜见，是"那么""这么""那"的意思。现略举其诗词以观之：

> 越贪心，生狠妒，百端奸巧。计较，骋风流卖俏，也兀底。②
> 遇明师，授秘诀，分开片段。堪赞，真性灵灿灿，也兀底。③
> 忽然垂泪，下语向予言，为前世，忒跷蹊，欠负欺瞒债。④
> 这仁人，忒伶俐。问我修行，便出非常意。⑤
> 直待盈盈，恁时节、同将师礼，住十洲、大家欢喜。⑥

---

① 任继愈主编，钟肇鹏副主编：《道藏提要》，中国社会科学出版社1991年版，第907页。
② （金）王重阳著，白如祥辑校：《王重阳集》，齐鲁书社2005年版，第53页。
③ 同上书，第54页。
④ 同上书，第53页。
⑤ 同上书，第74页。
⑥ 同上书，第105页。

如今款款渐投玄，恁时得得频相见。①

溺江才子空嗟浊，投阁词人谩解嘲。还识这般知这个，鬼毛兔角一齐抛。②

是惺惺，清没和，津负荷，须用、这个那个。③

茶言汤语是风哥，芝草闲谈果若何。不可人前夸了了，须知物外笑呵呵。④

吹玉笛，舞婴哥，面金花莹不磨。女唱时休占认，中拍手笑呵呵。⑤

马钰深承祖师创作之风，以说教劝化为诗词主意，在诗词中多处遣用口语、俚语。马钰的作品中使用较多的口语有：忒、恁、听予劝（说）等，略举几例如下：

李先生，忒执拗。全真堂下，最难训教。⑥

叹人人，忒拙计。竞蜗角虚名，蝇头薄利。⑦

善听要听听不得，如聋似瞽可追寻。恁时仙佛做知音。⑧

焚香乞巧拜无休。恁肯灰心，守拙列仙俦。⑨

李法师，听予劝。休苦哀人，自先救援。⑩

元是神仙何不晓。听予劝，家缘事小。⑪

<hr />

① （金）王重阳著，白如祥辑校：《王重阳集》，齐鲁书社 2005 年版，第 117 页。
② 同上书，第 7 页。
③ 同上书，第 101 页。
④ 同上书，第 19 页。
⑤ 同上书，第 46 页。
⑥ （金）马钰著，赵卫东辑校：《马钰集》，齐鲁书社 2005 年版，第 116 页。
⑦ 同上书，第 126 页。
⑧ 同上书，第 129 页。
⑨ 同上书，第 185 页。
⑩ 同上书，第 115 页。
⑪ 同上书，第 210 页。

　　而遣用口语、俚语入诗词的这一语言特征，在马钰作品中尚属其次，和其他全真作品相比，马钰之作最为突出的一个文笔风格则是"以文作词"，把撰写文章的笔法技巧用于词作的创作中，使词所表述的要义脉络清晰，逻辑严明。且看他的一首词，便可直观立体地感受这一特征。

二郎神慢

　　应仙举，便下手、先除色欲。好玉洁冰清大丈夫。更休任、泥拖水漉。一失人身难再复。莫等闲、把前程失误。今略诉，长生久视，五件堪为凭据。

　　听取，第一要、涤除念虑。第二要、忘贪戒酒肉。第三要、济贫拔苦。第四要、常行慈善。第五要、精神保护。依此五件，功成行满，得赴蓬莱仙路。①

　　这首词属于长调。上阕作者规劝世人理心向道及早立仙志做修持，不可虚度光阴，误了修行的前程，进而告诫众人，在寻求长生久视的道路上有五个要领需要掌握。词下阕则具体阐述了修行的这五个要领。最后做出总结：依循这五个方面修行，待到功行圆满便可举赴仙宫。从第一要到第五要的罗列式文字，我们已不觉得它是"词"，俨然觉得它是逻辑严密的语录或全真榜语。这就是马钰以文为词的代表之作。类似的词例还有不少，如：

　　叹浮生，心灰尽。小吴解元昆仲，少年清俊。②
　　这儒生，俗姓李。悟无为清静，自然玄理。③

---

① （金）马钰著，赵卫东辑校：《马钰集》，齐鲁书社 2005 年版，第 308 页。
② 同上书，第 117 页。
③ 同上书，第 122 页。

在早期全真宗师中，就文学素养和根基来说，丘处机可谓后来居上者。他在出家之前未读诗书，不识翰墨，自从跟随王重阳之后，殷勤向学，能日记千言。王重阳十分赏识器重他，让其掌管典籍文翰。于是他"道经无所不读，儒书、梵典，亦历历上口。又喜属文赋诗，然未始起稿，大率以提倡玄要为意，虽不事雕镂，而自然成文"。[①] 其诗词有着明显的典雅特征。但为了增强诗词的传道效果，丘处机在《磻溪集》中依然使用了许多浅白俚俗的口语、方言。现略举几例以观之：

> 日午起行了还坐。把旧习般般打破。清闲处，唯有这些儿个。[②]
>
> 登莱潍密。四海皆闻头插笔。爱争多词。不肯饶人些子儿。[③]
>
> 数载田苗长亢旱。今春雨雪何滋漫。嘉兆分明知过半。将来看。掀天大熟歌讴满。[④]
>
> 白玉肌，红粉脸。尽是浮华庄点。皮肉烂，血津干。荒郊你试看。[⑤]
>
> 物外虽分端的，天心未放玲珑。[⑥]
>
> 斗衣鲜马，壮社火班行引拽。小兄弟虚耗村村结。[⑦]

在《磻溪集》中使用频率最高的口语是"恁"一词，如：

> 是从来浩劫，神仙过路，但曾经恁。[⑧]
>
> 还到恁时，发忿应迟。[⑨]

---

① （金）丘处机著，赵卫东辑校：《丘处机集》，齐鲁书社 2005 年版，第 414 页。
② 同上书，第 73 页。
③ 同上书，第 85 页。
④ 同上书，第 80 页。
⑤ 同上书，第 90 页。
⑥ 同上书，第 87 页。
⑦ 同上书，第 95 页。
⑧ 同上书，第 69 页。
⑨ 同上书，第 77 页。

恁时节，鬼难呼，唯有神仙提携。①

物外天机唯不审。人间世事无过恁。②

由所列举的作品可以看出，丘处机诗词在典雅的主体格调之下，蕴藏着通俗浅近的文风。这正是《磻溪集》可雅俗共赏，历来受人欢迎的重要原因。

综括而言，金元全真诗词中的诸多口语，均是作者根据诗词表述的内容而灵活嵌入的，并无突兀生硬之感，亦未曾减损诗词的通脱蕴藉之风。同时，这些口语的恰当运用，反而使诗词流传更广，更易于体切人心，从而收到了更好的传道效果。

由金元全真诗词通俗、口语化的语言特点，使人想到了元散曲的用语特征。与全真诗词类似，元散曲亦以通俗易懂见长。我们在阅读元散曲时，可以遇到很多浅白如话、嵌有口语的作品。略举几例如下：

卢挚的［双调·沉醉东风］之《对酒》：

对酒问人生几何。被无情日月消磨。炼成腹内丹。泼煞心头火。葫芦提醉中闲过。万里云入浩歌，一任旁人笑我。③

张养浩的［双调·雁儿落兼得胜令］之《退隐》：

云来山更佳，云去山如画。山因云晦明，云共山高下。

倚杖立云沙，回首看山家。野鹿眠山草，山猿戏野花。云霞，我爱山无价，看时行踏，云山也爱咱。④

乔吉的［中吕·山坡羊］之《自警》：

---

① （金）马钰著，赵卫东辑校：《马钰集》，齐鲁书社 2005 年版，第 78 页。

② 同上书，第 80 页。

③ 隋树森编：《全元散曲》，中华书局 1964 年版，第 110—111 页。

④ 同上书，第 407 页。

> 清风闲坐，白云高卧。面皮不受时人唾。乐跎跎，笑呵呵，看别人
> 搭套项推沉磨。盖下一枚安乐窝。东，也在我。西，也在我。①

汤式的［中吕·山坡羊］之《书怀示友人》：

> 驱驰何甚，乖离忒恁。风波犹自连头浸。自沉吟。莫追寻。田文近
> 日多门禁。炎凉本来一寸心。亲，也自恁。疏，也自恁。②

这些散曲的语言风格与金元全真诗词的通俗、口语化特点十分相像。自宋元以来很多学者认为曲是由词演变而来。陶宗仪在其《南村辍耕录》中说："金季国初，乐府犹宋词之流，传奇犹宋戏曲之变。"③ 金元之际，"乐府"所指就是散曲。明清曲论家多赞同这一说法，进一步称曲为"词余"，与词为诗之余相贯连。何良俊的《四友斋丛说》曰："夫诗变而为词，词变而为歌曲，则歌曲乃诗之流别。"④ 李调元的《雨村曲话·序》载："客有谓予曰：'词，诗之余，曲，词之余。'"⑤梁廷楠亦在《曲话》中对诗、词、曲的更迭论说道："乐府兴而古乐废，唐绝兴而乐府废，宋人歌词兴而唐之歌诗废，元人曲调兴而宋人歌词之法又渐积于废。"⑥

而文体之间的转变更替，有着多重因素与漫长的历程。在宋词演变为元曲的复杂过程中，金元全真诗词起到了重要的推动作用。从现存的文学及史学记载能够发现，全真教对元代散曲家的影响，其深刻程度超过历史上任何时代宗教对文人的影响。邓绍基主编的《元代文学史》指出："综观有元一代

---

① 隋树森编：《全元散曲》，中华书局1964年版，第585页。

② 同上书，第1603页。

③ （元）陶宗仪撰：《南村辍耕录》，中华书局1959年版，第332页。

④ （明）何良俊撰：《四友斋丛说》，中华书局1959年版，第337页。

⑤ （清）李调元：《雨村曲话》，见《中国古典戏曲论著集成》（八），中国戏剧出版社1959年版，第5页。

⑥ （清）梁廷楠：《曲话》，见《中国古典戏曲论著集成》（八），中国戏剧出版社1959年版，第278页。

士人与宗教的关系，当数全真教影响最大，……在文学创作尤其是散曲和杂剧创作中，全真教的影响更其明显。"①

而金元时期的文人也乐意与全真教相往来，如散曲家杜仁杰、白朴、姚燧、卢挚、贯云石、邓玉宾等都与全真教过从甚密。他们的诗词集中有不少是与全真往来之作。从陈垣先生所集的《道家金石略》中可以看出，为数不少的全真墓志、碑铭、传记、观记等皆出于当时著名的文人之手。而在当时文人的散曲作品中，亦可窥得他们对全真教的敬仰之情。如邓学可的套曲〔正宫·端正好〕《乐道》之《呆古朵》云："休言尧舜和桀纣，都不如郝孙谭马丘刘。他每是文中子门徒，亢仓子志友。……若不是阐全真的王祖师。拿不着打轮的马半州。"②

由此我们不难推论，金元全真诗词语言通俗、口语化的特点，对元散曲语言风格的形成有着某种先导作用。所以吴国富在他的《全真教与元曲》一书中总结说："全真作品通俗易懂，与散曲、杂剧基本处于同一层次。种种特点（当然包括用语特点），使它们对元代文学产生了巨大影响。"③

（二）叠字与叠句的应用

叠字这一语言艺术在诗与词创作中的运用非常久远。在诗歌中的应用最早可追溯到《诗经》。如《诗经·卫风·硕人》曰："河水洋洋，北流活活。施罛濊濊，鳣鲔发发，葭菼揭揭。庶姜孽孽，庶士有朅。"④ 最为人熟知的叠字诗是稍后东汉时期《古诗十九首》中的《迢迢牵牛星》："迢迢牵牛星，皎皎河汉女。纤纤擢素手，札札弄机杼。"⑤ 至唐代此类诗歌所见渐多。

叠字在词作中的运用，最为著名的是李清照的《声声慢》："寻寻觅觅，

---

① 邓绍基主编：《元代文学史》，人民文学出版社 1991 年版，第 23—24 页。
② 隋树森编：《全元散曲》，中华书局 1964 年版，第 697 页。
③ 吴国富：《全真教与元曲》，江西人民出版社 2005 年版，第 23 页。
④ 李学勤主编：《十三经注疏·毛诗正义》（标点本），北京大学出版社 1999 年版，第 226 页。
⑤ 余冠英选注：《汉魏六朝诗选》，人民文学出版社 1978 年版，第 63 页。

冷冷清清，凄凄惨惨戚戚。乍暖还寒时候，最难将息。"① 词一开头便一连用了七组叠字，且意蕴呈递进之势，把作者内心的孤寂与落寞和盘托出，倾泻淋漓。

在全真诗词中叠字这一创作艺术得到了大量的实践。此一语言技巧虽非全真首创，但在同一家作品中运用频率之多、技法之娴熟却为前代所未见，这不能不说是全真诗词的一大艺术特点。

作者之所以使用叠字，是因为重叠之后的词意虽与单字本意有较大的关联，但在表达效果上已大有不同。叠字的语气与语境更多的是强化与强调，传达出动作重复、范围扩大、时间延长、程度加深等艺术效果。全真道士大量运用叠字亦是为了追求这样的语言功效。

在全真作者中首开使用叠字之风者是教祖王重阳，他在诗词创作中多次进行了叠字使用的实践。其中较为出色的叠字之作有《金鸡叫》《七骑子》《恣逍遥》《千秋岁》《望蓬莱》《山亭柳》《遇仙亭》等词和《指迷颂》等诗。我们且看其中的一首词，感受一下王重阳对叠字运用的妙处。

金鸡叫·警刘公

占得虚空呈俊俏，玄中玄、妙中绝妙。自然五彩通灵照，一颗明珠，万道霞光罩。

净净清清，冷冷晓晓，昏昏默默，冥冥窈窈。森罗万象辉辉耀。月里蟾鸣，日里金鸡叫。②

这是一首中调词。由其词题"警刘公"可知是一首劝化之作，警劝世间的"刘公们"早日理身修道。词的上阕展示的是修道者体道后的状态，占得了虚空，便悟得了玄中玄、妙中妙；自身灵性全聚，神气还虚，犹如五彩光

---

① （宋）李清照：《李清照集》，中华书局 1962 年版，第 31 页。

② （金）王重阳著，白如祥辑校：《王重阳集》，齐鲁书社 2005 年版，第 66 页。

芒环绕左右；体内的内丹始告圆融，生命便有了霞光升腾、自然如如的境界感受。词的下阕述说的则是体道悟道的过程，由净清到冷晓到昏默再到冥窈，是一个递进的修行进阶过程。对这一修道过程，作者全用叠字来表达，加深和纯化了每一个修持阶段的精神状态，更加有层次感地展示了生命境界进化与提升的过程。

词的结尾以"金鸡叫"再次点题，别有深蕴。"金鸡"是传说中的神鸡，它之于人们最主要的功德就是报晓。在天还未亮、时值深夜的时候，金鸡便预晓了黎明的到来，于是昂首高唱，向人们宣示新的一天即将到来。此时的金鸡令人景仰之处就在于其黑夜预知黎明的能力，即先知先觉的本领，所谓雄鸡高唱，暗夜先觉。王重阳词中的寓意就是希望人们能够像金鸡那样早早觉悟。

上述所提及与列举的王重阳的作品，均是叠字使用在六组以上者。使用最多者达十四组，即《山亭柳》词。词曰：

> 急急回头，得得因由。物物更不追求。见见分明个把，般般打破优游。净净自然莹彻，清清至是真修。
>
> 妙妙中间通出入，玄玄里面细寻搜。了了达冥幽，稳稳拈银棹，惺惺驾大法神舟。速速去超彼岸，灵灵现住瀛州。①

而一首作品中使用了三组、四组、五组叠字的情况更不为鲜，不胜枚举。叠字在这些作品里大多起着烘托情感和强化主题的作用。

王重阳之后的全真弟子，尤其是第一代弟子，在诗词创作中多受祖师的影响，喜用叠字。如谭处端和马钰嵌入叠字的作品数量不亚于王重阳，技法亦相当熟练。如马钰的《遇仙槎·赠清风散人》：

---

① （金）王重阳著，白如祥辑校：《王重阳集》，齐鲁书社 2005 年版，第69页。

勤勤物外修，谨谨心中扫。渐渐绝尘缘，细细通玄奥。

灵灵大药成，灿灿神光好。得得遇仙槎，稳稳归蓬岛。①

再如谭处端的《长思仙》：

得玄玄，悟三三，火灭烟消风害谭，昏昏保玉男。

趣闲闲，认憨憨，一性浑如月正南，澄澄现碧潭。②

除马钰、谭处端以外的全真第一代弟子，如刘处玄、丘处机、王处一等人，在他们的诗词中亦多处可以见到叠字的使用。如刘处玄的《仙乐集》中常用的叠字有：了了、忙忙、个个、潇潇、洒洒、般般、物物等；丘处机的《磻溪集》中常用的叠字有：人人、飘飘、醺醺、时时、般般、腾腾、漫漫、绵绵、澄澄等；王处一的《云光集》中常用的叠字是：了了、玄玄、澄澄、悄悄、默默、腾腾、细细、盈盈等。

继七子之后的全真教门人，大都承袭了祖师运用叠字的这一语言风格。在他们的作品集中，几乎随处可以翻检到嵌用叠字的诗与词。如王丹桂的词《望海潮》云："暗洽玄机。觉澄澄湛湛，并没归依。"③ 词《踏莎行》云："世世纷纷，尘忧扰扰。余闲思想真堪笑。"④ 如长筌子的词《解愁》云："岁月匆匆，忙如奔骑。"又云："返照人间，忙忙劫劫。"⑤ 词《洞玄歌》云："绿影沉沉映窗户。任从他、日转西郊，且闲看，云生南浦。见隐隐遥岭接天青，又石齿分泉，迸珠飞雨。"⑥ 诗《和朗然子诗并序》云："一点闲闲忘嗜

---

① （金）马钰著，赵卫东辑校：《马钰集》，齐鲁书社 2005 年版，第 202 页。

② （金）谭处端、刘处玄等著，白如祥校：《谭处端　刘处玄　王处一　郝大通　孙不二集》，齐鲁书社 2005 年版，第 52 页。

③ 唐圭璋编：《全金元词》，中华书局 1979 年版，第 482 页。

④ 同上书，第 485 页。

⑤ 同上书，第 583 页。

⑥ 同上书，第 587 页。

欲，六门寂寂绝声闻。"又云："绵绵气母如龟养，湛湛心渊似谷存。"① 再如尹志平的词《西江月》云："事事谙来心足，般般舍去身轻。"② 词《临江仙》云："常常忘视听，步步入希夷。"③ 诗《修行五更颂》云："二更寂寂乐真闲，一气绵绵任往还。"④ 诗《长春宫警世》云："有欲般般着，无情事事休。"⑤ 又如于道显的诗《述怀》云："漠漠青烟锁翠微，潇潇落叶四檐飞。"⑥ 诗《赠禹知观》云："隐隐遥山锁翠烟，亭亭碧嶂近林泉。凿开混沌些儿景，偷得壶中一点天。"⑦

除此之外，在姬志真、李道玄、李道纯、王志坦、王元粹、王玠等人的作品中亦随处有嵌有叠字的语句映入眼帘。

就叠字这一创作技巧的运用而言，金元全真教早期和中后期的作品存在明显的差异。早期的诗词中，有时一首作品叠字的使用频率较高，甚至整首诗词全部由叠字组成，为了叠字而叠字，颇有滥用或玩文字游戏的意味，部分叠字并没有发挥其应有的艺术功效。中后期的作品则明显趋于典雅，叠字的使用切中妙处，能充分地融入整首作品的情感与意指当中，并起到相应的烘托和强化作用。

和叠字类似，叠句也是源自《诗经》的一种诗歌语言技法。和叠字有所不同的是，叠句的形式是相同的诗句接连重复地使用，中间并无间隔。如《诗经·齐风·东方之日》云："东方之日兮，彼姝者子，在我室兮。在我室兮，履我即兮。东方之月兮，彼姝者子，在我闼兮。在我闼兮，履我发兮。"⑧

---

① 薛瑞兆、郭明志编纂：《全金诗》第四册，南开大学出版社1995年版，第570页。
② 唐圭璋编：《全金元词》，中华书局1979年版，第1169页。
③ 同上书，第1176页。
④ 薛瑞兆、郭明志编纂：《全金诗》第三册，南开大学出版社1995年版，第85页。
⑤ 同上书，第105页。
⑥ 同上书，第1页。
⑦ 同上书，第26页。
⑧ 李学勤主编：《十三经注疏·毛诗正义》（标点本），北京大学出版社1999年版，第335—336页。

叠句这种语言技法其表达具有回环往复、一唱三叹的艺术效果，增强了诗歌的音韵美、意境美与含蓄美；有助于渲染气氛、强化感情和突出主题；同时还能增强诗歌的节奏感，给读者一种委婉深长的意味。继词体产生之后，这一语言技法便被移用于词体的创作中，其在词中同样起到了如在诗中的表达效果。

金元全真作者对这一语言技法十分喜爱。在早期全真诗词创作中的运用，尤以歌与词之小令为凸显，出现了很多叠句之作。这显然与它们在歌唱时的音韵美与节奏感的要求有关。歌本就是用于歌唱的文学样式，其音韵与节奏自不必说；小令因其体式简短，音节紧凑，再加以叠句复沓的文字语言，自然就强化了合拍而击、回环往复的歌唱性。

从现存的全真典籍来看，这一语言技法依然由祖师王重阳首先使用。其高足马钰深袭其风，进行了大量的应用实践。而在谭处端、丘处机、王处一的作品中这一语言风格也多有展现。就数量上观之，王重阳和马钰的叠句之作最为丰硕，据笔者统计（《如梦令》中的叠句为固定的填词格式，不作为统计对象），王重阳的作品中约有30首使用叠句，代表之作如《得得歌》《惺惺歌》《铁罐歌》《川拨棹》《梅花引》《望蓬莱》等。其中《铁罐歌》为组诗形式，共有10首。马钰约有50首使用叠句，代表之作有：《普救歌》《发叹歌》《渔家傲》《蓬莱阁》《长思仙》《梅花引》《望蓬莱》等。

全真作品中叠句的内容多有警世劝化、理心向道的说教成分，这也恰好符合全真宗师依靠可以传唱的歌、词进行传教宣教的目的。兹以王重阳与马钰的代表词为例，领略一下其叠句的表达效果。

王重阳的《梅花引》：

　　少无福，早孤独，憔悴一身无告嘱。日常思，日常思，此事分明，皇天便得知。

见远促，见远促，侍来偏亲增汝禄。孝心推，孝心推，致感神明，洪禧得共随。①

马钰的《长思仙·赠六曲社丁李张三道友》：

休哀人，休哀人，急急灰心哀自身。回头结善因。

早搜真，早搜真，营养身中神内神。功成礼洞宾。②

词句经重复叠用之后，纵使无音乐伴奏，读起来亦会有回环跌宕的表达效果。在这一唱三叹、回环往复的叠句词作中，寄寓着作者深深的劝世意图，也浸蕴着全真宗师们爱民拯民的拳拳深情。但也并非所有的全真叠句之作都会拥有如此浓厚的劝化意味，亦有一些格调淡雅、文风清新的词作。如丘处机的《蓬莱阁·述怀》词，词曰：

栖霞客，西游栖在南溪侧，南溪侧。千寻赤岸，万株苍柏。

无心只有轻云白。举头不见繁华色，繁华色。空花杂乱，世人贪得。③

词下阕的结尾虽略有劝世的意味，但整首词从用语到造境都显得清秀典雅，给人一种清新自然、舒展自适的审美感受。词为小令，简短明了，把一位高真隐士的隐修环境及隐修心境一一展现。这清幽静谧、超脱无碍的景与境，自然能让终日忙忙碌碌、身心疲惫的世人嗟然自叹，并心向往之。如此直击心灵深处却又毫无强迫与催促感的述说方式，或许更易被人接受。

再如王丹桂的《秦楼月·咏松》《秦楼月·咏竹》：

---

① （金）王重阳著，白如祥辑校：《王重阳集》，齐鲁书社 2005 年版，第 211 页。

② （金）马钰著，赵卫东辑校：《马钰集》，齐鲁书社 2005 年版，第 170 页。

③ （金）丘处机著，赵卫东辑校：《丘处机集》，齐鲁书社 2005 年版，第 92 页。

烟霞客，亭亭隐在幽岩侧，幽岩侧。霜欺雪压，了无纤碍。

蚪枝招飐寒云外。天然姿质真堪爱，真堪爱。青青别是，一番标格。

性贞洁，柔枝嫩叶堪图写，堪图写。四时常伴，草堂风月。

孤高劲节天然别。虚心永永无凋谢，无凋谢。绿阴摇曳，瑞音清绝。①

这两首词全然没有了劝化警世的说教风味，是纯粹的咏物之作，堪称佳品。前一首咏松，采用比拟的修辞手法，把松喻为"烟霞客"，且是一位隐居幽谷的烟霞客。作者之所以如此比拟，是因为松有着欺霜傲雪、了无挂碍的精神内质，及枝叶招展直插云霄的飒爽英姿。亭亭劲松之于众多草木，恰如飘然的烟客之于芸芸众生，足见作者对松之精神的那份由衷的敬意和喜爱。后一首咏竹。翠竹四季如一，常依风月；峭拔高挑，关节分明；体质坚韧而内怀虚心，经冬不凋，迎风潇潇。如果说松是一位刚毅挺拔的伟丈夫的话，那么竹俨然是一位清秀俊逸的俏女子。竹的秉性中有着高洁清逸的个性，更有着虚心不阿的节操。

由上述两首词作可知作者咏松、吟竹，所咏的不是它们苍翠欲滴、郁郁葱茏的外在枝叶，而是其自然潇洒、清虚卓立的内在气韵。

可惜的是，随着散曲及讲唱艺术的发展，诗词依乐歌唱的音乐特征渐趋消弭，叠句这一语言技法在金元全真教后期的作品中也渐渐地隐迹了。

（三）类字与和声的使用

金元全真诗词在语言上的另一个特点，是类字手法的使用。所谓类字，是指同一字词间隔地重复使用，形成多个并列的偏正词组，各词组之间表意相近或相反。这样的表述方式使得诗词具有明显的节奏感，读起来朗朗上口，

---

① 唐圭璋编：《全金元词》，中华书局 1979 年版，第 490 页。

且情感的抒发充沛尽致，有一泻千里之势。

这一语言技巧在金元全真诗词中首见于王重阳的作品。在《重阳全真集》《重阳教化集》和《重阳分梨十化集》中使用类字之作不下50首。如《任公问本性》《木鱼》《了了歌》《自叹歌》《于公求诗》《歌赠丹阳》等诗作；及《夜游宫》《豆叶黄》《迎仙客》《行香子》等词作，均是使用类字十分妥帖巧妙的作品。我们从中随机拈取几例，以便直观感受其中类字的风格。

《夜游宫》：

> 养就神和气，自不寒不饥不瘵。①

《了了歌》：

> 禀精通，成了彻，非修非炼非谈说。②

《达达歌》：

> 自饮自沽醒复醉，任歌任舞笑还愉。③

《迎仙客》：

> 做修持，须搜索，真清真静真心获。④

从上述的例句我们可以看出，类字法所构成的这些词组，虽多为并列关系，但它们紧密排列在一起，很有连发之势，已然具有强化、渲染的艺术效果。

全真作者中另一位善于使用类字手法进行创作者，是全真第二位掌教马

---

① （金）王重阳著，白如祥辑校：《王重阳集》，齐鲁书社2005年版，第71页。
② 同上书，第129页。
③ 同上书，第133页。
④ 同上书，第176页。

钰。在他的诗词集中此类之作有近百首之多，在数量上已胜过祖师，代表之作有《继重阳真人韵》《题文登于疃于庵主契遇庵》《连珠颂》《寄呈高陵刘伯虎殿试》《示门人》等诗，《爇心香·劝世》《离苦海》《斗修行》《清心镜》《满庭芳》《贺圣朝》《临江仙》《万年春》《瑞鹧鸪》《上丹霄》等词。

马钰的这一语言技法授受于王重阳自不必说。但与祖师之作相比，他的这近百首诗词中类字的字句明显增多、加长，且有不少篇章整首都由类字组成。如其《满庭芳·赠于瓦罐先生》云：

> 有荣有辱，有利有害。有喜有忧相待。有得有失，自是有成有败。为人有生有死，但有形、必然有坏。休著有，自古来著有，有谁存在。
>
> 好认无为无作，道无情无念，无憎无爱。无我无人无染，无著无碍。无心有消业障，遮无无、人还悟解。无中趣，得无生无灭，超越三界。①

在这首长调中，作者分别使用了17个"有"字和17个"无"字，篇幅虽长但并无拖沓重复之感。词之上阕以"有"字类起，把世间众生苦心营营之情事尽现于笔端，展现了凡俗者执着不悟的精神情状。该阕末尾作者劝诫人们不要执着于世间之"有"，古往今来无数的执着者都已作古不复存在。词的下阕以"无"字引起，是对"有"的破除和解脱，展现了得道者破执超脱的精神境界。在这一"有"一"无"的对比中，作者把执迷境界及其后果，与了悟境界及其后果形成鲜明对照，警示意义凸显。

马钰通篇使用类字法创作的作品还有《离苦海》《斗修行》《五灵妙仙》《满庭芳·赠文登小王先生》《满庭芳·赠潍州苗先生》等等。

和其他的语言技法相似，祖师所引领的这一类字法，自然得到了门人弟子的模仿和袭用。在谭处端、刘处玄、丘处机、王处一等人的作品中类字法

---

① （金）马钰著，赵卫东辑校：《马钰集》，齐鲁书社2005年版，第225页。

的使用自然不少见。如谭处端的《落魄》歌,《如梦令》《西江月》《行香子》《临江仙》词;刘处玄的《十二劝》《述怀》《上敬奉三教道众并述怀》诗,《上西平》《望蓬莱》词;丘处机的《钟吕画》《公山余乡公山之阳故作是诗》《修道》诗,《梅花引·磻溪旧隐》《忍辱仙人·春光》《蓺心香·学道》《水云游·自咏》词等,均是使用类字技法的代表诗词。

经祖师引领并经其高足阐扬的这一语言技法,在全真后世门人弟子的创作中得到了很好的沿袭和实践。全真弟子之多不可一一列举,且以王丹桂、尹志平及长筌子的代表词句为例,来探闻这一语言风格在金元全真教中后期作品中的嗣响。

王丹桂

《满庭芳》:

> 示全真大教,直指玄关。常处常清常静,休持论、返老童颜。①

《忆王孙》:

> 不持斋戒不看经。不论金丹共五行。②

《行香子》:

> 云水生涯,到处为家。远浮名、浮利浮华。三宫升降,上下无差。大丹熟也,归泛仙槎。便曳琼琚。摇琼佩,戴琼花。③

尹志平

《西江月》:

---

① 唐圭璋编:《全金元词》,中华书局1979年版,第480页。
② 同上书,第489页。
③ 同上书,第492页。

浅见有知有识，深通无悟无迷。了然顿觉入希夷。①

《凤栖梧》：

欲要三田苗长秀。真常真静真无朽。②

《临江仙·偶得》：

谈妙谈玄人易悟，真清真静难依。③

长筌子

《满庭芳》：

微妙家风，非空非色，卓然无去无来。④
本来真个妙，无名无相，非道非禅。⑤

和世俗文人作品相比，全真诗词中所用类字技法之作，其内容多是阐述修道悟道的心法理路，亦有修身处事的人生哲理，更不乏道教无执无着、无为无作、清静淡泊的文化精髓。全真作者把这些道教文化，以人们乐于接受的诗词形式进行传播，其效果要远胜于开坛讲道或著经立说。

在全真作品中另一个语言特点便是对"和声"的运用，这一特点在词作中比较突出。所谓"和声"是指词或曲中出现的衬词，多是拟声词。词与曲都是依声而唱的文学样式，为了填充节拍或增强词曲的音乐性，作者便在相应的音节下填上拟声词代替实词，这样既保证了词曲音乐的完整性，又有强

---

① 唐圭璋编：《全金元词》，中华书局1979年版，第1169页。
② 同上书，第1174页。
③ 同上书，第1176页。
④ 同上书，第583页。
⑤ 同上书，第584页。

烈的节奏感，易于传唱。

全真教的这一创作风格依然始于祖师王重阳。王重阳自己喜欢歌唱，当然所唱的多是自己的诗词，他的《重阳全真集》中标明"歌"者就有 25 篇。他还希望自己的诗词被更多的人传唱，因此较强的节奏感和音乐性便成了他文学创作的一个主观追求。在王重阳的词作中有三组和声之作，共 28 首，分别是《重阳全真集》中的《五更出舍郎》7 首、《踏莎行》1 首、《捣练子》6 首、《捣练子》14 首。另外其歌《秘秘歌》中最后两句亦使用了和声。我们来看其《五更出舍郎》一组词，对其中和声的使用略作探析：

五更出舍郎

（一）

反会做他出舍郎，便风狂。成功行，到蓬庄。奉报那人如惺悟，好商量。五更里，细消详。

（二）

一更哩啰出舍郎，离家乡。前程路，稳排行。便把黑飚先捉定，入皮囊。牢封系，任飘扬。

（三）

二更哩啰出舍郎，变银霜。汤烧火，火烧汤。夫妇二人齐下拜，住丹房。同眠宿，卧牙床。

（四）

三更哩啰出舍郎，最相当。神丹就，养儿娘。一对阴阳真个好，坐车厢。金牛子，载搬忙。

（五）

四更哩啰出舍郎，得清凉。重楼上，饮琼浆。任舞任歌醒复醉，愈堪尝。真滋味，万般香。

（六）

五更哩啰出舍郎，没堤防。无遮碍，过明堂。一颗明珠颠倒衮，瑞中祥。昆仑上，放霞光。

（七）

认得五般出舍郎，黑白彰。当中赤，间青黄。哩啰啰凌哩啰哩，妙玄良。玲珑了，便玎珰。①

从上述的列举我们可以清楚地看到，"哩啰"及"哩啰啰凌哩啰哩"所在的节拍位置。以拟声词代替实词使之成为音乐的和奏，大大增强了词作的歌唱效果。单单从字面读起，亦可感受到它的节拍与律动。这样的组合词作很有"山歌"的味道，可以想见众人在传唱中其抑扬顿挫、坚实浑厚的音韵感。

多与祖师唱和的马钰也有使用和声的词作，在现存马钰诗词集中可见者约4首，分别为《洞玄金玉集》中的《捣练子》1首、《洞中天》1首，《渐悟集》中的《南柯子》1首、《瑞鹧鸪》1首。如其《洞中天》词云：

蓦想浮华痛我心，暂时荣显落沉沦。争如物外逍遥客，岂是寰中自在人。

忘俗虑，乐清贫，住行坐卧啰哩凌。炼烹玉鼎长生药，保养金炉不死真。②

和王重阳的词作相比，马钰词中的和声"啰哩凌"使用相对较少，致使音乐感稍欠，但抒情性却略胜一筹。

和马钰同岁的谭处端曾于红衢紫陌、花林酒阵间修行传教，也写了一些

---

① （金）王重阳著，白如祥辑校：《王重阳集》，齐鲁书社2005年版，第111—112页。
② （金）马钰著，赵卫东辑校：《马钰集》，齐鲁书社2005年版，第131页。

适于传唱的和声之作。其《云水集》中可见者为 7 首，分别为《满庭芳》1 首、《捣练子》5 首、《踏莎行》1 首。刘处玄的《仙乐集》中亦有使用和声的作品。在全真后人如王丹桂、长筌子等人的词作中亦可检寻到使用和声的作品，此处不再列举。

对这些使用和声的词作进行品读不难发现，它们多为小令或中调，几乎没有长调。这是因为小令和中调篇幅简短，音节紧凑，在歌唱中显得急促而有力，可以把词作的音乐气势很好地展现，进而易于被人们所接受，广为传唱。

（四）数字的巧妙使用

除以上所述及的语言特征之外，在金元全真作品中还有另外一个较为突显的特点，那就是数字的巧妙使用。不过这一语言特点主要集中于早期的全真宗师作品中，具体分布于王重阳、马钰、刘处玄、王处一等人的诗词集中。

全真宗师们把十以内的数字，巧妙而有规律地镶嵌于诗词中，形成了别具风味的语言风格。不同的诗词内数字的排列规律各异，或连用同一数字，或升序排列，或先升序后降序，不一而足。

笔者以诗词内数字排列有明显规律者为标准，对全真每位作家的作品进行统计得知，王重阳较有特色的数字之作有 8 首，如《诫潘十四郎醒悟》诗、《蓦山溪》《黄河清》《特地新》《瑞鹧鸪》等词。马钰有 16 首，如《赠马坊庵主刘先生》《赠霜溪散人颜姑》诗、《桃源忆故人》《西江月》《玩丹砂》《满庭芳·赠长安徐先生》《心月照山溪》等词。刘处玄 2 首，分别是《述怀》诗、《行香子》词。王处一有 5 首，分别是《徐福店小宫姑毁容截鼻，处志慕道，赠之》《门人初小仙乞守一法》《谢于公惠炭》《早秋勉众》《玄真吟救修新道院住持作》诗。

现就各种数字排列的规律各举一例，以便真切直观地感受全真诗词中，数字的应用情状。

1. 连续使用同一数字

三才剖判作辉华，三教分明吐甲芽。

三宝炼烧红焰宝，三车搬运紫河车。

三峰影里观真宅，三耀光中是本家。

三岛十洲堪捣药，三清十极聚青霞。

——王重阳《瑞鹧鸪》①

2. 升序排列

出伏渐秋凉，清神转骨刚。一灵宽自在，二气顺舒张。

四大俱调摄，三关结瑞祥。五明重运度，六脏自安康。

——王处一《早秋勉众》②

3. 先升序后降序

一心离俗，二气调和宝。清净聚三光，四时花、五方运造。断除六欲，不使七情牵，持八戒，九关通，十载功须到。

十年锻炼，九变金光草。八脉总和匀，有七圣、六丁助道。五行咄出，四假不中留，礼三清，成不二，一性投仙岛。

——马钰《心月照山溪》③

这些嵌用数字的作品多以修行论道为主题，有着浓厚的仙道与玄化色彩。可见全真宗师们选用这一新颖的语言技巧，给读者营造出别样的视觉冲击，和急促而流畅的阅读感受，目的无外乎传道说教。

---

① （金）王重阳著，白如祥辑校：《王重阳集》，齐鲁书社 2005 年版，第 188—189 页。

② （金）谭处端、刘处玄等著，白如祥校：《谭处端　刘处玄　王处一　郝大通　孙不二集》，齐鲁书社 2005 年版，第 321 页。

③ （金）马钰著，赵卫东辑校：《马钰集》，齐鲁书社 2005 年版，第 265 页。

至此，我们可以略作总结。全真作品中的各种语言技法，大多由王重阳倡导，其弟子承袭发扬，以至于形成一种个性与特色。足见王重阳不仅仅是全真教派的创立者，全真教规、教理、教义的奠基者，还是全真文坛、全真文风的引领者，其宗教与文化的意义于此可见一斑。

而在沿袭模仿祖师文风的全真弟子中，马钰是当之无愧的用力最勤与最深者。无论在用语通俗口语化、叠字与叠句的运用，还是类字与和声的使用及数字的使用上，均可明显感受到其在祖师引领的创作道路上，铿锵而急促的前进步伐。这也从另一个侧面反映出了其对王重阳由衷的敬仰和崇拜。

同时我们看到，仅就语言层面而言，金元全真教的诗词作品从早期到中后期有一个逐渐精细与雅化的过程。由祖师及全真七子引导与阐扬的各种语言技法，后世门人弟子依然会沿袭使用，但在运用中已不仅仅停留在语言层面，而且向深化与活用的方向发展，从运用频度及运用范围上均可体现这一点。致使语言技法与诗词主题之间，渲染与被渲染的关系更加明晰，相得益彰。

金元全真诗词早期到中后期这一语言个性与风格的转变，至少反映出金元全真教诗词在发展过程中的两个深层变化。其一是义理与哲理化的加强。全真教中后期的作品在义理与哲理上有着明显的强化趋势，这固然与全真教自身教理、教义的完善细化与深化分不开，同时也是全真文学在全真文化深层滋养与熏染下的必然结果。其二是作者文学审美意识的觉悟与加强。客观来说，诗词之于全真教最初是宣教、传教的媒介，其功用性在早期的全真教发展中，得到了最大限度的发挥和凸显。随着全真教的壮大，加入全真的儒士阶层的增多，全真诗词创作针对的对象群体在扩展和延伸。加之散曲与讲唱文学的发展，诗词在文化娱乐道路上的趋偏，推动了其案头化的发展。此时创作主体的审美意识渐趋觉醒，注重诗词内涵的义理哲理与语言的精细雅化，成为作者主动的审美需求。

二　多样化的修辞

修辞手法，是人们为了增强言辞或文句的表达效果，而创作的一种语言技巧。通过这一技巧的运用，以期达到语言的工整美、形式美、气势美、意蕴美及意境美等艺术效果。

在文人的诗词创作中，不可避免地会用到修辞手法。如刘禹锡的《望洞庭》："遥望洞庭山水翠，白云盘里一青螺。"① 李煜的《虞美人》："问君能有几多愁，恰似一江春水向东流。"② 运用比喻；李白的《秋浦歌》："白发三千丈，缘愁似个长。"③ 李清照的《武陵春》："只恐双溪舴艋舟，载不动，许多愁。"④ 运用夸张；王安石的《书湖阴先生壁》："一水护田将绿绕，两山排闼送青来。"⑤ 姜夔的《扬州慢》："自胡马窥江去后，废池乔木，犹厌言兵。"⑥ 运用拟人，等等。

金元全真诗词虽在用语上趋通俗、口语化，但同样运用了多样而灵活的语言修辞。在金元全真诗词中出现了诸如比喻、夸张、拟人、联珠、互文等修饰技法。这些语言修辞灵活巧妙地运用，使全真诗词在阐教说理的同时，尽可能地增强了可读性。

（一）比喻

在金元全真诗词中，比喻修辞手法的使用可谓屡见不鲜，所比之物也不一而足。在各个作者笔下，比体与喻体丰富而多样。如王重阳的《踏莎行》云："身是香炉，心同香子，香烟一性分明是。"⑦ 是对内丹理论的一种阐释，

---

① （清）彭定求等修纂：《全唐诗》，中华书局 1960 年版，第 4129 页。
② 张璋、黄畬编：《全唐五代词》，上海古籍出版社 1986 年版，第 444 页。
③ （清）彭定求等修纂：《全唐诗》，中华书局 1960 年版，第 1724 页。
④ 唐圭璋编：《全宋词》，中华书局 1965 年版，第 931 页。
⑤ （宋）王安石著，秦克、巩军校点：《王安石全集》，上海古籍出版社 1999 年版，第 525 页。
⑥ 唐圭璋编：《全宋词》，中华书局 1965 年版，第 2180 页。
⑦ （金）王重阳著，白如祥辑校：《王重阳集》，齐鲁书社 2005 年版，第 117 页。

把人体比作香炉，把内心比作香子。如马钰的《济度歌》云："身如野鹤无萦系，意似孤云无点尘。"① 是对了悟超脱心境的一种展示，把自我比喻为野鹤，把闲适的心境比喻为孤云。再如丘处机的《下手迟》云："物外优游散诞身。似青霄、一片闲云。任虚空、来往呈嘉瑞，但不惹纤尘。"② 是对尘外修道生活的一种形象描述，自由、洒脱，不沾不滞。诸如此类的诗词所见很多，不可尽举。

而在这数量甚多的比喻诗词中，有一个类型的比喻出现最多，为全真各家所通用，那就是对尘世及世俗人情的否定，把尘世比作苦海、火院、牢笼，把人情比作枷锁，把追求人情比作飞蛾扑火等。例如：

王重阳的《赠孙二姑》：

> 在家只是二婆呼，出得家缘没火炉。跳入白云超苦海，教人永永唤仙姑。③

《青玉案》：

> 既要修持心不晓，这火院、须先跳。④

《黄莺儿》：

> 女男是、玉枡金枷，把身躯缚定。⑤

马钰的《警愚人》：

---

① （金）马钰著，赵卫东辑校：《马钰集》，齐鲁书社2005年版，第91页。
② （金）丘处机著，赵卫东辑校：《丘处机集》，齐鲁书社2005年版，第93页。
③ （金）王重阳著，白如祥辑校：《王重阳集》，齐鲁书社2005年版，第43页。
④ 同上书，第188页。
⑤ 同上书，第55页。

堪叹人人忒煞愚，身居火院觅火炉。①

《寄蒲城陆德宁》：

> 愿君开悟除三毒，学我澄清屏七情。
> 拂袖超然离苦海，云朋霞友论长生。②

《赠华亭县道友》：

> 马风慈愿效维摩，常病众生受苦多。
> 劝化诗词如省悟，免教投火似飞蛾。③

丘处机的《无俗念·赞师》：

> 漫漫苦海，似东溟、深阔无边无底。逐逐群生颠倒竞，还若游鱼争戏。④

谭处端的《沁园春》：

> 越过轮回，超升苦海，直上清凉般若船。⑤

对于世俗人情的否定，是全真宗师普遍的主观意识。在他们看来，世俗就是焚烧人们真性的火坑，儿女情长就是羁绊人们修行的枷锁。而这种比喻式的劝化，使读者更加直观立体地感受到，尘世人情之于真性修持的危害与束缚，如此要比单纯的说教来得鲜活、明了。

---

① （金）马钰著，赵卫东辑校：《马钰集》，齐鲁书社 2005 年版，第 17 页。
② 同上书，第 65 页。
③ （金）马钰著，赵卫东辑校：《马钰集》，齐鲁书社 2005 年版，第 11 页。
④ （金）丘处机著，赵卫东辑校：《丘处机集》，齐鲁书社 2005 年版，第 64 页。
⑤ （金）谭处端、刘处玄等著，白如祥校：《谭处端　刘处玄　王处一　郝大通　孙不二集》，齐鲁书社 2005 年版，第 43 页。

（二）夸张

金元全真宗师在诗词创作中普遍运用了夸张的艺术手法，其目的是突出所述事物的本质特征，加强自我的意指与情感态度，烘托气氛，引起读者的联想与共鸣。如王重阳在《渔夫咏》中形容北海鲲鲸说："吐出神珠光焰赫，化鹏展起垂云翼。日在扶摇无有极。"①马钰在《圣功吟》中说："我有修仙术，说破人惊骇。净里撮乾坤，空中安鼎箫。扳倒昆仑山，托起大阳海。"②丘处机在《沁园春·九日虢县修朝真醮》中云："乘嘉趣，对芳丛烂饮，一醉三年。"③均充分体现了夸张修辞充沛、铺张、宣泄尽致的艺术效果。

全真作者对夸张修辞手法的运用，多集中在劝化说教的诗词中，并表现为夸大与缩小的两个修饰方向。对尘世生死轮回之苦、人生情欲恩爱的危害等，全真作者均使用夸大的修饰；对人的生命历程、世俗功业的意义，则使用缩小的修饰。例如：

> 众生万过，有天来大。觉世梦知空，莫争人我。（刘处玄《惜黄花》）④
>
> 古往今来同影戏，顷刻存亡兴灭。（姬志真《酹江月》）⑤
>
> 才见春花，又逢秋月，春花秋月何时彻。劝君速悟勿蹉跎，壶中别有佳时节。（谭处端《踏莎行》）⑥
>
> 虚幻浮华，不觉暗易容颜。百岁云间电闪，限临头、那肯从容。（谭

① （金）王重阳著，白如祥辑校：《王重阳集》，齐鲁书社2005年版，第191页。
② （金）马钰著，赵卫东辑校：《马钰集》，齐鲁书社2005年版，第87页。
③ （金）丘处机著，赵卫东辑校：《丘处机集》，齐鲁书社2005年版，第67页。
④ （金）谭处端、刘处玄等著，白如祥校：《谭处端　刘处玄　王处一　郝大通　孙不二集》，齐鲁书社2005年版，第138页。
⑤ 唐圭璋编：《全金元词》，中华书局1979年版，第1199页。
⑥ （金）谭处端、刘处玄等著，白如祥校：《谭处端　刘处玄　王处一　郝大通　孙不二集》，齐鲁书社2005年版，第56页。

处端《神光灿》)①

昨日花开满树红，今朝花落万枝空。滋荣实藉三春秀，变化虚随一夜风。(丘处机《落花》)②

蜗角虚名，蝇头微利，得也成何济。(王丹桂《无俗念·叹世》)③

从以上所举可以看出，在夸大与缩小的两相对比中，尘世光阴的飞逝、名利的虚幻顿时显现眼前。百年人生所拥有的绚丽与色彩，在时光的浓缩中被淡化殆尽。

再看一首丘处机的《水龙吟·警世》，词云：

算来浮世忙忙，竞争嗜欲闲烦恼。六朝五霸，三分七国，东征西讨。武略今何在，空凄怆，野花芳草。叹深谋远虑，雄心壮气，无光彩，尽灰槁。

历遍长安古道。问郊墟、百年遗老。唐朝汉市，秦宫周苑，明明见告。故址留连，故人消散，莫通音耗。念朝生暮死，天长地久，是谁能保。④

上至六朝五霸，下至唐朝汉市，在词人笔下一掠而过，一股厚重的历史感沧桑感迎面袭来，给后人一份由衷的劝慰。历史如同昨日但已遥不可及，曾经的辉煌雄壮尽归灰槁，昨日的繁盛喧腾、富庶安泰被一片灰土瓦砾、枯石草莽所代替。在时光的压缩中，曾经应有的绚烂时空被遮蔽。

这是全真劝世词创作通用的手法，浓缩时光，让人在短暂中感受今昔对比，看到实有与虚无的相对性，进而彻悟现实拥有的不确定性与虚无性；而

---

① （金）丘处机著，赵卫东辑校：《丘处机集》，齐鲁书社 2005 年版，第 15 页。

② （金）谭处端、刘处玄等著，白如祥校：《谭处端 刘处玄 王处一 郝大通 孙不二集》，齐鲁书社 2005 年版，第 27 页。

③ 唐圭璋编：《全金元词》，中华书局 1979 年版，第 487 页。

④ 同上书，第 457 页。

又通过对尘世苦痛的夸大，进一步淡化现有的美好，让世人在两相对比中，悟彻尘世的虚有，体悟道法的永恒。虽为夸张手法，却不仅仅是修道者对自我意念的张扬，更有着他们对执迷贪恋者由衷的劝慰。

以上两种修辞是金元全真诗词中使用较多的修饰技法，而拟人、联珠、互文等修辞技巧相对来说使用较少，但亦有一些诗词例证。

拟人

王重阳的《望蓬莱·题杏花》：

> 春景好，艳杏吐红腮。笑日仙姿真美丽，倚风嫩脸最奇瑰。不羡腊前梅。①

谭处端的《满庭芳》：

> 咄这憨牛，顽狂性劣，侵禾逐稼伤踩。鼻绳牢把，紧紧力须收。旧习无明常乱，加鞭打、始悟回头。②

丘处机的《山居》：

> 龙门峡水净滔滔，南激朱崖雪浪高。
> 万壑泉源争涌凑，千岩石壁竞呼号。③

丘处机的《青莲池上客·幽栖》：

> 独听岩前子规叫。切切松梢啼到晓。声声相劝，不如归去，争奈功

---

① （金）王重阳著，白如祥辑校：《王重阳集》，齐鲁书社2005年版，第196页。
② （金）谭处端、刘处玄等著，白如祥辑校：《谭处端　刘处玄　王处一　郝大通　孙不二集》，齐鲁书社2005年版，第30页。
③ （金）丘处机著，赵卫东辑校：《丘处机集》，齐鲁书社2005年版，第10页。

夫少。①

联珠

马钰的《题怡老亭》：

> 落魄娄耽因酒，酒饮醉醒曾有。有人问我谁家，家祖扶风莘叟。②

谭处端的《行香子》：

> 逍遥自在，云水闲游。趣中玄，玄中妙，妙中幽。……随缘一饱，真个风流。这般来无，无来有，有来由。③

互文

马钰的《自述》：

> 意马难为迷爱欲，心猿易得做愚蒙。④

于道显的《述怀》：

> 觉来只是须臾梦，悟后元无宠辱惊。⑤

除此之外，通感、排比等修辞手法在全真作品中亦可见到，如丘处机的《竹轩》诗云："风吹瑟瑟香还冷，雨洗涓涓净更嘉。"⑥ 运用通感；马钰的《自然吟》诗云："顿觉万缘空，顿觉心开悟。心猿自然停，意马自然住。龙

---

① （金）丘处机著，赵卫东辑校：《丘处机集》，齐鲁书社 2005 年版，第 83 页。
② （金）马钰著，赵卫东辑校：《马钰集》，齐鲁书社 2005 年版，第 90 页。
③ （金）谭处端、刘处玄等著，白如祥校：《谭处端　刘处玄　王处一　郝大通　孙不二集》，齐鲁书社 2005 年版，第 37 页。
④ （金）马钰著，赵卫东辑校：《马钰集》，齐鲁书社 2005 年版，第 61 页。
⑤ 薛瑞兆、郭明志编纂：《全金诗》第三册，南开大学出版社 1995 年版，第 5 页。
⑥ （金）丘处机著，赵卫东辑校：《丘处机集》，齐鲁书社 2005 年版，第 17 页。

虎自然调，神气自然固。金丹自然结，神仙自然做。"[1] 运用排比。

从以上的论述可以看出，全真宗师对这些修辞手法的运用娴熟而得体，表意与修饰之间恰切而充分。这也再次证明了金元全真作者自身拥有较高的文学素养及深厚的诗词创作功底。

第二节　独特的诗词意象

诗词意象，是作者依据自我独特的情感活动，在诗词中创造出来的一种艺术形象。该形象源自客观物象，却又寄寓着作者的主观情思，是主观"意"与客观"象"的有机融合，在诗词具体的意境中具有某种特殊的含义与艺术韵味。

金元全真诗词中出现的大量意象，约可归纳为两大类型：其一为自然风物类意象，即以自然界中实有的事物为观察描述对象，如：山、水、风、月、云、鹤、松、竹等。其二为丹道修行类意象，即以作者心中主观臆想的事物为观察描述对象，如：青龙、白虎、姹女、婴儿、金童、玉女等。这两类意象群同时汇集于全真诗词中，就构成了全真诗词淡尽烟火、归趣自然的方外气息和调息意念、体证全真的仙道意味。这两大特征相互映衬，共同展现着全真宗师悟道与修道的生命体验与心路历程。

一　自然风物类意象

欧阳修曾在其《六一诗话》中记录了这样一则趣闻："国初浮图，以诗名于世者九人，故时有集，号《九僧诗》，今不复传矣。余少时闻人多称其一日

---

① （金）马钰著，赵卫东辑校：《马钰集》，齐鲁书社2005年版，第86页。

惠崇，余八人者忘其名字也。……当时有进士许洞者，善为辞章，俊逸之士也。因会诸僧分题，出一纸约曰：'不得犯此一字。'其字乃山、水、风、云、竹、石、花、草、雪、霜、星、月、禽、鸟之类，于是诸僧皆搁笔。"①

这则故事生动地说明了，出家的僧侣们的诗歌创作，主要围绕自然界的山水风月展开，没了这些自然风物，他们也就缺少了诗料，无从下笔。同时说明了他们的艺术审美对象，是超脱尘俗生活之外的自然物象。而出家修行的道士同样如此，因此在金元全真诗词中，尤其是金元全真教中后期的作品中，可以发现有大量的山、水、风、月、云、鹤、松、竹等自然风物之意象。

此种文学现象并不难理解。道教历来追求天人合一，回归自然。受此文化熏染而虔心向道的道士们，在主观意识上比一般的世俗之人更加钟情自然，热爱山水。而远离尘嚣、与世隔绝的青山秀水、层峦叠嶂，亦为道士们提供了天然的幽旷静谧的修行胜境。山高入云、趋近天衢，丛林幽谷、云雾缭绕的环境，更易促发人们腾云轻举、翩然化蝶的纯化心境与幻化意念。丘处机在秦川隐修六年，在龙门隐修七年，看重的就是秦川龙门隐谧清幽的修行环境。他曾在《秦川》一诗中说："秦川自古帝王州，景色蒙笼瑞气浮。触目山河俱秀发，披颜人物竞风流。十年苦志忘高卧，万里甘心作远游。特纵孤云来此地，烟霞洞府习真修。"②

对于自然山水的热爱，并不是出家人所独有的审美性情。崇尚自然、放情山水，追求物我两忘的和谐心境，历来是中国文人文化心态的重要特征。山水风月走进文学殿堂，成为文人雅士吟咏赞赏的重要对象是自然而然的事情。刘勰在《文心雕龙》"明诗"篇中说："宋初文咏，体有因革，庄老告退，而山水方滋。"③足见山水主题的诗文产生与繁盛之早。

---

① （宋）欧阳修著，李逸安点校：《欧阳修全集》，中华书局 2001 年版，第 1951—1952 页。
② （金）丘处机著，赵卫东辑校：《丘处机集》，齐鲁书社 2005 年版，第 5 页。
③ 周振甫：《文心雕龙今译》，中华书局 1986 年版，第 61 页。

从中国古典文学的发展史中可以看出，自魏晋产生，经南北朝迅速发展，至唐代达到顶峰，又经两宋拓新，直至清末方完结的古典山水文学，经历了约1700年的历史。在这漫长的岁月中，山水风月等诗词意象，其文化内涵也在发生变化。从"形美"到"神美"，从"山水寄情"到"山水比德"，山水风月已由自然走向人文，由客观物质成为文化载体，由文人赋予的情感依附在渐渐增多。

与文人作品相较，全真诗词中的自然风物之意象，其意蕴内涵则全然不同。先看几则诗词：

王重阳

赠友咏雪

密布彤云惨白沙，舞空乱目闭天涯。

嘉祥自是封盈尺，应瑞依然结六花。

景外画图归钓叟，莹中清净属仙家。

晚来皓月开浓雾，一派流光射素霞。①

丘处机

平山堂

山堂昼静客来稀，匝坐亭亭列翠微。

碧汉无瑕红日转，青山不动白云飞。

参差万有彰神化，渺邈三灵合范围。

终始盖由清净道，人能天地悉皆归。②

---

① （金）王重阳著，白如祥辑校：《王重阳集》，齐鲁书社2005年版，第147页。
② （金）丘处机著，赵卫东辑校：《丘处机集》，齐鲁书社2005年版，第12页。

尹志平

西江月

窗外横山入画，门前流水堪听。洞天幽处少人行。不是尘寰路径。

占得静中风月，却回闹里人情。湛然六识自安宁。一任闲歌闲咏。①

姬志真

太常引

满山风物一溪云。猿鹤自为邻。绝尽软红尘。向物外、安排此身。

药炉丹鼎，凤膏龙屑，烹炼玉华新。游宴景长春。要承当、方壶旧人。②

由上述诗词我们可以感知，自然风物之于全真道士，已完全不同于秀美景色之于游玩者。大自然的意义对于修道者来说，已经不再是美不胜收的视觉冲击和沁人心脾的审美愉悦，而是循道成仙的天然阶梯。在全真道士眼中山水风月、茂林修竹已然是摒弃尘世喧嚣的屏障，是降心收心的胜境，更是载道蕴道的天然具象。

关于这一点，先秦道家就有着最为深刻的认知。庄子曾说：“天地有大美而不言，四时有明法而不议，万物有成理而不说。”③包括山林、皋壤的天地万物，其拥有的大美与成理绝不仅仅是外在的形色之美，更多的则是内在的道法之理。老子也曾说：“人法地，地法天，天法道，道法自然。”④这里的自然虽非指表象层面的山水风月，但自足圆融、人为痕迹最少的自然风物中，无疑蕴含着最原始又最深刻的道。所以道士把人烟绝迹、清幽

---

①　唐圭璋编：《全金元词》，中华书局 1979 年版，第 1169 页。

②　同上书，第 1212 页。

③　郭庆藩撰，王孝鱼点校：《庄子集释》，中华书局 2004 年版，第 735 页。

④　陈鼓应注译：《老子今注今译》，商务印书馆 2003 年版，第 169 页。

秀美的尘外之境称为"福地""洞天",看作世间与神仙距离最近的地方。自然风物在道士眼中不再是娱心寄情的对象,而是参悟道法的凭借。

至此,我们再回观全真诗词,可以发现其中诸多的自然风物之意象,它们都饱含着自然道法。山的静默是道,水的潺潺是道,云的卷舒是道,花的开落是道……全真作者笔下的山水风月已远远超越了"山水比德""山水寄情"的层面,成为道士们探寻生命意义的价值标杆。

金元全真诗词关注的不是有限人生的悲欢离合、成败得失,而是生命的终极意义。山水风月正是全真作者体悟生命、参证道法的凭借与阶梯,正如尹志平的《巫山一段云》词所说:"我有林泉兴,君无补缺心。一方圣境理幽深。物外结知音。 还到春时圆备,合是全真一会。功成行满待他年。携手上云天。"①

天地广袤,万物悠悠,在纷纷攘攘、奔忙不息的尘世之外,还别有一处安歇心灵的世外洞天,那就是山水风月。在滤去我执的情感之后,山水自然依然富含着可品可琢的生命哲理,那就是自然道法。这就是全真诗词中自然意象给予我们的生活启悟与智慧启迪。

而对于山、水、风、月、云、鹤、松、竹等具体的意象,此处不再一一举例分析,读者当自有体悟。

二 丹道修行类意象

相对于山水风月等自然风物类意象来说,青龙、白虎、姹女、婴儿、金童、玉女、黄芽等丹道修行类意象显得有些陌生,在世俗文人作品中十分少见;而所见较多之处则是道教作品或神仙道化剧中。在金元全真诗词中就可以见到很多此类意象。先看相关的诗词例句:

---

① 唐圭璋编:《全金元词》,中华书局1979年版,第1172页。

1. 青龙、白虎

　　黑铅赤汞分南北，白虎青龙换甲庚。（王重阳《修行》）①

　　青龙吐火烹金茗，白虎跑泉溉玉芽。（谭处端《题云溪庵》）②

　　白虎青龙，玄龟朱雀，皆自勾陈五主张。（李道纯《沁园春》）③

2. 姹女、婴儿

　　金翁却期，黄婆匹配，能养婴儿姹女。（王重阳《留客住》）④

　　玉姹金婴，自然清秀。超造化、结就神珠，待圣贤来成就。（马钰《清心镜·祖庵环堵》）⑤

　　女姹婴娇，频劝我、倾金液。沉醉。但高卧、晴霞影里。（王丹桂《姹莺娇·山居述怀》）⑥

3. 金童、玉女

　　琼蕊金茎，长长生不谢。玉女金童，常常看舍。（王重阳《玉堂春》）⑦

　　寄雅怀幽兴，松间石上，高歌沉醉，月下风前。玉女吹笙，金童舞袖，送我醺醺入太玄。（丘处机《沁园春·心通》）⑧

　　金童舞，玉女更吹箫。酒饮琼浆虽是美，有些闲事不逍遥。惟恨少

---

　　①　（金）王重阳著，白如祥辑校：《王重阳集》，齐鲁书社 2005 年版，第 15 页。

　　②　（金）谭处端、刘处玄等著，白如祥校：《谭处端　刘处玄　王处一　郝大通　孙不二集》，齐鲁书社 2005 年版，第 8 页。

　　③　唐圭璋编：《全金元词》，中华书局 1979 年版，第 1225 页。

　　④　（金）王重阳著，白如祥辑校：《王重阳集》，齐鲁书社 2005 年版，第 52 页。

　　⑤　（金）马钰著，赵卫东辑校：《马钰集》，齐鲁书社 2005 年版，第 114 页。

　　⑥　唐圭璋编：《全金元词》，中华书局 1979 年版，第 488 页。

　　⑦　（金）王重阳著，白如祥辑校：《王重阳集》，齐鲁书社 2005 年版，第 61 页。

　　⑧　（金）丘处机著，赵卫东辑校：《丘处机集》，齐鲁书社 2005 年版，第 67 页。

知交。(马钰《望蓬莱》)①

4. 黄芽

人要悟黄芽，忽恋荣华。俗家出了做仙家。(王重阳《浪淘沙》)②

慢慢搜真，灵根固养，渐吐黄芽草。(谭处端《酹江月》)③

青生霜鬓星星发，黄吐丹田寸寸芽。更待七还功了后，九阳宫里看金华。(于道显《示郭知观》)④

青龙、白虎同朱雀、玄武一起，在中国传统文化中被作为四方星宿的代称。《礼记·曲礼》中有云："行，前朱雀而后玄武，左青龙而右白虎。"⑤孔颖达对此解释说："朱雀、玄武、青龙、白虎，四方宿名。"⑥东青龙，西白虎，南朱雀，北玄武。后来道教中常以青龙、白虎、朱雀、玄武为护卫神。《抱朴子》"杂应篇"在叙述老子形象时说："左有十二青龙，右有二十六白虎，前有二十四朱雀，后有七十二玄武。"⑦气势雄壮，威仪恢宏。

而在内丹道派中，青龙、白虎、朱雀、玄武当别有隐指，当指肝、肺、心、肾四脏之血气。丘处机在《摄生消息论》中说："肝属木，为青帝，卦属震，神形青龙，象如悬匏。"⑧"肺属西方金，为白帝，神形如白虎，象如悬磬，色如缟映红。"⑨"心属南方火，为赤帝，神形如朱雀，象如倒悬莲蕊。"⑩

---

① (金)马钰著，赵卫东辑校：《马钰集》，齐鲁书社2005年版，第170页。
② (金)王重阳著，白如祥辑校：《王重阳集》，齐鲁书社2005年版，第84页。
③ (金)谭处端、刘处玄等著，白如祥辑校：《谭处端 刘处玄 王处一 郝大通 孙不二集》，齐鲁书社2005年版，第24页。
④ 薛瑞兆、郭明志编纂：《全金诗》第三册，南开大学出版社1995年版，第10页。
⑤ 李学勤主编：《十三经注疏·礼记正义》(标点本)，北京大学出版社1999年版，第81页。
⑥ (清)孙希旦撰：《礼记集解》，中华书局1989年版，第84页。
⑦ 王明：《抱朴子内篇校释》(增订本)，中华书局1985年版，第273页。
⑧ (金)丘处机著，赵卫东辑校：《丘处机集》，齐鲁书社2005年版，第97页。
⑨ 同上书，第101页。
⑩ 同上书，第99页。

"《内景经》曰：肾属北方水，为黑帝，生对脐，附腰脊。"① 全真诗词中的龙、虎意象多指肝肺之气。

婴儿、姹女该组意象在全真诗词中使用很多，或指铅、汞，或指人的神、气，并不统一，目前学者对此认识也不一致。对于该组意象稍后要做进一步的论述。

金童、玉女，在道教的神仙体系中并不陌生，通常指供仙人役使的童男、童女。按照道教的说法，凡神仙所居的洞天、福地皆有金童玉女侍候。在世俗生活中，金童、玉女多以福娃的形象出现，为人们添禧送福。金元全真诗词作者择取金童、玉女的意象，其目的在于向人们展示道教神仙世界的美好与逍遥，引人入道，坚定修道者的修炼决心。

黄芽，在道教语境中是一条养生术语。外丹派用以指丹鼎内所产生的芽状之物，视其为生机萌发之象，因色黄故名之。内丹派借用这一名词，指人体的先天元精，或内丹之母。如宋张伯端的《悟真篇》中有云："人人本有长生药，自是迷徒枉摆抛。甘露降时天地合，黄芽生处坎离交。"② 金元全真诗词中的黄芽意象，就是采用内丹派的仙道蕴涵，指人的元精或丹母。

对金元全真诗词中婴儿、姹女的诗词意象，此处再做一较为详细的论述。在阅读金元全真诗词的过程中，我们发现全真作者使用大量的婴姹意象，以表露自我的丹道理论与修持法门，如"汞铅亘昔交加作，儿女今朝婴姹多。坐客同归回首度，教君也得出高坡。"③ "姹女婴儿相遇，论清净、至妙根源。无作做，自然成道，决上大罗天。"④ "婴儿采得灵芝草，姹女偷开造化炉。有个真人闲作戏，杖挑明月弄虚无。"⑤

① （金）丘处机著，赵卫东辑校：《丘处机集》，齐鲁书社2005年版，第103页。
② （宋）张伯端撰，王沐浅解：《悟真篇浅解》，中华书局1990年版，第11页。
③ （金）王重阳著，白如祥辑校：《王重阳集》，齐鲁书社2005年版，第20页。
④ （金）马钰著，赵卫东辑校：《马钰集》，齐鲁书社2005年版，第149页。
⑤ 薛瑞兆、郭明志编纂：《全金诗》第三册，南开大学出版社1995年版，第16页。

与此同时，他们又不时地否定和排斥婴姹意象，视其为修行悟道的蔽障。如王重阳在《耍蛾儿》词中说："赶退青龙兼白虎，不用婴儿姹女。诸公要觅长生路，别有一般门户。"① 马钰在《西江月·赠安静散人俱守极》词中云："休要寻龙寻虎，不须搜姹搜婴。勿劳讲论汞铅精，尽是虚名惑恁。"② 谭处端在《蓦山溪》中亦云："修行锻炼，休觅婴和姹。"③ 此中的摒弃之意十分明了。

如此金元全真诗词便展示了一种自相矛盾的理论主张。对此马钰在《西江月》一词中做出了如是解释："我欲只言清净，恐人入道徘徊。阐扬龙虎去还来。除地多便奇怪。　我倦论持婴姹，恐人别意胡猜。谁知男子产婴孩。回首自然悟解。"④ 原来全真宗师摄取婴姹之意象，是为了营造一种玄化色彩，"引诱"世人入道。在他们看来，对于宿世功业不够、悟性稍差的人来说，倘若没有虚幻怪诞的色彩，就少了很多吸引力。利用玄幻的宣传手法将其引入道门，随着修行的深入，其中的道法真谛便会由修道者"自然解悟"。可见，采用婴姹来营造神秘的诗词意境只是全真宗师的权宜之计，归根结底他们是持摒弃态度的。其中因由可归结为外丹与内丹修行理路的差异。

全真教属于内丹道派，以清静无为为宗，不尚符箓，不事烧炼，对以往吞丹食饵以求形体飞升的修炼方式及修行理念彻底地抛弃。在循仙的道路上，全真宗师关注的视角由外而内，在自身中寻求成仙的秘诀，调息心神，体证全真。而婴儿、姹女正是外丹派烧炼的隐语；婴儿指铅，姹女指汞。故此，全真作者对其持摒弃的态度；出于传教宣教的需要，不得已又要借用之。这就造成了金元全真诗词中，对婴姹的仙道术语既倡导又否定的矛盾现象。

---

① （金）王重阳著，白如祥辑校：《王重阳集》，齐鲁书社 2005 年版，第 175 页。
② （金）马钰著，赵卫东辑校：《马钰集》，齐鲁书社 2005 年版，第 174 页。
③ （金）谭处端、刘处玄等著，白如祥校：《谭处端　刘处玄　王处一　郝大通　孙不二集》，齐鲁书社 2005 年版，第 40 页。
④ （金）马钰著，赵卫东辑校：《马钰集》，齐鲁书社 2005 年版，第 178 页。

而婴姹意象在被借用时，在内丹的语境下，其含义和意指已经发生了变化。婴儿指体内之神，姹女指体内之气。马钰在《示门人》的直言中对这一点作了透彻的说明。他说："夫大道无形，气之祖也，神之母也。神气是性命，性命是龙虎，龙虎是铅汞，铅汞是水火，水火是婴姹，婴姹是阴阳，真阴真阳即是神气。种种异名，皆不用著，只是神气二字。"①

综上所述，金元全真作者在写诗作词时，虽也拈取山、水、风、月等自然意象，但和世俗作品相较，其寄寓已深有不同；而为世人所陌生的青龙、白虎、姹女、婴儿、金童、玉女、黄芽等意象，更是别有寄托，由此而造就了金元全真诗词的深层哲理化与异趣空灵化。正基于此，全真作品便拥有了更为丰厚的哲理内涵与文化韵味。

第三节　神秘高妙的诗词意境

中国古典诗词宏观上可以分为两类：一为修炼体道的诗词；二为历世体物、说理述情的诗词。前一类以道释两家诗词居多；后一类则以儒家诗词为主。金元全真诗词明显属于前一类。

全真道士以修炼体道为主业，有着多重的生命体悟和精神历练。和世俗文人相比，他们的诗词创作在用语造境上有着自我独特性。独特之处就在于他们把个人修炼体悟映射于作品中，以体道者的目光、以道法自然的视角审视物我；外在世界便具有了更为辽远的延扩性，内在自我也具有了更为饱满的富足性。作者的情与志得到了充分的舒展和升腾，致使诗词意象能够超越

---

① （金）马钰著，赵卫东辑校：《马钰集》，齐鲁书社 2005 年版，第 252 页。

现有时空的拘囿，混同天地之道境，展现出一种灵逸与自然的审美特质。

对金元全真诗词的意境特色，我们可以从两个维度进行感受：其一为尘外世界的灵逸与美妙；其二为得道心境的自适与超脱。

一　尘外世界的灵逸与美妙

尘外或称方外，语出《庄子·大宗师》。庄子引用孔子的话说："彼，游方之外者也；而丘，游方之内者也。"[①] "方外"一词其意与尘俗相对，指尘世之外的时空，道教多用来指神仙居住的清幽之境，在实际的使用中亦有世俗礼法之外的意思。

全真教以证真成仙为修行鹄的，而寓示着超凡脱俗的尘外世界，自然是道士们心向往之的地方，同时也是他们功圆行满后可以畅游的境域。或精神的向往，或灵魂的畅游，修道者在其诗词中展现出了尘外世界的一派灵逸与美妙：

> 洞天春色盈盈，乱山秀出千堆锦。云收雨敛，晓晴烟淡，碧空横枕。高卧怡怡，顿开怀抱，释迷忘寝。看仙花瑞草，迎风照日，腾光彩，异凡品。[②]

> 瑞云捧出三峰，上真下化宸游地。祥云深锁，琼楼宝殿，琳宫幽邃。万顷岚光里。依稀降、玉泉莲水。望仙人掌上，弯弯初月，常晶莹，无瑕翳。[③]

> 极目眼岚锁翠微，道人来此便忘机。

---

① 郭庆藩撰，王孝鱼点校：《庄子集释》，中华书局 2004 年版，第 267 页。

② （金）丘处机著，赵卫东辑校：《丘处机集》，齐鲁书社 2005 年版，第 69 页。

③ （金）谭处端、刘处玄等著，白如祥校：《谭处端　刘处玄　王处一　郝大通　孙不二集》，齐鲁书社 2005 年版，第 32 页。

眼前总是真清静，耳畔全无闲是非。

远岫云边横翡翠，细泉门外滴珠玑。

红尘咫尺如天远，寂寞松阴昼掩扉。①

如此美妙绝伦的桃源仙境，莫说道人为之驻足忘机，就是凡尘名利之客，置身其间，也会息心忘怀，深有所悟。

事实上，全真道士的修行终究没能完全脱离社会生活，至少肉身没有脱离尘寰。但和世俗之人相比，他们在精神境域中拥有着多重的时空，更主要的是，在世界观上他们有着常人难以企及的境界高度。他们不为万物所缚，不为世俗礼法所羁，在他们眼中万物无非是形与神，或形与道的结合，形易灭，而道长存。常人执着于万物之形，故患得患失；他们体悟万物之道，故淡然自适。全真道士虽肉身穿梭于尘世，但他们的心神却游离于凡尘之外，目之所及、心之所悟依然是方外之境的美好与恬静。

除却美轮美奂、炫人眼目的华美特征，永恒性是全真家方外世界超脱尘俗的又一特性。在全真道士眼中，喧嚣的尘世、缤纷的万物是幻化的具象，有生有灭，虚幻而短暂。丘处机指出："生灭者，形也……有形皆坏，天地亦属幻躯。"② 马钰也说："天有崩，地有陷，山有摧，海有竭，有形必有坏。"③ 而无生无灭者亦有之，是性，是道。超越尘世的物外之境，游离六道，与道法和合，方为存于恒久之境。

祖师王重阳在答人问中指出："物外青霄应久聚，空中朗月永长存。青童捧出金丹妙，唯许元初自讨论。"④ 他在《修行》诗中云："日中精艳长生莹，月里琼林永不枯。此个大丹归物外，逍遥来往入虚无。"⑤ 又在《临江仙》词

---

① 薛瑞兆、郭明志编纂：《全金诗》第三册，南开大学出版社1995年版，第15页。
② （金）丘处机著，赵卫东辑校：《丘处机集》，齐鲁书社2005年版，第149页。
③ （金）马钰著，赵卫东辑校：《马钰集》，齐鲁书社2005年版，第252页。
④ （金）王重阳著，白如祥辑校：《王重阳集》，齐鲁书社2005年版，第4页。
⑤ 同上书，第15页。

中说："自是于身唯了事，相随肯暂离余。杖头挑起趁江湖。一船风月好，千古水云舒。"① 久聚、长存、长生、不枯……这就是祖师为全真后人描述的尘外世界的一个特征，亦是其诗词中展现的一种辽远境界。

和祖师相比，全真弟子们显得更为务实。置身这个永恒的尘外世界之中，他们的目光不光集中于环境的永恒，还投射于自身的永恒，追求仙化飞升。修行的目的显得明确而清晰，这对于后来的向道者来说也更有吸引力。丘处机的《沁园春》云："壶中异景堪怜。是别有风花雪月天。玩四时时见，祥云瑞气，三光光罩，玉洞琼筵。满泛流霞，高吟古调，骨健神清丹自圆。真堪爱，待功成一举，永镇飞仙。"② 刘处玄的《感皇恩》云："微光运转，结成雯盖。霞辉常照体，何挂碍。松枯石烂，亘貌古今真在。他年功行满，升仙界。"③ 姬志真的《满庭芳》云："玩尽长春洞府，逍遥占、物外高闲……通古今如旦暮，蟠桃见、几度华繁。常常在，金壶碧酒，高会到仙班。"④ 可以看出，全真弟子们成真证仙的主观愿望十分强烈，而在尘外世界的灵逸与自我的心境湛然的衬托下，成仙飞升的愿求就显得必要而自然。

祖师对尘外世界永恒特点的展示，其目的是凸显不老仙界的存在；而全真弟子功满成仙的愿望，正是对壶光洞天饱览后情志的促发，以自我的仙化久持来体证尘外世界的永恒。无论外在的恒久还是自我的仙化，其共同特点就是超脱尘俗，于方外之境见证别样天地。

二　得道心境的自适与超脱

全真道士从"形神"的双重维度审视天地万物，无执物形而体察神道，在物生物灭、人情冷热中淡然自若，这实为其超越凡夫之处。他们在寻证道

---

① （金）王重阳著，白如祥辑校：《王重阳集》，齐鲁书社 2005 年版，第 93 页。

② （金）丘处机著，赵卫东辑校：《丘处机集》，齐鲁书社 2005 年版，第 66 页。

③ （金）谭处端、刘处玄等著，白如祥校：《谭处端　刘处玄　王处一　郝大通　孙不二集》，齐鲁书社 2005 年版，第 140 页。

④ 唐圭璋编：《全金元词》，中华书局 1979 年版，第 1202 页。

法而历经幻灭中，渐渐纯化了心境。在实际的修行中，全真真功修持绝大部分的体悟功夫用在了纯化心境上。王重阳创教之初严苛要求弟子们乞食行化、忍辱含垢，就连曾经富甲一方的"马半州"马钰也被要求沿街乞讨，其目的无非是锤炼弟子们的体道心境。

谭处端受拳齿折，容色不变；丘处机虎卧于侧，不为所动；刘处玄罹冤陷狱，处变不惊；王处一临渊跂立，人称铁脚；郝大通桥下静坐，寒暑如一；孙不二卧雪眠霜，不以为苦……由全真宗师如此惊人之异举，可窥他们湛然心境之一斑。

全真后人李道玄在《山堂夏日》一诗中这样写道："阒寂山家夏日深，清凉一味涤尘心。披襟拣坐溪边石，策杖寻行柳下阴。旋折野花闲引蝶，猛敲芳竹戏惊禽。贪看蚁阵撩童笑，不觉天西日半沉。"[1] 读完这首七律，一副童心未泯、四处嬉戏的老顽童形象赫然眼前，由溪边到柳阴，由野外引蝶到田舍戏禽，作者的行迹清晰明了。尾联两句似乎传达了作者因贪玩误了时辰而产生的懊恼之意，实则不然，结尾两句恰好是全诗情感态度的总结。在嬉笑玩耍中不觉日已西沉，恰与陶渊明的"采菊东篱下，悠然见南山"[2] 有着异曲同工之妙。这正是作者忘情于溪柳花竹、忘我于蝶蚁惊禽的无我心境的另一表达。

在寂静淡然的忘我情态中，体道之人自会和光同尘而不为尘着，饱览万物而不为物执；身心俱寂，色空双泯，目视其色不着于色，耳听其声而非闻于声，剩下的只有心境的自适与超脱，心性的自足与圆融。

丘处机的《梅花引》一词云："行不劳，坐不倦，任行任坐随吾便。晚风轻，暮天晴。逍遥大道，南溪上下平。溪东幸获忘形友。月下时斟消夜酒。

---

① 薛瑞兆、郭明志编纂：《全金诗》第四册，南开大学出版社 1995 年版，第 547 页。
② （晋）陶渊明著，逯钦立校注：《陶渊明集》，中华书局 1979 年版，第 89 页。

酒杯停，月华清。披襟散发，欣欣唱道情。"① 是词中作者逍遥与自适的情态十分显现。打动作者情与志的不是晚风的轻柔、溪月的宁静，而是蕴含其间的无为之道法。词中传递的也不是作者激荡的情怀或愈浓的游兴，而是不可尽言的欣欣道情。谭处端在《述怀》诗中说："古佛灵岩是我家，清凉境界绝忧嗟。道人活计无他做，唯采三光炼碧霞。"② 清凉心中驻，万事不扰身。于万般清闲处，采三光之精魂，映自身之碧霞，何等的潇洒与灵逸。

全真后人于道显有诗云："谁识人间自在仙，饥来吃饭困来眠。一庵避地堪容膝，半纸虚名不值钱。明月当空正端正，清风为我每周旋。堂前不种闲花草，自有琅轩翠接天。"③ 又云："浅浅烟霞浅浅山，此身长在翠微间。白云空谷无人到，赢得身心竟日闲。"④ 前一首的首联、颔联尽现道人逍遥的生活与淡然的心态；颈联、尾联则道出了道法无为而无不为的绝妙境界。后一首作者在烟霞、浅山、白云、空谷的启示下，内心生发了安闲之境界，此中闲境自少不了随风行止、随物赋形的云水精神。

姬志真的《闲人》一诗说："风林月障照山花，岩石溪流共一家。唯有闲人堪作主，无情无我伴烟霞。"⑤ 这是一首典型的体悟炼性诗，于风、月、山、花、溪、石等自然风物的具体而有差别的形体之外，体悟其永恒而共一的道性。破除了物物形体的差别，物我之间也有了某种等同，故可"无情无我伴烟霞"。而通诗所要传达的情感重心，并不在于混同物我后的精神愉悦，而在于忘情无我时的浑然与自足。

得道之后的精神体验与心境状态，是言语所不足于尽显的。全真宗师们以诗词传达之，已经具有了言筌之固，而尘俗之人再品其韵味，又多了一层

---

① （金）丘处机著，赵卫东辑校：《丘处机集》，齐鲁书社 2005 年版，第 77 页。
② （金）谭处端、刘处玄等著，白如祥校：《谭处端　刘处玄　王处一　郝大通　孙不二集》，齐鲁书社 2005 年版，第 16 页。
③ 薛瑞兆、郭明志编纂：《全金诗》第三册，南开大学出版社 1995 年版，第 11 页。
④ 同上书，第 22 页。
⑤ 薛瑞兆、郭明志编纂：《全金诗》第四册，南开大学出版社 1995 年版，第 347 页。

尘情的屏障，但其诗词中自适与超脱的情怀却是显而易见的。而在此之外的意境蕴涵则由读者自悟，仁者见仁了。

金元全真诗词的艺术特点，除上述论及的三个方面外，在词牌、词调上还多有更改和新创。词调上的这一特色依然始于祖师王重阳，沿袭于全真弟子。对于全真教创制新调与更改调名的词体特征，陶然的《金元词通论》、左洪涛的《金元时期道教文学研究》中有过较为详细的分析与论述，此处不再赘述。现将全真作者喜于更改调名的原因略作阐述。

为词牌更名并非全真首创，前代文人多已为之，如《念奴娇》改为《大江东去》《酹江月》；《忆江南》改为《江南好》；《虞美人》改为《一江春水》等。这些是依前人词中名句而改。而全真词作易名并非如此，这些调名的更改，既与词调的用韵平仄无关，也与前人词作的语句无关，完全是凭词人的主观臆想而变更。这种现象在全真词作中十分普遍，如把《点绛唇》更名为《万年春》，把《忆江南》更名为《望蓬莱》，把《瑞鹧鸪》更名为《报师恩》，把《红窗迥》更名为《清心镜》，把《浣溪沙》更名为《玩丹砂》，把《蝶恋花》更名为《凤栖梧》，把《月中桂》更名为《月中仙》等。

全真词人为何如此热衷更改调名呢？其原因约有两端。

首先是追求道教理趣。由上述列举可以看出，更改之后的调名多与道教有关，是用仙道意味浓厚的新词调替换具有香艳气、世俗气的旧词调。马钰有首《悟黄粱》，道出了更改调名的一个因由。词上阕说："词名本是燕归梁，无理趣，忒寻常。马风思忆祖纯阳。故更易，悟黄粱。"[1] 这里的理趣自然指的是修道之人追求的道教理趣，即仙道蕴涵。全真词人有意以道教意味浓厚的词牌相标新，区别于世间文人常用词牌，使读者一看就知道是道教词，从而增强词作的宣传效果。

_____

① 唐圭璋编：《全金元词》，中华书局 1979 年版，第 355 页。

其次是避"词为艳科"之非议。词为配合宴乐而兴起，其产生之初便于画堂玉楼、酒筵饮席间发挥着佐酒娱乐、怡怀遣兴之功用。晚唐五代文人遂对词有了"艳科"的普遍共识。后欧阳炯对这一潜意识的见解进行了形而上的理论论述，"词为艳科"便成了词学批评的一个鲜亮而有力的观点；又"经后世词家补充修缮，改良发展，成了占词坛主导地位的'本色论'的主要内容，逐渐积淀为传统词学批评中的一种思维定式"①。在这种批评氛围下，出家之人涉笔词坛者都会谨小慎微。正统观念下的所谓大德高僧几乎鲜有词体创作，因此全真道士在进行大量诗词写作时，自然会有所顾忌。如祖师王重阳喜爱柳永之词，有多篇是仿柳词而进行的创作，但他在《解佩令·爱看柳词遂成》中声明，他对柳词的欣赏之处是它的"仙格调"。该词上阕云："平生颠傻，心猿轻忽。乐章集、看无休歇。逸性摅灵，返认过、修行超越。仙格调，自然开发。"② 为避免一些不必要的非议与嘲讽，全真道士把一些香艳气息浓郁的调名改为富有仙道意味的词调，赋予新词牌一股素严的气息，同时又使词牌与所写内容相表里，一举两得。这些更改后的调名为全真后人所喜爱并广泛沿用。

---

① 方智范、邓乔彬等：《中国词学批评史》，中国社会科学出版社1994年版，第31页。
② 唐圭璋编：《全金元词》，中华书局1979年版，第176页。

第三章　金元全真诗词的伦理思想

作为土生土长的宗教——道教，与中国传统伦理思想有着天然的互融之处。正如王治心在《中国宗教思想史大纲》中所指出："伦理思想与宗教思想，是一而二，二而一的；前者为人与人的正当关系，后者为人与大宇宙的正当关系。……故可以说宗教思想就是一切伦理道德的根源。"① 道教在长期的发展中，构建了一个"既有形上学的道教心性论又有形下学的道德修养论、既有严格的道德规范又有可行的践履方法"② 的伦理思想体系。"道教伦理思想是中国传统伦理思想中不可或缺的组成部分，并对其发展产生了重要的作用和影响。"③

道教伦理思想的产生和发展几乎与道教相同步。东汉末年道教兴起，道教伦理思想便开始形成；经魏晋南北朝的发展，至隋唐五代，道教伦理思想在体系上趋于成熟；宋元时期，在"三教合一"社会思潮与内丹心性理论的共同促使下，道教伦理思想体系更加完善和丰赡；时至明清，随着道教在唐、宋、金、元时代的强劲发展势头渐趋消弭，道教伦理思想在融儒的道路上更

---

① 王治心编：《中国宗教思想史大纲》，中华书局1940年版，第2—3页。
② 乐爱国：《中国道教伦理思想史稿·内容提要》，齐鲁书社2010年版，第6页。
③ 同上书，第1页。

进一步，表现出更为突出的儒学化与世俗化倾向。

产生于金元时代的全真教，以"三教合一"为理论旗帜，以性命双修、内丹圆融为修行宗旨，以先性后命、功行双持为修行法门，融"出世"与"入世"思想为一体；在吸收传统道教伦理思想的基础上，形成了独具特色的全真伦理思想体系，不仅丰富了全真文化，而且对中国道教伦理思想，乃至中国传统伦理思想的发展和完善，都产生了重要的推动作用。受此影响，金元全真作者在诗词创作中渗透着明显的伦理主张。从现存的诗词典籍来看，其中的伦理思想十分丰富，包括社会伦理思想、宗教伦理思想和生态伦理思想，不仅传承和发扬了中国传统的伦理精神，而且丰富了道教诗词及道教文学的文化内涵。

第一节　金元全真诗词的社会伦理思想

金元全真教与以往道教相比，其修炼的特色在于确立了"内修真功，外修真行"的修持路线，其在"出世"炼心体道的同时，也会"入世"劝化救人。"出世"炼心体道是"内修真功"，"入世"劝化救人是"外修真行"。因此全真教可谓"出世道"与"入世道"相结合的道派。全真教在入世救人、宣教传教的过程中，建立了广泛的群众基础，其对社会的了解、对社会文化的认知，以及对社会思想的吸纳深切而具体，是以往道教流派所不可比拟的。深入民众、混迹尘俗的教团特征，造就了全真教派强而有力的社会适应性，这对其教团文化建设、社会伦理思想构建，都有着强有力的促进作用。

金元全真教承袭传统的道教文化基因，劝化世人行善弃恶。同时金元全真教还援佛入道、援儒入道，吸纳佛儒的文化精髓为道所用。具体在援儒入道上，全真教对儒家文化及伦理思想最深刻最直接的体用，表现为将其转化成具体的教理、教制及相应的行为践行，比如修仁蕴德的仁者思想、遵法尽孝的忠孝理念等。在儒道思想的互融下，金元全真教建立了独具特色的社会伦理思想体系。

一　修仁蕴德的仁义思想

"仁"早在春秋时代即被视为一种美德。《左传》"僖公三十三年"说："出门如宾，承事如祭，仁之则也。"① 《国语·晋语》说："为仁者，爱亲之谓仁；为国者，利国之谓仁。"② 前则说仁者应行事谨严，后则说仁者应爱亲、利国。行事谨严与爱亲、利国都是美德。战国初期儒家学说创立，"仁"一度成为儒家的终极道德原则。仅《论语》一书所用"仁"字就多达百余次，并对"仁"做出了被后世视为圭臬的经典诠释，如曰"仁者爱人"③ "克己复礼为仁"④ "能行五者（恭、宽、信、敏、惠），于天下为仁矣"⑤；等等。之后数千年的封建社会，儒士阶层无不以仁作为修身立德的标的与行为处事的标杆。

金元全真道士虽非儒者，但他们对"仁"却有着深刻的理解，从深层对其进行吸纳和传承，并进行大力的阐扬和发挥。如灵真子朱抱一评论马钰说："广行其教，欲人人咸离迷津，超彼岸，得全真之理，岂肯独善其身哉？兹见仁人之用心也广大矣。"⑥ 张三丰评丘处机曰："长春朝对，皆以仁民爱物之言。"⑦ 陈时可亦说："师（丘处机）诚明慈俭，凡将帅来谒，必方便劝以不

---

① 李学勤主编：《十三经注疏·春秋左传正义》（标点本），北京大学出版社 1999 年版，第 477 页。

② 邬国义等撰：《国语译注》，上海古籍出版社 1994 年版，第 232 页。

③ 程树德撰：《论语集释》，中华书局 1990 年版，第 873 页。

④ 同上书，第 817 页。

⑤ 同上书，第 1199 页。

⑥ （金）王重阳著，白如祥辑校：《王重阳集》，齐鲁书社 2005 年版，第 219 页。

⑦ 张三丰著，方春阳点校：《张三丰全集》，浙江古籍出版社 1990 年版，第 2 页。

杀人。"① 可见全真家的仁义思想深为时人及后人所共识。

和儒家相比，全真对"仁义"思想的发挥与践行，其领域似乎更加开阔。从修身立德到体物感世，再到循道成仙，在不同的生活领域中均可看到全真宗师对"仁义"思想践行的踪迹。依据大量的诗词及文献记载，我们可以对金元全真宗师"仁义"思想的实践与应用概括为以下三端：其一，以仁修身；其二，以仁体世；其三，以仁循道。

（一）以仁修身

"修身、齐家、治国、平天下"的人生理想自经儒家经典《大学》宣倡以来，千古之下，已经成为中国传统儒士阶层尊崇不已的人生信条，更是知识分子砥砺心志、跻身仕途强有力的旗帜和口号。所以一提及"修身"尤其是"以仁修身"，人们自然而然地会想到儒士群体。事实上，锤炼自我、修习仁德并非儒家所独有的人格保鲜方式，金元全真家亦十分注重修仁蕴德，提升自我。内修仁德是全真家修身养性的重要准则。

王重阳在《玉花社疏》中引用晋阳真人的话："若要真行者，须是修仁蕴德，济贫拔苦，见人患难，常行拯救之心。"② 济贫拔苦，救人患难可以看成修仁蕴德的具体内容。他又在《授丹阳二十四诀》中说："凡人出家，绝名去利、忘情去欲则心虚，心虚则气住，气住则神清，神清则德合道生矣。孔子曰：仁、义、礼、智、信。若修行之人，仁者不弃，义者不污，礼者不自高，智者不争，信者不妄言。"③ 在这里，王重阳把儒家的仁、义、礼、智、信等伦理思想同道家的清静一起作为修身的具体准则。

同样，尹志平在《清和真人北游语录》中说："圣人怀道，而不弃仁、

---

① （金）丘处机著，赵卫东辑校：《丘处机集》，齐鲁书社 2005 年版，第 414 页。
② （金）王重阳著，白如祥辑校：《王重阳集》，齐鲁书社 2005 年版，第 160 页。
③ 同上书，第 297 页。

义、礼、智……修行人，内含其真，在仁为仁。"① 王志瑾在《盘山栖云王真人语录》中亦云：修道之人要"曲己从人，修仁蕴德"。② 尹志平曾写有《减字木兰花·怀仁县》词，其中对"怀仁"进行了双关处理，词中以仁修身的人生理想十分彰显。词说：

> 怀仁抱义，五帝三皇因此治。抱义怀仁，天下生灵一体亲。
>
> 勤参道德。建国成家为法则。道德勤参，更与修身作指南。③

这是孔孟仁政思想的另一叙述版本，仰崇三皇五帝、胸怀天下生灵，德识更加高远。儒家修身、齐家、治国、平天下的价值体系与人生坐标再次被打上了崇高的印记。这已不像是一个遁迹山林、出世脱尘的道士所作，俨然是一位心系天下、苦心用世的儒匠之词。

为防止"以仁修身"流于空泛，全真宗师提出了"日用修行"，把仁义具体细化到日用修为上。《真仙直指语录》曰："舍己从人，克己复礼，乃外日用。""先人后己，以己方人，乃外日用。""修仁蕴德，苦己利人，乃真外日用。"④ 日用指的就是日常的行为处事。如此之来，全真家在行、住、坐、卧中皆不忘于"仁"，这便最大限度地提升了"仁"在自我修身中的规范作用。

（二）以仁体世

全真家虽倡导"出世"修心，但他们对于世事并非淡漠无闻、漠不关心，他们的修道生活离尘俗社会并不遥远。全真向来倡导历世炼心，在饱览尘世人生百态中，体察世情，他们在用出家人独有的方式关怀社会。在历世中全

---

① 张广保：《尹志平学案》，齐鲁书社 2010 年版，第 176 页。
② 《道藏》第二十三册，文物出版社、上海书店、天津古籍出版社 1988 年版，第 728 页。
③ 唐圭璋编：《全金元词》，中华书局 1979 年版，第 1184—1185 页。
④ （金）丘处机著，赵卫东辑校：《丘处机集》，齐鲁书社 2005 年版，第 144 页。

真宗师以饱含仁义之心体物恤民，力所能及地济世救人，并不辞艰辛地发出广施仁义的呐喊。

由提振自我到关怀众生，这是对仁义思想践履的根本意义之所在，亦体现了全真宗师对仁义思想解读之深刻。从他们的诗词中我们不难感知那份推心置腹、关心民瘼的仁者情怀。王重阳在《赠友入道颂》中说："长怀平等之心，人疴须要救护。"① 更要求弟子们怀有"见彼过如余口过"② 的仁者之心。丘处机的《造物》一诗，可谓道出了千古圣哲施仁于物的强烈心声。诗说：

> 造物通神化，流形满大千。
>
> 群迷长受苦，万圣不能悛。③

看到群迷在遭受苦难，那些觉悟的圣哲就不能停止他们救助的重任。这是丘处机对圣人设教救人的一种解读，更是其对自我施救于人的仁义之心的表述。又如他的《愍物》一诗说："皇天生万类，万类属皇天。何事纵陵虐，不教生命全。"④ 该诗当是对兵燹四起、残伤百姓的社会现实的声讨。芸芸众生皆属皇天，本是同根，为何要互相残害呢？其中深寄着作者痛疾刀兵、关心民瘼的仁者情怀。痛疾刀兵是全真家一贯的思想，他的《复寄燕京道友》对此表现得更加突出。诗云：

> 十年兵火万民愁，千万中无一二留。
>
> 去岁幸逢慈诏下，今春须合冒寒游。
>
> 不辞岭北三千里，仍念山东二百州。
>
> 穷急漏诛残喘在，早教身命得消忧。⑤

---

① （金）王重阳著，白如祥辑校：《王重阳集》，齐鲁书社 2005 年版，第 140 页。
② 同上书，第 5 页。
③ （金）丘处机著，赵卫东辑校：《丘处机集》，齐鲁书社 2005 年版，第 56 页。
④ 同上书，第 55 页。
⑤ 同上书，第 188 页。

"十年兵火万民愁，千万中无一二留"，是对当时战争连年、民不聊生现实的揭露，更是对刀兵战火的残酷与罪恶的痛斥。该诗写于其西觐成吉思汗的途中，元太祖十五年（1220）丘处机率十八弟子奉元太祖之召西行，是年73岁。"不辞岭北三千里，仍念山东二百州"，可谓把年逾古稀却毅然决然应召西行的因由道了出来，他不惜年迈路艰，千里迢迢西征大漠，为的是天下百姓少受刀兵之苦。其视民瘼如己痛，体民恤民的拳拳深情字字可见，真可谓侠肝义胆。

丘处机这一身体力行诠证"仁人"之举，为全真后人树立了光辉典范，更让随行的十八弟子深有触动。后人曾评丘处机曰："长春老仙扇真风于我国朝启运建极之际，中间陶铸群生，使之保合太和，各正性命，盖千万数。而俘卤之余齿，冻馁之残喘，之假息，所以起尸肉骼膏枯已痛俾人蒙安乐之福者，又莫得而周知。"① 可谓恩泽千万，功德无量。

全真后人尹志平曾有一诗，表达其忧民寒苦、痛疾刀兵之情志。诗曰："暖室明窗我则眠，反思天下有余寒。三冬谁得优游过，多被刀兵岁岁残。"② 此诗的写作正值金元兵马交戎之际，战乱连绵，烽火连天，兵荒马乱中，盗贼群起，民不聊生。作者虽身居暖室明窗，心中却怀怜着天下无边的苦寒。亿万生灵在征战杀伐中苟延残喘，在这三冬严寒中有几人能悠然度过？此诗与丘处机的《复寄燕京道友》一诗在情志上一脉相承，其中民胞物与的仁者情怀渗透纸背。

全真宗师在以仁体物恤民的同时，更注重从实际中施惠于民。全真教创立之初，祖师王重阳就于《立教十五论》中提出了"和药"一论，谓医药之

---

① 陈垣编纂：《道家金石略》，文物出版社1988年版，第580页。
② 《道藏》第二十五册，文物出版社、上海书店、天津古籍出版社1988年版，第504页。

术"肯精学者，活人之性命……学道之人，不可不通。若不通者，无以助道。"① 还在其诗中说："救人设药功尤大。"② 全真后人遵从其旨，行医施药者颇多。如刘处玄的弟子催道演，禀赋优异、不念尘俗，洞晓仁德之大义。"假医术筑所谓积善之基，富贵者无所取，贫窭者反所多给，是以四远无夭折，人咸德之。"③ 同时他们还勉励教众积极耕种，把余出的粮食及富人捐赠的钱粮拿出来救济饥民。

（三）以仁循道

除在世俗层面践履仁义外，全真宗师还把修仁蕴德与仙道相结合，在仙凡之间架起了一座互通的桥梁。在全真家看来，多施仁义，就可以成真证仙，在救度他人脱离苦海的同时，自己也可以获得悟道成仙的阶梯，度人度己。马钰以词示人说："不惟寿永过松筠，仁人可以同仙福。"④ 在《赠赵大慈》（拆大字起）诗中说："（大）慈仁者必为仙，（人）悟玄中玄上玄。"⑤ 又在《立身法》中说："修仁蕴德，消灾灭祸。退己进人，亦成仙果。"⑥ 王处一在《仗李寿卿化木植》诗中说："寿卿贵族莫辞难，仁义通开生死关。"⑦ 于道显在《示时官》诗中说："一行作吏莫伤民，百计施恩与日新。入则敬亲出则悌，外全仁义内全真。"⑧ 诸如此类的劝示诗词还有很多，不能备引。

金元全真家的这种仁义观念，把道教的修道成仙与儒家的人格塑造进行完美的融合，进而消解了个人追求与社会道德之间的矛盾与冲突，高度融合了儒道二教。这种仁义观念得到了明清丹家的大力宣扬。张三丰的《大道论》

---

① （金）王重阳著，白如祥辑校：《王重阳集》，齐鲁书社 2005 年版，第 276 页。
② 同上书，第 143 页。
③ 陈垣编纂：《道家金石略》，文物出版社 1988 年版，第 495 页。
④ （金）马钰著，赵卫东辑校：《马钰集》，齐鲁书社 2005 年版，第 165 页。
⑤ 同上书，第 39 页。
⑥ 同上书，第 93 页。
⑦ （金）谭处端、刘处玄等著，白如祥校：《谭处端　刘处玄　王处一　郝大通　孙不二集》，齐鲁书社 2005 年版，第 261 页。
⑧ 薛瑞兆、郭明志编纂：《全金诗》第三册，南开大学出版社 1995 年版，第 34 页。

曰："仙家汞铅，即仁义之种子也。金木交并，水火交养，故尝隐居求志，高尚其志，而后汞铅生，丹道凝。志包仁义汞铅，而兼金木水火之四象，求之尚之者，诚意为之，意土合而五行全。大道之事备矣。"① 又说："不拘贵贱贤愚，老衰少壮，只要素行阴德，仁慈悲悯，忠孝信诚，全于人道，仙道自然不远也。"② 陈致虚的《上阳子金丹大药》说：修身养生之道"曰廉、曰明、曰能、曰仁。……能仁者勇也，惟仁者实。夫人之前程，惟广而普及于民物，是即圣门智、仁、勇之谓也。"③ 王常月在《昆阳子龙门心法·下卷》云："见识高明能说法，仁柔谦逊善修身。凡心解脱功圆满，自己天然道德行。"④ 独有一股融合儒道的全真家风。

全真宗师之所以把践行仁义同体真证仙相等同，是因为他们把仁人之举看成外修真行的重要内容。真行在全真家看来，是自我升腾仙化、成就终极果位必不可少的修行内容。"外而积德，内而修道，以德佐道，以道全德，道德并行，内外同济。"⑤ 传统的仁义美德其思想内涵得到了扩充，其价值指引得到了提升。

受金元全真宗师的影响，后世全真教门德行高深的道士出现很多，他们都能深悟仁义之真谛，并终身践行不遗余力。翰林学士王鹗在《玄门掌教大宗师真常真人道行碑》中说："若夫以清静养真，以仁恕接物，华实相副，文质兼全，名重望崇，使远近道俗趋拜堂下，惟恐其后，则吾真常公（李志常）有之矣。"⑥ 翰林侍讲学士单公履在《冲和真人潘公神道之碑》中说："师（潘德冲）性资仁裕，戒履修洁，虽居道流，然乐善好施。"⑦ 这些全真者都

---

① 张三丰著，方春阳点校：《张三丰全集》，浙江古籍出版社1990年版，第2页。
② 同上书，第3页。
③ 何建明：《陈致虚学案》，齐鲁书社2011年版，第255页。
④ 尹志华：《王常月学案》，齐鲁书社2011年版，第206页。
⑤ 刘仲宇：《刘一明学案》，齐鲁书社2010年版，第167页。
⑥ 陈垣编纂：《道家金石略》，文物出版社1988年版，第578页。
⑦ 《道藏》第十九册，文物出版社、上海书店、天津古籍出版社1988年版，第762页。

是仁义之士的代表，都能以仁义广施天下，怀抱推己及人、关心民瘼的仁者之心，张扬了全真道士兼济天下的普世精神，为时人所敬仰。

二　遵法重孝的忠孝观念

金元全真教虽力倡离尘脱俗、超然物外，但对传统的忠孝人伦却保持着认同和吸纳的态度。在全真出世的思想中，却毫无厌世的情绪，相反在世俗的礼法中，他们却寻觅到了体证道法的门径。对忠孝的倡导与践履，对他们来说就是于尘世间另一种别样的参悟。

自教祖王重阳始，全真教就极力倡导严己审慎、遵法守纪的教团文化。王重阳在诗中说"道情勿能转，王法宁肯畏"①，教导门人"会要修持遵国法"②。马钰认为修行之人应"谨遵依、国法天条，永不犯不犯"③。刘处玄亦在诗中说："天条莫犯，国法遵依。"④ 都意在说明方外之人也应遵依国法。金元全真家的遵法守纪的观念体现了其尊重社会规律、维护社会安宁的道德自律。

在全真教立教之初，全真祖师王重阳就把儒家的经典《孝经》列为入道者必读书目，并要求门人"长行孝顺酬斯价"⑤，并作词以示世人："与六亲和睦，朋友圆方。宗祖灵祠祭乡，频行孝，以序思量。"⑥ 因此清代后学陈教友评王重阳曰："重阳之学，奉老子为依归者也。而其教人则以《孝经》称首。"⑦ 评说切中肯綮。丘处机亦宣扬"三千大罪，莫大于不孝者"⑧ 的孝道文化，并对《孝经》勤于研诵。其虽皈依玄门，但对父母仍深怀眷恋，当他

---

① （金）王重阳著，白如祥辑校：《王重阳集》，齐鲁书社 2005 年版，第 18 页。
② 同上书，第 156 页。
③ （金）马钰著，赵卫东辑校：《马钰集》，齐鲁书社 2005 年版，第 115 页。
④ （金）谭处端、刘处玄等著，白如祥校：《谭处端　刘处玄　王处一　郝大通　孙不二集》，齐鲁书社 2005 年版，第 116 页。
⑤ （金）王重阳著，白如祥辑校：《王重阳集》，齐鲁书社 2005 年版，第 110 页。
⑥ 同上书，第 64 页。
⑦ 胡道静等主编：《藏外道书》第三十一册，巴蜀书社 1994 年版，第 51 页。
⑧ （金）丘处机著，赵卫东辑校：《丘处机集》，齐鲁书社 2005 年版，第 223 页。

得知乡人信士将其父母改葬的消息时，心潮激荡，感动不已，遂秉笔创词一首来表达对乡人信士的无限感激。词序云："余自东离海上，西入关中十五余年，舍身求道，圣贤是则。坟茔罢修，考妣骨骸，孰加怜悯？还闻乡中信士，戮力葬之，怀抱不胜感激。无以为报，遂成小词，殷勤寄谢云。"① 情之真切，意之深厚，深透纸背。

需要指出的是，全真祖师王重阳还把"孝"的文化内涵进行延展，使之推广到尊敬师长上，并提出了"三布施"的具体要求。"第一舍身布施，第二将花献师，第三令膳而供养。"② 自此全真宗师对门徒均有严格要求，使其对师长敬重尽孝。在全真文献中，可以看到很多"师父""父师"的称谓，这正是一日为师、终身为父的尊师观念的体现。大定十年（1170）王重阳于汴梁仙逝，马钰、丘处机等弟子为其守丧三年，不折不扣地履行了儒家服丧的礼仪。

和儒家的忠孝伦理不同的是，全真教的忠孝思想有着更高的境界指向，其把遵法孝亲与修炼成仙紧密结合在一起。忠孝之于全真，就成了一种与内丹修炼密切相关的宗教实践；而之于世俗的人，则是一种增进自我仙阶的善举。王重阳作词以示世人："孝顺先知金母，更无能、背爹寻父……惺惺奉侍归紫府，也管录、姓名仙薄。"③ 又在《临江仙》词中说："孝心自许合神天。长长能后己，永永赡家缘……馨香冲霄汉，堪献大罗仙。"④ 谭处端的《赠韩家郎君在家修行》诗说："内侍媚亲行孝道，外持真正合三光。常行矜悯提贫困，每施慈悲挈下殃。他日聪明如省悟，也应归去到仙乡。"⑤ 王处一在《赠内侍局司丞》诗中说："常行忠孝无私曲，应有神明指正宗。不觉脱离生死

① 唐圭璋编：《全金元词》，中华书局 1979 年版，第 458 页。
② （金）王重阳著，白如祥辑校：《王重阳集》，齐鲁书社 2005 年版，第 288 页。
③ 同上书，第 173 页。
④ 同上书，第 182—183 页。
⑤ （金）谭处端、刘处玄等著，白如祥校：《谭处端　刘处玄　王处一　郝大通　孙不二集》，齐鲁书社 2005 年版，第 7—8 页。

海，十方三界显家风。"① 又在《天寿节作醮》诗中说："普运丹诚须荐福，同行真孝必通天。"②

全真宗师把践行忠孝与证道成仙相等同，拉近了世俗社会与神仙世界的距离，在仙凡之间开辟了一条人人皆可行的通道，由此也展现了全真家修"仙道"亦修"人道"的修行观。

忠孝仁义等日用平常之理，在全真家看来便是"人道"，将这些世俗的伦理践行好了，"人道"也就全了，"全于人道，仙道自然不远也"③。全真后人李西月说得明白："古来英雄神仙，身名两树，忠孝两全。"④ 把"忠孝两全"视为天上神仙的基本品格。如此一来，全真家在忠孝的伦理中亦发明了真道。这是一种积极的修行态度，也是一种至纯的参悟境界。把对遵法孝亲的履行视为一种体悟与修行，对于全真教来说无疑拉近了其与现实社会的距离；对于世人来说，更是一种至善的思想劝导。

值得注意的是，全真道士虽不出仕，但他们对为政者却有很多的忠孝规劝。谭处端在《游怀川》诗中说："为官清政同修道，忠孝仁慈胜出家。"⑤ 刘处玄的《述怀》诗说："忠孝治民，静心养性。意不外游，自然神定。"⑥ 又在《四言绝句》中说："治政清通，为官忠孝。节欲身安，他年蓬岛。"⑦ 为政清廉，忠孝治民，在教化世人中为官者可以得到成仙的台阶。

在封建社会中，为政者扮演的是不同寻常的社会角色，其忠孝仁慈与否，直接关乎国计民生，对其进行忠孝劝化，其意义显然已不再拘囿于"修身成

---

① （金）谭处端、刘处玄等著，白如祥校：《谭处端　刘处玄　王处一　郝大通　孙不二集》，齐鲁书社2005年版，第260页。

② 同上书，第261页。

③ 张三丰著，方春阳点校：《张三丰全集》，浙江古籍出版社1990年版，第3页。

④ 同上书，第4页。

⑤ （金）谭处端、刘处玄等著，白如祥校：《谭处端　刘处玄　王处一　郝大通　孙不二集》，齐鲁书社2005年版，第17页。

⑥ 同上书，第111页。

⑦ 同上书，第126页。

仙"的规劝层面。在规劝的背后至少蕴含着全真宗师两个方面的意指：其一，在仙道层面上调和官民的对立关系。把为官清正、忠孝治民与得道成仙相结合，这样民与官已不再是对立的矛盾关系，民对于官不再是奴役搜刮的对象，而是助其飞升的力臂，是为官者追求生命持久的阶梯，官与民的关系于仙道的层面上得到了调和。这其中多少隐含着全真家爱民恤民的思想情怀。其二，对为政者进行忠孝劝化，可以促使为政者更好地发挥社会风尚的导向作用。《论语·为政》中孔子曾说："为政以德，譬如北辰居其所而众星共之。"[①] 社会风尚的好坏，为政者起着向导的作用。上行下效，统治者能够以身作则、严于修身，广大民众自然恪守忠孝、践履人伦，社会民风自然得以淳化。

综上所述，金元全真教在对传统忠孝伦理的参悟中，不仅大大地拓展了忠孝思想的文化内涵，而且在劝导方式上别具特色。其把遵法孝亲的社会道德规范与得道成仙的生命价值指向相结合，将人生修养与生命境界融为一体，忠孝伦理的践履便有了坚实的心理基础与信念支持。这就把"忠孝"由一种社会伦理约束升华为一种内在的道德自觉与需求。这就是全真文化的超越之处，其对中国传统伦理思想的发展和完善有着不可磨灭的贡献。

三　弃恶扬善的向善理念

善恶果报是金元全真诗词中又一重要的宗教伦理思想。全真作者倡导世人行善，认为行善自有善报；斥责世人为恶，指出为恶自有恶报。王处一在《赠福山刘一翁》诗中就明确指出："善恶两还报，贤愚不并酬。"[②]

在全真者看来，对于每个人来说行善或为恶全取决于自我的心念。心存善念者就会常常行善；心存恶念者，就会造孽为恶，所谓"天堂地府，善恶

---

① 程树德撰：《论语集释》，中华书局1990年版，第61页。

② （金）谭处端、刘处玄等著，白如祥校：《谭处端　刘处玄　王处一　郝大通　孙不二集》，齐鲁书社2005年版，第326页。

由心"①。全真宗师尹志平在《减字木兰花》一词中说："顽愚不省，祸福还如身逐影。劫运天灾，都是人人心上来。若明此理，视物应当同自己。了见天真，善恶临时全在人。"② 词中对善恶、祸福的根源作了清晰的交代，"都是人人心上来"。心念向善，自有福星照临；心念向恶，自有祸影随身。所以他劝说世人要视人、视物如同自身，推己及人，善待人我。基于对心念决定善恶的认识，劝化就显得必要而促效了。因此，全真宗师充分利用诗词这一宣传媒介，对善恶果报及弃恶扬善的伦理思想进行阐扬，让劝善的诗词在街头巷尾、里弄巷陌间传唱。此种劝化的效果要比开坛说法、厉颜训教更加明显和持久。

金元全真宗师对善恶的劝化，是从世人切身的福祸利益着手的，指出：造恶之人，无论生前死后均会遭到应有的惩罚；相反，积善者不但可以累福自身，还可以庇佑后人，延吉子孙。马钰在《蘸心香·善恶报》中这样说："造恶之人，凶横无过。细寻思、最易奈何。生遭官法，死见阎罗。向狱儿囚，碓儿捣，硙儿磨。   积善之人，恭顺谦和。细寻思、却总输他。难收黑簿，怎入刑科。更神明佑，家门庆，子孙多。"③ 为恶之人，生前遭受凡世的官法制裁，死后还要承受阴间的惩罚。积善之人，一生平安祥和，且有神明护佑，家门昌隆，子孙兴旺。两相对比中把善恶所得结果的天壤之别生动地展现出来，劝示贴切而深入。

金元全真宗师劝人行善，除要求与人为善外，还要求对人类之外的诸多生灵施以善行。在全真家眼中，万物的生命在天地道法面前都是平等的，其蕴含的道性是相同的，人的生命固然可贵，但其他生物的生命同样可贵。这是对老庄"道生万物""物我为一"思想的继承和阐扬，因此全真宗师十分

---

① （金）谭处端、刘处玄等著，白如祥校：《谭处端 刘处玄 王处一 郝大通 孙不二集》，齐鲁书社 2005 年版，第 28 页。

② 唐圭璋编：《全金元词》，中华书局 1979 年版，第 1183 页。

③ （金）马钰著，赵卫东辑校：《马钰集》，齐鲁书社 2005 年版，第 101 页。

憎恨杀生的行为。对于逞凶顽恶的杀生者，他们警示说："杀害生灵图作戏。全不念地狱，重重暗记。一朝若大限临头，与他家恺气。"① 道教认为，世间人的一切举动都有神灵监视，为善或者造恶，都会被一一记载下来，等时日一到，自有相应的福祸应现。所以有"重重暗记"一语。而逞凶顽恶的杀生行为自然会被记录在册，且要受到降入地狱的惩罚。这就是造恶的代价。这一劝示对于有着生死轮回观念的人来说，有着莫大的警醒作用。

为抑恶扬善，让世间更多的人心存善念，身举善行，金元全真宗师在劝说技法上另辟蹊径，从仙道的层面对行善进行褒扬，明确指出：积德行善是累积真功的行为，与道法天心相合，待到功满行圆，便可上天升仙。这样一来，他们便在行善与升仙之间架通了一座桥梁，如他们所说，"济贫拔苦慈悲福，功德无边。胜热沉栈，定是将来得上天，做神仙"。"肯济贫穷，管取将来不落空，赴仙宫。"② 又说："常行矜悯提贫困，每施慈悲挈下殃。他日聪明如醒悟，也应归去到仙乡。"③ 至此世人的善举得到了最高的奖赏，行善的意义得到了升华，素日的为善成了了达性命、成真证仙的阶梯。

全真作者把行善与修行视为同构，把弃恶扬善的宗教道德规范与得道成仙的生命价值指向相结合，将人生修养与生命境界融为一体，这样向善伦理的践履便有了坚实的心理基础与信念支持。这就把弃恶行善由一种宗教伦理约束升华为一种内在的道德自觉与需求。

弃恶扬善的思想，是金元全真教对传统道教思想的继承。早期道教太平道所尊奉的经典《太平经》中就有着清晰的善恶报应观。稍后的《赤松子中诚经》、葛洪的《抱朴子内篇》等都贯穿着善恶报应、劝人行善的伦理思想。同时全真教还借用佛教的生死轮回说，让行善与造恶的后果，在生前与死后、

① （金）丘处机著，赵卫东辑校：《丘处机集》，齐鲁书社 2005 年版，第 86 页。
② （金）马钰著，赵卫东辑校：《马钰集》，齐鲁书社 2005 年版，第 108 页。
③ （金）谭处端、刘处玄等著，白如祥校：《谭处端　刘处玄　王处一　郝大通　孙不二集》，齐鲁书社 2005 年版，第 8 页。

前生与来世的绵延轮回中一一应现。这样善与恶的果报，就不会随着生命时空的转变而消失。这一思想对有着浓厚的敬生畏死意识的世人来说，无疑有着积极向上的鞭策作用。

第二节　金元全真诗词的宗教伦理思想

金元全真教继承传统道教的思想精髓，以生命的终极意义为关注对象，其一切的宗教活动及文学创作，都是围绕个人与他人生命存在的时空拓展与境界提升这一主题展开的。由此而引发了一系列的宗教视阈下的伦理思想。

金元全真教的宗教伦理在诗词中多有展现，诸如尊生、重生的生命观念；普度众生的济人思想；重师、重教的皈依情怀；清静无为、仙道自然的修行理念等，都是全真诗词中重要的宗教伦理思想。

一　尊生、重生的生命观念

尊生、重生的生命观源自先秦道家。道家鼻祖老子十分重视生命的内在价值，充分认识到生命的可贵，认为生命的自然存在是人生的首要价值。由此价值理念出发，老子认为生命之外的名与利不足以与生命相比，其曰："名与身孰亲？身与货孰多？得与亡孰病？"[1] 可见老子认为身体和生命的价值远大于名与利，所以他倡导人要"善摄生"[2]。庄子承袭老子的思想，其于《庄子·养生主》中说："缘督以为经，可以保身，可以全生，可以养亲，可以尽

---

① 陈鼓应注译：《老子今注今译》，商务印书馆 2003 年版，第 241 页。
② 同上书，第 256 页。

年。"① 这可以看成庄子对老子重生思想的进一步说明和深化。

除老庄之外，杨朱学派、《吕氏春秋》等提出"贵生""重己"；《太平经》主张"重生""乐生"。后来的《老子想尔注》《周易参同契》《抱朴子内篇》《度人经》《悟真篇》等，亦都贯穿着尊生、重生的思想传统。

金元全真教继承和吸纳先秦以来的这一重生思想，认为人的生命于天地间是极为珍贵，犹如凤之毛、麟之角。如丘处机所说："天地之生，人为贵。是故人身难得，如麟之角；万物纷纷然，如牛之毛。"② 丘处机曾写有《送陈秀才完颜舍人赴试》一诗，其中颇有韵味。诗曰：

> 六合之中万物生，人于万物最高明。
>
> 能穷物外阴阳数，解夺人间富贵名。
>
> 自昔丹砂唯九转，而今天路只三程。
>
> 谪仙才调无留滞，坐看飞腾上太清。③

诗的首联开门见山，指出天地间万物生发，而万物中人最高明。至于高明的理由，颔联做了交代，人能够穷阴阳之数，能解夺富贵之名。颈联说自古丹砂九转则成，现在天路三程则通，其意在说明成仙体真并非难事。尾联两句是作者希望的寄托，愿天下谪仙之才不要滞留凡尘，要飞腾仙化，遨游太清。诗中的情感态度清晰明了，除寓示劝化外，一股对生命的美好、生命的灵逸、生命的幻妙的赞美之情洋溢其中。人的生命意义在飞腾与仙化中显得光彩熠熠，生于凡尘而又死于凡尘的人生，其隐藏的崇高与伟大被彻底激发出来。

对于这样的情感格调丘处机曾做过清晰的阐述，他说："既获难得之身，

---

① 郭庆藩撰，王孝鱼点校：《庄子集释》，中华书局2004年版，第115页。

② （金）丘处机著，赵卫东辑校：《丘处机集》，齐鲁书社2005年版，第138页。

③ 同上书，第14页。

宜趣修真之路，作善修福，渐臻妙道。"① "趣修真之路"在全真家的价值体系中，就是对难得之身的最大珍视与最好的交代。

然而人生之妙道岂是人人皆可自悟，修真之至理亦非人人皆可自通。浩渺的宇宙，茫茫无涯；悠悠的时光，绵绵无际，古往今来，亿万的生命在这喧嚣的尘世中来去匆匆。而对于每个生命个体而言，在这短促的生命历程中，又有着无数成败得失的搅扰，无数爱恨情仇的纠缠。多少人在苦苦挣扎、欲罢不能中终其一生；又有多少人在痴痴贪求、匆匆奔忙中耗尽生命。生命的终极意义在争名夺利中淡然隐去；生命的色彩在营营碌碌中黯然无光。而唯有像全真宗师这样，有着先知先觉的人们，才能于短暂的人生中悟得长生久视的幸福金针。

可喜的是，全真宗师们在悟得了达的秘诀后，他们没有就此藏宝于怀，只顾自保，而是苦口婆心、呕心沥血地传教宣教，急切希望把了悟的金针度与他人，遍拔黎庶于天下。而这其中最原始的动力则莫过于对生命的尊重和负责。于是他们笔耕不辍，不遗余力地写诗作词，播唱于街头巷尾。在金元全真作品中有着为数众多的劝化之作，意在规劝世人珍惜时光，及时醒悟，于体道悟道中了达生命，实现生命的终极价值。现就此类劝化诗词列举如下：

苏幕遮·劝世

叹人身，如草露。却被晨晖，晞转还归土。百载光阴难得住。只恋尘寰，甘受辛中苦。

告诸公，听我语。跳出凡笼，好觅长生路。早早回头仍返顾。七宝山头，作个云霞侣。②

---

① （金）丘处机著，赵卫东辑校：《丘处机集》，齐鲁书社2005年版，第138—139页。
② （金）王重阳著，白如祥辑校：《王重阳集》，齐鲁书社2005年版，第75页。

赠古县陈公

道化三才天地人，谁能达本复全真。

休迷陋舍空衰老，下手修完身外身。[1]

洞仙歌

百年光影，绿鬓须臾改。扰扰劳生是非海。料存亡、隐显盈虚兴废事，尽默听、玄中真宰。甚狗苟蝇营，为浮名薄利苦萦心，万般机械。

闲中一着，莫妄生枝派。平地瀛洲故人在。运灵风扫荡情尘，须勘破、生死牢关悬解。便领略玄珠用无穷，得自在逍遥，去来无碍。[2]

劝　世

浮名浮利总悠悠，击缩人心早晚休。

一向经营忘了日，几曾富贵到骷髅。

宝山有分空回首，苦海无涯强出头。

性命悬丝如傀儡，不知人戏作风流。[3]

至此可以看出，在全真教的伦理体系中"贵生"已不再单单指向"自我"这个生命个体；"重生"的对象已由"一己之生命"扩展为天下"亿万之生命"，生命观已由"本我"衍生为"本众"。这也再次证明推己及人与施救天下，是全真宗师们素有的宗教禀性。

从这些诗词中可以读出，金元全真作者在劝人醒悟时那份急切的情怀。这种急切源自他们对自我生命体悟与珍视下的推己及人与民胞物与。由贵一

---

① （金）谭处端、刘处玄等著，白如祥校：《谭处端　刘处玄　王处一　郝大通　孙不二集》，齐鲁书社 2005 年版，第 302 页。

② 唐圭璋编：《全金元词》，中华书局 1979 年版，第 1207 页。

③ 薛瑞兆、郭明志编纂：《全金诗》第三册，南开大学出版社 1995 年版，第 8 页。

己之生命，推而广之而贵天下人之生命，足以说明全真文化心怀天下的崇高与博大。在人我如一、道法如如中，道家这一贵生、重生的思想已实现了质的飞跃与升华。这也是金元全真诗词给予后人的宝贵的文化财富。

二 普度众生的济人思想

全真教自金初创建以来，就不仅仅以自我了悟为目的。祖师王重阳自陕西终南出关东进，千里迢迢奔赴山东，目的就是阐法弘教、传道度人。全真教经祖师及全真七子等早期宗师的努力，树立了"内修真功，外修真行，功行双全"的修持理念。"真功"是超脱自我，"真行"是救度他人。陈垣在《南宋初河北新道教考》中说："全真何以得人信服，窃尝思之，不外三端，曰异迹惊人，畸行感人，惠泽德人也。"① 由此可见"济世度人"乃是全真教精魂之所在。

王重阳在立教之初，就曾发下宗教宏愿。他在《三州五会化缘榜》中说："普济群生，遍拔黎庶。银艳充盈于八极，彩霞蒸满于十方。渐生良因，用投吉化，有缘固蒂，无果重生，人人愿吐于黄芽，个个不游于黑路。"② "普济群生，遍拔黎庶"这是王重阳传道立教的原始动力，也是其一生孜孜以求的宗教愿望。全真后人王常月在《龙门心法》中说："当初三教圣人，若不为众生，何必立教传经，开权显实，曲垂方便，费尽婆心呢？"③ 此言恰好切中祖师之心声，为了救度天下苍生，他才历尽艰辛设教传法，而没有自了尘外、逍遥林泉。"人人愿吐于黄芽，个个不游于黑路"，此语可谓与杜工部"安得广厦千万间，大庇天下寒士俱欢颜"④ 之语有着合拍共鸣之情志，怜民恤民的情怀浓郁而悠远，同时教风远播、四海一统的远大理想亦隐现其中。

---

① 陈垣：《南宋初河北新道教考》，科学出版社1958年版，第37页。
② （金）王重阳著，白如祥辑校：《王重阳集》，齐鲁书社2005年版，第255页。
③ 尹志华：《王常月学案》，齐鲁书社2011年版，第200—201页。
④ （清）彭定求等修纂：《全唐诗》，中华书局1960年版，第2310页。

全真弟子谨遵祖师教诲，皆以普度众生为修道鹄的。马钰于《起慈》诗中表露情志说："愿救众生苦，悲心日日多。上仙知我意，批出马维摩。"① 看到众生无边的苦痛，心中便生出无际的慈悲。维摩指维摩诘，是早期佛教著名的居士，在家菩萨。他直心正念真如，亲证平等实相，见芸芸众生心生无尽烦恼，便起方便教化之心，使一切众生，除心源之烦恼，显心源之功德。马钰以佛教维摩诘自喻，意在说明其解度众生的慈心与决心。刘处玄在《上敬奉三教道众并述怀》诗中说："理明正教，敬信来听。方圆随顺，救死哀生。"② 亦在表明普度众生的心志。

救人于危难、脱人于苦海，是出家人向来就有的慈悲情怀。但金元全真宗师的立教理念为"普济群生，遍拔黎庶"，意在救助天下所有的苍生黎庶。在他们看来，尘世中每一个人都生活在水深火热之中，上至帝王将相，下至黎民百姓，人人都需要贤者的提携，个个都需要圣者的接度，这似乎存有慈悲情怀泛滥之嫌。事实上，这并非全真宗师仁慈心念的泛滥，他们之所以有此宗教宏愿，是因为他们有着深层的哲理依据。其哲理依据就是"外假内真"的生命体悟。

所谓"外假"，是指外在尘世物事人情与名利荣华的无常空假；"内真"指内在自我了悟的快乐与体道愉悦的恒久真实。对于全真宗师来说，人生最大的感悟莫过于人事变化的无常与尘世名利的空假。"无常二字，说破教贤怕。百岁受区区，细思量、一场空话。"③ 世间的万物时时刻刻都在变化，这种无休的变化就促使了很多人和事处于偶然性之中。"世事无常"已非全真宗师独有的人生感悟，尘世中稍有历世经验者皆有此感。名利的空假亦非空谈，"百尺危楼，千间峻宇，艳歌出入从容。幻身无赖，何异烛当风。旧日掀天富

---

① （金）马钰著，赵卫东辑校：《马钰集》，齐鲁书社2005年版，第77页。
② （金）谭处端、刘处玄等著，白如祥校：《谭处端　刘处玄　王处一　郝大通　孙不二集》，齐鲁书社2005年版，第123页。
③ （金）王重阳著，白如祥辑校：《王重阳集》，齐鲁书社2005年版，第229页。

贵,当时耀、绝代英雄。百年后,都归甚处,一旦尽成空"。① 世间万物没有持久性,人生如同迎风烛火,明灭不定,曾经拥有的富贵荣华、功业名利,转头即无,终归一场虚空。

可以看出,全真宗师这一思想是对尘世价值体系的彻底否定。否定尘世不等于万念俱灰,对当下的否定是为了对更高生存境界的肯定。全真宗师在人事无常、名利虚幻的尘世之外,寻找到了另外一种生活,比通常的世俗生活更有乐趣,更加真实。他们在诗词中这样描述:

> 绿水傍边上雪山,锐然跳出玉门关,虚中空外一开颜。
> 渺邈那边归正路,的端便是稳居间,白云难比此清闲。②

> 一灵常皎洁,优游恬淡,真乐无涯。论比之明月,月有云遮。若比孤云自在,风飘荡、牢落堪嗟。予亲遇,得超彼岸,快活更无加。③

> 白露零时秋意深,纷纷红叶坠寒林。
> 黄花亭上三般乐,把酒高歌遣兴吟。④

清闲恬淡,自在快活,雅兴无边,这就是全真道士在修道生活中领悟到的修行之乐。其完全脱离对世俗世界有形之物的依赖,而发自体道悟道后澄明的内心。这就是内乐,和寄托于外在有形事物之上的世俗之乐相比,内乐不因外在世界的变幻而消失,显然更加纯粹、更加恒久,也更真实。

而世俗之人,无不沉溺于有形世界给予的感官刺激与享受;深浸于名利荣华带来的心理满足与虚荣,悲欢于物之生灭;忧喜于利之得失。他们为物

---

① (金)丘处机著,赵卫东辑校:《丘处机集》,齐鲁书社 2005 年版,第 70 页。
② (金)王重阳著,白如祥辑校:《王重阳集》,齐鲁书社 2005 年版,第 201 页。
③ (金)马钰著,赵卫东辑校:《马钰集》,齐鲁书社 2005 年版,第 152—153 页。
④ 薛瑞兆、郭明志编纂:《全金诗》第三册,南开大学出版社 1995 年版,第 83 页。

所累而不悟；为情所围而不知。这种浑浑噩噩、不觉不悟的境界状态需要觉悟者的警醒与棒喝，需要超脱者的启悟与点拨。全真宗师充当的正是这一棒喝与启悟者的角色，所以他们立下"普度群生"的宗教宏愿，担当起"遍拔黎庶"的宗教使命。

要实现普度群生、遍拔黎庶，一要广开教门、广弘道法；二要广施善举、利物济民。全真宗师于此两端可谓孜孜不倦，不遗余力。王重阳于大定七年（1167）出关东进，初到山东便急于收徒立教，在不到三年的时间内，他便收纳了日后成为全真脊梁人物的"全真七子"，并于文登、宁海、福山、登州、莱州等地创建了"七宝会""金莲会""三光会""玉华会""平等会"等教团组织。王重阳之后的全真门人承祖师之遗风，于兴教度人上身体力行，各尽其能，主要集中于立观度人和设醮施善等方面。

马钰在《满庭芳·觉觉觉》一词中表达了对教门广大、四海教风一统的远大理想。他说："道法弥高，教门洪大，东西南北无边。"[1] 丘处机在《报师恩》词中说："人人尽喜生中国，户户虔心敬上真。唯愿诸公皆省悟，同登无漏出红尘。"[2] 亦在表达教法广布的理想。教门广大、道法广布，得到救助的苍生也就越多，全真宗师设教之目的也就实现了。

应该看到的是，全真家真正追求的不是教门兴旺、道法远播的外在表征，而是天下苍生得到彻底解脱的宗教事实。倘若人人皆已悟道自了，天下的宗教自会隐迹消失。

全真教经七子之手，教门日益广大，教众与日俱增。全真七子皆开山立派，门徒云集，法脉繁盛。但教门广大，教风远播，只是相对的概念。而天下的世人尽归玄门的境况，只能存于理想而不可能成为现实。全真宗师深明此理，因此他们在构设"人人入道，个个超脱"美好愿景的同时，亦有着退

---

① （金）马钰著，赵卫东辑校：《马钰集》，齐鲁书社 2005 年版，第 146 页。
② （金）丘处机著，赵卫东辑校：《丘处机集》，齐鲁书社 2005 年版，第 83 页。

而求其次的愿望，那就是希望万民安居乐业。

马钰在《赠长安众道友》诗中云："家家门下长安道，户户庭前极乐乡。一脚不移超法界，三膲俱透得清凉。"① 作者对家家安祥，户户欢乐的升平景象饱含憧憬。而人们在这安祥欢乐的生存状态中，心神自然恬淡，心境自然清凉，与体悟道法的心理境界也更加接近与趋同。丘处机在《解冤结·赠醮众》词中云："山河已定，干戈不起，太平时、八方和义。斋醮频修，盛答报、虚空天地。谢洪恩、暗中慈惠。千年一遇，神仙出世。幸遭逢、莫生轻易。供养精严，但一岁、胜如一岁。遇良辰、大家沉醉。"② 词中充满对天下太平、百姓安居盛况的欣悦之情，同时对圣贤设教、普度苍生的宗教盛事深表欣喜，其关注的终极目标依旧是群生的解脱了悟。

全真后人尹志平在《西江月》一词中说："万叠山横翠，千盘和曲长。居民安土乐农桑。流水落花香。"③ 绵延悠长、浓郁青翠的崇山环抱着安宁祥和、美丽富庶的村庄，这里人们勤耕善作，耕田植桑，且有着流水潺潺、落花悠悠的生活环境。尹志平的这幅村居图与陶渊明的世外桃源有着几分相像，与其说这是作者对田园画卷的生动描绘，不如说是对自我内心社会理想的展示。

基于对生命哲理的洞达，对道境真美的体悟，更基于对圣贤精神的传承与弘扬，全真宗师在"普度群生"的道路上孜孜不倦、一如既往。无论是对"人人了悟、个个超脱"的美好愿景的构设，还是退而求其次，对万民安居乐业、祥和安泰的社会画卷的存想，全真宗师对天下苍生的关怀指向始终没有偏离终极解脱的方向。"普度群生、遍拔黎庶"始终是全真宗师心中不曾磨灭的宗教理想。

---

① （金）马钰著，赵卫东辑校：《马钰集》，齐鲁书社 2005 年版，第 5 页。
② （金）丘处机著，赵卫东辑校：《丘处机集》，齐鲁书社 2005 年版，第 89 页。
③ 唐圭璋编：《全金元词》，中华书局 1979 年版，第 1172 页。

三　重师、重教的皈依情怀

重师、重教的皈依观念，是金元全真诗词中又一重要的宗教伦理。该伦理思想主要表现在两个方面，一感念师恩；二悟道全真。感念师恩是对全真宗师招纳与传授的知遇之恩深怀感激与敬重；悟道全真是对自家修证功夫精髓技法的参悟与持重。而这两个方面，都深透着全真门人投师入教后强烈的归属感与自豪感。

首先，感念师恩。对于有着真正宗教信仰的人来说，在求道求真的历程中，若能得遇"明师"的点悟与传授，进而入教归宗，可谓人生最大的幸事。对于道门中人来说，"道本虚空，无形无名，非经不可以明道。道在经中，幽深微妙，非师不能得其理"。"所以未能明道，先皈依经。未能明经，先皈依师。"① 可见师对于修道者来说，有着至关重要的作用，是解经悟道不可或缺的领航者。若能得到明师的点拨，则"自然解悟真文，得明正法，超脱生死，不落轮回矣"。② 师及教门对于虔心慕道者来说，其重要性由此可见。这也就不难理解为什么金元全真诗词中，多处闪现着对明师知遇之恩的感念与敬重。感念师恩由此也成了全真作者创作的一个主题。

马钰在《满庭芳·赴莱州黄箓大醮作》一词中这样说道："口口相传，真真相济，悟来意解心通。玄中妙趣，明月应清风。师祖钟离传吕，吕公得、传授王公。王公了，秘传马钰，真行助真功。"③ 这里马钰把全真功法的师传谱系做了交代，钟离权—吕洞宾—王重阳，这只是一个大致的叙说。全真教向来有着"五祖"的传承体系，即王玄甫—钟离权—吕洞宾—刘海蟾—王重阳。对师传的追溯，一来感念师祖，为其弘名宣教；二来为自我所修、所学正名。二者当中都隐含着深刻的师门归属的皈依情结。

---

① 尹志华：《王常月学案》，齐鲁书社 2011 年版，第 135 页。

② 同上。

③ （金）马钰著，赵卫东辑校：《马钰集》，齐鲁书社 2005 年版，第 147 页。

丘处机的《金莲出玉花·得遇行化》则以词叙事，将祖师王重阳得道传教的圣迹以词作形式进行展现，以追述寄托感念。词曰：

> 重阳师父，昔日甘河曾得遇。大道心开，设教东游海上来。
>
> 天涯回首，挈得吾乡三四友。魏国升遐，惊动秦川百万家。①

词虽为小令，但把祖师最为辉煌的宗教历程做了清晰的刻画，从甘河证道到山东传教，再到汴梁（魏国旧址）升仙，悟道布教的行迹清晰明了。此类诗词对于全真教史的研究有着重要的史料价值。王重阳于山东传教最大的收获莫过于对"全真七子"的招纳，他的这一伟大举措，造就了灿烂显赫的全真历史，也成就了功绩卓著的"全真七子"，其自己的威名也为百万家户所知晓。

丘处机于大定六年（1166）出家修道，遁迹昆嵛山，时年19岁。第二年他闻知王重阳抵达宁海，便下山慕名而来，谒师请为弟子。王重阳一见丘处机也大为欣喜，并题诗以赠之。诗曰："细密金鳞戏碧流，能寻香饵会吞钩。被予缓缓收纶线，拽入蓬莱永自由。"② 足见师徒之间的机缘十分深厚。因此丘处机把其对祖师的感念之情深寄于对祖师事迹的追溯中，通过对祖师圣迹的叙述来凸显其非凡与卓著，进而也传达出自我内心的那份自豪与敬仰。

全真后人亦有着突出的念师情结，对明师的点拨与提携十分持重。原为南宗嫡传的全真内丹大家李道纯说："身处玄门，不遇真师，徒尔劳辛。"③ 明师的作用得到了充分的肯定和敬重。王丹桂在《满庭芳》词中云："雪霁郊原，冰凝池沼，时当深入穷冬。重阳此日，降迹阐真风。还是丹阳师父，乱尘世、飞上天宫。玄元理，一升一降，显现至神功。　无穷。真匠手，京南

---

① （金）丘处机著，赵卫东辑校：《丘处机集》，齐鲁书社2005年版，第84页。
② （金）王重阳著，白如祥辑校：《王重阳集》，齐鲁书社2005年版，第41页。
③ 唐圭璋编：《全金元词》，中华书局1979年版，第1225页。

陕右，河北山东。但儿童耆老，谁不钦崇。应物随机顺化，垂方便、三教通同。诸公等，从今已往，何日再相逢。"① 词前有小序云："因腊月二十二日乃重阳师祖悯化妙行真人降迹，丹阳师父顺化慈愿真人升遐，众道友修斋毕，以词赠之。"② 该词是一首典型的叙事词。因腊月二十二日是祖师王重阳的降生之日，而师父丹阳又恰于此日升遐仙化，故有词上阕的述说。词的下阕追述了祖师及弟子在河南、陕西、河北、山东等地传教布道的历史，并对其传教的功德进行概括"儿童耆老，谁不钦崇"，赞扬之意饱含其中。词的结尾把作者对宗师们的感念之情直白托出，"诸公等，从今已往，何日再相逢"。作为道士之词结尾似乎有些偏于世情，但这其中却恰也蕴含着作者对宗师们敬重与追慕之情。此词与丘处机的《金莲出玉花·得遇行化》有着相同的情感心迹。

其次，悟道全真。得遇明师的招纳归宗入教而心怀感激的全真弟子，对其所属的教团心中亦怀有强烈的归属感。心灵的皈依带来的愉悦永远比肉身的安顿来得通透而强烈，入道后的全真弟子灵魂有了终极依托，教团也就成了他们生命的港湾。他们对全真教理教义及教团文化有着不同寻常的热衷与感悟，尤其是对自家修证功夫的精髓与技法，格外珍视与持重，因为这与度人度己的终极目标息息相关。

对于全真家修证功夫的参悟与把握，早期全真弟子各选其径，如马钰斗贫，谭处端斗是，刘处玄斗志，丘处机斗闲，不一而足。虽悟道门径不同，但殊途同归。全真后人亦是如此。在各自择用不同技法的修持中，却有着相同的精神情志，那就是对全真家风的自信与持重。丘处机《答宰公子徐秀才》诗说："自乐安闲微得趣，门风何足向人夸。"③ 低调与谦逊中流露着自信。

① 唐圭璋编：《全金元词》，中华书局 1979 年版，第 479—480 页。
② 同上书，第 479 页。
③ （金）丘处机著，赵卫东辑校：《丘处机集》，齐鲁书社 2005 年版，第 7 页。

又如全真后人长筌子的《满庭芳》词：

> 微妙家风，非空非色，卓然无去无来。超今越古，悟者免轮回。拈
> 出长春圣境，琼花绽、铁树崔嵬。谁知觉，丁翁夜半，震动九天雷。
>
> 玄门真洒落，星楼月殿，愚昧难开。寥阳芝草，端的胜寒梅。方寸
> 神机莫测，何消得、飞过蓬莱。玉霄闲客，未肯蹑苍苔。①

词对全真家风给予了充分的肯定和赞扬，谓之"超今越古"，并举例说
明，以长春圣境为例，其中琼花绽放、铁树崔嵬。若以全真向来崇尚的修道
精髓来看，此不免有些浓夸艳饰，更多了一些不必要的玄化色彩。但这种夸
饰与玄化正是作者对全真家风的敬重与热爱，一股强烈的自豪感与归属感深
浸其中。

再如于道显的《示龙窝张会首》诗，诗云：

> 吾家门户几人知，知者须明造化机。
>
> 清静之中含妙用，无为之内隐玄微。②

诗的首句"吾家门户几人知"，把自家门户的特别与精微同身居此门的自
豪与优越一起表现了出来。通诗在宣扬自家门风的同时，把全真修道思想的
精髓——清静、无为一语道出。这对后学者有着重要的启迪意义。诗句精练
贴切，深蕴古朴之道风。

金元全真诗词中此类作品很多，古朴真切的语言中传达着深厚的重师、
重教的伦理观念，也展现出了他们对道法的虔诚与诚笃。全真弟子有着先天
的觉悟能力，对尘世与人生有着超越的决断，对无为道法有着常人难以想象
的向往与虔诚，故此他们谒师入教，皈依玄门。在求法悟道的征程中，明师

---

① 唐圭璋编：《全金元词》，中华书局1979年版，第583页。
② 薛瑞兆、郭明志编纂：《全金诗》第三册，南开大学出版社1995年版，第41页。

助其开悟，教理教义助其实修，其终极的度己度人的宗教理想得以实现，故对明师、教团格外感念与持重。

四　清静无为、仙道自然的修行理念

道教自东汉末年产生至金初已有一千多年的历史，在这漫长的历史进程中，道教逐渐形成了融合烧炼、符箓、采战、吐纳等修行技艺为一体的宗教流派。尤其是烧炼的修道模式，一度促成了"外丹至尊"的教坛格局。

然而随着历史经验的沉积，传统道教的弊端渐渐为人所知，如外丹毒深致命，符箓流于方技等。由唐入宋，最高统治者对食丹服饵之事多采取了敬而远之的态度。晚唐以来内丹学渐趋兴盛，至宋神宗朝，张伯端的集内丹学之大成的《悟真篇》撰成，内丹学遂宣告成熟。

金元全真教就是在这样的时代背景下应运而生，其吸纳北宋以来的内丹思想，对以往道教以烧炼为主的传统修炼方式悉皆摒除，以清静、无为为修行心法，秉持抱朴归真、仙道自然的修行观念。

金元全真教这一至淳至朴的修行观，始于教祖王重阳。《修仙了悟秘诀》可谓是王重阳一生修行体悟的结晶，该"秘诀"收于《晋真人语录》，可见于《正统道藏》涵芬楼影印本第 728 册，太玄部"卑"字序。其中对全真教派的修行观首加倡导，指出："夫全真者，是大道之清虚无为潇洒之门户，乃纯正之家风，是重阳之活计。"[1] 明确指出全真宗风是清虚、无为，对"书符货术而谩人"的方技小道表示反对，并进一步指出："只要人人自悟，不用摇筋摆髓之功，亦没惑人采战之术，但会无为之初始，自觉神氤而冲和，自然丹炉而药就，显现灵砂而照照，明彻神光而灿灿，自见道德之祖宗，认是清闲之源本，乃性命之妙门，是脱神仙之模子。"[2] 抱朴守真，认得道德之根柢，

---

① （金）王重阳著，白如祥辑校：《王重阳集》，齐鲁书社 2005 年版，第 298 页。
② 同上书，第 298—299 页。

清闲之源本，自然可以了悟性命，脱胎成仙。自此全真教有了清静无为、循道自然的修行格调。

对于祖师的这一倡导，全真弟子悉皆承袭。马钰就曾在其诗词中对这一指导思想进行多处展现。如他在《鄠县小王索》诗中说："小童听属养灵童，自有因缘继马风。清净无为须悟彻，自然云步到蓬宫。"① 在《满庭芳·叹憨汉》词中说："真清净，无为功满，得去列仙俦。"② 又在《满庭芳·证仙果》词中说："姹女婴儿相遇，论清净，至妙根源。无为做，自然成道，决上大罗天。"③ 清净、无为的修行理念十分显现。

马钰在这些诗词里使用了"清净"，着一"净"字，意在强调心境在寂淡、恬静的同时还要洁净，不着一丝尘念，对清静的要求更进一层。全真家推行内丹修持，在自了方面，修行者的主要功课就是调持心念，所以马钰教导门人说："学道者别无他事，只在至清至静、颐神养气而已。"④

全真的这一修行思想顺应了时代潮流，也推动了道教自身的革新与发展，因此金元时期的全真教自创立以来，就保持着兴旺的发展势头。时人对此有持疑者曾问于丘处机，曰："北宗道法至吾师而大行，全真之盛，亘古未有，亦尚神通变化否？"⑤ 丘处机回答说："若好神通，便非大道，大道极平常，不作奇特想。"⑥ 可见全真教在尚清虚、重无为的同时，对神通变化亦持否定态度，认为那是方技小道。对于全真家的修行精要，丘处机曾以词示人。词曰：

> 修真门户，大道家风，长春境界无边。秀气盈盈，闲里别有壶

---

① （金）马钰著，赵卫东辑校：《马钰集》，齐鲁书社2005年版，第8页。
② 同上书，第149页。
③ 同上。
④ 同上书，第255页。
⑤ （金）丘处机著，赵卫东辑校：《丘处机集》，齐鲁书社2005年版，第149页。
⑥ 同上。

天。天中自然快乐，运三光、日月周旋。忘伎巧，任淳风坦坦，圣道平平。

　　一念还乡寂处，三宫罩、清灵万派归源。浩浩神光，来去透骨绵绵。行人顿除造作，待功成、指日登仙。未行者，向词中、明取一言。①

作者立足于自我的修行体验，对正在修行和未曾修行的人们进行劝示。指出道家境界里充满自然快乐，而道境的获得就是要忘弃种种刻意的技巧，归于清净，达到心念寂静，自然心神浩荡，清灵归源。修道之人要除去外在的巧技与造作，专事真功，待功成行满便可自然登仙。而未曾修道之人，也应自明心镜，于词中有所悟取。

这正是全真家风的一贯倡导。同时在词中作者还拈出了"闲"这一体道境界，说"闲里别有壶天"。"闲"正是丘处机无为应缘的悟道法门，也是其仙道自然的修行实践。

全真后人深悟自家修行思想中的这一"清虚、无为、仙道自然"的修行主张，在日用中去华存实，去巧守拙，很好地传承了全真这一仙道伦理。王丹桂有首《洞仙歌·述怀》词，这样说："道家门户，寂淡清虚好。荣耀矜夸自无扰。向午窗、披玩道德南华，除此外，闲弄丝桐一操。"② 尹志平的《减字木兰花》词云："昏昏默默，世智聪明孰可测。默默昏昏，无欲能开众妙门。全真抱朴，无虑无思无做作。抱朴全真，入圣超凡只在人。"③ 均意在说明修道应遵循清虚、无为、抱朴守拙的思想主调，在心境寂淡澄明中自然可以全真自我，升化而仙。

需要指出的是，全真家的清静无为、仙道自然的修行指向，并非指无所作为、心如死寂即可成仙，而是指修行主体获得清静的心境之后，在神气归

---

① （金）马钰著，赵卫东辑校：《马钰集》，齐鲁书社2005年版，第71页。
② 唐圭璋编：《全金元词》，中华书局1979年版，第502页。
③ 同上书，第1184页。

虚、体证仙道的过程中无须刻意，只需顺其自然，便可水到渠成。而在心境未至清静之前，仍须主观地对心念进行调持，以至归于纯净，如他们倡导的"苦修"就是对自我心念调持的一种极端修为。

金元全真教如此深切地倡导和践履"清虚、无为，仙道自然"的修行观，并彻底摒弃烧炼、符箓等道教活动，对传统道教弊端的深刻认知则是其中必有之因。身为道门中人，对于外丹吞食的危害与虚妄，画符写箓流于小道方技的事实，自然深谙。而更为深层的原因，则在于他们对"道法自然"的深悟与回归。

"道法自然"是道家思想的精髓，亦是道教思想的精要，懂得"道法自然"的真谛，也就悟得了体道、循道的门径。自古以来，道教一切的修行事宜与宗教活动，其终极目的无外乎循道成仙。而"道"的本性是自然、无为，凡是主观刻意的"有为"都是对道法的背离。所以老子说："为学日益，为道日损。损之又损，以至于无为。无为而无不为。"[1] "无为"就是对道法体认的最好门径，也是对仙道体证的最好法门。而要做到无为，就要虚空自我，清静内心，除尘欲，绝尘念，于一念不生处，方证无为与无不为。

金元全真宗师深悟此理。如他们所说："清净真功，无为大道，自然体用惺惚。先天灵物，元本在吾胸。"[2] "守清静恬淡，所以养道。"[3] "学人莫事苦熬煎，大道元来本自然。真静真清成运用，不雕不琢就方圆。"[4] "一切有为法，般般尽是尘。"[5] 能超脱形式之外，去华存实，去巧存拙，方可悟得自然无为之妙道，成就上乘之道果。丘处机对此亦有论说，他说："《经》云'人能常清静，天地悉皆归。'盖清静则气和，气和则神王，神王则是修仙之本，

---

① 陈鼓应注译：《老子今注今译》，商务印书馆 2003 年版，第 250 页。
② （金）马钰著，赵卫东辑校：《马钰集》，齐鲁书社 2005 年版，第 147 页。
③ 同上书，第 255 页。
④ 薛瑞兆、郭明志编纂：《全金诗》第三册，南开大学出版社 1995 年版，第 14 页。
⑤ 李大华：《李道纯学案》，齐鲁书社 2010 年版，第 103 页。

本立而道生矣。"① 对循道而仙的路径一语道破，可谓至理之言，非了悟者不可道也。

金元全真教这一崇尚自然无为的仙道伦理，摆脱了道教长久以来名目繁多的修行技法与宗教形式，皮毛落尽，精神独存。其不仅保存了中国道教文化的精神内核，也为世人返璞归真、淳化自我提供了难得的精神范本。

综上所述，金元全真诗词中的这些宗教伦理，充分体现了全真教一贯的思想主张。从"普度众生"拯世济民的主观愿望，到度与世人"弃恶行善"自累仙基的自救之方，全真宗师的目光始终不曾偏离众生生命解脱的方向。全真宗师推己及人、兼善天下的崇高思想尽显于此。在自我修行上，他们将对道法的虔诚外化为感念师恩与持重教团，无疑对尊师重教的社会风俗可以起到熏陶和引导的作用。在仙道体证方面，他们倡导抱朴守真、去巧守拙，简化修道的技法与程式，大大增强了修炼的普适性与实用性，为道教的修炼走进中下层社会提供了可能，推动了道教的发展，也促进了道教文化的普及。

倘若撇开仙道神学的色彩，金元全真教这些宗教伦理思想依然具有普适而恒久的社会意义，其无论对个人品德修养的树立，还是对社会风俗的纯化，都有着不可估量的正向牵引力。

第三节　金元全真诗词的生态伦理思想

道教立足于老子的"道生一，一生二，二生三，三生万物"② 的生成理

---

①　（金）丘处机著，赵卫东辑校：《丘处机集》，齐鲁书社2005年版，第145页。
②　陈鼓应注译：《老子今注今译》，商务印书馆2003年版，第233页。

论，与庄子的"天地与我并生，而万物与我为一"①的齐物观念，而力倡"天人合一，物我为一"的生态伦理，主张人与自然界是一个有机整体，并遵循着相同的法则。

与之相似，儒家也讲人与自然的关系，也倡导"天人合一"，但其主要是想从自然法则中探寻到能够佐证其伦理与政治思想的依据。道教与儒家不同的是，道教力倡人与自然整体合一，目的在于除去物我形态上的差异，体悟"有形"背后隐藏的生命奥秘，以期在终极意义上复归自然。

金元全真教秉承道教这一生态伦理思想，倡导"天人合一，回归自然"，并于诗词中多处展现。在诗词作品中全真作者依循着"感知、体认自然""钟情、热爱自然""回归、融入自然"的展示视角，对自我心中那份生态伦理情怀进行真切的宣泄，并以大自然为"大美""大乐""大情"的源泉，对其进行讴歌和赞美；在远离尘嚣的自然中寻求体悟道法的灵感与凭借，视自然山水为悟道生涯的归宿；从"有形"与"无形"的双重境界中回归自然，真正实现了"天人合一"的生态理念。

一　感知、体认自然

出家之人，多喜欢择取清幽隐蔽之地，作为自己修行练功的处所。高山林泉远离尘嚣、不染世情，自然位于首选之列。在日复一日昼对云天夜观星月的生活中，出家人拥有更为优越的天时、地利去感知和体认自然，全真道士更是如此。金元全真教十分注重云游修道，主张于"登巇崄之高山""渡喧轰之远水"②中访师问道。如此一来全真弟子就更加亲近自然，于群山秀水中孜孜寻道，在获得真知灼见的同时，对天地自然有了不同寻常的认知与体悟。

---

① 郭庆藩撰，王孝鱼点校：《庄子集释》，中华书局2004年版，第79页。
② （金）王重阳著，白如祥辑校：《王重阳集》，齐鲁书社2005年版，第275页。

长期以来，道教立足于老子的万物"道生之，德畜之"① 的道德理论，认为"道"既生成万物，又涵盖于万物之中。"道化生万物之后，也就作为万物的本体内在于万物之内。"② 所以有形之物皆有"道性"。唐代道士王玄览对此指出："道能遍物，即物是道。"③ 上清茅山派第十一代宗师潘师正亦说："一切有形，皆含道性。"④

金元全真家承袭这一思想，认为万物之中皆有道性。姬志真在其《山居》诗中云："盘石巍巍权宝座，柔莎冗冗代青毡。灵岩月窦排幽胜，风伯山灵助法筵。溪水茂林俱演道，野花飞鸟尽通玄。须臾径及无何有，不待言传决是仙。"⑤ 自然山水居有形之列，自然具有天然道性，况且其远离尘世不染尘嚣，道性当更为显现和富足。所以在面对自然风物时全真家即择取寻道、悟道的审视视角，视山水风月为畅道之物。正是基于这一"山水喻道"的审美视角，他们在感知山水、体认山水中，不仅获得了真知灼见，更深悟山水之神韵，于寻常山水风月中体察到了不同寻常的智慧与觉悟。

（一）自然有"大美"

"美"是自然山水给予审美者首要的视觉冲击与精神感受，因此自然林泉也一度成为文人雅士乐此不疲的讴歌和赞扬对象。金元全真作者笔下的自然风物也皆给人以美的感受。丘处机曾在龙门修行七年，对龙门一带的胜景熟谙于心，他于诗中这样描绘：

> 龙门峡水净滔滔，南激朱崖雪浪高。
>
> 万壑泉源争涌凑，千岩石壁竞呼号。

---

① 陈鼓应注译：《老子今注今译》，商务印书馆2003年版，第260页。
② 陈霞主编：《道教生态思想研究》，巴蜀书社2010年版，第160页。
③ 《道藏》第二十三册，文物出版社、上海书店、天津古籍出版社1988年版，第621页。
④ 《道藏》第二十四册，文物出版社、上海书店、天津古籍出版社1988年版，第786页。
⑤ 薛瑞兆、郭明志编纂：《全金诗》第四册，南开大学出版社1995年版，第304页。

> 周流截断红尘境，宛转翻开白玉膏。
>
> 胜境无穷言不尽，临风时顾一挥毫。①

该诗算是作者对龙门峡谷中流水的特写。从水的洁净到浪的汹涌，再到溪水对诗人心灵的冲刷，作者由远及近，由雄浑到细微，把眼前峡谷中的流水做了直观鲜活的展示。尾联是作者情志的抒发，面对如此胜景难以用语言宣泄，兴甚至极唯有寄于诗篇。诗虽未着一"美"字，但"美"的感受已沁人心脾。

对于天地自然的美感进行纯客观的再现，似乎不是金元全真作者的兴趣所在。吟咏情性、搜罗景物是赏玩者的乐事。全真作者并非赏玩者，他们不再停滞于对山水"形美"的陶醉，他们更喜欢也更擅长的是展现天地万物"形美"之中蕴含的"神美"或称"大美"，这是金元全真作者审美眼光独特与深刻的体现。

王重阳有《烟霞洞》一诗，其中深味值得品咂。诗云：

> 古洞无门掩碧沙，四山空翠锁烟霞。
>
> 天开玉树三清府，池涌青莲七子家。
>
> 阐教客来传道去，游仙人去换年华。
>
> 可怜此地今谁管，春暖桃夭自发花。②

诗的颈联映射着全真的一段布道历史，但这并不影响整诗景与理的渲染。诗中古洞掩碧沙、山翠锁烟霞的美景尚属其次，重点在于尾联两句哲理的阐发。烟霞洞曾是王重阳师徒参玄悟道的处所，今日他们传教远去，此地已无人照管，但春天依旧如约到来，桃花依旧应春绽放，虽无人赏景但风景依然

---

① （金）丘处机著，赵卫东辑校：《丘处机集》，齐鲁书社 2005 年版，第 10 页。
② 薛瑞兆、郭明志编纂：《全金诗》第一册，南开大学出版社 1995 年版，第 236 页。

自秀。"春暖桃夭自发花"中的"自发花"一语点中机关。大自然的美不会因人的来去而有所改变，人见与不见，它的美都会自发展现，一如往常，如同自然之道，人悟与不悟，它都在那里，一如往常。诗看似写景，实则以景寓道，从自发绽放的桃花之美中可以体悟到其中蕴含的道性的"大美"。

丘处机曾写有十四首诗对家乡栖霞的公山进行赞颂，其中一首诗云："公山自古白云多，结盖层层入大罗。出没群仙常不见，云中唯听洞仙歌。"① 该诗看起来有些仙化与玄化，把公山过于神秘化了，其实作者的深意当不在于神化公山，而是想突出公山的仙道气氛与深厚的道性蕴含。道教认为神仙出没的地方都是最为清静、最具灵性，也是距仙界最近的地方。公山上有群仙降临，足以说明它的清幽与灵性，这是公山所具有的"神美"与"大美"。

全真后人尹志平曾撰诗多首，对五华山的秀美景色进行描绘，其中有一首这样写道："五华虽则三月秀，莫比闲游九月来。万林斓斑山似锦，群仙聚会小蓬莱。"② 五华山位于燕京郊区，三春时节十分秀美，但还赶不上九月，九月的五华山万木斓斑似锦缎，更主要的是有群仙相约降临于此，堪称"小蓬莱"。该诗与上述的丘诗手法一致，意在凸显山的灵秀之美。

全真家在对寻常雪、月、松、竹、鹤等自然风物的吟咏中，亦处处展现着它们形美之外的道性之美。如丘处机的《初雪》《鹤》诗、尹志平的《山中雨过赏月三首》诗、谭处端的《酹江月·咏竹》词等，均是此类代表诗词。

（二）自然有"大乐"

远离尘嚣、断绝世情的山川风月，不曾受到人情的濡染，是自然道性最为彰显的事物，因此在这些自然风物中可以体悟到超越尘情的"大乐"。所以

---

① （金）丘处机著，赵卫东辑校：《丘处机集》，齐鲁书社2005年版，第27页。
② 薛瑞兆、郭明志编纂：《全金诗》第三册，南开大学出版社1995年版，第107页。

金元全真宗师皆"厌尘俗而乐云水"①。

谭处端说:"自慕贫闲探妙机,便知身入白云飞。逍遥物外超尘网,脱洒怀中解垢衣。"② 刘处玄云:"效渊明乐道,闲伴林泉。自在无拘,笑吟洞外松前。"③ 在直面山水中,全真宗师对山水之乐的感受充盈而真实。马钰于月下体悟风月时说:"开怀明月下,快意清风多。道复唯麻布,渔巾作酒罗。"④ 月下开怀,清风纵意,这是一种真实而内在的精神体验。

丘处机亦有诗云:"爽气清高暑气阑,园林欲变锦纹斑。长风渡海来沙漠,短暑经天下玉关。设席邀宾龙树侧,鸣琴待月虎溪间。良朋自得真佳趣,不待蟾宫把桂攀。"⑤ 诗写于中秋时节,夏去秋来,气候、物候都发生了相应的变化。作者于月圆之夜设宴邀宾共赏明月,在清风徐徐、溪水潺潺间,"良朋自得真佳趣"。此佳趣的具体内容是什么,当仁者见仁,各为不同,不过可以肯定的是,这样的乐趣绝对不是尘世的奔忙喧嚣所可以给予的,而是高空、园林、长风、溪水所特有。他又在《陇州堂下清梦轩》诗中云:"清梦轩中清士居,清闲高卧养真如。真如养就清无梦,无梦清欢乐有余。"⑥ 怡然自乐之情态可见一斑。天地静默不言,山川威然自处,虽不言却深蕴生机,虽自处却别有兴味。天地万物在不言与自处中诉说着非同尘俗的乐趣。

金元全真宗师之所以如此向往和欣悦山水之乐,是因为他们体悟到了山水之乐的"无待"与"真实"。首先是"无待"。山水风月千古之下始终自足而独立,任世间如何翻腾沦落、兴衰更迭,它都自处不变、圆融而自适,其中的道性亘古如一,不随世情的纷繁变幻而有丝毫更移。全真宗师在如此之

① (金) 王重阳著, 白如祥辑校:《王重阳集》, 齐鲁书社 2005 年版, 第 218 页。

② (金) 谭处端、刘处玄等著, 白如祥校:《谭处端 刘处玄 王处一 郝大通 孙不二集》, 齐鲁书社 2005 年版, 第 9 页。

③ 同上书, 第 131 页。

④ (金) 马钰著, 赵卫东辑校:《马钰集》, 齐鲁书社 2005 年版, 第 80 页。

⑤ (金) 丘处机著, 赵卫东辑校:《丘处机集》, 齐鲁书社 2005 年版, 第 13 页。

⑥ 同上书, 第 24 页。

风月中体悟到的快乐，自然是超脱而独立的，至纯至湛，不夹杂任何的依附。和世间人们追逐外物、满足感官享乐的"外乐"相比，显然更高级，更持久，而臻于"无待"，正如祖师王重阳所说："稍悟内欢非外乐，好求月上弄清风。"①

其次是"真实"。全真宗师向来排斥和否定世间之乐，认为凡尘之乐虚幻而短暂，非真正的快乐，于万物融融中体悟到的快乐才是真实的。王重阳在《苏幕遮》词中说："静中忙，闲里作。怎得逍遥，自在真欢乐。"② 马钰也在其《满庭芳·得真乐》词曰："落魄闲人，逍遥懒汉，的端酷厌荣华。怕耽火院，不会养浑家。万种尘缘拂尽，仗心闲、炉养丹砂。松峰下，水边石畔，遣兴饮流霞。一灵常皎洁，优游恬淡，真乐无涯。论比之明月，月有云遮。若比孤云自在，风飘荡、牢落堪嗟。予亲遇，得超彼岸，快活更无加。"③ 跳出凡尘，摒弃荣华，一切尘缘抖搂殆尽，于山下、水边、石畔随心逸兴、静观流霞，如此情态的怡然自得、真性常灵，才是真正的快乐。全真家散尽尘扰，深悟山水，在清幽静谧中感到了无边的"真乐"。与尘世生活相比，这是一种全新的生命轨迹。

金元全真宗师山水有"大乐"的审美观念，和庄子的"天乐"观一脉相承。庄子认为人与自然和合，便可以体悟到"天乐"。"与天和者，谓之天乐"，"知天乐者，其生也天行，其死也物化。……无天怨，无人非，无物累，无鬼责"。④ 当一个人充分与自然混融，达到天人合一的状态，便可与天同乐。天乐"是自然之道在人心中的迁延与充实"⑤。全真宗师所体悟到的山水之乐，也正是山水之中道性在他们心中的迁延与发挥。

---

① （金）王重阳著，白如祥辑校：《王重阳集》，齐鲁书社 2005 年版，第 41 页。
② 同上书，第 74 页。
③ （金）马钰著，赵卫东辑校：《马钰集》，齐鲁书社 2005 年版，第 152—153 页。
④ 郭庆藩撰，王孝鱼点校：《庄子集释》，中华书局 2004 年版，第 459、462 页。
⑤ 王泽应：《自然与道德》，湖南大学出版社 1999 年版，第 274 页。

（三）自然有"大情"

除了"大乐"和"大美"之外，金元全真宗师于天地自然间亦感受到了"大情"。"自然有大情"，此"情"绝不同于凡尘之"世情"，而是自然间固有之"道情"。世人于市井之中耳濡于喋喋不休之喧嚷，目染于纷繁变幻之丽色，身处喧腾之境，心无自悟之功，自然身心所感皆为绵绵不绝的世情与人情。而全真宗师，心有觉悟之功、自醒之力，纵使身居尘境亦不为尘染，所以他们在山、川、风、月、云、溪、花、露之中体悟到了悠悠之"道情"。

丘处机曾于潍州城北玉清观中秋赏月，心有所感遂赋之于诗。诗曰："云去云来不暂停，朝昏恍惚变阴晴。今宵幸对婵娟质，剩作新诗畅道情。"[1] 面对云卷云舒、朝昏阴晴的变化，人们多会有所感悟，感叹世事无常、人生沉浮，由此而不免心生悲意。丘处机对此亦有感悟，不同的是，他感触的不是一己之悲意，而是天地之道情。云的舒卷，天的阴晴，本有其自性，而今宵之月依旧晃朗，不管风去云留还是物是人非，月年年如约，千古之下，流淌着一成不变的皎洁。在这亘古有之、司空见惯的变与不变之中，作者感受到了天地间那种超越尘情的启悟。

他在《梅花引·磻溪旧隐》词中，再次传达了这种深层情志。他说："晚风轻，暮天晴。逍遥大道，南溪上下平。溪东幸获忘形友，月下时斟消夜酒。酒杯停，月华清。披襟散发，欣欣唱道情。"[2] 这是作者对自我潜心修道过程中真实情态的表露。在风轻天阔的时节，作者与友人溪边月下饮酒，酒醇、月清、兴浓，于是披襟散发，高唱情怀。可以感知作者所唱之情中，不含自我私情与人情，因为此时的作者已经拥有了忘我忘形的精神境界，心境已经滤尽尘杂，作者的所感所悟皆是晚风、暮天、溪水、月华所给予的如如道情。

---

① （金）丘处机著，赵卫东辑校：《丘处机集》，齐鲁书社 2005 年版，第 37 页。
② 同上书，第 77 页。

尹志平在《山中雨过赏月》诗中亦表达了类似的情怀。诗曰："山静云收入夜清，月光澄彻九霄明。照人肝胆无他虑，惟有诗情与道情。"[1] 山的寂静、月的通明，使作者的心境无比澄澈与愉悦，也给予了作者无法言说的智慧信息。"诗情"与"道情"，就是对这种愉悦与信息的抽象表达。

道教内丹的修行讲究采日月之精华、集天地之灵气以促发自我之道性，助推精到气、气到神、神到虚的修炼进程。而对于天地道情的体悟与感知，无疑有助于全真道士心境的纯化与提升，进而加速其真功的修炼。同时，在至纯至净的心境下感受到的大自然，也更加真实与美好。

从上述全真宗师对大自然"大美""大乐"与"大情"的审美感悟中可以看出，大自然对于人类，不仅仅提供了源源不断的物质财富，而且提供了难能可贵的精神养料与智慧信息，而后者似乎显得更加珍贵。由此全真宗师就为金元之后的人们在与自然相处之道上开创了新的思维。

二 钟情、热爱自然

钟情山水、热爱自然，是道教一直以来所倡导的生态伦理思想，亦是金元全真作者所津津乐道的思想主题。对全真道士来说，对大自然的钟情与热爱是建立于对其深刻的体悟与认知基础之上的。因此这种情感具有原始性与深厚性，这不是奔忙劳碌的世人疲惫倦怠的心灵得到舒络与慰藉后而产生的热爱之情所可比拟的。

对这种原始、深厚的情感，金元全真作者于诗词中如是叙说：

> 出窦飞泉迸，参天古柏阴。快哉清绝地，堪畅野人心。[2]
> 我爱林泉景最幽，白云深处水东流。道人不管兴亡事，一片身心得

---

[1] 薛瑞兆、郭明志编纂：《全金诗》第三册，南开大学出版社 1995 年版，第 88 页。
[2] （金）丘处机著，赵卫东辑校：《丘处机集》，齐鲁书社 2005 年版，第 51 页。

自由。①

　　莫羡喧哗京市，休辞淡薄山家。猿啼鹤唳兴还加。心地清凉无价。②

　　我有林泉兴，君无补缺心。一方圣境理幽深。物外结知音。③

　　从环境的清绝到人心的畅快；从林泉的幽美到身心的自由；从猿啼鹤唳到心境清凉；从圣境幽深到物外知音，可以看出，全真作者与自然山水之间有着明显的心灵感应与情感共鸣。山水的意义之于全真作者，已不再是形体美给予的视觉冲击，而是神韵美给予的心灵洗涤与净化。与其说他们钟情的是山水的清绝、幽深与兴味，倒不如说他们热爱的是山水所赋予的畅快、自由与清凉。

　　由此我们可以看出，深浸"道性"的自然山水，对于虔心悟道的全真道士来说，有着莫大的精神提振与心性启悟作用。从全真作者对山水钟情与热爱的情感表达中，我们可以清晰地感知，自然山水之于全真家在心性觉悟中的助推与促发作用。这种作用主要表现为两个方面：其一，涤心洗尘。于道显的《赠洛阳薛会首》诗，将山水涤心洗尘的功用做了透彻的说明。诗云：

　　近水临山锁翠微，利名著脚却忘归。

　　此身不属红尘客，卧看白云天外飞。④

　　作者置身山水翠微间，利名悉皆忘却，顿感自身已不属于红尘之客，凡尘的搅扰随风散去，内心只剩下空寂澄湛，仰卧山间，闲看霄外白云自由纷飞。由此使人想到了王维的"行到水穷处，坐看云起时"⑤之诗句。这两句诗不仅意蕴优美，更把王维"破执"的心灵境界展现了出来。行到山穷水尽

---

① 薛瑞兆、郭明志编纂：《全金诗》第三册，南开大学出版社 1995 年版，第 36 页。
② 唐圭璋编：《全金元词》，中华书局 1979 年版，第 1169 页。
③ 同上书，第 1172 页。
④ 薛瑞兆、郭明志编纂：《全金诗》第三册，南开大学出版社 1995 年版，第 26 页。
⑤ 陈铁民选注：《王维诗选》，人民文学出版社 2002 年版，第 72 页。

之时，作者没有因为行途蹇塞而心生悲意，而是淡然抬头，欣赏随风行止的白云，这正是王维心境湛然的一种诗化展现。于道显在诗中展现的那种自适忘我的情态，正是心间尘杂尽除、凡尘涤尽，心无挂碍的澄湛之境。

而山水涤心洗尘的作用不是只对全真家才有，对世俗之人同样具有。那些官场失意、仕途蹇塞或生活坎坷的人们，尘世中受挫、受伤而退缩尘外，游走山林，在面对大自然时，同样可以找到一个不同尘俗的崭新天地，寻找到一个可以寄托因尘世的挤压而伤痕累累的心灵的处所。纵使一般的世人在面对山的巍峨、海的浩瀚时，亦会兴叹不已，尘情顿抛，这就是山水的魅力，以及其在面对不同的人群时，展现出的无私与等同。但有所差别的是，世人于山水间所获得的"涤心洗尘"只是暂时的心灵舒络与抚慰，一旦山水的新鲜感与冲击力消退，他们内心深处的尘染便会再次淹没心灵。而全真家则不同，他们于山水中获得的是持久永恒的心尘洗涤，这种无尘染的状态不会因为环境的变换而改变。归根到底，是他们与世人心灵所居之境界存在差别。

其二，摒弃尘嚣。尹志平曾在《西江月》一词中这样说："非爱青山绿水，惟图隐迹埋名。粗衣粝食绝人情，养就元初本柄。"[1] 意思是说：修道者出没于林泉，不是贪恋山水的清秀，而是为了隐迹埋名，断绝人情，养就元初本性。这看似是对全真家热爱自然的生态思想的背离，实则是对全真山水审美观的另一种诠释。所谓"非爱青山绿水"，不是指对青山绿水毫无兴趣，而是指不执着和贪恋于物质意义上的山水之形体，而对于山水之神韵及山水给予的审美之愉悦当然是热爱的，而且是由衷地热爱。在词中尹志平指出，为了养就元初本性，可于山林间隐迹埋名，断绝人情。如此一来，山林对于修道者便具有了另一重意义——摒弃尘嚣。

全真道士钟情山水、热爱林泉一个最重要的原因就是青山绿水可以断绝

---

① 唐圭璋编：《全金元词》，中华书局 1979 年版，第 1170 页。

世情，摒弃尘嚣，这是山水天然具有的独特品质，也是大自然对修道者的天然馈赠。丘处机在《答虢县猛安镇国》的诗中表达了其释情自然的情态，诗曰：

> 酷爱无人境，高飞出鸟笼。
>
> 吟诗闲度日，观化静临风。
>
> 杖策南山北，酣歌西坂东。
>
> 红尘多少事，不到白云中。①

作者像跳脱牢笼的鸟儿，在无人之境高飞翱翔，闲来无事临风吟诗，于南山西坂间逍遥高歌，何等的悠闲洒脱。之所以能够如此，是因为红尘之间的烦事到达不了山水之间。可以感受到作者在悠然自得中对于摒弃尘嚣的白云，怀有一份深深的钟爱之情。

刘处玄有《行香子》词云："霜林飘赤叶，遍地涌黄金。宾鸿离塞北，足声音。渊明归去，独斟乐清吟，酩酊真欢笑。高卧云山，忘尘世，伪难侵。"②词表述的亦是作者的林泉之趣，并对渊明之志有着几分敬仰。刘处玄可谓陶渊明的忠实追随者，他在诗词中多处表达对渊明之志的追慕与寻迹追随的志向。陶渊明对山水独有情怀，其对山水的热爱与领悟远远超越世俗文人，得真意而忘言的心境已非欣赏而是神晤。刘处玄追慕渊明，当有对其山水情怀与神会能力的敬仰。词中作者亦有所悟，酩酊而去，云山高卧，尘世的喧嚣已被摒弃在云霄之外。

无论是对山水涤心洗尘的赞誉，还是对林泉摒弃尘嚣的欣喜，全真作者于传教修道之外对山水情有独钟，已足以说明其对山水自然的热爱之情。

---

① （金）丘处机著，赵卫东辑校：《丘处机集》，齐鲁书社 2005 年版，第 50 页。

② （金）谭处端、刘处玄等著，白如祥校：《谭处端　刘处玄　王处一　郝大通　孙不二集》，齐鲁书社 2005 年版，第 134 页。

三　回归、融入自然

基于对山水蕴道性、助修道的客观认知，金元全真家对自我悟道生涯做出了复归自然的理性抉择。这是对道家"天人合一"的思想的继承，更是对自我生命的最佳安置。在金元全真诗词中，作者对自我复归自然的情态进行了两种表现：一是置身山水——有形的融入；二是忘我林泉——无形的回归。

（一）置身山水——有形的融入

复归自然首先要走进自然，与山水零距离接触，在亲近与融入中才能全面立体地感受大自然最原始的生命律动与脉搏，体悟大自然最真切的运动能量与活力；在与自然无声的交流中，获取至真的智慧与信息。

金元全真道士于此一端十分持重，在他们的诗词中可看到很多对自我寄身林泉的人生志趣的表达。如王重阳云："心静神清鬓不华，水云便是我生涯。"①马钰云："云水飘飘任自然，往来游历没牵缠。万缘勘破心无著，坦荡逍遥一散仙。"②姬志真云："却有这筹难可得，水云乡里放闲身。"③皆表达了体慕林泉、寄身自然的人生志向。

对于金元全真道士来说，修道生涯很多时候是在林泉中度过的。他们寄身幽谷丛林，餐风饮露，迎朝阳、送晚霞，吟风弄月，友云鹤、伍麋鹿，悠闲自在。刘处玄在《行香子》一词中这样描绘他的林泉生活，"洞天清、坐听潺湲。万株松桧，千顷云烟。好伴琴书，真念道，乐安闲"。④置身洞天，坐听溪声，四周是苍松绿桧，头顶是缭绕的白云，没有市井的喧闹，没有尘情的烦扰，以琴书为伴，心境无比的安闲。洗涤心尘、舒络精神是大自然天然具有的神奇功能，或许这正是自然道法力量的渗透。其弟子于道显深袭师风，

① （金）王重阳著，白如祥辑校：《王重阳集》，齐鲁书社 2005 年版，第 157 页。

② （金）马钰著，赵卫东辑校：《马钰集》，齐鲁书社 2005 年版，第 41 页。

③ 薛瑞兆、郭明志编纂：《全金诗》第三册，南开大学出版社 1995 年版，第 351 页。

④ （金）谭处端、刘处玄等著，白如祥校：《谭处端　刘处玄　王处一　郝大通　孙不二集》，齐鲁书社 2005 年版，第 134 页。

深得林泉之真趣，在《述怀》诗中说道："不学参玄与问禅，一庵潇洒寄林泉。空中天籁宫商意，物外家风道德篇。一枕闲眠芳草畔，数声樵唱夕阳边。此身未得骖鸾去，且作逍遥陆地仙。"① 逍遥之情态、自得之情志赫然眼前。作者对自然的喜爱之情已到了贪恋的地步，"此身未得骖鸾去，且作逍遥陆地仙"，足见作者与自然融入之深。

（二）忘我林泉——无形的回归

而更进一步的回归则是于林泉中达到忘我的境界，在意识中消解自我，与山水万物为一。这也正是庄子所谓"物我为一"之境。全真宗师在回归自然中不乏此种心境。李道玄在《山堂夏日》一诗中这样写道：

> 阒寂山家夏日深，清凉一味涤尘心。
>
> 披襟拣坐溪边石，策杖寻行柳下阴。
>
> 旋折野花闲引蝶，猛敲芳竹戏惊禽。
>
> 贪看蚁阵撩童笑，不觉天西日半沉。②

读完这首七律，一副童心未泯、四处嬉戏的老顽童形象赫然眼前，由溪边到柳荫，由野外引蝶到田舍戏禽，作者的行迹清晰明了。尾联两句传达的似乎是作者因贪玩误了时辰而产生的懊恼之意，实则不然，结尾两句恰好是全诗情感态度的总结。在嬉笑玩耍中不觉日已西沉，恰与陶渊明的"采菊东篱下，悠然见南山"③ 的精神情态有几分相似，这正是作者忘情于溪柳花竹、忘我于蝶蚁惊禽的无我心境的另一种表达。

之所以能够达到忘我的境界，是由于自我的心境已与万物的神韵同拍而和，形成共鸣，深层意识中消解了主观的自我，心所感知的是物我共有的天

---

① 薛瑞兆、郭明志编纂：《全金诗》第三册，南开大学出版社 1995 年版，第 2 页。
② 薛瑞兆、郭明志编纂：《全金诗》第四册，南开大学出版社 1995 年版，第 547 页。
③ （晋）陶渊明著，逯钦立校注：《陶渊明集》，中华书局 1979 年版，第 89 页。

然气息。这正是全真家所追求的"澄湛"之境。马钰曾引坐圜先生的话对"澄湛"的境界解释说："心澄意定，物我俱忘，澄澄湛湛，只显一性。"① 丘处机的《玉炉三涧雪》词就是对自我澄湛心境的表述。词曰：

> 杲日西沉远陇，轻飙南起洪崖。飘飘逸兴爽情怀，吹断愁思俗态。
>
> 渐渐放开心月，微微射透灵台。澄澄湛湛绝尘埃。莹彻青霄物外。②

在澄湛的心境中，心无一尘之染，莹彻而通透。在这里作者以"莹彻青霄物外"来形容心月的晃朗，事实上这是对自我心境的比喻。作者表述的实意在于：此时此刻心所体所悟只有那无边无际、无所阻碍的悠悠真性，万物形体俱已消解，只剩下辽远、空阔、明彻、通透。这是一种自由无碍、舒展外扩的精神感受。在词中作者还向读者展示出了这一心境获得的渐进过程：从日沉远陇到风起洪崖，再到兴随风起，又到断绝俗情，继而渐开心月。这说明心境的获得，是一个循进的过程，对于后学者有着重要的启示意义。

于道显有一诗，意蕴非常。诗云："策杖飘蓬恣意闲，云朋来谒水云间。相逢一席无生话，不觉红轮坠西山。"③ 该七言绝句情韵飘逸，一股浓郁的林泉之兴荡然其间。作者虽未谈及澄湛之境，但其与友人云水忘怀的情态却赫然眼前，以云水为归依的心志不言自明。

与此相类似的是，在世俗文人的作品中亦可随处见到心向林泉的诗词篇章，作者借山水之美好或表厌世之愤情，或表遗世之隐趣。而此类诗词的作者无外乎两类：一为仕途坎坷、生活窘迫而悲观失意者；二为久历宦海、功成身退而深谙尘味者。前者是寄情山水，以期寻找一个不同于尘俗的时空，从中得到精神的寄托与心胸的倾吐；后者是寻趣山水，在深悟"绚烂之极归

---

① （金）马钰著，赵卫东辑校：《马钰集》，齐鲁书社2005年版，第253页。
② （金）丘处机著，赵卫东辑校：《丘处机集》，齐鲁书社2005年版，第88页。
③ 薛瑞兆、郭明志编纂：《全金诗》第三册，南开大学出版社1995年版，第38页。

于平淡"的人生真味之后，对功名利禄已生倦怠之心，进而在林泉之中寻求别样的情趣。

这两类世人的山水之好似乎都与全真道士的林泉之趣有着本质的区别。寄情山水也好，寻趣山水也罢，其归根到底是以个人的情感为中心，无论倾吐心怀于山林，还是寻求兴味于山水，其根本目的都是渴望得到某种情感的满足与精神慰藉。而全真道士的体认山水、钟情山水、回归山水，其根本目的是借山水之形体来寻求无形之道法，以山水悟道。因此在全真作者的眼中，山水被作为以形寓道的畅道之物，是他们格物体道的对象，寻找生命终极解脱的媒介。

金元全真道士由观象而悟道，进而在精神上获得高度的解脱与愉悦，发现真我，显现真性，在融入与自适中淡化和摒弃一切身外之物甚至肉身。这正是全真宗师与世人相比其超越与高妙之处。

第四节　金元全真诗词伦理思想的特征

金元全真诗词所蕴含的丰富而多样的伦理思想，其产生和发展于金元全真道教之中，并成为金元全真教思想的重要组成部分。而金元全真教本身就是独具特色的道教流派，因而由其衍生的伦理思想必然具有自身的特征。金元全真诗词伦理思想的特征，主要表现为两个方面：其一，具有显现的神学化特征；其二，具有融合三教的综合特征。

一　显现的神学化特征

道教以"得道成仙"为修行的终极目标，其一切修炼理论及宗教活动都是围绕这一目标进行展开的。金元全真教亦不例外，其虽与以往的道教有所区别，但其修道的终极目标依旧是循道成仙，其思想主旨依然在于崇奉神仙，全真教依旧是一种神学宗教。而作为全真思想重要组成部分的伦理思想，不可避免地会具有浓厚的神仙色彩，具有显现的神学化特征。这一特征具体表现为以下两端。

（一）归去仙乡——伦理践行终极指向的神学化

和内丹南宗相比，在诗词创作及思想阐述中，全真教都表现出明显的通俗与世俗化倾向，尤其是对世俗伦理的倡导与践履，更显示了其与世俗社会的贴近与契合。由上述章节的论述可知，金元全真诗词中的伦理思想，多是对中国传统伦理思想及儒家思想的继承与吸纳，而在继承与吸纳的同时，更有着深层的阐扬与发挥。

儒家伦理思想一直以来都在强调"道德义务"，倡导克己利人，正如《中国传统伦理思想史》一书所指出："儒家伦理思想就其总体而言：它建立了一个以'仁'为核心的反映封建等级关系的体现'爱有差等'的道德规范体系；强调道德义务，轻视功利目的。"① 儒家伦理思想在践行中有着明显的"舍己利他"的特点，从爱人为仁、轻利为义到忠君孝亲，均可以看出这一点。儒家伦理实施后，其终极受益者是"我"之外的他人，这就是"道德义务"践履后的"益他"效应。

金元全真伦理思想完全具有上述儒家伦理思想的特点，不同的是，全真伦理在产生"益他"的社会效应后，并没有就此终结，而是有着更高级的"益己"效果——得道成仙。在全真家看来，"得道成仙"这一目标不唯刻苦修炼可以实现，践行社会伦理同样可以实现。如实施仁义可以成仙，马钰有词曰："不惟寿永过松筠，仁人可以同仙福。"② 王处一在《仗李寿卿化木植》

① 朱贻庭主编：《中国传统伦理思想史·绪论》，华东师范大学出版社 1989 年版，第 18 页。
② （金）马钰著，赵卫东辑校：《马钰集》，齐鲁书社 2005 年版，第 165 页。

诗中说："寿卿贵族莫辞难，仁义通开生死关。"① 于道显在《示时官》诗中说："一行作吏莫伤民，百计施恩与日新。入则敬亲出则悌，外全仁义内全真。"② 忠君孝亲可以成仙，王重阳在《临江仙》词中说："孝心自许合神天。长长能后己，永永赡家缘……馨香冲霄汉，堪献大罗仙。"③ 谭处端在《游怀川》诗中说："为官清政同修道，忠孝仁慈胜出家。"④ 刘处玄在《四言绝句》中说："治政清通，为官忠孝。节欲身安，他年蓬岛。"⑤ 王处一的《天寿节作醮》诗说："普运丹诚须荐福，同行真孝必通天。"⑥ 弃恶扬善同样可以成仙，"济贫拔苦慈悲福，功德无边。胜热沉栈。定是将来得上天，做神仙。""肯济贫穷，管取将来不落空，赴仙宫。"⑦ "常行矜悯提贫困，每施慈悲挈下殃。他日聪明如醒悟，也应归去到仙乡。"⑧

如果说儒家伦理倡导实施的意义在于打通人我，使人人处于一种共融平衡的世俗网络之中，那么道教伦理（包括金元全真伦理）其意义则在于打通仙凡，在世俗世界与神仙世界之间架通了一座桥梁，提升世人的道德自觉与精神追求。如此一来，全真教对伦理践行的终极指向便展现出了明显的神学化色彩。

践行世俗伦理，在"益他"的同时，最终会产生"益己"的效果，自己得以跨越尘俗，成就仙果。这就把世俗伦理的"道德义务"与个人利益进行了完美的结合，进而克服了由单纯的"道德规束"而导致的被动践履与践履

---

① （金）谭处端、刘处玄等著，白如祥校：《谭处端　刘处玄　王处一　郝大通　孙不二集》，齐鲁书社 2005 年版，第 261 页。

② 薛瑞兆、郭明志编纂：《全金诗》第三册，南开大学出版社 1995 年版，第 34 页。

③ （金）王重阳著，白如祥辑校：《王重阳集》，齐鲁书社 2005 年版，第 182—183 页。

④ （金）谭处端、刘处玄等著，白如祥校：《谭处端　刘处玄　王处一　郝大通　孙不二集》，齐鲁书社 2005 年版，第 17 页。

⑤ 同上书，第 126 页。

⑥ 同上书，第 261 页。

⑦ （金）马钰著，赵卫东辑校：《马钰集》，齐鲁书社 2005 年版，第 108 页。

⑧ （金）谭处端、刘处玄等著，白如祥校：《谭处端　刘处玄　王处一　郝大通　孙不二集》，齐鲁书社 2005 年版，第 8 页。

动力不足的弊端，为社会伦理的广泛推行提供了坚实的心理支持与情感自觉。

（二）善恶果报——伦理践行监督引导的神学化

在金元全真思想体系中，对于伦理思想的践行不仅有着神学化的终极指向，而且有着神学化的监督引导。金元全真家承袭以往的道教思想，认为人在世间的一切行为不仅受到他人的监督，而且受到神明的监督，并且个人行为所产生的一切善恶后果，均有神明一一记录在册。早期道教太平道所奉经典《太平经》对此就有清晰的论述，指出：天神派遣心神居于人的体内，"心神在人腹中，与天遥相见，声音相闻，安得不知人民善恶乎？"① 可知神明对人的举动十分清楚，所以"为善亦神自知之，为恶亦神自知之"。② 《太平经》又说："天遣神往记之，过无大小，天皆知之。"③ 所以丘处机有《清心镜·警杀生》词曰："杀害生灵图作戏。全不念地狱，重重暗记。"④ "重重暗记"一语，说的就是人的种种作为均被神明记录在册。

而神明对于人们为善为恶的态度十分明确，那就是喜善憎恶，"天地观人有道德为善，则大喜；见人为恶，则大怒忿忿"。⑤ 所以神明对人们行为记录的目的就在于搜罗奖惩的依据。道教认为神明不仅仅拥有对人们行为时时监督的神通，更拥有对人们善恶行为进行奖惩的权力。而神明对人们行为奖惩的根本原则就是"善者致善，恶者致恶"。⑥ 这就是世人所熟知的善恶果报说。

金元全真宗师对善恶果报说十分倡导，马钰有《爇心香·善恶报》词这样说："造恶之人，凶横无过。细寻思、最易奈何。生遭官法，死见阎罗。向

---

① 王明编：《太平经合校》，中华书局 1960 年版，第 545 页。
② 同上书，第 12 页。
③ 同上书，第 526 页。
④ （金）丘处机著，赵卫东辑校：《丘处机集》，齐鲁书社 2005 年版，第 86 页。
⑤ 王明编：《太平经合校》，中华书局 1960 年版，第 374 页。
⑥ 同上书，第 512 页。

狱儿囚，碓儿捣，砘儿磨。积善之人，恭顺谦和。细寻思、却总输他。难收黑簿，怎入刑科。更神明佑，家门庆，子孙多。"① 为善为恶的结果泾渭分明、判若云壤。侯善渊有《声声慢》词曰："刚强柔弱，善恶分明，天地报应不同。"② 善恶报应不同，即善有善报、恶有恶报。

既然人的种种行为均在神明的监督之列，那么人们对世俗伦理的践行自然亦在神明的监督范围之中。金元全真宗师所宣扬和倡导的伦理，无论是社会伦理、宗教伦理还是生态伦理，均是合天心、顺人意的伦理思想。凡是合天心、顺人意的举动，在道教看来皆是善举，而逆天心、伤人意的举动则是恶行。《太平经》有云："夫为善者，乃事合天心，不逆人意，名为善。善者，乃绝洞无上，与道同称，天之所爱，地之所养，帝王所当急，仕人君所当与同心并力也。夫恶者，事逆天心，常伤人意，好反天道，不顺四时，令神祇所憎，人所不欲见父母之大害，君子所得愁苦也，最天下绝洞凶败之名字也。"③ "善者，乃绝洞无上，与道同称"这就把善行与自然之道在一定程度上达成了同构。

践行善行可以得道，而践行世俗伦理同样属于善行，自然亦可得道，所以金元全真宗师不止一次地指出：践履人伦可以归去仙乡。至此我们已经知晓，践行世俗伦理同样在神明的监督之下，更在神明的善恶果报的奖惩之中。

对于这种神学化的监督奖惩体制，全真宗师还进行了理论概括，把践履世俗伦理视为修"人道"，指出"人道"通于"仙道"，"人道"全，"仙道"自然不远矣。"人道"与"仙道"之间之所以能够架通，关键就在于善恶果报的自然法则，这就在终极意义上提升了神学化监督的意义与威力。

---

① （金）马钰著，赵卫东辑校：《马钰集》，齐鲁书社 2005 年版，第 101 页。
② 唐圭璋编：《全金元词》，中华书局 1979 年版，第 506 页。
③ 王明编：《太平经合校》，中华书局 1960 年版，第 158 页。

二　融合三教的综合特征

金元全真教以"三教合一"为理论旗帜，在传承传统道教思想的同时，还援儒入道、援佛入道，取儒佛思想之精髓为道所用。在宣扬尊生重生、仙道自然伦理的基础上，吸纳儒家的纲常伦理与佛教的生死轮回、因果报应等观念，从而形成了融合三教的伦理思想。

（一）援儒入道

金元全真教对儒家思想融合之深，为世人所共睹。对于儒家伦理纲常，全真家几乎全盘吸纳并大力弘扬，因此在全真伦理思想中，可清晰感受到全真宗师在援儒入道上所作出的卓绝努力。

对儒家思想中的伦理纲常，全真教作出了两种形式的援引与阐扬。首先，直接宣扬儒家伦理。金元全真诗词中对儒家伦理直接宣扬者所见甚多，如前述对仁义思想的倡导、对忠孝思想的阐扬等，具体的诗词不再列举。从中可以看出全真家毫无门户之见，这正是基于他们对"儒道一家"的深刻认知。

其次，融儒家伦理于自然道法之中，视儒家纲常亦为"道"。金元全真教十分注重对世俗伦理的践行，认为践行伦理亦是修道，即所谓"功行双持"的修行观，内修真功，外修真行，功行双满，方得成仙。"真功"即清修自我，"真行"即行善积德于世。此一修行观念源自《吕祖全书》，其曰："学仙须立功行。功即勤苦修炼，行即济人利物。"[1] 全真家所倡导的"真行"修持多属儒家的伦理纲常，纲常之中亦有道法。

元代全真道士陈致虚对此说得明白，他说："老子之道，即金丹大道也。夫金丹之道，先明三纲五常，次则因定生慧。纲常既明，则道自纲常而出，

---

[1]　胡道静等主编：《藏外道书》第七册，巴蜀书社1992年版，第76页。

非出纲常之外别求道也。"① 在这里儒家的纲常与道教的"道法"达成了等同，纲常即是道。清代后学刘一明指出："仁、义、礼、智、信，刚柔之性，即成丹至真之药，此外无别药。"② 又说："宜仁即仁，宜义即义，宜礼即礼，宜智即智，宜信即信，五德一气，浑然天理。……人能明善复初，采五元五德真正大药而煅炼之，未有不能成道者。"③ 视儒家的伦理为修丹之大药，已完全把践行伦理纲常视为修行道法，儒家伦理与"道法"相通相融的思想得到了淋漓展现。

全真家又把儒家伦理视为"人道"，把循道成仙视为"仙道"，并把"人道"与"仙道"视为互通。"人道即仙道，仙道即人道，仙道是通过人道来完成的。人道因指向仙道而具有宗教的超验性，仙道则因人道而具有尘世的现实性。"④ 这就把现实的世俗伦理与超验的仙界法则达成了同构。

（二）援佛入道

金元全真教在倡导儒道一家的同时，宣扬佛道一家。如王重阳说："释道从来是一家，两般形貌理无差。"⑤ 丘处机说："儒释道源三教祖，由来千圣古今同。"⑥ 刘处玄云："三教归一，弗论道禅。"⑦ 因而全真在伦理思想建设中，援引了很多佛家思想，如"生死轮回"观念、"因果报应"说，以及"五苦""地狱""天堂"等概念，这就使得全真伦理思想中饱含一股佛家的韵味。

金元全真诗词中的伦理思想由于具有上述两方面的显现特征，其既贴近

---

① 《道藏》第二十四册，文物出版社、上海书店、天津古籍出版社1988年版，第9页。
② 胡道静等主编：《藏外道书》第八册，巴蜀书社1992年版，第655页。
③ 同上书，第656—657页。
④ 何立芳著：《道教社会伦理思想之研究》，巴蜀书社2010年版，第66页。
⑤ （金）王重阳著，白如祥辑校：《王重阳集》，齐鲁书社2005年版，第4页。
⑥ （金）丘处机著，赵卫东辑校：《丘处机集》，齐鲁书社2005年版，第17页。
⑦ （金）谭处端、刘处玄等著，白如祥校：《谭处端　刘处玄　王处一　郝大通　孙不二集》，齐鲁书社2005年版，第119页。

世俗社会又超越于世俗社会，既融会三教思想又不拘于三教，展现了博融、通脱、超越的全真风范。金元全真伦理不仅丰富了道教思想，而且充实了中国传统的伦理文化。

第四章　金元全真诗词的文化内涵

金朝初年，于我国北方新兴的道教团体有三支，分别是卫州萧抱珍创立的太一教、沧州刘德仁创立的真大道、咸阳王重阳创立的全真教。三支教派中全真教出现最晚，却成为规模最大、持续时间最长的道教流派。太一教和真大道分别于立教后 150 年与 180 年而销声匿迹。

在同样的时代背景与文化环境中创立的教团，发展结果如此悬殊，其中一个最主要的原因就是教团文化的差异。太一教与真大道的教团领导者均是中下层社会出身，文化素养不高，未能建立完整系统的教理教义。实有的教规教制，均未能脱离传统道教思想的窠臼，教团文化薄弱，特色鲜有。正如任继愈主编的《中国道教史》指出的那样，太一教与真大道"其教主的文化素养有限，教义过于简单，不能尽括道教传统文化，不足以满足当时社会对道教的需求"①。由此而导致了两教在产生不到两百年的时间内便湮没无闻了。这充分说明文化对于教团的长足发展有着举足轻重的作用，同时折射出了嗣响闻于至今的全真教其教团文化的丰厚与精微。

全真宗师多儒匠出身，饱读诗书，又精通三教思想，堪称集三教精要于

---

① 任继愈主编：《中国道教史》，上海人民出版社 1990 年版，第 519 页。

一身的内丹大师者不在少数。全真宗师们一生著述丰硕，且以诗词为传教媒介，因此在他们的诗词中蕴藏着丰富的全真文化。

第一节 仙道文化的革新与升华
——金元全真诗词的内丹心性理论

道教自东汉末年产生以来就以成仙为修道目的，倘若没有了成仙的追求，也就没有了中国道教的存在，可以说超越生死、得道成仙是道教文化的精髓之所在。

中国历史上三大教派之一的佛教，也以生命的解脱为修行目的，但它追求的是死后灵魂进入极乐世界，不再托生，因而对现世的社会人生产生冷漠规避的态度。道教则与之大相径庭，道教追求不死，十分珍惜现世的人生，以现世的修行得道来成就长生成仙的幸福快乐。就重视现世的生命利益这点来看，道教有着十分积极的生存态度。

而在对待跨越仙凡、得道成仙的态度上，在道教的发展历程中形成了两种不同的仙道观念：一是期待仙人度化，进而形体飞升的外求观念；二是"我命在我不在天"，自证仙道的自了观念。而与之相对应，亦有两种不同的修行道术：一为借助外力来促发自我升仙的吞丹食饵的外丹道术；二为强调自我本足，注重内寻，炼养自我，复归大道的内丹道术。从以往道士修行的实际效果及理论逻辑上看，内丹修行是对外丹修行的革新与升华。金元全真教倡导内丹修行，提出"先性后命"的修行理路，与内丹南宗并立，在促使仙道文化的变革与促进内丹道术的阐扬上，做出了重要贡献。

一 传统道教的仙道追求与修行之术

神仙信仰是中国传统文化中的一个重要内容，在道教产生之前，就已成为人们心中的一个深层观念。春秋时期的方士就广称海上有三神山，上面住有神仙。齐国的宣王、威王和燕国的昭王都曾派人下海寻仙人觅仙药。最典型的是秦始皇，他在统一中国后，曾数次派人为其访仙求药。

道教吸收了这一思想，信仰神仙，同时道教在哲学层面与宗教的角度，吸收老庄学说的本体之"道"，认为"道"超越时空，灵而有信，为天地万物之根源，是一切之祖首。而"仙"则是与道和合的人，人得道便可成仙，这就把"仙"与"道"在某种程度上达成了同构，修道亦是修仙，成仙也就成了人们体悟道法的最高境界。所以追求长生不死、修道成仙也就成了道教的根本信仰和最高目标，几乎其所有的教理教义及各种修炼活动都是围绕这一信仰与目标展开的，后人亦把道教称为"仙道"。

对于得道成仙这一人生目标的实现，道教十分倚重道术，所谓"道无术不行"。在数千年的修行积累中，道术层出不穷，有数百种之多。诸如金丹、仙药、房中、行气、导引、存想、辟谷、符箓、变化、遁甲、补气、气功等，均是道士们修仙的方技数术。

在金元全真教之前，影响最大并成为主流修仙之术的是外丹道。外丹道又称炼丹术，是指采用天然矿物药石（主要是铅、汞、丹砂等）进行水法反应或火法反应而炼取"金丹"，并吞食之，以期延年长生、形体飞升的修行手段。该种修行之术多是师徒之间秘密传授，十分审慎，唯恐所传非人，受到天惩。葛洪在《抱朴子内篇》"勤求"卷中说："是以道家之所至秘而重者，莫过乎长生之方也。故血盟乃传，传非其人，戒在天罚。"[1] 他在接受郑隐传授丹经时，即在马迹山中立坛盟誓。

---

[1] 王明：《抱朴子内篇校释》（增订本），中华书局 1985 年版，第 252 页。

由于师徒间秘密传授，自汉至唐烧炼之术便形成了不同的派系，主要有三：一为金砂派；二为铅汞派；三为硫汞派。金砂派即葛洪所传一系。葛洪在《抱朴子内篇》"金丹"卷中指出：金丹术由东汉左慈传葛玄，葛玄传郑隐，郑隐复传于他。葛洪之后源流久远，金丹大师辈出，如南朝的陶弘景，唐代孙思邈、孟诜等。铅汞派发轫较早，最早可以追溯至东汉的魏伯阳，其所著的《周易参同契》被视为"万古丹经之王"，该书至隋代得到了苏元朗的重新发扬。进入唐代这一派迎来了兴盛的局面，郭虚舟、孟要甫、刘知古、李真君、金竹坡、柳泌等人，都是铅汞派的人物。硫汞派相对上述两派来说，是后起的流派，起于唐代，该派主张用硫黄和汞合炼，以炼取神丹妙药。当时的道士认为硫黄代表太阳之精，汞代表太阴之精，阴阳和合则为天地，于是硫汞合炼便趋盛行。

由于师徒授受的不同，三派各存门户之见，互相攻讦亦为常见。在互相批评贬斥的同时，也一直存在吸收与融合，尤其是在唐代，受当时风行的阴阳五行说的影响，各派在义理学说上互参互融成为必然趋势。

外丹术虽一度助推了道教神仙信仰的弘扬，为修道者跨越仙凡提供了具体的方法，但它对于道教的长足发展却有着明显的制约性。主要体现在以下两个方面。

其一，炼丹耗资巨大，不便于推广。外丹的烧炼有着严格的选材和设备器具的要求。选材于野外寻取优质的矿石，这倒便于解决。而设备器具的配置则要颇费资财了。在炼丹之前先要建造丹房，丹房的选址要位于人迹罕至的深山老林之中，在具体建造中有明确的细则，如除旧土三尺、好土垒墙、好草覆之等。再要筑坛，坛的构造也有法度。筑坛完毕再于坛上置炉、灶，炉、灶十分重要，名目型号也很多，构造法度不一，由炼丹者自定。把这一套的设备器具备齐，若无担石之资实难做到。若逢乱世，药料难求，仅购药石就需千万。葛洪在求得金丹大法之后，二十余年迟迟未能开灶炼丹，主要原因就是资金不足。他说："然余受之（丹经）已二十余年矣，资无担石，无以为之，但有长叹耳！"① 如此一来，外丹的烧炼只能传播于社会上层的皇室与贵族，而广大的中下层世人自然无缘于金丹。这就大大限制了道教在中下层社会的传播。

其二，外丹毒深致命，危及神仙信仰。铅、汞毕竟是重金属，一般人吞食之后多半会毒性发作，严重者昏迷气绝。历代史料中多有服丹中毒的记录。如《旧唐书》就载，宪宗因服饵过当而性情狂躁，不能掌理朝政以至弃代。穆宗毒深入脏，武宗喜怒无常。有唐一代历二十二帝，约三分之一死于吞丹中毒。随着历史经验的沉积，外丹的毒性渐渐被人们深刻地认知，直接导致了神仙信仰的危机。苏东坡自幼好道，可谓有归仙之趣，亲睹食丹而亡的事例后，对成仙不死之事亦产生了怀疑。他说："自省事以来，闻世所谓道人有延年之术者，如赵抱一、徐登、张元梦皆近百岁，然竟死，与常人无异。及来黄州，闻浮光有朱元经尤异，公卿尊师者众，然亦病卒，死时中风搐搦……不知世界无异人耶？"② 神仙信仰的动摇无异于对道教核心思想的否定，道教也就从根本上失去了对世人的吸引力。这对道教的发展是一个致命的阻碍。

二 金元全真教的内丹理论与心性仙学

（一）内丹炼养与宗派

随着传统外丹道术的逐渐没落，内丹术迎来了新的发展机遇。唐末以来内丹学越来越受到学者的关注，内丹大家蜂拥辈出，皆以高寿的"活神仙"著称于世。如陈抟寿长 118 岁，张元梦 99 岁，蓝元道 172 岁，张伯端 96 岁，石泰 136 岁，薛道光 113 岁。由此，内丹学取代外丹学而兴起，表现出茁壮

---

① 王明：《抱朴子内篇校释》（增订本），中华书局 1985 年版，第 71 页。
② （宋）苏轼撰，王松龄点校：《东坡志林》，中华书局 1981 年版，第 62 页。

的生命力。内丹学的追捧者遍布社会各个阶层，内丹著述也纷纷出世，张伯端的《悟真篇》于宋神宗朝撰成，标志着内丹学走向了成熟。

"内丹"是与"外丹"相对立的一种称谓，是指以自身为丹房，以心、肾为鼎炉，以精、气、神为药物，以意念呼吸为火候，在人身内烧炼而成的"金丹"。随着内丹学的兴起，内丹术也成了道士修炼的一种技法。

内丹修炼有三个阶段：炼精化气、炼气化神、炼神还虚；四个层级：炼精、炼气、炼神、炼虚。在这四个层级当中，炼精和炼气均属于对自身精气和血脉的调节，是"命功"的修炼范畴，这两个阶段的修炼成果可称为"命丹"；炼神与炼虚两个层级则是对自我精神的调节，是"性功"的修炼范畴，这两个阶段的修炼成果称为"性丹"。内丹修炼就是要把"命丹"和"性丹"融合为全真的"金丹"，因此性命双修就成了内丹道术独有之特色。

内丹道派有南北二宗之称，南宗是指以张伯端为首的内丹派系，北宗是指以王重阳为首的内丹派系。促成这一历史现象的原因有二。一为地域原因。宋室自公元1127年汴京陷落后，便南渡偏安扬州。南北阻隔，两域的道教各自发展。二为道统的原因。南宗在内丹修炼上主张以修"命功"为主，先命后性；北宗则主张以修"性功"为主，先性后命。基于上述两个原因，遂有南北二宗的称谓。但二者都以性命双修为旨归，只是在修炼次序上有所偏重而已。

而内丹修行中"命功"与"性功"不是截然分开的，而是互有包涵。"命功"中可见"性功"，"性功"中亦渗"命功"。如在炼精、炼气的"命功"修持之前要调持心念，调持心念是一种"性功"，在修命之前要先修"命前之性"；在炼神还虚的"性功"觉悟之后，亦会导致自身气脉的融通，气脉融通是"命功"，"性功"会促进"命功"的提升。无论先命后性还是先性后命，最后的目标都是要性命双修，内丹圆融，"身心合，性命全，形神妙，谓之丹成也"①。

（二）金元全真教的内丹倡导

作为内丹北宗的全真教，在仙道修行上自然力倡内丹之法，并对传统的外丹修行坚决摒弃。在寻求跨越仙凡的途径上，内丹修行与外丹修行二者最显著的区别是，内丹注重内寻，在对自身精、气、神的炼养中实现得道成仙的目标；而外丹则强调外求，借助外在的丹药来构筑自我的仙梯。

金元全真家倡导内丹修行，强调自我本足，因此对外求的修仙模式批评较多。王重阳有诗说："不向本来寻密妙，更于何处觅元因。此中搜得长春景，便是逍遥出六尘。"② 丘处机的《弃本逐末》诗曰："一念无生即自由，千灾散尽复何忧。不堪下劣众生性，日夜奔驰向外求。"③ 谭处瑞的《满庭芳》词说："莫觅东西，休搜南北，玄真只在身中。"④ 这些诗词中内视自我、斥责外求的意思十分明显。

在全真家看来，成就仙果、了达性命的根基在于自身，只需对体内的天然"药材"进行烧炼，就可得到绝好金丹。"蛟龙捉得囚离鼎，猛虎擒来锁坎池。练就仙丹超造化，去奔蓬岛礼真师。"⑤ 这里作者借用了外丹术语"龙""虎"、坎、离，但意思已发生了很大变化。王重阳在《援丹阳二十四诀》中对"虎""龙"解释说："神者是龙，气者是虎，是性命也。"⑥ 在内丹语境中"离"指人体内的阳气，"坎"指人体内的阴精。这首诗实则已把全真内丹修炼的秘诀隐蔽地道了出来——精气转化、神气交融。

把修炼的具体诀窍，以诗词的形式进行隐蔽地表现，在全真作品中所见

---

① 李大华：《李道纯学案》，齐鲁书社 2010 年版，第 79 页。
② （金）王重阳著，白如祥辑校：《王重阳集》，齐鲁书社 2005 年版，第 8 页。
③ （金）丘处机著，赵卫东辑校：《丘处机集》，齐鲁书社 2005 年版，第 25 页。
④ （金）谭处端、刘处玄等著，白如祥校：《谭处端　刘处玄　王处一　郝大通　孙不二集》，齐鲁书社 2005 年版，第 30 页。
⑤ 同上书，第 10 页。
⑥ （金）王重阳著，白如祥辑校：《王重阳集》，齐鲁书社 2005 年版，第 294 页。

甚多。如："养就真铅真汞，蜕形去，天地难量。"①"擒猿志要坚，意定汞明铅。生灭轮回免，大罗归去仙。"② 这里的"铅"与"汞"指的是元神与元气，"养就真铅真汞"指对"神""气"的炼养，"意定汞明铅"指炼气以化神。炼气化神、炼神还虚是内丹修炼的上乘丹法与最上一乘丹法，全真宗师在这里以诗词喻示予人。

而在具体的内丹修炼中，全真宗师主张"先性后命"的修炼程序，以性功的觉悟来促使命功的提升，从而实现神虚合一、性命双圆的修持效果。《长春真人规榜》云："夫住庵者，清虚冷澹，潇洒寂寥，见性为体，养命为用。"③又说："吾宗前三节，皆是有为功夫，命功也。后六节，乃无为妙道，性学也。三分命功，七分性学。"④丘处机把全真门派的修持宗风给予了清晰说明，从"体"与"用"的分别及"性"与"命"所占比重，即可看出以"性功"为先导的修持观。郝大通对此说得更加明白，他说："修真之士，若不降心，虽出家多年，无有是处，为不见性。既不见性，岂能养命？性命不备，安得成真?"⑤"见性"是"养命"的前提，有了"见性"的功夫自然会有"养命"的效用，足见"见性"的重要性。尹志平指出："先须尽心，认得父母未生前真性，则识天所赋之命。易曰：穷理尽性以至于命。"⑥ 识得"真性"才可以认清天赋予个人的命，进而才可"养命"。李道纯亦说："先持戒定慧而虚其心，后炼精气神而保其身，身安泰则命基永固，心虚澄则性本圆明。"⑦ 亦在强调"修性"的先导作用。这样一来，见性就显得更加根本

---

① （金）谭处端、刘处玄等著，白如祥校：《谭处端　刘处玄　王处一　郝大通　孙不二集》，齐鲁书社 2005 年版，第 131 页。

② 同上书，第 150 页。

③ （金）丘处机著，赵卫东辑校：《丘处机集》，齐鲁书社 2005 年版，第 147 页。

④ 同上书，第 150 页。

⑤ （金）谭处端、刘处玄等著，白如祥校：《谭处端　刘处玄　王处一　郝大通　孙不二集》，齐鲁书社 2005 年版，第 429 页。

⑥ 张广保：《尹志平学案》，齐鲁书社 2010 年版，第 148 页。

⑦ 李大华：《李道纯学案》，齐鲁书社 2010 年版，第 80 页。

和重要了。

（三）金元全真教的心性仙学

既然性功如此关键，修道者又如何达到性功的觉悟呢？全真宗师将性功觉悟之法总结为"识心见性"。"心"指的是先天之"元心""本心"；"性"指先天之"本性""真性"。"识心见性"就是通过对自我"本心"的发明，而使自我的"本性"得以彰显，进而促使"性功"觉悟。如此一来全真内丹学的核心问题也就被归结为"心性"问题。

全真家认为人诞生之初，禀天地之元气，本有一颗澄明的"元心"，拥有一种澄澈的"本性"，但随着尘世生活的深入，尘情慢慢蒙蔽了"元心"，尘欲慢慢遮蔽了"本性"，人也就顺应了尘世生活，依循"人情"追逐名利。所以要"识心见性"就要除去情欲与杂念，使"本心"得以自明，"本心"明则"本性"显。"本性"不生不灭，"本性"得以显现，人也就可以复归道法。

王重阳的《金丹》一诗云："本来真性唤金丹，四假为炉炼作团。不染不思除妄想，自然衮出入仙坛。"[①] 该诗完全是对全真内丹修炼的解说，以身体为炉，对自我本有的"真性"进行烧炼，等到功夫圆成，"金丹"自然衮出肉身，升入仙坛。这里已清晰地告知世人，全真的修炼对象是内在的"真性"，修炼的目的是要让"真性"圆融，跳出肉身、衮入仙坛。

范怿在为《重阳全真集》作序时对全真的修行精要总结说："大率诱人还醇返朴，静息虚凝，养亘初之灵物，见真如之妙性，识本来之面目，使复之于真常，归之于妙道也。"[②] 总结得切中肯綮，"见性为体"的全真法门被他一语道破。《丘祖语录》有云："初心真切，久之心空，心空性见，而大事完

---

① （金）王重阳著，白如祥辑校：《王重阳集》，齐鲁书社 2005 年版，第 30 页。
② 同上书，第 1 页。

矣。"① 王处一的《返朴守拙》诗说："本源无漏定长生，千叶金莲耀日明。心性了然同一体，希夷大道自圆成。"② 均把觉悟本真之性作为自家的修道法门。

从"识心见性"的修行倡导可以看出，"见性"是以"识心"为前提，"识心"才是具体的实证功夫。欲要使本初之"元心"得到显现，就要对现有的尘心进行修炼，使其达到清净与澄湛，这就是全真家的炼心功夫。在实际的炼心修证上，全真宗师们将人的"心"从不同的角度进行分类，划分为"尘心""色心""无明心"等，将这些"心"一一除尽，则"本心"即可显现。《长生刘真人语录》云："如尘心绝尽，则可全于性；色心绝尽，则可全于命；无明心尽，则可保于冲和。"③ 再具体到除心、降心之法，每个修道者各有诀窍，通用的则是锁心猿、擒意马之类的止念之法。"念止则心定，心定则慧先生，慧既生矣，还须自涵于不睹不闻、无声无臭之中，久之方返于虚无真境。"④

既已实现了"识心"的修证功夫，凡心尽除，"本心"自然得以显现。一念不生，杳然湛然，似天澄湛，在一片清虚澄湛中，"本性"亦可觉醒，这就到了"见性"的修炼境界。有了本真之性的觉悟，修道者在自我了证、复归大道的征途中也就登上了最高峰，超越天地而恒久，混同日月而齐光，不生不灭，浩浩荡荡，名列仙籍，逍遥自由。

在全真的修行理念中，显现"本性"已趋同于得悟仙道的境界。人的"本性"为何竟有如此神奇的力量，拥有与道法等同的智慧呢？因为人的"本性"本就是"道性"，其超越五行之外，不拘于天地万物。

---

① （金）丘处机著，赵卫东辑校：《丘处机集》，齐鲁书社 2005 年版，第 150 页。

② （金）谭处端、刘处玄等著，白如祥校：《谭处端　刘处玄　王处一　郝大通　孙不二集》，齐鲁书社 2005 年版，第 270 页。

③ 同上书，第 228 页。

④ （金）丘处机著，赵卫东辑校：《丘处机集》，齐鲁书社 2005 年版，第 151 页。

王重阳在回答马钰"何名曰道"的问题时说:"五行不到处,父母未生时。"① 这表面是对"何名曰道"的回答,实则是对"何为人道"的诠释,亦即对人的"本性"的阐述。人的"本性",源自五行之外,性命形成之前。尹志平有云:"祖师曰:五行不到处,父母未生时。至哉此言!吾少日粗学阴阳,故知人皆不出阴阳,且此生所受五常之性,即前生所好,既习以成,则有以感之也……本来之性,有何习?无习;有何感?无感无习,是五行不到之处,父母未生之时也。"② 又说:"人禀五行之气以生,故亦随其性,如木性多仁,火性多礼之类是也。此皆非吾之本真,须超出五行,始见吾之真性矣。"③ 可见"真性"是超越五行之外的亘古灵源,其若能得以彰显,人的精神存在自然可以超越天地,不生不灭。

全真宗师对"我"内"本性"的认知,是对传统道教仙道观念的超越。他们将此前道教对"仙机"探寻的致思于外的思维指向转为致思于内,这不仅仅是内丹道术所具有的智慧光芒,更是全真教"仙道自足"精神的魅力所在。

对于"见性"后的感知,全真宗师亦多有述说。丘处机云"神定气和,乃是见性也,但莹净与月无异。若人问有象,以无象答之。若问无象,以有象答之。若有无相参,玄之又玄"。④ 马钰云:"故声色不能入者,自然摄性归性,混合杳冥,化为一点灵光,内外圆融,到此处方契自然体空之道也。"⑤ 谭处端云:"十二时中念念清静,不被一切虚幻、旧爱境界朦昧,真源常处如虚空,逍遥自在,自然神气交媾冲和。"⑥ 这些论述都是基于一定境界下的生

---

① (金)马钰著,赵卫东辑校:《马钰集》,齐鲁书社 2005 年版,第 319 页。
② 张广保:《尹志平学案》,齐鲁书社 2010 年版,第 164 页。
③ 同上书,第 148 页。
④ (金)丘处机著,赵卫东辑校:《丘处机集》,齐鲁书社 2005 年版,第 144 页。
⑤ (金)马钰著,赵卫东辑校:《马钰集》,齐鲁书社 2005 年版,第 257 页。
⑥ (金)谭处端、刘处玄等著,白如祥校:《谭处端 刘处玄 王处一 郝大通 孙不二集》,齐鲁书社 2005 年版,第 60 页。

命感受，多用比喻和抽象的手法进行表现，实际上这是全真宗师的言筌之法。"见性"的生命感受本不可用言辞叙说，为激励后人，强赋于文字，而其中真实的感受只能由修道者实际体察。

由上述对全真"明心见性"的论述可以看出，全真这一修证功夫与禅宗的心性理论多有相似之处。由此不少学者就认为全真教的心性理论出自禅家，事实上并不必下此结论。原因有二：其一，全真教在理论阐述中借用释家术语，造成了相似的表述。全真教以"三教合一"为基本教义，认为全真与禅家是相通的，释道原本是一家。王重阳在《答战公问先释后道》一诗中说："释道从来是一家，两般形貌理无差。识心见性全真觉，知汞通铅结善芽。"① 丘处机在《杂咏》诗中云："仙佛原来共一源，蒙师指破妙中玄。"② 李道玄在《道无二》诗云："释道从来本一源，如来老氏共登天。剑穿铁鼓藏深理，炉炼金丹隐至玄。"③ 所以对禅宗全真家不持门户之见，在理论阐发与诗词著作中多运用释家术语，因而造成了理论表述的言语相似。

其二，从修道的境界感悟来说，"性功"修炼过程中生命体悟到的道理只有一个，生命的修炼自有其客观规律。当生命的境界达到某一层面，其中的智慧与道理自会了悟。或许道理本就如此，只是全真与禅家都到了一个相通的修道境界，所以有着相似的理论阐述。

禅家的性功觉悟境界与全真家的内丹圆融境界是相通的，都是最上一乘的终极果位。但二者的修悟门径又有所不同，和禅家相比，在自我本真之性显现之后，再对身内的精、气、神进行修炼的"修命"功夫是全真所独有的。在性命双修的理论主导上，全真与禅家已有了很大区别。

---

① （金）王重阳著，白如祥辑校：《王重阳集》，齐鲁书社 2005 年版，第 4 页。
② （金）丘处机著，赵卫东辑校：《丘处机集》，齐鲁书社 2005 年版，第 161 页。
③ 薛瑞兆、郭明志编纂：《全金诗》第四册，南开大学出版社 1995 年版，第 552 页。

三　金元全真教内丹心性修炼的普适性

和传统的外丹道术相比，无论在理论层面还是在实证功夫上，金元全真教的心性修炼都是巨大的提升与超越，表现出广泛的普适性。从道教发展的历史来看，全真的内丹心性道术为世人所深深接纳。

首先，在理论层面，和传统的外丹道术相比，金元全真教的内丹心性学说更加趋于精微。传统的外丹道术对于修道成仙，拥有一套复杂而玄妙的理论体系。而就何以成仙来说，其核心的观点是吞食金丹，"假求外物以自坚固"，就是依靠外丹的力量来促使自我长生久视。

传统道教在审视天地万物时，发现有些事物具有长生不坏的性能，如金属，入火不焦，入水不腐，入地不朽。于是他们就希望把这些事物不坏的性能移植到人的体内，使得人体也具有长久不坏的功能，遂有了炼丹吞食之法。葛洪对此做过清晰的阐述，他说："夫五谷犹能活人，人得之则生，绝之则死，又况于上品之神药，其益人岂不万倍于五谷耶？夫金丹之为物，烧之愈久，变化愈妙。黄金入火，百炼不消，埋之，毕天不朽。服此二物，炼人身体，故能令人不老不死。此盖假求于外物以自坚固，有如脂之养火而不可灭。"[1] 这里的"金丹"当指丹砂一类的东西。丹砂烧炼时变幻莫测，具有"灵妙"的性质；黄金百炼不消具有不朽的性质，把此二物的性质通过吞食的方法植入人体内，人也会具有灵妙和不朽的功能。这是一种朴素直观的类比思维，在今天看来未免有些机械。但他们相信："虽呼吸道引，及服草木之药，可得延年，不免于死也；服神丹令人寿无穷已，与天地相毕，乘云驾龙，上下太清。"[2] 这里把神丹的坚固不朽的性质扩展为一种功能，并把这种功能无限放大，认为吞食了它，这种功能就会在人体内发挥，并能够使人寿命

---

[1]　王明：《抱朴子内篇校释》（增订本），中华书局1985年版，第71页。
[2]　同上书，第74页。

无穷。

尽管外丹家创造了一套玄而又玄的理论来为外丹修炼自圆其说，但"服食丹药中毒反应以致毙命的痛苦和惨烈毕竟是活生生的现实"①。金丹神药的神奇与神仙信仰的美好已不足以掩盖外丹理论的局限性。

相对于外丹"假求外物以自坚固"的外寻思路，金元全真内丹则注重自足自证的内在探寻。全真家认为人体本身具有成真证仙的条件与能力，只需按照一定的方法去修持，就可达到自我解脱的目的。所谓"道本无名绝外求，灵台丹谷细精搜。五情六欲都消散，万道光明颠倒流。"②"认得本来无相祖，不须身外苦奔波。"③ 说的就是这个道理。

人体内所拥有的成仙条件就是本心、本性以及精、气、神。修持的方法就是"修性"与"修命"。通过明心见性的"性功"修证使本性圆明；通过炼精、气以还神的"命功"修持使命基永固，以永固的命基来养护圆明的本性，最终性命双全，大丹圆成。"性圆明则无来无去，命永固则无死无生，至于混成圆顿，直入无为，性命双全，形神俱妙也。"④

全真家以见性为最高修行指向，以真性的觉悟为成仙关键，因为"本性"超越于五行之外，源自道体之中。本性得以彰显，自然道法得以体证，即可归道而仙矣。人体内拥有亘古灵源的"本性"是修炼内丹得以成仙的立论基石，是内丹术能够取代外丹术的根本理论优势之所在。两相对比中不难发现，金元全真心性学说逻辑更为严密，推理更加顺畅，显然是一种更为精微的炼养学说。

其次，在实证层面，全真内丹道术的修持更加便捷。全真内丹修持以自

---

① 金正耀：《道教与科学》，中国社会科学出版社1991年版，第208页。
② （金）谭处端、刘处玄等著，白如祥校：《谭处端　刘处玄　王处一　郝大通　孙不二集》，齐鲁书社2005年版，第311页。
③ 薛瑞兆、郭明志编纂：《全金诗》第三册，南开大学出版社1995年版，第26页。
④ 李大华：《李道纯学案》，齐鲁书社2010年版，第80页。

身的"精、气、神"为炼养的"药物",不吞丹不食饵,绝无中毒之说,十分安全。修行中以自身为丹房,以心、肾为鼎炉,无须构设丹炉之具,省却了资财之忧。全真家倡导先修性后修命,在具体的修炼中以心念调持为主,"学道者别无他事,唯至清至静、颐养神气而已……念绝想,神自灵,丹自结,仙自做"①。所以这一修行不受时间地点的限制,随时随地,静处可修,闹处亦可修。"常令一心澄湛,十二时中时时觉悟,性上不昧,心定气和,乃真内日用。"②"静处做好,闹处做更好。"③"道通瘼寐,道达幽明,动静不拘。至于大修行人,活活泼泼,外圆内方,何妨在市居朝。"④

既无毒性的担忧、资财的困扰,又无修行时间、地点的拘囿,这种修持上的便利与简捷,为内丹道术的推广及普及提供了极大的可能。道教的发展对象也由少数的上层社会群体变成了广大的中下层社会群体,如此一来,道士的队伍得到了空前的壮大。

最后,在世俗层面,全真内丹心性学说有着广泛的世俗效用。对于寄身世俗、并无归仙之趣的世人来说,亦可从全真内丹心性学说中汲取精神与智慧的滋养。全真家以"我本自足"为理论基石,对自我生命的奥秘进行探索,寻求自我解脱之道,力争"我命在我不在天",排斥和否定仰求仙人度化或倚仗仙药成仙的仙道信仰,在自视内寻的心灵慧光中,悟取无上之妙道,成就终极之仙果。这体现了全真宗师高度自信的文化心态,也展现了中华民族自立自强的传统精神。这对世人人格的浇铸、精神风貌的塑造,有着莫大的益处。

全真内丹修炼中去尘心、灭色心的涤心之法,对于世人纯化心境、陶冶性情也有着促效之功。同时内丹中的"命功"修持,且不论"长生住世",

---

① (金)马钰著,赵卫东辑校:《马钰集》,齐鲁书社2005年版,第255页。
② (金)丘处机著,赵卫东辑校:《丘处机集》,齐鲁书社2005年版,第144页。
③ 同上书,第154页。
④ 刘仲宇:《刘一明学案》,齐鲁书社2010年版,第176页。

但起码具有强身健体、融通血脉的功效，至少可以益寿延年，这亦可为世人养生固命提供技艺参照。诸如此类的精神提示与智慧启悟还有很多，均在证明全真内丹心性理论的世俗普适性。

综上所述，金元全真宗师一改传统道教"假借外物以自坚固"的仙道观念，注重对自我仙道本足的认知和探求，承袭和阐扬内丹炼养之术，并对内丹学说进行了哲理发挥，把内丹修炼凝结为"识心见性"的心性仙学。全真内丹心性学说把道教从神仙信仰危机中解脱了出来，并给道教的发展指出了新的方向，使仙道理论更加趋于精微，使实修实证功夫更趋于简捷化，挣脱了外在条件的桎梏，因而壮大了内丹修行的队伍。全真的内丹修炼，在世俗层面亦有着智慧的渗透，形成了一种独特的现世生命关怀。

第二节　隐逸文化的淳化与深化

——金元全真诗词的隐逸观

隐逸作为中国历史上一种独特的文化现象，其源远流长，几乎与中国历史同步。作为隐逸的主体——隐士，从古至今始终扮演着一个令人仰慕和拍手叫好的角色，他们以卓然独立、飘然不群的洒脱风度为世人留下了深刻的印象。隐逸思想也始终是封建社会世人心中不曾消去的一大文化雅趣，成为人格独立最后一片领地的守护神。

隐逸思想自先秦萌生以来，逐渐汇入了儒家的"无道则隐"、道家的"自隐无名"、佛家的厌世弃世等思想，而促生和分流出多种隐逸类型。范晔在《后汉书·逸民列传》中将隐逸之士分为六种类型："或隐居以求其志，或回避以全其道，或静己以镇其躁，或去危以图其安，或垢俗以动其概，或疵物以激其清。"① 基本宏括了刘宋之前世人的隐逸形态。不管何种隐逸类型，真正寄身林泉者则为少数，大部分人选择的是半隐半士的生活。

而在现实中真正出于觉悟而主动归隐者亦为少数，大多数有着"出世"之路受阻而退守自我的被动成分。一旦社会昌隆，政治清明，得遇明君，那些所谓的隐逸之士同样会蜂拥仕途，心中那份归隐之志早已抛诸九霄云外。在历代延续的归隐队伍中，他们怀揣各式各样的归隐心态，其中不乏借隐居之名行招摇之实者，其身在江湖之上，心在魏阙之下，寻求的是"终南捷径"。正如明代吕坤所总结："古者隐逸养道，不得已而后出，今者恬退养望，邀虚名以干进。"② 事实上，吕坤所言及的这种隐逸实况，不只是明代有之，历代皆有之。

金元可谓中国历史上隐逸思想盛行的又一巅峰时期。金元时代兵燹四起、战争频仍，社会动荡不安，民族矛盾空前尖锐，士人社会地位急剧下降，传统的文化自尊受到重创。在此情况下，心灵受压而变形的世人精神严重失常，在"穷则独善其身""避世全身""厌世弃世"等思想的指引下，他们的归隐之志便萌生成长，遂在金元时代涌起一股社会化的隐逸潮流。而推动这股潮流的主力军就是金元全真道士。

金元全真教倡导脱尘拔俗，跳出尘寰，以觉悟者的智慧斥破世间功名利禄、荣华富贵，抱持一股主动隐逸的情怀。王恽《大元奉圣州新建永昌观碑铭并序》云："后世所谓道家者流，盖古隐逸清洁之士矣。岩居而涧饮，草衣而木食，节欲以清心，修己而应物，不为轩裳所羁，不为名利所怵，自放于方之外，其高情远韵，凌烟霞而薄云月，诚有不可企及者。"而全真之教，"渊静以修己，和易而道行，歙然从之，实繁有徒。其特达者，各潜户牖，自名其家。……耕田凿井，自食其力，垂慈接物，以期善俗。不知诞幻之说为

---

① （宋）范晔撰，（唐）李贤等注：《后汉书》，中华书局1965年版，第2755页。
② （明）吕坤、洪应明：《呻吟语·菜根谈》，上海古籍出版社2000年版，第102页。

何事，敦纯朴素，有古逸民之遗风焉"。① 以逸民之风宏括金元全真宗风，甚为恰切。和世俗之人相比，全真道士有着非同一般的隐逸目的和隐逸境界。

一　独特的隐逸指向——锤炼心境

中国历史上士大夫的归隐指向无外乎以下几端：一、退出仕途，守护尊严；二、归附山水，全身避害；三、功成名就，自持晚节；四、以隐聚名，等待圣诏；五、淡泊名利，不愿仕进。由此不难看出，在种种名为"归隐"的行迹中，存在"真隐"与"假隐"的区别。真隐之士以安贫乐道为人格标签，寻求一种适意的生活，超脱于入仕情结之上，如陶渊明、竹林七贤、范蠡、陶弘景等；假隐之士则抱有名与利的追求，志在出将入相，如李白之属的寻求"终南捷径"者。金元全真道士显然属于真隐之士，但他们的隐逸指向是锤炼心境。

金元全真道士虚空名利、淡化事功，个个深怀隐逸之志。其隐逸之志最大的外在表现就是脱离尘俗、出家修行。全真道众中最有代表性的隐逸之士是丘处机。他十九岁时，便斥破红尘，遁迹玄门。"世宗雍大定丙戌（1166），宗师（丘处机）悟世空华，知身梦幻，拟学神仙脱轮回之苦趣，复常乐之妙源，遂抛家产，割爱情，遁居昆嵛石门峪，依道者以修真。"② 因悟透世事虚空，身如梦幻，遂遁入山林，以寻道法，解脱自我，这显然是对尘世的否定与遁逸。

大定七年（1167）王重阳自陕西终南抵达山东宁海，开始传教布道。丘处机闻之，便从昆嵛山赶来拜谒祖师，请为弟子。入道全真的丘处机于大定十四年（1174）始便于磻溪、龙门隐修十三年。《鸣鹤余音》卷七对其赞道："十九抛家弃俗缘，磻溪下志便安然。悟得长春不夜天，大教门开万古传。"③

① 陈垣编纂：《道家金石略》，文物出版社 1988 年版，第 694 页。
② （金）丘处机著，赵卫东辑校：《丘处机集》，齐鲁书社 2005 年版，第 495 页。
③ 《道藏》第二十四册，文物出版社、上海书店、天津古籍出版社 1988 年版，第 294 页。

《七真禅赞》亦说其："伟哉长春，弱冠高洁。孤身度函谷之风，七载坐磻溪之月。"① 磻溪位于今陕西宝鸡市东南渭水之滨，此地"左萧史凤凰之台，右王乔烟霞之洞，前尚父之钓溪，后刘纲之仙岭，乃虢之上游"，② 是众多仙人栖息之所，此外这里景色秀丽，环境清幽。丘处机于此地一居就是六年，足以说明其坚卓的隐逸情志。

丘处机的诗词集《磻溪集》中所收作品多是他早年于磻溪、龙门修行期间所创作，"其《磻溪》《幽居》《自咏》《众道友问修行》《寄道友觅败布故履》《山居》及《芰荷香·乞食》等写其遁迹岩阿，破衲乞食之头陀苦行"。③ 如《自咏》一诗写出了他隐迹林泉的精神情态，诗曰：

> 自游云水独峥嵘，不恋红尘大火坑。
>
> 万顷江湖为旧业，一蓑烟雨任平生。
>
> 醉来石上披襟卧，觉后林间掉臂行。
>
> 没到夜深云霁处，蟾光影里学吹笙。④

自游云水，不恋红尘，独自悠游于山间林泉，洒然脱俗。丘处机在磻溪修行期间，曾于磻溪之畔高筑一台，名曰"清风台"。此台"西倚飞云之壁，东临漱玉之溪，北跨渭滨，南依山色，中引清风"⑤。丘处机便日夕盘桓自乐于此台之上。西虢有一进士名吕革，钦慕丘处机的隐逸之风，遂为"清风台"作记，曰："龙，吾知其磻泥，终乎奋翼而升；蝉，吾知其彻土，卒乎脱蜕而飞。隐士之达道，亦其类也。故隐居以求其志，有志乎登瀛，未有如丘公者也。"⑥ 于此可见丘处机的隐逸之志非同寻常，在乎仙道也。事实上不止丘处

---

① （金）丘处机著，赵卫东辑校：《丘处机集》，齐鲁书社 2005 年版，第 310 页。
② （金）丘处机著，赵卫东辑校：《丘处机集》，齐鲁书社 2005 年版，第 498 页。
③ 任继愈主编，钟肇鹏副主编：《道藏提要》，中国社会科学出版社 1991 年版，第 913 页。
④ （金）丘处机著，赵卫东辑校：《丘处机集》，齐鲁书社 2005 年版，第 6 页。
⑤ 同上书，第 498 页。
⑥ 同上。

机的隐逸之志在于仙道，其他全真道士的隐逸之志均在于仙道。

与丘处机相似，王处一、郝大通与刘处玄均在"而立"之前遗世归隐。大定八年（1168）二月初八，"玉阳真人自牛仙山来，愿为门弟子，祖师训名处一，时年二十七。"是年三月，"广宁真人来昆嵛山出家，祖师训名璘，号恬然子，时二十九岁。"① 大定九年（1169）九月，祖师"化长生真人出家，训名处玄，字通妙，号长生子，时二十三"。② 入道全真后的三人，王处一、郝大通便隐居查山，刘处玄随祖师西行传道，均出尘离世，高蹈物外。

王处一在《赠远来道众》（之一）诗中表露情志说："咄尽尘根一物无，清清冷冷下功夫。素光渺渺开心月，红艳辉辉覆性珠。"③ 出尘之志十分彰显。刘处玄亦在诗中说："真隐辽阳，敬奉丹阳。万事无心，渐得道阳。"④ 隐逸之心亦不言自明。

对于全真宗师来说，遁世只是一种外在形式，他们的根本目标是脱离红尘以锤炼自我心境。曾有人询问马钰在家能否行修，马钰以词答之，词曰："神仙要做恋妻男。忙里偷闲道上参。清净门庭无意认，淫情术法入心贪。欲求家道两全美，怎悟寂寥一著甘。莫待酆都追帖至，早归物外住云庵。"⑤ 从词可以明显看出马钰的出家修行主张。"怎悟寂寥一著甘"一语道出了出家修行的根本动因，是为了悟彻寂寥。王重阳对出家做出过精辟的阐述，他说："出家者，万缘不罥，自己灵明，乃是出家。"⑥ 没有尘缘的挂碍，自心澄明就已经是出家了。可见全真家遗尘遁世不是逃避现实，不是全身避害，亦不是宣泄愤情，而是寻求那份淡然的心境。

---

① 《道藏》第三册，文物出版社、上海书店、天津古籍出版社 1988 年版，第 382 页。
② 同上书，第 382 页。
③ （金）谭处端、刘处玄等著，白如祥校：《谭处端　刘处玄　王处一　郝大通　孙不二集》，齐鲁书社 2005 年版，第 260 页。
④ 同上书，第 121 页。
⑤ （金）马钰著，赵卫东辑校：《马钰集》，齐鲁书社 2005 年版，第 98 页。
⑥ （金）王重阳著，白如祥辑校：《王重阳集》，齐鲁书社 2005 年版，第 295 页。

对于有着特殊隐逸追求的全真道士来说，淡然的心境显得十分重要，"在他们看来，心作为妙灵神奇的绝对本体"①，只有淡然澄明，才能呈现出自己的本真状态和价值，而只有心境澄然无物，隐逸尘世才有意义。《郝太古真人语》说："既是出家，须要忘忧绝虑，知足常足。"②"忘忧绝虑"指的就是心境澄然淡然。马钰有《清净吟》诗曰："锻炼这顽心，锻炼这俗意。心死情不生，意灭精自秘。心清气自调，意净神自喜。人能常清净，决证神仙位。"③在这里心清意净与自然仙道相等同，心境的作用得到了直观地展现，其意义非同尘俗。

马钰在《联句》诗中云："心清意净天堂路，意乱心荒地狱门。斡旋决仗无为力，造化全凭清净功。"④谭处端的《游怀川》诗曰："了了心源万事休，此玄玄外更何求。"⑤皆在说明心清意净的作用。所以《重阳真人金关玉锁诀》指出："夫修行者，常清静为根本。"⑥而清静有两种，即内清静和外清静，"内清静者，心不起杂念；外清静者，诸尘不染著为清静也"⑦。不难理解，外清静是指远离尘俗，以获得清静之身，没有尘世生活的干扰，心就会少去很多杂念；内清静则是指从内心深处抛开世俗烦恼，弃妄念，绝思虑，以获得清静之心。全真家出世离尘，目的就是通过外清静而获得内清静，进而达到心境的澄然湛然。

二　高妙的隐逸法门——和光同尘

由上段论述可知，金元全真家隐遁尘世的目的是锤炼心境，使心境清静

---

① 丁原明等：《早期全真道教哲学思想论纲》，齐鲁书社 2011 年版，第 8 页。

② （金）谭处端、刘处玄等著，白如祥校：《谭处端　刘处玄　王处一　郝大通　孙不二集》，齐鲁书社 2005 年版，第 429 页。

③ （金）马钰著，赵卫东辑校：《马钰集》，齐鲁书社 2005 年版，第 86 页。

④ 同上书，第 94 页。

⑤ （金）谭处端、刘处玄等著，白如祥校：《谭处端　刘处玄　王处一　郝大通　孙不二集》，齐鲁书社 2005 年版，第 17 页。

⑥ （金）王重阳著，白如祥辑校：《王重阳集》，齐鲁书社 2005 年版，第 282 页。

⑦ 同上书，第 295 页。

澄湛。基于这样的隐逸目标，金元全真家多选取寄身林泉的修行方式，于山水间洗涤心尘，澄明心境。在远离尘嚣的林泉中，参云悟水，友松伴鹤，不仅在现实的时空中与尘世拉开了距离，更在精神的境域里远离了尘世。

刘处玄的《行香子》词云："历遍人间，却羡名山。洞天清，坐听潺潺。"[1] 于道显的《郎十二先生告》诗说："万水千山路不差，山回路转景尤嘉。故人相见无他语，坐对群峰看彩霞。"[2] 他的《示杜道人》诗曰："绿叶阴阴障久阳，白云片片渡秋塘。道人不解红尘事，隐迹林泉宠辱忘。"[3] 侯善渊的《杨柳枝》词曰："上下观之无一物，与谁同。逍遥独坐月明中，伴清风。"[4] 从这些表情达意的诗词语句中即可看出，金元全真道士对林泉生活的欣喜与满足。

在与清风朗月的朝夕相对中，心中的尘埃被渐渐涤除殆尽，唯有一片虚澄与忘我。"秀景希逢，上真难遇，幸一时相际。雁影沉沙，蟾光照夜，醺醺同醉。"[5] "月透帘笼虚白，风生几簟清凉。坐久凝然无际，不知身世何乡。"[6] 作者在林泉的幽静中获得了适意的生活，得到了湛然的心境，遁迹物外的归隐之志得到了完美的实现。

与此同时，我们应该看到，正是基于清静澄湛的隐逸追求，全真家又完全超脱了具体的隐逸形式，直寻澄湛的心境目标，只要心境能够纯清，尘内、尘外都是圣境。正如全真后人于道显所说："道人方寸已寒灰，无限尘纷境自回。总把乾坤为妙用，此身到处即蓬莱。"[7] 只要心境明彻，纵使无限尘扰也

---

① （金）谭处端、刘处玄等著，白如祥校：《谭处端　刘处玄　王处一　郝大通　孙不二集》，齐鲁书社 2005 年版，第 134 页。

② 薛瑞兆、郭明志编纂：《全金诗》第三册，南开大学出版社 1995 年版，第 37 页。

③ 同上书，第 35 页。

④ 唐圭璋编：《全金元词》，中华书局 1979 年版，第 508 页。

⑤ （金）丘处机著，赵卫东辑校：《丘处机集》，齐鲁书社 2005 年版，第 75 页。

⑥ 薛瑞兆、郭明志编纂：《全金诗》第四册，南开大学出版社 1995 年版，第 355 页。

⑦ 薛瑞兆、郭明志编纂：《全金诗》第三册，南开大学出版社 1995 年版，第 21 页。

不能相侵，随身所到之处皆是蓬莱圣境。所以全真家的隐逸处所不局限于旷外林泉，喧嚷的尘世亦是隐逸圣境。

相比之下，喧嚷的尘世更有利于出世之人锤炼心境。"静处做好，闹处做更好。"① "道通窹寐，道达幽明，动静不拘。至于大修行人，活活泼泼，外圆内方，何妨在市居朝。"② 正如丘处机在《陇山松》诗中云："高歌物外归去来，大隐酂中益开悟。"③ "归去来"化用了陶渊明的"归去来兮辞"，作者显然对陶渊明"采菊东篱下，悠然见南山"④ 的闲散心境，及"结庐在人境，而无车马喧"⑤ 的大隐境界饱含崇敬之情。

大定十四年（1174）丘、刘、马、谭为祖师王重阳守孝服除，四子便各寻其志。刘处玄居于洛阳，在之后的数年内他便往来穿梭于繁华的洛阳市井，在烟花巷陌间炼心励志。《长生真人刘宗师道行碑》说："先生（刘处玄）独遁迹于洛京，炼性于尘埃混合之中，养素于市廛杂沓之丛。管弦不足以滑其和，花柳不足以挠其精。心灰为之益寒，形木为之不春。"⑥《七真禅赞》曰："伟矣长生，风标秀出。厌尘土之腥臊，悟宗风之消息。心游物外之烟霞，迹混酂中之鼓笛。花簪阆苑之红，桃咀蓬壶之碧。跃出洪波万丈高，灵光一点无人识。"⑦

马钰在《望蓬莱》词中云："修大道，何必住深山。混俗和光都看破，万千尘冗不相干。别有一般般。"⑧ 可见全真家在对待尘俗的态度上，并无丝毫的逃避心态，而是保持和光同尘的豁达心境，居尘而不染尘。这也正是金元

---

① （金）丘处机著，赵卫东辑校：《丘处机集》，齐鲁书社 2005 年版，第 154 页。
② 刘仲宇著：《刘一明学案》，齐鲁书社 2010 年版，第 176 页。
③ （金）丘处机著，赵卫东辑校：《丘处机集》，齐鲁书社 2005 年版，第 43 页。
④ （晋）陶渊明著，逯饮立校注：《陶渊明集》，中华书局 1979 年版，第 89 页。
⑤ 同上。
⑥ 陈垣编纂：《道家金石略》，文物出版社 1988 年版，第 470 页。
⑦ 《道藏》第二十四册，文物出版社、上海书店、天津古籍出版社 1988 年版，第 310 页。
⑧ （金）马钰著，赵卫东辑校：《马钰集》，齐鲁书社 2005 年版，第 172 页。

全真宗师始终持有的高妙的隐逸法门。

和光同尘语出老子，是老子的一种理想的人格形态，亦是其接物处世的最高境界。《道德经》五十六章云："塞其兑，闭其门，挫其锐，解其纷，和其光，同其尘，是谓玄同。"① 老子视和光同尘的境界为"玄同"之境。汉代严遵的《老子指归》就此指出："与世浑沌，与俗玄同；要物之体，秉事之根，"② 认为老子和光同尘的处世方略把握住了事物之根本。陈鼓应亦评说道："'玄同'的境界是消除个我的固蔽，化除一切的封闭隔阂，超越于世俗褊狭的人伦关系之局限，以开豁的心胸与无所偏的心境去待一切人物。"③ 老子的这一处世哲学对后世产生了深远的影响。

金元全真家承袭老子的这一思想，以其为修身处世的准则，并把它作为修心隐逸的绝妙法门。与世俗浑同，出淤泥而不染，方能臻于大隐之高境。在全真家看来，唯有随机接物、和光同尘者，方才为"达士"与"大修行人"。

丘处机曾以"达士"为题写有一诗，曰："随机接物外同尘，应变无方内入神。心地出离三界苦，洞天游赏四时春。"④ 清代著名全真道士刘一明在《修真辨难》卷上答弟子问时说："大修行人，外圆内方，混俗和光。"⑤ 所以以"达士""大修行人"为隐逸范本的全真道士，十分持重和光同尘的隐逸法门，以之自励并启悟后人。

马钰在《爇心香·上街化导》词中曰："且和光、混俗随时。笊篱闲把，唯望人知。愿不蚤归，休空过，疾修持。"⑥ 又在《南柯子·赠陈三翁》词中

---

①　陈鼓应注译：《老子今注今译》，商务印书馆 2003 年版，第 277 页。

②　（汉）严遵著，王德有译注：《老子指归译注》，商务印书馆 2004 年版，第 167 页。

③　陈鼓应注译：《老子今注今译》，商务印书馆 2003 年版，第 279 页。

④　（金）丘处机著，赵卫东辑校：《丘处机集》，齐鲁书社 2005 年版，第 18 页。

⑤　刘仲宇：《刘一明学案》，齐鲁书社 2010 年版，第 159 页。

⑥　（金）马钰著，赵卫东辑校：《马钰集》，齐鲁书社 2005 年版，第 100 页。

说："在俗非为俗，居尘不染尘。如莲不著水之因。万卉千花，一叶不沾身。"① 丘处机在他的《速修》一诗中表露隐修之志曰："和光同尘随是非，化声相待无相诘。"② 继丘处机之后的全真另一掌教尹志平，亦是金元之际德行高深的一代宗师。他在《无俗念》词中说："同尘混迹，悟玄元、奥旨深穷庄列。"③ 至此我们能够强烈地感受到，全真家出于尘而隐于尘的超脱心迹，真隐之至境在他们举手投足间得到了至朴至纯的诠释。

基于这样的隐逸卓识，全真家在劝导世人离尘出世时，便不以绝对脱离世俗社会的方式为主导，不执着于外在形式，而注重于内在心境。王重阳在《送军判弟求安乐法》诗中教导世人寻求安乐之法，他说："欲求安乐禀良因，须是心开离垢尘。闹里莫令萦损气，静中应许食全神。自然认得三光秀，决定通和四序春。外假莹明内真乐，凡人不觉做仙人。"④ 由此可见无论是静处抑或是闹处都有寻取安乐之法。王重阳作为宗教家，在遣词造句上不免有些仙道色彩，但其中诱人摒弃尘嚣的思想主调是显而易见的。

金元全真家这种"半隐半俗、亦隐亦俗"的归隐方式，深为广大世人所认同。在元代，"从忽必烈统治的中后期开始，在文人之中，隐逸之风形成了一股不大不小的潮流。这股潮流同起于河北一带的，主旨在于'苟全性命于乱世，不求闻达于诸侯'，最后归于道教的隐逸之风异体而同源"。⑤

对于全真道士来说，形式严苛、远离尘世的隐逸生活不难实现；而对于广大的世人来说，真正混迹山林、远离市井的归隐却不易做到。"锦衣玉食、功名富贵是江湖文人难以得到的，而诗酒琴棋、稚子山妻则是普通人都有的生活内容。"⑥ 如吕止庵［商调·集贤宾］《叹世》云："乐吾心诗酒琴棋，守

---

① （金）马钰著，赵卫东辑校：《马钰集》，齐鲁书社 2005 年版，第 184 页。
② （金）丘处机著，赵卫东辑校：《丘处机集》，齐鲁书社 2005 年版，第 43 页。
③ 唐圭璋编：《全金元词》，中华书局 1979 年版，第 1177 页。
④ （金）王重阳著，白如祥辑校：《王重阳集》，齐鲁书社 2005 年版，第 8 页。
⑤ 么书仪：《元代文人心态》，文化艺术出版社 1993 年版，第 222 页。
⑥ 吴国富：《全真教与元曲》，江西人民出版社 2005 年版，第 67 页。

团圆稚子山妻。"① 乔吉［中吕·满庭芳］《渔父词》说："山妻稚子。薄披鲈脍。细切莼丝。葫芦盛酒江头市，盏用青瓷。"② 而全真家以和光同尘的隐逸方式倡导于世，不仅迎合了世人遗世遁世的心理追求，而且满足了他们不离家园的尘俗需要。这无疑体现了全真家传教宣教务实的一面。而这一倡导普遍为人们所接受，也说明了全真的隐逸思想具有广泛的普适性。

三　至纯的隐逸境界——安贫乐道与无为应缘

真隐之士自有真隐之境界。金元全真宗师视尘世如火坑，视名利如枷锁，其逸世之情可见一斑，如此至真的遁世之情必然促生至纯的遁世之境。金元全真宗师至纯的隐逸境界主要表现为两个方面：一为安贫乐道；二为无为应缘。

首先，安贫乐道。金元全真家对世间荣华富贵向来持否定态度，认为尘世的荣贵虚幻不实，如浮光掠影，转瞬成空。他们倡导世人弃名利、保清澹、安贫清闲。马钰在他的《满庭芳·不看谒》词中表露心志说："不谒公侯，不疏贫贱，不求富贵荣华。不餐美膳，不敢厌衣麻。"③ 谭处端在《自咏》诗中曰："从初割爱做修持，守一清贫志不移。"④ 王处一的《满庭芳·赠出家》词云："厌贵辞荣，甘贫慕道，谦合柔弱行藏。"⑤ 丘处机在《瑶台月》词中说："倦贪心、乐受贫穷，爱恣意、慵兴烟火。粮无贮，丹无货。萧然唱，洒然和。堪可。神仙未了，优游且过。"⑥ 淡泊乐贫之志十分坚卓。大定二十八年（1188）丘处机奉诏至阙。中秋得旨归终南，并得赐缗钱十万，丘处机便

---

① 隋树森编：《全元散曲》，中华书局 1964 年版，第 1130 页。
② 同上书，第 580 页。
③ （金）马钰著，赵卫东辑校：《马钰集》，齐鲁书社 2005 年版，第 150 页。
④ （金）谭处端、刘处玄等著，白如祥校：《谭处端　刘处玄　王处一　郝大通　孙不二集》，齐鲁书社 2005 年版，第 12 页。
⑤ 同上书，第 345 页。
⑥ （金）丘处机著，赵卫东辑校：《丘处机集》，齐鲁书社 2005 年版，第 73 页。

以出家人清贫为由对这十万缗钱"上表控辞"①，足见他轻财之心。如此之铮铮情志与潇洒行迹是凡尘之人实难做到的，唯有真隐之士才可为之。

与全真宗师不同，现实中的人们却无不以锦衣玉食为生活指向，以权重声威为人生目标，所谓"天下熙熙，皆为利来；天下攘攘，皆为利往"。趋名逐利，是自古以来不曾更调的社会旋律。全真这一轻财轻利的人生观念，在世俗社会中无疑会被归为非主流的价值形态，与世人的人生理想形成鲜明的反差。

全真家对自我与世人追求的差异，有着深刻的洞察。如姬志真的《临江仙》词曰："举世纷纷争富贵，道人独占清贫。"② 之所以会如此，是因为两者立论视点的不同。世人着眼于百年人生，认为人生在世不建功立业，不追求富贵，生命就失去了应有的意义；而全真家则着眼于历史长河，认为时空无限，人生有涯，在无限的时空里，有涯的富贵犹如草上霜露、水中浪花，转瞬即逝。可以看出全真家是基于更高的生命觉悟而说的，在更高的境界平台上所能觉知的生命的意义更加多元，不再局限于尘世一生，所以全真家能够超越尘俗，不为名利所拘囿，立下安贫乐道之志。

对于世人来说，虽然在心志上与全真宗师不甚合拍，但真隐者这份淡然与洒脱又是他们所倾心仰慕的。世人在现实生活中，由于世俗之累而萌生对洒脱心境的向往，因而对隐士生活心向往之。在金元时期的世俗文人作品中，便展现着浓厚的归隐之趣与淡泊之志。如乔吉的［中吕·满庭芳］《渔父词》说："江湖隐居，既学范蠡，问甚三闾。终身休惹闲题目。装个葫芦，行雨罢龙归远浦。送秋来雁落平湖。摇船去，浊醪换取，一串柳穿鱼。"③ 卢挚在《双调·殿前欢》曲中云："作闲人，向沧波濯尽利名尘。回头不睹长安近，

---

① （金）丘处机著，赵卫东辑校：《丘处机集》，齐鲁书社 2005 年版，第 503 页。
② 唐圭璋编：《全金元词》，中华书局 1979 年版，第 1215 页。
③ 隋树森编：《全元散曲》，中华书局 1964 年版，第 580 页。

守分清贫。"① 张可久在［中吕·满庭芳］《山中杂兴》中说："风波几场。急疏利锁，顿解名缰。故园老树应无恙。梦绕沧浪，伴赤松归与子房。赋寒梅瘦却何郎。溪桥上，东风暗香，浮动月昏黄。"② 淡化功名、摒弃富贵的遗世之志充盈于字句。应该看到世俗文人的这种守淡泊、保清贫的情意表达，与全真家安贫乐道的人生之志有着本质的区别，但其中受全真家影响的痕迹却清晰可见。

金元全真宗师不仅在意识层面有着安贫之志，而且在实践当中更重安贫之行。他们在修身修道的过程中，处处以守贫为行为处事准则。早期全真道士不事营造，修行的住处十分简陋，以茅庵为主。王重阳对门人造庵就曾明确指出："茅庵草舍，须要遮形；露宿野眠，触犯日月。苟或雕梁峻宇，亦非上士之作为；大殿高堂，岂是道人之活计？"③ 这一持俭守陋的思想深为后世门人所承袭，雕梁画栋、高堂峻宇均非全真道士向往的住所，他们欣喜的只是遮形之茅庵而已。全真家这种持贫守俭的教团作风深得世人的敬仰，由此而打下了深厚的群众基础。

在日常的吃穿用上他们也不尚奢华，更忌安逸，以清贫简陋为主。《长春真人规榜》云："每一衣一食，不过而用之。每计庵粮，不可积剩，治身衣物，不可贪求。"④《丹阳真人语录》云："道人不厌食，贫乃养生之本。饥则餐一钵粥，睡来铺一束草，褴褴褛褛以度朝夕，正是道人活计。"⑤《赫太古真人语》云："既是出家，须要忘忧绝虑，知足长足。一日二升之粮，积之何用？一年端布之装，身外何求？"⑥

---

① 隋树森编：《全元散曲》，中华书局 1964 年版，第 134 页。
② 同上书，第 775 页。
③ （金）王重阳著，白如祥辑校：《王重阳集》，齐鲁书社 2005 年版，第 276 页。
④ （金）丘处机著，赵卫东辑校：《丘处机集》，齐鲁书社 2005 年版，第 147 页。
⑤ （金）马钰著，赵卫东辑校：《马钰集》，齐鲁书社 2005 年版，第 246 页。
⑥ （金）谭处端、刘处玄等著，白如祥校：《谭处端　刘处玄　王处一　郝大通　孙不二集》，齐鲁书社 2005 年版，第 429 页。

　　全真道士常常将剩余之物济赡贫难之士，供给来往的行人。元好问在《圆明李先生墓表》中言："全真家乐与过客饵，道院所住，至者如归。尝岁饥，资用乏绝，先生（李志源）辟谷数旬，以供给来者，其先人后己类此。"[1] 程巨夫的《徐真人道行碑》中记载："壬寅优诏存抚，师（徐志根）益奋励，以弘道济物自任。远近慕向，云归川赴宫之役。夜自辇土石，道得遗橐数百金，伺其主，乃榷场盗也。恳致其半，师曰：'女亡命利也，为贫耳。我欲之，故全有，何半耶？速持去，速持去，逻卒不女贷。'"[2] 全真道士诸如此类的倾财济民、重义轻利的事例不胜枚举。由此全真教在世人心中便树立了崇高的形象，深得人民信服。

　　陈垣先生在《南宋初河北新道教考》中说："呜呼！全真家能攻苦，能治生，又能轻财仗义，济人之急，人民信服，至于讼狱者不之官府而之全真，斯其效大矣。"[3] 足见全真教在当时的影响之深广，威信之深厚。陈垣先生还把全真家能够如此行为处事的原因总结为"全真家盖深得财聚民散，财散民聚之奥者也"。[4] 事实上，能够贫己富人、苦己利人、仗义轻财，远非仅仅明白"财散民聚"之道理所能做到，更需要安贫乐道的思想境界做保障。荀子有云："志意修则骄富贵，道义重则轻王公；内省而外物轻矣。"[5] 全真家能够斥破富贵而独守清贫，靠的就是志意修而后内省的纯然的精神境界。

　　其次，无为应缘。不同的隐逸个体怀揣着不同的隐逸目的，所能臻至的心灵境界也各有不同。全真道士隐遁尘世，志在锤炼心境，去"尘心"显"本心"。"尘心"涤尽方现"无心"之境，"无心"便"无我"，"无我"自"无待"，"无待"入"无为"，"无为"即为老庄大隐之至境。全真宗师所拥

---

① 陈垣编纂：《道家金石略》，文物出版社 1988 年版，第 497 页。
② 同上书，第 713 页。
③ 陈垣：《南宋初河北新道教考》，科学出版社 1958 年版，第 41 页。
④ 同上。
⑤ 梁启雄：《荀子简释》，中华书局 1983 年版，第 17 页。

有的正是这一大隐之至境。

由"无待"而入"无为"，便可"无所不为"，继而"应缘而有为"。辟之云水：白云驻足霄外、无牵无扯，可谓无为；却又随风行止、随光隐现，可谓应缘。碧水随物赋形、不求形迹，可谓无为；却又因势而动、汇川成海，可谓应缘。全真宗师在"无为"的心境下刻录着"应缘"的行迹，由外在的"应缘"之举进一步印证了内在的"无为"之真境。

在全真教的文献典籍中，金元全真宗师应缘而为的事迹十分常见。诸如设醮祈禳，进言劝善、止杀；收容难民；接济苦众等善举俯拾即是。这在一般人看来，完全是"有为"的行迹，全真家也由无为的隐士行列跨入了有为的士子队伍。事实并非如此，全真家的这些所谓的"有为"之举，完全是在"无为"境界之下的，虽是"有为"，但无所执着，亦是"无为"。

在一定境界下，"无为""有为"已不能靠外在的行为举止来分辨，因为在一定的境界下"有为"与"无为"已无本质区别，变成了相通之事。正如丘处机在《西江月》词中所说："莫把无为是道，须知有作方真。"[1] 丘处机并不是否定"无为"的修行理念，而是要说明修行者不要为了"无为"而"无为"，内心执着于"无为"也就变成了"有为"。在无所执着的心境中，需为则为，方能体现真正的"无为"境界。《清和真人北游语录》对此阐述得十分清晰，曰："又知无为有为本无定体，无为有所恃着，即有为也；虽有为，无所恃着即无为也。"[2] 有为、无为本无定体，全在于心念的执与不执，着与不着。

"无为"与"有为"看似两种截然相反的心法宗旨与实践行为，在全真家这里却合二为一，互为一体。全真家那些所谓的"有为"行迹，完全是随机应缘的结果，恰似云之卷舒、水之行止，皆因势而动也。正是这些应缘之

---

[1]　（金）丘处机著，赵卫东辑校：《丘处机集》，齐鲁书社2005年版，第156页。
[2]　张广保：《尹志平学案》，齐鲁书社2010年版，第178页。

中方又不执的尘世行迹，有力地证明了全真宗师至纯的遁世境界。

第三节　"和合"文化的继承与发扬
——金元全真诗词的"和合"思想

中国是一个民族多元化的国家，中华民族是由诸多民族长期融会而成。中华文化亦是汇合各个民族的聪明智慧而逐渐形成的，是各个民族思想智慧的结晶。而在这一文化长河的汇流中，不免有着各种思想的冲撞与抗衡，之后是融纳与交流。如此一来，在长久的冲突与融合中，中华文化便凝塑成了雍容大度、兼收并蓄、和而不争的文化个性，这一个性就是中国传统文化中的"和合"思想。

"和合"思想付诸典籍已十分悠久。春秋时期，"和""合"二字已联用并称，表示融合、和谐之意。如《国语·郑语》称："商契能和合五教，以保于百姓者也。"① 儒家经典《论语》有曰："礼之用，和为贵。"② 又曰："君子和而不同，小人同而不和。"③ 道家经典《老子》亦曰："万物负阴而抱阳，充气以为和。"④ 可见在中国文化的轴心时代，"和合"思想已得到了各家的推崇与赞赏。

金元全真宗师对中国这一传统文化深有所悟，并将其形而下，运用于教团文化建设及具体修身处事上。最突出的表现就是对"三教合一"思想及三教关系的弘扬与对待上。

---

① 邬国义等撰：《国语译注》，上海古籍出版社 1994 年版，第 488 页。
② 程树德撰：《论语集释》，中华书局 1990 年版，第 46 页。
③ 同上书，第 935 页。
④ 陈鼓应注译：《老子今注今译》，商务印书馆 2003 年版，第 233 页。

在金元全真教的思想体系中，"三教合一"是其中的一面重要思想旗帜。祖师王重阳在创立全真教之初就以儒、释、道三教归一为立教宗旨，他于山东文登、宁海等地先后成立的五个教团组织皆冠以"三教"之名。在传教过程中，他还要求门人诵读《道德经》《清静经》《孝经》《般若心经》等三教经典。全真门人也皆以"三教合一"为理论标志，不独树道教一帜。

以往学者对全真教的这一主导思想关注颇多，无论道教史研究、道教思想研究还是道教文学研究，均对其作了充分的论述。但不管哪个领域的论述，都一致认为全真这一思想是对以往历史上"三教归一"思想的继承和发扬。这一承继线索是毋庸置疑和十分显明的，但除此之外，全真家能够如此深度地对三教思想进行融会贯通，一个重要的原因就是全真家对中国传统的"和合"文化进行了深层领悟与吸纳，并对其进行传承与发扬。这一点是以往学者所忽视的。

全真家以"和合"思想为指导，对儒、释、道三教保持着融和、归一的文化态度。首先从理论的角度对"三教合一"思想进行高度阐扬，摆出一副归一、和合的理论姿态。《重阳真人金关玉锁诀》云："太上为祖，释迦为宗，夫子为科牌，"[1] 这就把全真教对于三教的态度进行了清晰的展示。全真不独尊道教教祖，以三教之祖为供养对象，这是从立教信仰上对三教关系进行了融合。全真弟子与祖师同调而和，力主三教圆融和合。如马钰在诗《赠李大乘兼呈净公长老》中云："虽有儒生为益友，不成三教不团圆。"[2] 刘处玄在《仙乐集》中说："三教归一，弗论道禅。"[3] 又说："三教无分别，修真第一功。"[4] 全真教大融合的思想旗帜被有力地标举出来，兼收并蓄的文化胸襟尽

---

① （金）王重阳著，白如祥辑校：《王重阳集》，齐鲁书社2005年版，第288页。

② （金）马钰著，赵卫东辑校：《马钰集》，齐鲁书社2005年版，第64页。

③ （金）谭处端、刘处玄等著，白如祥校：《谭处端　刘处玄　王处一　郝大通　孙不二集》，齐鲁书社2005年版，第119页。

④ 同上书，第156页。

得展现。

其次，从不同的维度对"三教合一"的可能与必要进行阐述。（一）三教平等。在全真家眼中，儒、释、道三教之间的关系是平等的，无主次之分，无高下之别，更无先后之序。王重阳指出："三教者，如鼎三足，身同归一，无二无三。三教者，不离真道也，喻曰：似一根树生三枝也。"① 把三教视为鼎之三足，树之三枝，将它们置于同等重要的位置，足以说明三教地位是平等的。由此，三教能够得以融合的前提也就确立了。（二）三教教义相同，都是对道法的阐释与弘扬。所谓"儒门释户道相通，三教从来一祖风"。② 儒、释、道三教所崇奉的"道"是相通的，都通往天地之"真道"，由此三教的教风为一，都是以阐释道法为宗，所以"道门开，释门阐，儒门堪步。识元初，习元本，睹元辰，元阳自固"。③ 在修真悟道上无论皈依哪个教门，都可以识元固本，得道成仙。（三）三教旨归一致，都以济世度人为立教目标。王重阳说："三教圣主、三界圣母，却来救度儿女，名号记显分明，寿印信为其堪同。"④ 三教圣贤设教的目的就是普度众生，但是三教在救度世人的过程中各有偏重。又闻《达磨经》云："过去非言实，未来不为真。太上炼九转金丹，今人去疾病，了生死。夫子教仁、义、礼、智、信，恐人招业在身，令人修此，亦能治其疾病。"⑤ 佛教偏重于救治世人的无明；道教注重解救人的生死了悟；儒家重在救治人的尘世业报。用全真的话说就是，佛教教人明性；道教教人了命；儒家教人累功积行。尽管分工各异，但在普度众生的目标上是一致的。这就对三教一源，为何又有所差别这一问题进行了解答。

由此三端的阐释，儒、释、道三教融汇归一，在理论上就具有了充足的

---

① （金）王重阳著，白如祥辑校：《王重阳集》，齐鲁书社 2005 年版，第 287 页。
② 同上书，第 9 页。
③ 同上书，第 186 页。
④ 同上书，第 288 页。
⑤ 同上。

理由，在文化心理上也找到了认同与支持。三教同属一家也就成了呼之欲出的宗教命题。

在实际生活中，与儒、释门人的交相往来，全真家不持门户之见，以谦和的姿态行为处事，尽可能地融洽儒道、释道的关系，充分实践"和合"的思想主张。马钰"在东牟道上行，僧道往来者，识与不识，必先致拜"。① 恭谦之至。丘处机将与三教门人和睦相待定为门规，要求门人严以遵守。《长春真人规榜》曰："见三教门人，须当平待，不得怠慢心。"② 于此可见，全真家将传统的"和合"思想充分运用到了宗教间的定位与相处之中，并形成了兼容并包、和而不同、共处一家的宗教观念。

金元全真家的"和合"思想除在三教关系的处理中得到充分展现外，在他们的个人修养、人际交往中也多有体现。全真宗师非常注重个人修养，倡导温、良、恭、俭、让、礼，主张"常怀博施济众"③ 之心，做一个德识双馨的出家人。他们教导门人以"柔弱为常，谦和为德，慈悲为本，方便为门"④。要"常清静，更谦和恭谨，无党无偏"⑤。在人际交往方面，全真宗师提出"与人和，休打斗""遇冤仇，当和解"⑥ 的处事方法，还提出"以恩复仇"的交往原则。马钰说："儒家云：'以德报德，以直报怨。'晋真人云：'以信结交，以恩复仇，'可以至矣。"⑦ 可见马钰对晋真人的"以恩复仇"观念表示赞同。他在"十劝"中对这一主张再次明确，"常行忍辱，以恩复仇，与万物无私"⑧。

---

① （金）马钰著，赵卫东辑校：《马钰集》，齐鲁书社2005年版，第240页。
② （金）丘处机著，赵卫东辑校：《丘处机集》，齐鲁书社2005年版，第147页。
③ （金）马钰著，赵卫东辑校：《马钰集》，齐鲁书社2005年版，第230页。
④ （金）丘处机著，赵卫东辑校：《丘处机集》，齐鲁书社2005年版，第147页。
⑤ （金）马钰著，赵卫东辑校：《马钰集》，齐鲁书社2005年版，第214页。
⑥ 同上书，第230页。
⑦ 同上书，第258页。
⑧ 同上书，第259页。

金元全真家如此倡导，更是如此践履的。马钰曾给弟子自述修行往事说："我初到关中，乞化到一酒肆，有一醉者，毁骂之间，后被他赠一拳，便走，拽住又打一拳，只得忍受。"① 并教导弟子若遇到这样的情况要"好好遇着，勿诤"。② 赵道一的《谭处端》传记中记载："十五年（1175）乞食于磁州二祖镇，一狂徒问：'尔从何来？'遽以拳击师（谭处端）之口，寻致血流齿折，而容色不变，吐齿于手，舞跃而归于邸中。见者咸怒，欲使讼于官，师但曰：'谢他慈悲教诲。'"③ 这就是全真宗师对"以恩复仇"所做出的生动诠释，无辜受人辱打，不但要忍着，反要言谢于他。这种过分忍让的心态似乎不适合尘俗的世人，但全真家确是以这样极端的宽容与忍让化解了矛盾与冲突，赢取了和谐。这或许就是金元全真宗师以宗教家的洒脱对中国"和合"思想所做的极致发挥。

金元全真家正是借重于中国传统的"和合"思想来修身处事，以宽厚包容的心胸迎接社会，走向社会，为全真教团文化赋予了丰富多元、兼容并包、谦和质朴的文化内质。全真教由此也得到了士流的推毂、人民的信服、儒释的赞同，为自己赢取了和谐的发展氛围，进而得以茁壮成长，蓬勃发展。全真教创立不久"即其推行之远，传布之速，已足惊人，其第一流勿论已，其第二流以下，亦恒有弟子千人，庵观百所"④。全真教团的壮大与兴盛，恰好说明了世人对全真文化的归附与赞同。

---

① （金）马钰著，赵卫东辑校：《马钰集》，齐鲁书社2005年版，第247页。
② 同上书，第247页。
③ 《道藏》第五册，文物出版社、上海书店、天津古籍出版社1988年版，第423页。
④ 陈垣：《南宋初河北新道教考》，科学出版社1958年版，第36页。

第五章　金元全真诗词的文化心态

金元全真道士，作为中国历史上一个独特的道士群体，其出儒入道，参悟、融汇儒、释、道三家思想之精髓，吸纳和传承中国传统文化，进而形成了融通开阔的思想视阈与通脱不拘的文化视角。

在对待社会与人生、安置内在自我上，全真家展现出非同尘世的文化心态，诸如既出世又入世的文化心态，否定与超越的文化心态，自足与自适的文化心态等。这些心态指向均是他们对社会、自我以及内在生命进行深层观照与解读后所作出的智慧标引，从中我们可以领略到全真家生命觉悟中的那份"不执"与"无待"。

第一节　既出世又入世的文化心态

金元全真教受中国传统道教及佛教的影响，在对待社会的态度上，持"出世"一端。而对于"出世"观念的继承，全真家又有所扬弃，所扬者是"出世"的内在精髓；所弃者是"出世"的外在形式。全真家在追求"出世"

境界上不再倚重于固步深山自封老林、与尘世老死不相往来的极端出世形式，而是注重心灵的超俗，所谓"意上有情山处市，心中无欲市居山"。① 只要心境澄明，身居何处都是"出世"。

同时，全真家又深悟儒家思想之精要，在"出世"的同时又要"入世"。但全真家的"入世"与儒家的"入世"却有着本质的区别，前者重在救世济人，追求的是世俗功德；而后者重在用世入仕，追求的是个人事功。

"出世"与"入世"这对看似截然相反的社会观念，在全真家这里却得到了完美的融合，既出世又入世成为全真家一个重要的文化心态。可以看出全真家的"入世"是在"出世"心态下的"入世"，有入世之名而无入世之实，"入世"的目的是让更多的人得到救度，让更多的人实现"出世"。他们在出世与入世的两端自由游走中，表现出"出世而不怨世""入世而不恋世"的特点。

一　出世而不怨世

"出世"是金元全真家十分显现的思想观念，亦是道教自古有之的思想倡导。道教在修道成仙上，有"顺则成人，逆则成仙"的说法。人若顺着人情追求名利，只能成为世俗之人；若逆着人情寻求道法，则可成为仙人。所以修道者对世间人情持摒弃的态度，认为其阻碍对道法的体悟，因而选择"出世"的方式潜修心境，寻求道法。全真家深明此理，他们在寻求道法的征途中，首要的心理指向就是脱尘离俗，跳出尘寰，以"出世"的心态看待社会与人生。因此，"出世"也就成了他们诗词创作的一大主题。

王重阳在《和落花韵》一诗中表露情志说："久厌世情名与利，素嫌人世是和非。"② 对世间的人情名利深表厌倦，对尘世的是非纠葛向来嫌弃，这既

---

① （金）谭处端、刘处玄等著，白如祥校：《谭处端　刘处玄　王处一　郝大通　孙不二集》，齐鲁书社 2005 年版，第 47 页。

② （金）王重阳著，白如祥辑校：《王重阳集》，齐鲁书社 2005 年版，第 5 页。

是王重阳久历世情的深刻感触，又是他对人生真谛的彻底觉悟。所以他以出世的口吻相喧于世，以启悟来者，首开全真教以诗词传教、宣教的先河。

马钰也有同样的觉醒。他在《清心镜·弃家》词中云："解名缰，敲利锁。爱海恩山，一齐识破。弃家缘、路远三千，似孤云野鹤。"[1] 马钰曾经拥有着富甲一方的资财，号称"马半州"，最终在王重阳的点拨下弃俗出家。久居尘世的他，一旦醒悟，名利恩爱皆一齐识破，抛弃家缘，似孤云野鹤般悠游物外。可以看出马钰跟随祖师出尘寻道的决心与意志是十分坚定的。

如果说王重阳与马钰是由于深嚼尘味而觉悟的话，那么早年入道的丘处机可谓少年早慧。丘处机在弱冠之年便颖然顿悟，十九岁遁入玄门，修道昆嵛山。《元史·释老传》载："丘处机，登州栖霞人，自号长春子……年十九，为全真学于宁海昆（嵛）山。"[2] 丘处机以诗遣志说："物外归心绝大魔，闲中遣兴益高歌。灵台著欲于今少，健骨乘风已后多。"[3] 归趣物外，涤尽心魔，作者的出世之志清晰明朗。

受全真宗师的影响，全真后人在诗词中多喜于展示自我的出世心志。如王丹桂的《小重山·述怀》词云："猛悟尘劳跳出笼，胸襟多少事，尽成空。逍遥物外效愚蒙。真脱洒，端的好家风。"[4] 尹志平的《南乡子》词说："本性爱疏慵，不厌无名不厌穷。落魄随缘无所碍，心通。观透人间事事空。"[5] 于道显在《西华县张庵主告》诗中说："不恋空华与世华，道人活计淡生涯。兴来两卷闲文字，困卧松轩看晓霞。"[6] 均是对人生志向的表露。此类作品随处可见，不胜枚举。

金元全真家的出世之志并不空疏，他们在实际的修行中，行的正是出世

---

① （金）马钰著，赵卫东辑校：《马钰集》，齐鲁书社 2005 年版，第 113 页。

② （明）宋濂等撰：《元史》，中华书局 1976 年版，第 4524 页。

③ （金）丘处机著，赵卫东辑校：《丘处机集》，齐鲁书社 2005 年版，第 20 页。

④ 唐圭璋编：《全金元词》，中华书局 1979 年版，第 484 页。

⑤ 同上书，第 1187 页。

⑥ 薛瑞兆、郭明志编纂：《全金诗》第三册，南开大学出版社 1995 年版，第 23 页。

之路，并在出世的历程中切实感受到了尘外世界的美好。"青山本是道人家，况此仙山近海涯。海阔山高无浊秽，云深地僻转清嘉。"① 山高与海阔，似乎并非作者欣喜的重点，"无浊秽""转清嘉"才是作者的兴致所在。如此能够涤心除尘的物外圣境自然受人青睐，全真家也乐意于物外悠游。"泉石清幽，好个真游地。香风散、彩云呈瑞。日暖天和，更时有珍禽戏。嘉致。总妆点、山家况味。外景充盈，内景还相契。丹炉畔、虎龙交会。女姹婴娇，频劝我、倾金液。沉醉。但高卧，晴霞影里。"② 外在景色的清幽，催化了内在心境的澄澈，从而提振了自我真功的修持。由此可见物外的确是修行者修心练功的好去处，故此全真家对物外世界也乐此不疲，不愿归去。"识破家缘冤苦，忻然跳出乡闾，秦川秀处作庵居，永往永往永往。物外逍遥自在，如今寄甚家书，还乡便得赴仙都，不去不去不去。"③ 从"永往永往永往""不去不去不去"的词句中即可读出，作者物外潜志的决心。"道人策杖看西山，心似白云到处闲。一枕困来仙阙梦，岂知身在翠微间。"④ 修道之人踱步山前、遗梦林间的悠然情态映现眼前。由此便可明白为什么全真家深羡林泉而不欲归尘了。

深知出世情味美好的全真家显然不是享受"独乐"者，他们希望更多的世人能够脱离尘俗，去感受物外世界的曼妙。因此招引隐者、寻觅知音就成了他们练功之余的主要事情。

他们以诗词为媒介四处宣扬出世观念，劝化世人离尘脱俗。马钰在《爇心香》词中规劝道："但愿人人，识破浮尘。速抽身，猛弃尘情。休妻别子，绝利忘名。便洒然惺，豁然悟，顿然明。"⑤ 马钰的出家，正是休妻别子顿然

---

① （金）丘处机著，赵卫东辑校：《丘处机集》，齐鲁书社2005年版，第23页。
② 唐圭璋编：《全金元词》，中华书局1979年版，第488页。
③ （金）马钰著，赵卫东辑校：《马钰集》，齐鲁书社2005年版，第173页。
④ 薛瑞兆、郭明志编纂：《全金诗》第三册，南开大学出版社1995年版，第34页。
⑤ （金）马钰著，赵卫东辑校：《马钰集》，齐鲁书社2005年版，第102—103页。

离尘，这种劝说颇有现身说法的意味。他对读书的士流说道："奉劝书生，早悟浮生。舍荣华，物外游行。无思无虑，无爱无憎。便纵闲心，寻霞友，访云朋。"① 没有世俗荣华富贵的牵绊，内心便无所牵累了，心无挂碍自会无思无虑，无爱无憎。从马钰的词中可以看出，在出世的世界里，亦有别样的生活，那里有志同道合的霞友云朋，可以与他们谈玄论道，赏月浴风，可见出世的生活并不枯燥单调。谭处端深情恳切地说："告行人，听少诉。着假求真，也好回头顾。勘验行藏休慕故。不合虚无，怎得蓬瀛住。"② 姬志真也劝人"抛却俗情缰锁解，般般放下身轻快，绝尽尘情忘世态"③。于道显亦教导世人说："人能清静绝熬煎，恬淡虚无养浩然。脑后剔开三昧眼，心中明澈自家天。"④

但世人毕竟不同于圣者与贤者，他们被尘情所迷，并无高深的觉悟能力，出世对他们来说或许只是偶尔的念头，他们的世界与尘外世界还有相当的距离。全真家对此深表痛惜与煎心，如姬志真以抱憾的口吻说："尘心忙似火，世事冗如麻。不省光阴促，纷纷逐落花。"⑤ 全真家是以觉悟者的角度立论的，他们能够清晰地看到世人的沉迷与陶醉，执着与坚笃，而这一切的指向均是虚无，所以他们苦口婆心、不厌其烦地劝人醒悟，跳出尘寰。当面对世人一如既往的不觉不悟时，他们是那么的急切与无奈。姬志真的这首诗表现的正是这样的心境。

无论表露自我的"出世"心胸，展现世外的美好，还是劝人跳出尘俗，均在表明一个问题，那就是全真家出世思想的深刻与强烈。他们的这一思想基于他们对人生及生命的大彻大悟，他们出世的强大动力源自觉悟与主动。

---

① （金）马钰著，赵卫东辑校：《马钰集》，齐鲁书社2005年版，第103页。
② （金）谭处端、刘处玄等著，白如祥校：《谭处端　刘处玄　王处一　郝大通　孙不二集》，齐鲁书社2005年版，第38页。
③ 唐圭璋编：《全金元词》，中华书局1979年版，第1217页。
④ 薛瑞兆、郭明志编纂：《全金诗》第三册，南开大学出版社1995年版，第29页。
⑤ 薛瑞兆、郭明志编纂：《全金诗》第四册，南开大学出版社1995年版，第358页。

和那些在尘世中受挫、受伤后而愤然出世者相比，他们的出世心态显得平静而淡然，毫无愤世与怨世之情。出世而不怨世，就成了全真家与世俗出世群体在心态上的最大差别。

对全真家"出世而不怨世"的文化心态，我们可以从其"居尘修心""历世炼心"的倡导中窥得一斑。

金元全真门人分为两部分：一部分是全真会众；另一部分是全真教徒。全真宗师对一般的会众，只要求"清心静意"，不必离家出尘，倡导他们"居尘修心"。王重阳在《玉花社疏》中说："诸公如要真修行，饥来吃饭，睡来合眼，也莫打坐，也莫学道，只要尘冗事屏除，只要心中'清静'两个字，其余都不是修行。"① 不打坐也不学道，只要摒除尘杂，清心净意即可，要求十分简单。

全真宗师对全真教徒要求出家修行，同时还有着"历世炼心"的倡导，要求他们在尘世中锤炼心境，乞食行化就是其一。全真教自祖师王重阳始便实行乞食修道，直至元代，这一谋生方式依然见于乡野道士间。王重阳于街市乞讨，被人称作"王害风"，如其诗所说："圈眼王三乞觅时，被人呼做害风儿。"② 对于这调讽式的称呼，王重阳并不介怀，反欣然接受并引以自称。在他的诗词中多处可见"害风"的自我称谓，有着十足的自嘲意味。如他的词《行香子·自咏》说："有个王三，风害狂颠。弃荣华、乞化为先。"③《卜算子·寻知友》说："有个害风儿，海上寻良价。"④《踏莎行》词亦云："大道无名，害风有作，踏莎行里成欢乐。"⑤ 类似的诗词还有很多。

入道后的王重阳以疯狂的形象示人，癫傻肆情，不拘俗套。刘祖谦在

---

① （金）王重阳著，白如祥辑校：《王重阳集》，齐鲁书社 2005 年版，第 159 页。
② 同上书，第 242 页。
③ 同上书，第 124 页。
④ 同上书，第 108 页。
⑤ 同上书，第 116 页。

《终南山重阳祖师仙迹记》中说："其（王重阳）变异谈诡，千态万状，不可穷诘……师后于南时村掘地为隧，封高数尺，榜曰活死人墓。"①而他对自己也以"活死人"相称。王重阳此种十足的癫狂气质，对后世神仙道化剧的人物形象的塑造，产生了深远的影响。

马钰深承师风，亦以疯癫形象乞讨觅食，被人们称作"马风"。丘处机曾于词作中记述自己一次乞讨时的小插曲，词曰："日奚为。信腾腾绕村，觅饭充饥。拦门饿犬，撑突走跳如飞。张牙怒目，待操心、活龈人皮。是则是教你看家，宁分善恶，不辨高低。"②作者兴致冲冲绕村觅饭，不料被一饿狗拦门挡道，那饿狗叫嚣狂吠，扑跳而来，且张牙舞爪、怒目凶凶。描写生动鲜活，饿狗的凶恶之状淋漓尽现。

金元全真教倡导乞讨觅食的生活方式，其目的是借助这种饭不香甜、食不果腹的生存状态来磨砺自己的修道意志和决心，同时也以这种穿梭于世的行为历世炼心。全真龙门派第十一代传人、清乾嘉时期著名道士刘一明对全真历世炼心的修行方法总结说："在市居朝，正是奋大用、发大机处，乃上等作法。盖金丹在人类中而有，在市朝中而求，古人通邑大都，依有力者为之，止在此耳。"③在尘世的喧嚷中修得的清静，才是真清净；在名利的诱惑中炼得的淡然，才是真淡然。尘世成了全真家砥砺心境的场所，提振自性的凭借。

除"居尘修心""历世炼心"外，全真宗师对世俗的社会规则还严于恪守、身体力行。诸如遵法孝亲、抑恶扬善、接物利民等伦理规范，均在全真家的践履之列。全真家把对社会规范的践行视为修道，修的是"人道"，与出世明心见性所修的"仙道"相配合，修行者既要修"仙道"又要修"人道"，这样才能功行圆满，真正超脱。

---

① （金）王重阳著，白如祥辑校：《王重阳集》，齐鲁书社2005年版，第327页。
② （金）丘处机著，赵卫东辑校：《丘处机集》，齐鲁书社2005年版，第77页。
③ 刘仲宇：《刘一明学案》，齐鲁书社2010年版，第176页。

可见全真家的修行并没有断绝尘世，隔绝人间，反而倚重尘世，在践履尘世的"人道"中寻求通往"仙道"的门径。这也深刻地证明了，全真家在对待尘世社会上并无怨愤之情。

二 入世而不恋世

金元全真家有着诸多的"入世"之举，此为世人所共睹。他们"入世"的根本动机在于救度世人、劝化众生，所以他们主要的"入世"事迹是围绕民众展开的，诸如应需设醮、传法度人等，这在全真史料均有备述。

此外，全真宗师还力所能及地做一些公益事业，略有以下几端：其一，收容难民。金元之际兵燹四起、战争频仍，民不聊生，致使流离失所、无家可归者不计其数。全真教便广开教门，收容难众，为他们提供一个安身避难之所。《元史》"列传第八十九·释老"载，丘处机在西觐成吉思汗归燕京后，即命弟子持太祖所赐金符，"招求于战伐之余，由是为人奴者得复为良，与濒死而得更生者，毋虑二三万人。中州之人至今称道之"①。《无为抱道素德真人夏公道行碑记》载："贞祐中，四夷云扰，有大寇据海州，州之道众无计可出，宗师命公（夏志诚）往救之，即不辞而去。既至，方便援引，获免者甚众。"②

其二，行医设药。王重阳在《立教十五论》中提出了"和药"一论，谓医药之术"肯精学者，活人之性命……学道之人，不可不通。若不通者，无以助道"③。还在其诗中说："救人设药功尤大。"④ 全真后人遵从其旨，行医施药者颇多。如刘处玄的弟子催道演，禀赋优异、不念尘俗，洞晓仁德之大义，"假医术筑所谓积善之基，富贵者无所取，贫窭者反所多给，是以四远无

---

① （明）宋濂等撰：《元史》，中华书局1976年版，第4525页。
② 陈垣编纂：《道家金石略》，文物出版社1988年版，第570页。
③ （金）王重阳著，白如祥辑校：《王重阳集》，齐鲁书社2005年版，第276页。
④ 同上书，第143页。

夭折，人咸德之"。①

　　其三，恩惠于民。全真门人所到一处，不思索求，唯思施济。如郝大通的弟子王志谨于关中开渠引水，受益之人颇多，此事《栖云王真人开淘水记》中有详细的记述；马钰法孙李守宁于秦地凿泉济人，惠泽于民。全真家诸如此类的事迹多不胜举。

　　金元全真家的这些体恤民瘼、利物济民的"入世"之举，得到了广大民众的信服与敬仰。全真教也因此声名鹊起，名震朝野。皇室贵族对全真教也十分敬重，屡屡召见全真领袖。大定二十七年（1187）十一月十三日，"玉阳真人奉诏至燕"；大定二十八年（1188）"长春真人奉诏至阙下"；承安二年（1197）六月"玉阳真人被诏"②；是年冬，"长生真人奉诏赴阙"③；"至元光间，天子敕书征（訾亘初）入京师"④；"癸巳（1233）夏六月，（李真常）承诏即燕京"。⑤全真教中女弟子颇多，全真女宗师也有被诏者。《女炼师奥敦君道行碑》载："师（奥敦弘道）与其徒任惠德辈，以淳诚得誉贵近，获入觐禁闱，中宫及诸贤妃皆尝赐召，赐予极优渥。"⑥

　　全真宗师多次得到皇室的召见，喻示着他们及他们的教团得到了最高统治者的赞赏和支持。上行下效，在中央集权的封建社会，政治的感召力是不可估量的。如此之下，接踵而来的便是他们身价与道价的陡然大振，赫然当时。他们也被推到了世俗荣耀的最高峰，得到了当时权贵的推崇与拥护，如丘处机"既居海上，达官贵人敬奉者日益多。定海军节度使刘公师鲁、邹公应中二老，当代名臣，皆相与友"⑦。刘处玄被召于京师，其住处"官僚士

---

①　陈垣编纂：《道家金石略》，文物出版社1988年版，第495页。
②　《道藏》第三册，文物出版社、上海书店、天津古籍出版社1988年版，第384页。
③　同上书，第385页。
④　陈垣编纂：《道家金石略》，文物出版社1988年版，第511页。
⑤　同上书，第579页。
⑥　同上书，第686页。
⑦　（金）丘处机著，赵卫东辑校：《丘处机集》，齐鲁书社2005年版，第413页。

庶，络绎相仍；户外之屦，无时不盈"①。

按照世俗的眼光来看，全真宗师可谓功成名就，饱尝世俗社会的美好，应该珍视和留恋眼前的一切。但全真宗师走的并非世俗之路，他们对眼下的功绩与荣耀似乎无动于衷，也丝毫没有留恋之意。

《北游语录》载：曾有人劝说丘处机只要少施手段必能当世信重，丘处机对此淡然不顾，而劝者益多，反复再三，丘处机大笑曰："俺五十年学得一个实字，未肯一旦弃去。"② 可见他对于取宠尘世毫无兴趣，对尘世的虚荣更不贪恋。《长生子》传记中载："泰和三年（1203）癸亥正月，东京留守刘昭毅、定海军节度使刘师鲁来礼师（刘处玄）问道，师曰：公等皆当代名臣，深荷顾遇，吾将逝矣，不足为公等友。"③ 话语中的婉拒之意十分明了，对当世名臣的辞拒无疑表明刘处玄对尘世权贵的淡然与不屑。《延安路赵先生本行记》记叙赵抱渊一事，曰："次年（1206）二月初四日，上遣二使者奉冠服召先生赴阙，先生固辞曰：'吾一老村夫耳，莫难行焉。'"④ 在封建社会，皇帝的诏谕是多少人所梦寐以求的，而赵抱渊却断然固辞，只能说明其出尘之心的坚卓之至。又如《普照真人玄通子范公墓志铭》，载有郝大通之徒范圆曦因守城有功，被授予州县长官而力辞之事；《汴阳玉清万寿宫洞真真人于先生碑并序》中，记有马钰之徒于善庆受荐不起之事。全真家诸如此类的事例所见甚多。

通过这些事例可以看出，全真家对于象征着权贵的皇室与名臣，似乎在内心深处存在一种排斥的态度。而对于皇召与大臣的拒绝，已不仅仅是对皇帝本人或大臣本人的拒绝，而且是对与之相关的建立社会事功与晋升权贵机

---

① （金）谭处端、刘处玄等著，白如祥校：《谭处端　刘处玄　王处一　郝大通　孙不二集》，齐鲁书社 2005 年版，第 234 页。

② 张广保：《尹志平学案》，齐鲁书社 2010 年版，第 152 页。

③ （金）谭处端、刘处玄等著，白如祥校：《谭处端　刘处玄　王处一　郝大通　孙不二集》，齐鲁书社 2005 年版，第 238 页。

④ 陈垣编纂：《道家金石略》，文物出版社 1988 年版，第 439 页。

会的拒绝，这对于世俗之人来说是绝难做到的，而唯有像全真宗师这样对尘俗毫不眷恋者，才可以坦然为之。

需要做出交代的是，在金元全真家的诗词集中，有着很多与官宦相唱和的诗词。如《重阳全真集》中的《赵登州太守会青白堂》《送军判弟求安乐法》《苏公求退吏清闲》诗；《磻溪集》中的《岭北西京留守夹谷清神索》《答曹王妃休休道者书召》《答京兆统军夹谷龙虎书召》诗；《上丹霄·答陇州防御裴满镇国》《上丹霄·答京兆统军夹谷龙虎书召》词；《云光集》中的《赠益都统军》《赠李节判明威》《宁海太守屡尝书召，以诗奉答》诗等。我们不能由此而否定全真家的出世态度，也不能据此判定全真家入世的深浅。从这些诗词的题目可以看出，这些大都是他们应人求索而赠答的应制之作；从内容观之，也都是劝化主题的诗词。

全真家与官宦诗词往来，或出于个人交情，或出于应酬，或出于传教的需要，但绝无攀权附贵的意图，即便应召赴阙，也只是全真宗师的随机应缘而已。他们因时而动，为道法的传布寻求政治的东风，他们虽承诏身入京师，心却深寄林泉。丘处机的名为"出都"一诗，颇能勾勒出全真家的这一心境。诗曰：

> 乍出皇都外，高吟野兴驰。开笼鹦鹉俊，展翼凤凰奇。
>
> 白马翩翩聚，青山隐隐移。长安一片锦，指日到无疑。[1]

该诗写于大定二十八年（1188）中秋。是年，丘处机受金世宗之召进京宣道，并奉旨主持万春节醮事，八月得旨还终南山。从二月进京至八月出京，也只半年的时间，但作者归返林泉的心情却是那么急切。首联两句便把得以返还山野的兴奋情态展露无遗，"高吟野兴驰"着一"高"字与"驰"字，

---

[1] （金）丘处机著，赵卫东辑校：《丘处机集》，齐鲁书社 2005 年版，第 52 页。

足见"吟"之畅快与"兴"之浓郁。颔联作者把自我比作出笼的鹦鹉与展翅的凤凰，再次烘托内心的自由与脱洒。颈联两句是对归还途中情状的描绘，"白马翩翩""青山隐隐"，一股轻松明快的气氛笼罩其间。尾联在点出归去的目的地的同时，把早日到达的期望之情映射了出来。通诗都在宣泄作者心中那份向往林泉、回归林泉的急切与兴奋。诗外之意也已表明作者对京城生活的厌倦。即便厌倦京城生活，但丘处机还是来了，这说明他只是随缘应召而已，并非主动为之。

和丘处机类似，金元全真宗师与权贵往来并以诗词唱和，大都秉持着澄湛的出世心态，世俗的虚名与私利并不为他们所觊觎。这也正是他们能够赢得世人敬仰的一个重要原因。

第二节　否定与超越的文化心态

否定与超越是金元全真家又一重要的文化心态。全真宗师否定与超越的是尘俗社会与自我的肉身。

对于尘俗之人来说，生、老、病、死的生命历程都要在社会中完成。在这个社会中，每个人都拥有自己的亲人、朋友与爱人，每个人都会通过努力去经营属于自己的事业，赢取属于自己的成功。与这些相关的人情与名利也会伴随人的一生，它们相互交织，犹如一张大网，人便生活在这张尘网之中，不曾脱离。这张尘网给予人们归属感与成就感，同时紧紧地缚住了人们的身心，人们只能而且乐于在这张尘网下奔忙劳碌，终其一生。

而这一亘古以来不曾改变的生存模式，至金元全真家这里却被打破了。全真宗师清晰地看到人情欲望对本性的蒙迷，功名利禄对本心的牵绊，亦认识到人生有涯，人身终将作古，肉身的生命并不持久，随着尘世生命的结束，一生孜孜以求的名利荣华亦随之归空。所以他们否定人情，否定名利乃至否定自我的肉身。否定不意味着终结，否定之后是更高的肯定，那就是超越。全真宗师超越尘俗回归到了物外世界；超越肉身寻觅到了肉身之外的"真我"。

一　对尘世的否定与超越

金元全真家对尘世的否定肯切而有力。和佛家的观点类似，全真家亦把尘世比喻为苦海与火坑，认为其淹没人的本心，焚烧人的本性。"堪叹人人忒煞愚，身居火院觅红炉。"① "火院常耽没彻头，一身空为一家愁。"② 全真家如此比喻并非夸大其词，亦非危言耸听，在他们看来，事实本就如此。人诞生之初，禀天地之元气，本有一颗澄明的元心，拥有一副澄澈的本性。随着尘世生活的深入，尘情慢慢蒙蔽了元心，尘欲慢慢遮蔽了本性，人也就顺应了尘世生活，日复一日在奔忙劳碌中耗损有限的生命。所以他们规劝世人说："奉报早离火院，弃了一家攀恋。"③ "能脱名缰利锁人，解趁火院万般辛。水中火发休心景，雪里花开灭意春。"④

但世俗之人所身感意受的现实世界是一个丰富多彩、绚烂多姿的世界，并非火坑与苦海。全真家对此阐释说："人间华丽，恰似风前烛。万事转头空。"⑤ 又说："人间万事，识破真归笑。恩爱与尘情，譬无常、般般是了。"⑥ 尘世的华丽与多姿皆是虚幻，不能恒久，恰如风前的烛火，明灭不定，这就

---

① （金）马钰著，赵卫东辑校：《马钰集》，齐鲁书社2005年版，第17页。

② 同上书，第8页。

③ （金）王重阳著，白如祥辑校：《王重阳集》，齐鲁书社2005年版，第202页。

④ （金）马钰著，赵卫东辑校：《马钰集》，齐鲁书社2005年版，第50页。

⑤ （金）谭处端、刘处玄等著，白如祥校：《谭处端　刘处玄　王处一　郝大通　孙不二集》，齐鲁书社2005年版，第135页。

⑥ 同上书，第135页。

是世事无常。他们总结说："古往今来同影戏，顷刻存亡兴灭。"① 古往今来如同一场大戏，剧终人散，一切归于幻影；而历史的兴灭存亡，也只存于顷刻之间，没有长久的兴，也无长久的衰，这就是历史的沉浮。

全真家的这些论调，在世人看来，颇为悲观与绝对，他们忽略了太多现实世界的美好，以短暂与虚幻掩盖了所有的深刻与真实，所以世人对于出家的佛家与道家最深刻的印象就是悲观与消极。但略加思索我们就会发现，世人与出家人立论的维度与审视的视角完全不在一个层面，世人着眼于百年人生，认为人生在世不建功立业，不追求富贵，生命就失去了应有的意义；而全真家则着眼于历史长河，认为时空无限，人生有涯，在无限的时空里，有涯的富贵犹如草上霜露、水中浪花，转瞬即逝，由此而导致两者生命的真实感受截然相反。

既然对尘世做出了彻底的否定，那么人们于尘世中所拥有的名利与人情自然亦在被否定之列。对于名利的否定，全真家说，"利缰名锁休贪恋"②"名利海，是非河，王风出了上高坡"③。把名利看成缰、锁，是因为名利容易束缚人的内心。当一个人内心只有名利的时候，他的心就如同作茧自缚，失去了洒脱与自由。名利本为身外之物，"富贵荣华全小可，于身性命天来大"④。但世人对此多不能悟，依旧不顾一切地对名利穷追不舍，直至生命耗尽。"利锁名缰，恩绳爱索，兀谁不被牵缠"⑤ "人为财死，鸟为食亡"虽是绝对化的概说，但也是对活生生的现实事例的精辟总结。在某种程度上说，名利的拥有并非益事，如全真家所说："名缰利锁，烧身猛火。"⑥ 即便拥有，

---

① 唐圭璋编：《全金元词》，中华书局1979年版，第1199页。
② （金）王重阳著，白如祥辑校：《王重阳集》，齐鲁书社2005年版，第104页。
③ 同上书，第115页。
④ （金）马钰著，赵卫东辑校：《马钰集》，齐鲁书社2005年版，第3页。
⑤ 唐圭璋编：《全金元词》，中华书局1979年版，第480页。
⑥ （金）谭处端、刘处玄等著，白如祥校：《谭处端 刘处玄 王处一 郝大通 孙不二集》，齐鲁书社2005年版，第113页。

也只能是短暂地拥有，"算荣华富贵，电中光，好回心改悔"①。所以在全真家看来，名利富贵如同浮云，不如任其随风来去，"百岁光阴迅速，功名富贵浮云"。② 全真家能够安贫乐道、内心常清常净，其视功名富贵如浮云的淡然心态，则是其精神动力的主要源泉。

全真家对人情的否定亦十分彻底。他们对最易束缚人心的爱情与亲情论说最多。他们把恩爱视作牢狱、大海与大山，把其看作禁锢和吞噬人心的对象。如祖师王重阳说："爱狱恩山，把身躯紧缚抓。"③ 马钰说："弃名利，爱海恩山。"④ 在他们的观念中，追逐恩爱，虽然温柔甜蜜，却是危害极大的事情。谭处端指出"恩情爱恋，鼎内如鱼戏"⑤。鼎内的游鱼，面对的只是一命呜呼的结局。他们甚至还把恩情视作冤债，是前生的冤家今生来索要的业债。刘处玄云："冤债恩情，业缘难趱。"⑥ 类似的种种比喻，只是在重复表明他们对恩爱的否定态度。

对于儿女亲情他们也坚决否定。王重阳的《黄莺儿·韩公索叹世》词云："女男是，玉枢金枷，把身躯缚定。"⑦ 刘处玄云："儿女金枷，爱情玉枢，火坑牢狱身如囚。"⑧ 把儿女看作金枷玉锁，这是对父子、父女亲情的赤裸裸的否定。王重阳和马钰均是抛妻离子而出家的。如此观之，全真家温和慈善的形象顿然全无，简直无血无肉，灭尽人情，这与他们倡导社会人伦的宗师风范相去甚远。倘若如此理解，则有失公允。祖师王重阳在离家之前，曾对妻

---

① （金）谭处端、刘处玄等著，白如祥校：《谭处端　刘处玄　王处一　郝大通　孙不二集》，齐鲁书社 2005 年版，第 39 页。

② （金）丘处机著，赵卫东辑校：《丘处机集》，齐鲁书社 2005 年版，第 156 页。

③ （金）王重阳著，白如祥辑校：《王重阳集》，齐鲁书社 2005 年版，第 88 页。

④ （金）马钰著，赵卫东辑校：《马钰集》，齐鲁书社 2005 年版，第 104 页。

⑤ （金）谭处端、刘处玄等著，白如祥校：《谭处端　刘处玄　王处一　郝大通　孙不二集》，齐鲁书社 2005 年版，第 40 页。

⑥ 同上书，第 113 页。

⑦ （金）王重阳著，白如祥辑校：《王重阳集》，齐鲁书社 2005 年版，第 55 页。

⑧ （金）谭处端、刘处玄等著，白如祥校：《谭处端　刘处玄　王处一　郝大通　孙不二集》，齐鲁书社 2005 年版，第 137 页。

女进行妥善的安置。他首先把妻子安顿好，而后把幼女送到亲家那里，之后才离家奔终南山。马钰亦是如此。他在出家时已经四十六岁，其三个儿子也已长大成人，但他依然做出"以资产付庭珍辈，以离书付孙氏"① 的交代，之后方才出家。

全真宗师对儿女亲情的否定并非倡导世人灭绝人情，而是从道法的角度教人破除对尘世恩情的执着。倘若人们不能只身跳出世情的羁绊，也就不能打破现有的生活轨迹，不能为世俗生活解其倒悬，生命也将在尘网中自行耗尽。跳出尘情是澄明心境的必然要求，亦是"逆则成仙"的关键所在。

一味地否定并非全真宗师的本意，单纯的否定本身并无多大意义，意义在于否定之后的超越，全真宗师正是在超越的心境下提出的否定。他们不再依循尘情的大网去寻找生活的轨迹；不再执着于名利的虚幻而耗费心机，而是立足于更高的觉悟境界，超越尘世，跳出凡笼，复归物外世界。

他们在诗词中如是述说："从此劈开真铁网，今朝跳出冗尘笼。"② "跳出凡笼寻性命，人心常许依清静。"③ "自游云水独峥嵘，不恋红尘大火坑。万顷江湖为旧业，一蓑烟雨任平生。"④ "远樊笼、虚舟不系，披览闲中真趣。未尝羡、珂里荣名；未尝羡、金闺矩步。"⑤

在全真家的视域里，尘世之外有着另一重天地——物外世界，那里有着尘世不曾拥有的美好。如王重阳在词《捣练子·别家眷》中说："步步云深，湾湾水浅，香风随处喷头面。昆仑山上乐逍遥，烟霞洞里成修炼。"⑥ 马钰有诗云："逍遥物外固精神，绝虑忘机合至真。悟取无争为上士，常怀忍辱作仙

---

① （金）马钰著，赵卫东辑校：《马钰集》，齐鲁书社 2005 年版，第 319 页。
② （金）王重阳著，白如祥辑校：《王重阳集》，齐鲁书社 2005 年版，第 157 页。
③ 同上书，第 109 页。
④ （金）丘处机著，赵卫东辑校：《丘处机集》，齐鲁书社 2005 年版，第 6 页。
⑤ 唐圭璋编：《全金元词》，中华书局 1979 年版，第 1203—1204 页。
⑥ （金）王重阳著，白如祥辑校：《王重阳集》，齐鲁书社 2005 年版，第 115 页。

人。"① 刘处玄在《酹江月》词中说："厌居人世，似孤云飘逸，鹤升霄汉。自在无拘空外去，撒手直超彼岸。到处为家，琴书为伴，信笔闲吟叹。洞天高卧，任他人笑懒慢。"② 尘外世界，云烟缥缈、绿水湾湾，浸着清香的微风迎面吹拂；洞天福地随处可以修炼；秀水青山到处可以为家；闲时抚琴阅书，信步悠游；倦时云巅高卧，不论昏昼。

在尘外世界里，身心获得了绝对的自由，无拘无束；心境得到了彻底的澄明，无忧无虑；心所感知的只有无穷无尽的"真乐"与逍遥。自我的忘怀与绝虑，使"本心"得以发明，"本性"得以显现。心明性现，与妙道合真，"真我"在一片澄澈中得道而仙，证得终极果位。物外世界的这种美好与曼妙是尘俗世界绝难拥有的。

全真家的物外世界并非与尘俗世界相区别的绝对时空，而是自我赋予的心灵空间，内心越澄澈，尘外世界也就越美好，这体现了一定境界下心灵的能知。境界到了，身处红尘，内心感受到的依旧是蓬莱圣境；境界不到，身处云水，内心感受到的依旧是尘俗的牵绊。超越尘俗，不在于形式，而在于心境。自我心境中的美好，不依赖于外在的物质世界，不依附于世俗的评价体系，独立而持久。和尘俗世界相比，自我心境中的物外世界显然更加高级，更加稳固和长久。全真宗师跳出尘世、归趣物外的修行理路，清晰地展现了其超越的心态行迹。

二　对肉身的否定与超越

道教向来拥有尊生、重生的生命观念，金元全真道亦有之。但和传统道教相区别的是，金元全真道不再追求肉身的长生不死，"不谋轻举望升飞，碧

---

① （金）马钰著，赵卫东辑校：《马钰集》，齐鲁书社 2005 年版，第 6 页。
② （金）谭处端、刘处玄等著，白如祥校：《谭处端　刘处玄　王处一　郝大通　孙不二集》，齐鲁书社 2005 年版，第 133 页。

洞无劳闭玉扉"。① 全真家认为肉身是假，只不过是一团臭肉而已，不值得留恋。他们对自我的肉身持有一种否定的心态，这和世人追求延年益寿、长生不死的愿望大相径庭。但全真家亦追求得道成仙，只不过他们成仙的对象不是肉身而是肉身之外的"本我"。成就"本我"便建立在否定自我肉身的基础之上。

金元全真家对肉身的否定，首先是因为他们看到了肉身的虚假。《重阳全真集》有诗云："白为骸骨红为肌，红白装成假合尸。"② "幻化色身绕，屯脚余光水面泡。忽有忽无遄速甚，如飙，过隙白驹旋旋飘。"③ 这就把世人所珍视的肉身，看成了行尸走肉。马钰说得更为直接，他说："行尸走肉有何羞，勿为衣餐乱起愁。"④ 又说："身四假尚为余，景繁华事可疏。"⑤ 丘处机带有批评的语气说："一团殁肉，千古迷人看不足。万种狂心，六道奔波浮更沉。"⑥ 全真家把肉身看成行尸走肉，甚至是一团殁肉，对于世人来说实难接受。这也只是全真家的一种比喻而已，他们的用意不在于如何称呼肉身，而在于否定肉身，教人破除对肉身的执着。

其次是因为他们深刻地认识到尘世生命的短暂。天地万物都有其客观规律，生命亦不例外，有生有死是人类亘古以来的生命现象。对于这一司空见惯的生命现象，全真宗师给予了特别的关注和思索。王重阳指出："但人做，限百年、七旬难与。"⑦ 又感叹说："叹彼人生，百岁七旬已罕。"⑧ 类似的感慨非祖师一人所有，其弟子们皆有如是体悟。谭处端说："百年浑似梦，七十

---

① （金）王重阳著，白如祥辑校：《王重阳集》，齐鲁书社 2005 年版，第 5 页。

② 同上书，第 4 页。

③ 同上书，第 67 页。

④ （金）马钰著，赵卫东辑校：《马钰集》，齐鲁书社 2005 年版，第 3 页。

⑤ 同上书，第 31 页。

⑥ （金）丘处机著，赵卫东辑校：《丘处机集》，齐鲁书社 2005 年版，第 84 页。

⑦ （金）王重阳著，白如祥辑校：《王重阳集》，齐鲁书社 2005 年版，第 57 页。

⑧ 同上书，第 54 页。

古来稀。"① 又说："虚幻浮华，百岁光阴，叹一刹那。"② 刘处玄也说："人生七十，古今稀少。世梦知虚，都归一笑。"③ 皆在感叹光阴急速，浮生短暂。

面对肉身的易朽，浮生的有限，世人的反应无外乎三种：一是及时享乐，游戏人生；二是忧惧悲叹，感慨痛惜；三是昂扬奋进，砺行精进。全真宗师似乎属于后者。和前两者有所不同的是，全真宗师敢于面对肉身的腐朽与死亡，敢于直面尘世生命的有限与短暂，以否定的目光审视肉身，又以超越的心态探索肉身之外的"真我"。

对于不能长久的肉身，他们不再执着眷恋，而是以否定的目光审视之，又以超越的心态对待之。王重阳在《示学道人》一诗中这样说道："色财丛里寻超越，酒肉林里觅举升。"④ 又在《南乡子》词中以非常自信的口吻劝诫世人说："我命不由天，熟耨三田守妙玄。"⑤ 谭处端在题为《赠京兆府安王解元》词中说："割攀拽，趣闲闲，归莹素，安恬养拙。认灵源、炼磨明彻。从前孽，向三千功里，徐徐消灭。青山绿水，五人共赏风月。"⑥ 此中否定与超越的心态指向清晰明了，而淡然从容又砺行精进的精神情志警醒世人。

在全真宗师看来，尘世之人是由一点灵性摄入臭皮囊而诞生的，人的本质就是肉身与一点灵性的复合体。肉身是有生灭规律的，不可能实现长生久视；而一点灵性，也即"本性"或称"本元"却是不生不灭的，可以超出劫数之外。如丘处机所说："有形者皆坏，天地亦属幻躯，元会尽而示终。只有

---

① （金）谭处端、刘处玄等著，白如祥校：《谭处端　刘处玄　王处一　郝大通　孙不二集》，齐鲁书社2005年版，第39页。
② 同上书，第42页。
③ 同上书，第111页。
④ （金）王重阳著，白如祥辑校：《王重阳集》，齐鲁书社2005年版，第16页。
⑤ 同上书，第67页。
⑥ （金）谭处端、刘处玄等著，白如祥校：《谭处端　刘处玄　王处一　郝大通　孙不二集》，齐鲁书社2005年版，第39页。

一点阳光，超乎劫数之外，在人身中为性海，即元神也。故世尊独修性学，炼育元神。"① 所以全真家不拘泥于肉身的存无，而注重对肉身之外"本元"的炼养。全真家这一修行观念，不仅仅是对肉身的超越，更是对传统道教修仙理念的超越。

谭处端在《蓦山溪》词中云："修行锻炼，休觅婴和姹。认取本元初，起尘埃、须除莫惹。"② 又在《沁园春》词中说："认元初本有，无穷宝，染尘埃蒙昧，慢慢揩摩。保养灵根，频频浇灌，水间金花结玉柯。超生灭，这本来一点，无少无多。"③ 本元"真性"可以超越生灭，相对于有生有灭的肉身而言，自然更加高级，更值得去追寻。所以马钰在《长相思》一词中倡导世人"结金莲，结金莲。九转功成性月圆，超凡入洞天"。④ 在这里全真宗师已清晰地告知世人，全真的修炼对象是内在的"真性"，修炼的目的是要让"真性"圆融，跳出肉身、袞入仙坛。这俨然是取"本性"之精华、去肉身之糟粕的另一种表达。

全真宗师在自我超越肉身之后，希望天下芸芸众生皆可超越肉身，实现真性的超脱。人人皆能超脱，其前提是人人皆有真性。事实上，人人具有真性是全真家一直宣导的观点，所谓"玉性金真，人人皆可化"⑤ "大觉光明，不须外觅，人人各有如来"⑥。可以看出，全真家的这种超越境界，不仅超越了自我，而且超越了人我，把自我了悟的金针毫不保留地度与他人，恳切地希望他人也可以超脱。在修道的层面上，全真宗师完全淡化了人我之间的差别，把度人亦视为度己的一部分。

---

① （金）丘处机著，赵卫东辑校：《丘处机集》，齐鲁书社 2005 年版，第 149 页。
② （金）谭处端、刘处玄等著，白如祥校：《谭处端　刘处玄　王处一　郝大通　孙不二集》，齐鲁书社 2005 年版，第 40 页。
③ 同上书，第 42 页。
④ （金）马钰著，赵卫东辑校：《马钰集》，齐鲁书社 2005 年版，第 169 页。
⑤ （金）王重阳著，白如祥辑校：《王重阳集》，齐鲁书社 2005 年版，第 52 页。
⑥ 唐圭璋编：《全金元词》，中华书局 1979 年版，第 583 页。

在对尘世及肉身进行彻底的否定之后，全真家实现了对尘网的超脱，自我真性得到了圆融，"真我"在物外世界里得道成仙，实现了长生久视；生命的意义也得到了永久的超越。如谭处端在《脱世网》一诗中云："脱离世网没萦缠，已得丹成道自然。紫府飘飘飞玉雪，瑶台渐渐吐金莲。神宫段段圆明结，法性虚虚照耀全。内外炼成金玉体，盖因一遇大罗仙。"①

前已有所述及，全真家对尘世及肉身的超越并非形式上脱离与抛弃，而是指精神境界上的超越与逾越。全真弟子王玠对此说得明白，其《满庭芳》词云："在俗修真，居尘出世，当以悟性为先。处心清静，常守定中禅。见素少思寡欲，忘人我、随分安然。行藏处，潇潇洒洒，渴饮倦来眠。问归根复命，还须立鼎，炼汞烹铅。遇采铅时节，把火先扇。握固则云藏烟聚，运动则斗转星旋。半时内，玄机成象，月白照青天。"② 由于肉身的羁绊，完全脱离尘世是很难做到的，也无须完全做到，只要心境实现了超越，身居何处都无妨碍。真性的圆融尚须自圆，"无待"才是自圆。外在乃至肉身本是虚无，人处于虚无之中，内心又有何浸染呢？这就是全真家超越之真境。

第三节　自足与自适的文化心态

金元全真教本以苦修著称，有着头陀式的修行模式，"有取于佛老之间，故其憔悴寒饿，痛自黥劓，若枯寂头陀然"。③ 但全真家在其诗词中却展现出一副逍遥自得、怡然自乐的精神面貌。全真家这种以苦为乐，甚至寻苦为乐、

① （金）谭处端、刘处玄等著，白如祥校：《谭端　刘处玄　王处一　郝大通　孙不二集》，齐鲁书社2005年版，第253页。

② 唐圭璋编：《全金元词》，中华书局1979年版，第1263—1264页。

③ 陈垣编纂：《道家金石略》，文物出版社1988年版，第464页。

同化苦乐的主体精神，充分展现出其内心深处自足与自适的文化心态。自足的主体精神与自适的圆融境界，塑造了全真宗师强大的心灵世界。在自足与自适中，生命的智慧与潜能都得到了更为充分的挖掘和激活。

一 自足的主体精神

金元全真宗师主体精神上的自足，表现为两个方面：其一，世俗意义上尘世生命的自足；其二，仙道意义上自我"真性"的自足。

（一）世俗意义上尘世生命的自足

金元全真家向来否定尘世的功名利禄、荣华富贵，视其为浮云、霜露、泡影。这充分体现了全真家淡泊名利的价值观念。从另外一个角度来说，这亦是全真家对世人人生价值评估体系的打破。

对于一段人生，自我在回顾与总结时，无不以成败得失及世俗功绩的大小为标准；而社会对其盖棺定论时，依然要依循着固有的价值评判标准。人不仅生命历程不能脱离社会，其生命意义还要依附于尘世的评价体系。世人的一生，也是紧紧围绕着这一评价体系而奔忙劳碌的一生。生命始终外在于依附之中，未能走向自足与圆融。

道家大宗师庄子在面对如何处世的问题时，提出了著名的"处乎材与不材之间"的命题，而后又自我升华为"一龙一蛇，与时俱化"的观点。

> 庄子行于山中，见大木枝叶盛茂，伐木者止其旁而不取也。问其故，曰："无所可用。"庄子曰："此木以不材得终其天年。"
>
> 夫子出于山，舍于故人之家。故人喜，命竖子杀雁而烹之。竖子请曰："其一能鸣，其一不能鸣，请奚杀？"主人曰："杀不能鸣者。"
>
> 明日，弟子问于庄子曰："昨日山中之木，以不材得终其天年，今主人之雁，以不材死；先生将何处？"
>
> 庄子笑曰："周将处乎材与不材之间。材与不材之间，似之而非也，

故未免乎累。若夫乘道德而浮游则不然，无誉无訾，一龙一蛇，与时俱化，而无肯专为；一上一下，以和为量，浮游乎万物之祖，物物而不物于物，则胡可得而累邪！此神农、黄帝之法则也。若夫万物之情，人伦之传，则不然。合则离，成则毁；廉则挫，尊则议，有为则亏，贤则谋，不肖则欺，胡可得而必乎哉！悲夫！弟子志之，其唯道德之乡乎！"①

这则寓言故事，不是对庄子逍遥境界的展示，而是对当时昏上乱相掌权，贤人惨遭杀戮的艰难世道的反映。针对这一社会现实，庄子提出了"一龙一蛇，与时俱化"的应对策略，相对于一般世人来说，可谓高明之举。但龙、蛇的变化，虽然灵活机巧，其依然依循着社会的需要，依据社会的需求来改变自我。由此我们依然可以看出，当时世人的生命价值对于社会评判体系的依附。

金元全真宗师则与之相反，他们认为尘世生命的意义无须依附于社会的评判体系，生命的意义不在于追求功名利禄，亦不在于争取荣华富贵，生命在降生之初，本具有自足的意义。道家鼻祖老子就倡导复归于婴孩，他说："专气致柔，能如婴儿乎？"②"我独泊兮，其未兆，如婴儿之未孩。"③ 又说："为天下蹊，常德不离，复归于婴儿。"④"复归于婴孩"是老子修身哲学的重要思想，甚至称得上老子修身哲学的核心思想。其所要复归的正是婴孩所拥有的饱满的生命状态，这种生命状态最接近如如道法，是尘世生命最澄净、最自足的生命阶段。全真后人张三丰指出："浑浑沦沦，孩子之体，正所谓天性天命也。人能率此天性，以复其天命，此即可谓之道，又何修道之不可成道哉！"⑤ 反倒人们在后天的名利追逐中，将这种本足的生命状态，渐渐打破、

---

① 郭庆藩撰，王孝鱼点校：《庄子集释》，中华书局2004年版，第667—668页。
② 陈鼓应注译：《老子今注今译》，商务印书馆2003年版，第108页。
③ 同上书，第150页。
④ 同上书，第183页。
⑤ 张三丰著，方春阳点校：《张三丰全集》，浙江古籍出版社1990年版，第1页。

消损，导致本有的精元损耗殆尽，生命彻底堕入尘俗，成为尘俗世界的附庸。"奈何灵明日著，知觉日深，血气滋养，岁渐长岁，则七情六欲，万绪千端，昼夜无休息矣。"① 此时生命已受到太多的尘情欲望的沾染，生命的意义有了很大的缺损。这就是人的名利占有意念与先天精元此消彼长的结果。所以全真家跳出"有用与无用"的价值视域，不再依附于尘世的评价体系，在无为、无做中保持尘世生命的自足。

王重阳在他的《夜游宫》一词中说："身向深山寄寄，步青峰、恣情如意。冷即草衣慵即睡。饥餐松，渴来后，饮绿水。养就神和气，自不寒、不饥不寐。占得逍遥清净地。乐真闲，入红霞，翠雾里。"② 这是全真宗师典型的以无为无做来守持生命本足的一种情态。吃松子、喝山泉，养足神气便会不寒、不饥、不寐，此种生命状态是何等的逍遥自得。尘世中的生命为追逐名利而心身疲惫；为了得失而忧心忡忡，若与祖师的心境相比，确实有所缺失。王重阳在《咏慵》诗中又向世人展示了他生活的另一面：

> 自哂疏慵号可勤，梦中因笔记良因。
>
> 与人还礼宁开口，见饭怀饥不动唇。
>
> 纸袄麻衣长盖体，蓬头垢面永全真。
>
> 一眠九载方回转，由恐劳劳暗损神。③

这是他对自我慵懒一面的写照，运用了夸张的手法。该诗的诗眼位于尾联的后一句，"由恐劳劳暗损神"，前面种种描写均是为了渲染和烘托，最后一句才把慵懒的目的托出，从而深化了作者的目的性，着重强调他对全养神气的持重，对现有生命自足状态的珍视。

---

① 张三丰著，方春阳点校：《张三丰全集》，浙江古籍出版社 1990 年版，第 1 页。
② （金）王重阳著，白如祥辑校：《王重阳集》，齐鲁书社 2005 年版，第 71 页。
③ 同上书，第 9—10 页。

马钰亦在其诗词中，对自我的生命状态进行展示。《赠平凉府赵庵主》诗曰："云水飘飘任自然，往来游历没牵缠。万缘勘破心无著，坦荡逍遥一散仙。"① 脱离了尘世，守持原本的自我，生命显得更加的圆融与无碍，所以他教导门人说："道人心性，尘俗之事切莫追逐。若拖条藜杖，嘲风咏月，陶冶情性，有何不可？"② 抛弃尘世功名，手持藜杖，于风月中陶冶情性何尝不是对生命的另一种诠释。生命的意义在吟风咏月中，同样可以彰显。

在全真家看来，尘世生命本就自足无碍，无须外在经营，只需要守持现有，屏除尘扰即可。所以丘处机在《下手迟》词中云："物外优游散诞身。似青霄，一片闲云。任虚空，来往呈嘉瑞，但不惹纤尘。八表天游何所亲。会三光，日月星辰。向闲中，别没生涯事，且作伴为邻。"③

全真家这种无为无做，"不求上进"的生命模式，若依尘俗的价值标准来评判，可谓标准的"无用"。全真家对此也十分清楚，并直言不讳，甚至以此来自嘲，如姬志真的《临江仙》词云：

> 我本世间无用物，般般伎俩都忘。十年冰雪坐虚堂。人情牵挽动，般弄不能藏。
>
> 却忆云山寻僻地，结茅小隐何妨。竹轩松径倍清凉。月明千嶂外，风动百花香。④

以"世间无用物"来自嘲，恰能说明作者对自我生命价值的自信。正如词中所说"结茅小隐何妨"，做一个隐士，跳出尘俗之外，又有何妨？不依附于尘俗，人生同样拥有精彩。世俗的标准本不足以评价生命意义的大小。得与失，成与败，在某种层面上说，并无本质的区别，随缘忘我，或许才是尘

---

① （金）马钰著，赵卫东辑校：《马钰集》，齐鲁书社2005年版，第41页。
② 同上书，第246—247页。
③ （金）丘处机著，赵卫东辑校：《丘处机集》，齐鲁书社2005年版，第93页。
④ 唐圭璋编：《全金元词》，中华书局1979年版，第1216页。

世生命的成功。

尹志平的《南乡子·宝玄堂偶得》词曰："本性爱疏慵，不厌无名不厌穷。落魄随缘无所碍，心通。观透人间事事空。得失本来同，动静何劳问吉凶。兀兀前途真自得，成功。都在忘言冷笑中。"① 在尘世看来"无用"的举动，在方外之人眼中却是生命的"成功"，这种"成功"不依附于外在，完全是生命内在的真实体悟。撇开深层境界不说，就心态而言，全真宗师已充分表现出了其对尘世生命本足的认可。

可以看出全真家对生命意义的认识是立足于生命本身的，而非生命之外的种种是非标准。立足生命，才是对生命的根本负责，也才能得出恰当正确的生命认知。功名利禄，只是人生的尘俗标签，而非人生意义的终极归宿。只有真正认识到尘世生命的自我本足，人才会看淡外在的名利，才不会奋不顾身地去争取世俗的荣誉来为自我的生命价值"增光添彩"，才不会锲而不舍地去赢取世俗标准下的"生命意义"，纵使达不到脱俗的境界，至少会有适度的把握。

金元全真宗师在对世人的劝诫中，对此亦有不少论说。丘处机在《众道友问修行》诗中说："饥时只解巡门乞，饱后兼能鼓腹歌。除此一身愚作外，万般馀事不知他。"② 于道显在《示张都监》诗中云："莫恋浮华悟此身，好将恬淡养天真。眼前便是梦中梦，觉后方知身外身。"③ 劝说十分贴切，悟与不悟，全在个人。通达与迂腐、超脱与执拗，不仅仅是行事的风格反映，更是人生观及人生心态的折射。

（二）仙道意义上自我"真性"的自足

金元全真宗师自足的文化心态在仙道意义上则体现在其对仙道的认知及

---

① 唐圭璋编：《全金元词》，中华书局1979年版，第1187页。
② （金）丘处机著，赵卫东辑校：《丘处机集》，齐鲁书社2005年版，第8页。
③ 薛瑞兆、郭明志编纂：《全金诗》第三册，南开大学出版社1995年版，第4页。

追求上。和传统的道教不同，全真教一改假借外物以成仙的仙道观念，认为人身内即具有脱凡成仙的充足条件，只要对这些条件加以适当运用，人便可成仙。这说明全真宗师在仙道观上，对自我本足有了充分的认知。

人体内所具有的充足的成仙条件，在内丹心性理论一节中已有论述，此不赘述。既然自身内拥有着充足的成仙条件，无须外求，那么生命的轨迹也就可以由自己把握，所以全真家坚持认为"我命在我不在天"。王重阳说："我命不由天，熟褥三田守妙玄。"① 自我的生命去向由自己掌握，这是对自我本足条件的充分自信与充分发挥。有了恰当的驾驭，人就可以"自通天地神尤爽，得睹乌蟾性转馨"②，"得通妙用通澄湛，会认玄微认净清。凡体化为云外客，长生路上步前程"。③ 这对于有着仙道追求的人来说，可谓莫大的鼓舞与点拨。

为让世人充分认识到自我仙道的本足，金元全真宗师作了进一步的论说，如马钰的《瑞鹧鸪》词云："不须远远远寻师，自是神仙自是师。真净真清真至理，至微至妙至真师。"④ 从心理层面鼓励世人自寻修仙门径。于道显的《马姑告》诗云："造化无穷尽自然，不须身外更求仙。无光发处凡情灭，宝鉴明时道眼圆。"⑤ 仙道无须外求，只须在自身内进行观照，这种思维模式既是道教内丹审美指向的直接体现，也是审美主体意识觉醒的直观反映。

在自身具有的诸多成仙的条件中，"真性"是最根本的一个。其超越于五行之外，与道法相连，不生不灭，超脱于万物之外。对此全真家论述得较多：

瑞鹧鸪

本来真性是玄机，只在灵明悟得时。火灭烟消成大药，境忘心尽见

---

① （金）王重阳著，白如祥辑校：《王重阳集》，齐鲁书社 2005 年版，第 67 页。

② 同上书，第 5 页。

③ 同上书，第 11 页。

④ （金）马钰著，赵卫东辑校：《马钰集》，齐鲁书社 2005 年版，第 202 页。

⑤ 薛瑞兆、郭明志编纂：《全金诗》第三册，南开大学出版社 1995 年版，第 47 页。

菩提。

虚闲情净真仙路，寂寞无为出世梯。一法不生无罣碍，修行唯是这些儿。①

赠刘先生

万般方术都归假，千种机关总是空。

唯有灵明常不坏，百年随手一团风。②

赠古县陈公

万法皆空莫乱猜，元初一点绝尘埃。

还同出水青莲朵，时吐幽香远远来。③

上述所举后两首诗中的"灵明""元初"指的都是"本性""真性"。人们只要能够使自我的本性得到彰显，便可以得道成仙。而这一神奇的本性人人都有，只是在后天的熏染中，其所受的蒙蔽程度深浅不同而已。熏染少者，觉悟较高，熏染重者，觉悟较低，但通过"明心"的修证，均可以使其彻底显现。

在具体的仙道追求中，全真家依循内丹的修行方法，追求内在的金丹圆融。这一方法不再依靠外在的金石药物，而是利用自身体内的条件进行金丹的烧炼，完全摆脱了对外在条件的依赖，真正实现了自我解脱、自我提升。全真家自足的文化心态在生命的终极意义上得到了印证。

---

① （金）谭处端、刘处玄等著，白如祥校：《谭处端　刘处玄　王处一　郝大通　孙不二集》，齐鲁书社 2005 年版，第 46 页。

② 同上书，第 280 页。

③ 同上书，第 302 页。

二　自适的圆融境界

金元全真宗师跳出尘境、超脱物外，摆脱物欲的拖累，扫除情欲的搅扰，屏弃尘情的牵绊。心无挂碍，不沾不滞，如云、如水，随风行止，随物赋形，心境澄然、湛然；日用行藏，常随机而动，未曾沾染一丝尘念。如此炉火纯青的炼心功夫，致使全真宗师内在的精神境界常处于自适圆融之中。此种自适恰似"无待"，内在充盈、饱满而自足，不依赖于外在世界。

在金元全真诗词中，这一自适的圆融境界几乎随处可见，成为世人难以企及又心向往之的精神高地。全真宗师也以此来相喧于世，招引世人出尘修心。精神的自适本是生命的内在体悟，超出于言筌之外，无法用精准的语言对其进行描绘，全真宗师以诗词呈现的精神境界，已属于言筌拘囿下的面貌。但言筌毕竟是表达的工具，可以为读者提供溯循的蹊径。通过全真诗词，我们依然可以领悟到全真家那种圆融自适的精神情态。

> 人生贵适意，心闲身自安。
>
> 草堂新坐具，斋钵旧绵单。
>
> 风扫庭除静，月临窗户寒。
>
> 没弦琴挂壁，清韵不须弹。①

> 既慕林泉笑傲闲，便将瓶钵伴青山。
>
> 阴符道德经三卷，蓬牖桑枢屋两间。
>
> 紫府灵禽勤接送，丹山逸驾旋追攀。
>
> 坦然心上无余事，满院松风昼掩关。②

---

① 薛瑞兆、郭明志编纂：《全金诗》第四册，南开大学出版社1995年版，第329页。
② 同上书，第553页。

> 白发簪冠百不宜，日常睡早起还迟。
>
> 月圆月缺几经见，谁辱谁荣总不知。
>
> 闲说个中君子话，狂吟方外道人诗。
>
> 一生不问浮生计，除此无为总不为。①

在这些诗中，我们丝毫品咂不出尘情的味道，一股淡雅、古朴、幽静、清远的风韵深浸其中。我们所能感知的画面是一幅幅典型的山村隐居图，主人翁淡泊名利，忘情山水，心中的尘屑早已抖落殆尽，剩下的只有忘怀。可以看出诗中的场景并不一定是实写，但一定是全真作者内心情态的真实表露。由此，我们也可以感受到他们内心深处的那份淡泊、安然与自适。

金元全真宗师对自我的这份自适心境的表述，很多时候并不这么委婉含蓄，而是直白托出。他们常以三种情态来宣泄这种自适情感，即清闲、自在与逍遥。这三者亦是全真诗词中使用频率较高的一组词汇。

（一）清闲

"闲"是金元全真家十分推崇的一种精神境界，他们常以闲人自居，以闲境自娱，在日用中闲吟、闲咏、闲游。丘处机有诗云："野鹤时来应不倦，闲人欲去更相留"② "心中无杂念，境上得闲游"③ "静夜轩中卧，闲吟海上春"④。尹志平有诗云："时人未信真空路，试与闲人作伴行"⑤ "我今信步亦闲游，诗赋长吟兴未休。"⑥ 得闲，内心就会放松舒展。

而"清闲"相对于"闲"来说，可谓更进一层，它比一般的闲境更加趋于澄澈，是一种内心清静的闲，是在内心毫无尘染情况下的闲。在此情境下，

---

① 薛瑞兆、郭明志编纂：《全金诗》第四册，南开大学出版社 1995 年版，第 557 页。
② （金）丘处机著，赵卫东辑校：《丘处机集》，齐鲁书社 2005 年版，第 34 页。
③ 同上书，第 59 页。
④ 同上书，第 54 页。
⑤ 薛瑞兆、郭明志编纂：《全金诗》第三册，南开大学出版社 1995 年版，第 90 页。
⑥ 同上书，第 86 页。

内心自然会脱洒而自适，且以全真家的诗词感受之：

> 神清气爽，乐处清闲堪一唱。气爽神清，鼓出从来自己声。①
>
> ——王重阳《减字木兰花》

> 燕中邀我出嘉山。数骑翩翩东复还。不是白云香火冷。本心纵意且清闲。②
>
> ——尹志平《以诗别道友元帅监军》

> 芝草四时常馥郁，天光万劫永清闲。世人日用还能此，快活腾腾宇宙间。③
>
> ——长筌子《和朗然子诗并序》

> 向林下，醉饮真风，坦然高卧，占清闲贵。④
>
> ——长筌子《解愁》

清闲成为全真家的修行指向，是他们明心见性的一个悟道法门。能够真正占得清闲，内心自会通于无碍，距"澄湛"的心灵境界也就不远了。所以不少全真门人把"清闲"视为全真宗风，视其为宗派的标签。如王丹桂《满庭芳》词云："冷淡家风，清闲门户，有谁着意搜求。"⑤ 把"清闲"视为自家宗风，足以说明全真弟子对清闲境界的认同与推崇。

---

① （金）王重阳著，白如祥辑校：《王重阳集》，齐鲁书社2005年版，第83页。
② 薛瑞兆、郭明志编纂：《全金诗》第三册，南开大学出版社1995年版，第90页。
③ 薛瑞兆、郭明志编纂：《全金诗》第四册，南开大学出版社1995年版，第571页。
④ 唐圭璋编：《全金元词》，中华书局1979年版，第583页。
⑤ 同上书，第480页。

（二）自在

自由自在，是人们尤其是世俗中人内心十分渴求的生活状态。由于世俗礼法，伦理道德的规束，人们很难真正实现自由自在，这更加促使人们对其向往和追求。自在相对于自由更进一层，它是在自由的基础上，身心臻于一种无拘无束的舒展状态。

全真宗师跳出尘寰，身心不受世俗的约束，更无世俗的牵绊，因此，自在是他们修道生活的一种常态。而全真家的自在更多的是偏向于心境，是自适境界的另一种表达。

王重阳在《孙公求问》诗中说："清凉境界逍遥住，闲暇光阴自在居。夺得仙丹超造化，有余真乐证无余。"① 清凉境界中拥有闲暇的时光，这样的生活再自在不过了，所以作者感受到的是无穷无尽的"真乐"。尹志平的《游五华五绝答王子正》诗云："五华再变类蓬宫，一片清凉眼界中。天赐老身闲自在，五华池畔快哉风。"② 作者深处五华山中，置身五华池畔，山的清幽、风的轻快使自我倍感舒适自在。实际上，我们很难说是山水的清快促使了作者的自在，还是作者的自在增加了山水的清快感。总之，此时此刻作者整个精神世界都笼罩在自在之中。

李道玄的《别河津和马先生韵》诗说："道人心似白云闲，动止从容自在间。忆出谷时便出谷，要归山则即归山。"③ 和尹诗相比，李诗更加突出了心境的主导作用，由于心境的自在，而促使肉身的自由，出入山谷，由心而动。尹志平的《巫山一段云·携杖上禅房山》词，把自在心境的能动作用更加凸显了出来。词曰：

---

① （金）王重阳著，白如祥辑校：《王重阳集》，齐鲁书社 2005 年版，第 4 页。
② 薛瑞兆、郭明志编纂：《全金诗》第三册，南开大学出版社 1995 年版，第 100 页。
③ 薛瑞兆、郭明志编纂：《全金诗》第四册，南开大学出版社 1995 年版，第 563 页。

自在三山客，逍遥西海宾。孤身到处自全真，风月永为邻。

识破浮华虚假。谁羡望云星马。一条拄杖胜龙骖，稳步上高岑。[1]

由于内心的自在逍遥，所以作者以"自在客""逍遥宾"自居；基于内心的自适，身到何处均是全真之境，风月也常伴左右。心境的不同，会使人们审美境界出现差别。作者不再迷恋浮华，而守持淡泊，一条简陋的拄杖，胜过龙骖凤驾，同样可以携其云步高岑。作者已斥破外在的形式之别，而注重内在的精神寄寓。

从上述诗词举例我们看到，"自在"在全真家这里，不是指肉身的随心所欲，而是指精神的超脱自由，肉身不动，精神亦可遨游太空。全真家的这种精神自由又与世俗之人天马行空的意念想象有本质的差别。世俗之人的想象是念头的连续浮现，是一种思维活动，其始终不曾脱离现有的尘俗认知，是立足于物质世界的主观臆想；而全真家的这种精神自由，是脱尽尘俗的精神行走，是精神主体在无尘情干扰下的一种自然回归，是一种"无待"、不持、不滞的脱洒情态。

（三）逍遥

逍遥是道家一直倡导的精神境界，亦是全真家所津津乐道的境界追求。全真家通过逍遥情态的展现来衬托自我内心的自适与无碍，逍遥成了全真家修道生活的一个鲜亮的标签。

王重阳在《题逍遥轩》诗中云："逍遥逍遥这逍遥，笑煞松篁信任敲。从此白云来洞口，不须绿水绕山腰。"[2] 马钰在《恣逍遥》词中云："恣意逍遥，逍遥恣意。逍遥自在无萦系。行坐逍遥，逍遥似醉。逍遥到处，似云似水。悟彻逍遥，逍遥养气。逍遥里面修仙计。这个逍遥，逍遥无比。逍遥去蓬岛。

---

① 唐圭璋编：《全金元词》，中华书局1979年版，第1171页。
② （金）王重阳著，白如祥辑校：《王重阳集》，齐鲁书社2005年版，第7页。

十洲有位。"① 马钰在这首词中一连使用了十二个"逍遥",足见其对逍遥的推崇。在词中他把逍遥的境界比喻为"云""水",十分恰切;同时把逍遥的归处指向了蓬岛,算是对庄子逍遥境界的拔高。

王丹桂的《忆王孙》词云:"逍遥坦荡绝忧愁,管甚流年春复秋。露地安眠放白牛,晚烟收。一曲高歌古渡头。"② 王丹桂对逍遥心境的论说似乎更加贴切具体,着于实处。尹志平的《岳神小亭诗》曰:"万仞峰前一小亭,横眠正坐眼中明。目前大道人难见,终日逍遥自快情。"③ 逍遥在尹志平这里被视作一种修道体悟。不管是心境上的逍遥,还是悟道后的逍遥,精神主体的感知都是一致的,是一种无持的自适。

对自适这三种情态,全真家很多时候是一并表述的,把清闲、自在、逍遥三种情态一并表述更有强调意义,表达效果更为凸显。王重阳的《苏幕遮》云:"省其身,钤其口。赢得清闲,自在逍遥走。"④ 马钰在《清心镜》词中说:"占清闲,自在逍遥,好豁畅豁畅。"⑤ 又在《固本吟》诗中说:"清闲无一事,疏散绝纤尘。已作逍遥客,兼为自在人。"⑥ 谭处端《无梦令》词说:"随分养营皮袋,坐卧去来明快。境上乐闲游,些子无生罣碍。忍耐,忍耐,占得逍遥自在。"⑦

金元全真家的这种清闲、自在与逍遥,都是在悟道中所感受到的精神自适,是内在世界或尘外世界所特有的标征。而世人也追求清闲、自在、逍遥的生活,这种生活指向偏重于金钱的富有、物质的丰厚,追求的是世俗享乐,

---

① (金)马钰著,赵卫东辑校:《马钰集》,齐鲁书社2005年版,第167页。
② 唐圭璋编:《全金元词》,中华书局1979年版,第489页。
③ 薛瑞兆、郭明志编纂:《全金诗》第三册,南开大学出版社1995年版,第95页。
④ (金)王重阳著,白如祥辑校:《王重阳集》,齐鲁书社2005年版,第199页。
⑤ (金)马钰著,赵卫东辑校:《马钰集》,齐鲁书社2005年版,第119页。
⑥ 同上书,第86页。
⑦ (金)谭处端、刘处玄等著,白如祥校:《谭处端 刘处玄 王处一 郝大通 孙不二集》,齐鲁书社2005年版,第33页。

和全真家的精神自适相比，可谓天壤之别。相对之下，全真家的精神自适，无待无持，不依赖于外在世界，显然更加高级、更加持久；而世俗的物质享乐，完全依赖于物质，一旦时过境迁，这种享乐就会豁然归空。由此，也提醒世人，物质的富足不能持久，精神的丰富才更加永恒。

上述三种文化心态是金元全真诗词中十分显见的指向，也是全真诗词与世俗文人作品赫然有别的心态标识。正是这种独特的文化心态，造就了全真诗词不沾不滞、通脱无碍的挥洒风格与凡尘落尽、精神独全的超越气质，致使全真诗词拥有世俗作品所无法比拟的思想内质、文化内涵，从而点化时人而激励后学。全真诗词的文化心态不仅为世俗之人提供了寻求精神通达、灵魂饱满的智慧法门，更为道门中人传度了涤心洗尘、识心见性的悟道金匙。

金元全真教自创建以来便深入民心，赢得民众的信服，独特的文化心态无疑是其主要的精神魅力之所在。同时，通过对金元全真诗词文化心态的解读，我们深切地感受到了全真宗师生命觉悟中的那份"不执"与"无待"。因为"不执"所以能于"出世"与"入世"两端自由游走，能对尘世与肉身断然否定；因为"无待"所以能对生命与"真性"的自足有充分认知，能对自我境界的圆融与自适有充足的体悟。由金元全真诗词的文化心态，我们还可以解读出更多的全真智慧。

第六章　金元全真诗词的现代启示

金元全真诗词作为全真教重要的思想文化载体，其以灵活多样的诗词样式，及丰赡广博的文化内涵，不仅丰富充实了中国古典诗词的艺术宝库，而且阐发和传承了中国最宝贵的道教文化及思想智慧。

金元全真诗词在创作之初就受到世人的追捧与喜爱，争相传诵。姬志真在《长春真人成道碑》中云："（丘处机）六年而造妙，以至出处语默，动容周旋，无非道用，玄关启钥，天府开扃，知藏充盈，辞源浩瀚，一言之出，人竞诵之。"① 张子翼的《丹阳真人马公登真记》云："（马钰）至于出口成章，咳唾珠玑，多至数千百篇，无非发挥玄奥，冥合于希夷之趣者，布于四方，人人传诵。"② 元好问的《紫虚大师于公墓碑》云："（于道显）作为歌诗，伸纸引笔，初若不经意，皆切于事而合于理，学者至今传之。"③ 宋子贞的《普照真人玄通子范公墓志铭》云："四方请益之士多乞为歌诗，及其手字，公（范圆曦）布纸落笔动数百幅，殊不致思，而文彩可观，得片言只字，皆藏之什袭，以为秘宝。"④ 诸如此类的记述颇多，由此也足以看出，时人对

---

① （金）丘处机著，赵卫东辑校：《丘处机集》，齐鲁书社 2005 年版，第 435 页。
② （金）马钰著，赵卫东辑校：《马钰集》，齐鲁书社 2005 年版，第 315 页。
③ 陈垣编纂：《道家金石略》，文物出版社 1988 年版，第 463 页。
④ 同上书，第 503 页。

于全真诗词的热爱与珍视，推崇与钦仰。

时人对于全真诗词如此热衷，并非出于盲目跟风，亦非出于审美的偏误，而是被全真诗词中洞达的智慧、通脱的趣理所吸引。他们评价全真诗词说："凡述作赋咏，仅数百篇，一一明达至理，深得真筌。"① "虽片言只字，无非发挥至奥，冥合于希夷之趣也。"② "至造理者，明天人之际，助圣贤之教，亦可与日月争悬。若夫悟真之士，特不斯然。发无言之言，上明造化；彰无形之形，下脱死生。"③ "奥涉理窟，条达圣真，足以为万世之规绳。"④ 世人对全真诗词的理解颇为精到与恰切。其与世俗之作相比，不以吟咏性情、搜罗景物为重点，而以阐理述道，明造化、脱生死为鹄的。世人对于全真教能够迅速接纳并深层认同，对全真诗词的理解与热爱，是一个重要的原因。

21 世纪的今天，我们站在新世纪文明的高度，再次回首全真诗词与全真文化，会拥有不同的诠释系统与审视视角，对其会有不同于古人的心态与见解。但只要我们以公正、客观的态度去解读与领悟，就会发现，金元全真诗词并没有成为化石，亦非博物馆文化，它并没有过时，我们依然可以从中得到或已经得到很多人生的智慧与启悟。诸如人的自我审视与定位，人生境界的修行与提升，修道的世俗化观照等方面的启迪，足以让人受用一生。

---

① （金）王重阳著，白如祥辑校：《王重阳集》，齐鲁书社 2005 年版，第 215 页。
② 同上书，第 217 页。
③ （金）丘处机著，赵卫东辑校：《丘处机集》，齐鲁书社 2005 年版，第 1 页。
④ （金）谭处端、刘处玄等著，白如祥校：《谭处端 刘处玄 王处一 郝大通 孙不二集》，齐鲁书社 2005 年版，第 234 页。

第一节 人的自我审视与定位

天地茫茫，万物并蓄，人居其一焉。人的一生要穿梭于不同的境域中，大至自然宇宙，中至社会群体，小至个人内心世界。如何审视和处置自我，把自我定位于一个恰当的位置，让身心得到一个恰如其分的安置，就成了世人必须客观面对的人生问题。

《道德经》二十五章有云："故道大，天大，地大，人亦大。域中有四大，而人居其一焉。"① 老子把人与天、地、道相提并论，足以说明人的可贵，但他同时指明，人于四大中只居其一，人并非独大独尊。该段论述的虽是老子对宇宙的认识，但其中已涉及人的自我审视与定位的问题，对后世颇有警醒和启示意义。

金元全真诗词中虽无对自我审视与定位这一问题的直接论说，但其天人合一的宇宙观，返璞归真、复归自然的人生观，注重人伦、弃恶扬善的处世思想，以及性命双修、调心固命的修行理念等，无不对这一问题有着强有力的开悟与启发。

一 自然视角下"与天合一"

金元全真宗师吸收道家思想，在生成论上认为人与万物俱生于道。《重阳真人金关玉锁诀》云："《经》云：大道无形，生育天地；大道无名，长养万物。从真性所生为人者，亦复如是。"② "真性"亦演自道性。丘处机的《赞

---

① 陈鼓应注译：《老子今注今译》，商务印书馆 2003 年版，第 169 页。
② （金）王重阳著，白如祥辑校：《王重阳集》，齐鲁书社 2005 年版，第 281 页。

道》诗曰："道远阴阳秀，天垂雨露精。三光同照耀，万化悉生成。"① 王处一的《述怀》诗曰："大道无形生育我，远行玄理出昆冈。三光泼泼流直彩，一气炎炎化玉阳。"②

由金元全真宗师的论说可以得知，道生万物，人属于万物的一种，人与万物在起源上统归于道。道本无形，在化育天地万物之前，本是混沌如一的。据此，我们便可推知，人与天原本就是合一的，归根于混沌如一的道。

在具体的修身理想及人生指向上，全真宗师始终以复归自然为目标。他们感知自然，体认自然；钟情自然，热爱自然；回归自然，融入自然；他们寄身幽谷丛林，餐风饮露，迎朝阳、送晚霞，吟风弄月，友云鹤、伍麇鹿，悠闲自在。丘处机在《清晓》诗中对这样的修道生涯描绘道："舞鹤夜初晓，游仙梦始惊。月衔山转大，风度水偏清。"③ 他们与自然无限亲近、融为一体，"山川皆属道生涯，万象森罗共一家"④。纵观全真宗师的诗词宣导，及他们一生的修行轨迹，可以看出，他们在对待人与自然关系的态度上，一直在宣示一种观点，那就是"天人应该合一"。

人诞生之初，天真无邪，与自然合和为一。在后天的成长中，人逐渐有了自我意识，加之社会习气的熏染，慢慢趋近人情，远离"真性"；随着人情追逐的深入，就导致了人天的阻隔。人在这样背离自然的道路上走得越远，危害就会越大。从本质上说，人是从属于大自然的，大自然是人们赖以生存和发展的基石，所以人们不可与自然背道而驰，而应回归自然，与天为一。

从金元全真家"天人本来合一"的论述，到"天人应该合一"的倡导，我们自然不难领悟，在面对自然、面对宇宙时，我们该如何自处，如何寻找

---

① （金）丘处机著，赵卫东辑校：《丘处机集》，齐鲁书社2005年版，第62页。

② （金）谭处端、刘处玄等著，白如祥校：《谭处端 刘处玄 王处一 郝大通 孙不二集》，齐鲁书社2005年版，第303页。

③ （金）丘处机著，赵卫东辑校：《丘处机集》，齐鲁书社2005年版，第56页。

④ 同上书，第32页。

属于自己的时空坐标，答案不言而喻，那就是"与天合一"。此处的"天"，包括全真家所说的"天"，显然不是指绝对超越的精神实体，而是对自然界的总称。

世上的事情往往知易行难，明白"与天合一"的道理不难，而真正做到"与天合一"并不容易。当拥有主观能动性与自主行使权的人类，在面对静默不语的大自然时，要想真正实现"与天合一"尚需做好以下几端的工作。

首先，要对人与自然的关系有正确的审视与认知。人与自然的关系，始终是人类不曾逃离也无法逃避的一个现实问题。因为人类本身就是一个依赖天地万物而生存、依赖天地万物而发展的生物群体。所以如何定位人与自然的关系，对于人类的发展便具有方向指引的意义。

对于这一问题，我们的先哲们很早就展开了讨论。可以说，中国传统哲学的基本问题是"究天人之际"的问题，而中国传统哲学的基本理念是"天人合一论"。无论儒家抑或道家，均在倡导"天人合一"，只不过儒家更注重"人文"的一面，道家更注重"自然"的一面。儒道二家虽然说法各异，但在人与自然的内在统一这一基本内涵上却是一致的，即都肯定人是由天地自然所生。如荀子说："天地者，生之本也。"① 又说："天地合而生万物。"② 肯定人是由天地所产生的。道家鼻祖老子亦指出："道生一，一生二，二生三，三生万物。"③ 人居天地之间，属万物之一类，与其他事物一样，同生于天地自然。

既然人是自然界的产物，是自然界的一部分，那么人就不是凌驾于自然界之上的主宰者，人与自然应该平等相处。道家大宗师庄子继承老子的"道

---

① （清）王先谦撰：《荀子集解》，中华书局 1988 年版，第 349 页。
② 同上书，第 366 页。
③ 陈鼓应注译：《老子今注今译》，商务印书馆 2003 年版，第 233 页。

生万物"的思想，并进一步阐发，提出了"天地与我并生，而万物与我为一"① 的著名论调。这是庄子得道后的一种至高境界的表达，但其万物与我同生、万物与我平等的思想十分具有警示意义。

天地之间万物不仅平等，而且相互之间还存在相互联系、相互依赖的关系。"天地万物，凡所有者，不可一日而相无也。一物不具，则生者无由得生；一理不至，则天年无缘得终。"② 现代生态学研究表明，自然界存在无数的生态链条，这些链条错综交织在一起，构成一个生态网络，这个网络把天地间各种生物、非生物都联系在一起，组成一个不可分割的生态整体。在这个生态整体当中，各种事物之间不存在对立的关系，彼此之间所体现的价值是对等的。

若从宏观的角度或从"道"的高度来审视天下万物，可以说它们之间无贵贱之分，都拥有着平等的价值，所以庄子说："以道观之，物无贵贱。"③因此人与其他存在物在"道"的层面上，其价值是一样的，并无高低之分。与庄子的观点相类似，《列子》亦倡导万物平等。《列子·说符篇》有这样一则记载，曰：

> 齐田氏祖于庭，食客千人。中坐有献鱼雁者，田氏视之，乃叹曰："天之于民厚矣。殖五谷，生鱼鸟以为之用。"众客和之如响。鲍氏之子年十二，预于次，进曰："不如君言。天地万物与我并生，类也。类无贵贱，徒以小大智力而相制，迭相食，非相为而生之。人取可食者而食之，岂天本为人生之？且蚊蚋嘬肤，虎狼食肉，非天本为蚊蚋生人、虎狼生肉者哉？"④

---

① 郭庆藩撰，王孝鱼点校：《庄子集释》，中华书局2004年版，第79页。
② 《大宗师注》见郭庆藩撰，王孝鱼点校：《庄子集释》，中华书局1961年版，第225页。
③ 郭庆藩撰，王孝鱼点校：《庄子集释》，中华书局2004年版，第577页。
④ 杨伯峻撰：《列子集释》，中华书局1979年版，第269—270页。

这段标新立异而又铿锵有力的说辞，作者借年仅十二岁的少年之口说出，无疑是为了增大对众多"食客"的抨击力度，在年长与年少、跟风附和与独有卓识之间形成鲜明对比。少年之语，其矛头直指人们所共有的：以人类为中心、"万物皆备于我"的非理性心理，鲜明地倡导了万物有类、类无贵贱的平等意识。这样的论说及其中对天人关系认识的真知灼见，颇值得后人借鉴。

但在历史上， 度出现过"人定胜天"的论调，把自然界当作人类征服的对象，与之相对立。这种思想"在生态危机尚不明显的前工业社会，对于人类不断摆脱自然盲目性的束缚，具有重要的激励价值。但历史的合理性并不拒斥现实的非合理性，……（这种思想）对征服自然的高扬，与现代生态伦理学中万物平等和保护自然的主旨难以相容。对于传播生态道德，医治环境退化也会产生反向效应"。① 历史经验也已深刻地告诉我们："人定胜天"的观念与行为只能是人类一时的逞能，而不可能成为长久的事实，正如《庄子·大宗师》所言："物不胜天久矣。"② 不言而喻，在生态危机日益严重的今天，客观地审视和认知人与自然的关系，对人与天地万物对等、平等关系的深刻认知，对人类及万物的持久发展，无疑具有重大意义。

除此之外，为深化这一认知，人类还应作出如下几方面的认知补充：其一，对人类实践活动后果的认知；其二，对自然系统内在联系的认知；其三，对环境保护与人类利益关系的认知；其四，对人类作用于自然的力量程度的认知。只有客观全面地对人与自然的关系做出审视与评判，人类才能在实际行动中切实践履"与天合一"的生态定位。

其次，要合理利用自然资源。自然界是人类生命之源，是人类赖以生存和发展的资源宝库；人类要生存绵延、发展进步，也必须要源源不断地向大

---

① 李春秋、陈春花编著：《生态伦理学》，科学出版社1994年版，第70页。
② 郭庆藩撰，王孝鱼点校：《庄子集释》，中华书局2004年版，第260页。

自然索取必要的物质资源。而在这种索取与供给的关系中，人类始终处于一种能动与主动的地位，并以一种权利行使者的角色自居。事实证明，人类的这种心态与做法并不符合其在自然中本有的身份，离"与天合一"的良性发展模式还有相当距离。而要真正实现人与自然融洽、和合的发展状态，人们在利用自然资源时就要更加合理，做到适量取用、适时取用。

适量索取，是人类利用自然资源的重要准则。地球上属于取之不尽、用之不竭的资源寥寥无几，大多数属于有限资源，例如淡水资源、矿产资源等。而自然界本身又具有自己的运行规律，拥有相对稳固的生态圈，若某种资源在短时间内被索取过度，其原有的生态均衡势必会被打破，其固有的"生生之道"也会受到阻碍。由此而产生的负面影响最终还是要由人类来承担，恶果由人类自食。

对于适量索取自然资源，先秦思想家荀子就曾提出"节用裕民""节流开源"的观点。《荀子·富国篇》云："足国之道，节用裕民而善藏其余。"[①] 又说："节其流，开其源，而时斟酌焉。"[②] 这样的主张具有强烈的生态意识，对后人的生存与发展无疑是一种智慧的启迪。此类论述在中国古代文献中比比皆是，不能备述。所有诸如此类的论说都在启示我们，在对自然资源开发与利用时，应遵循适度的准则。

适时索取，是人类开发和利用自然资源的又一重要准则。天地万物自有其"生生之道"，而这一"生生之道"在循环往复中，人类有责任有义务维护和推动万物固有的运行规律，从而实现万物的和谐统一，以及人与万物的和谐统一，这亦是人类生命价值之所在。而人类的这种维护和推动，一个主要的方面就是对自然资源的索取要适时，而不能随心所欲、不分时宜地任意索取。

---

① （清）王先谦撰：《荀子集解》，中华书局1988年版，第177页。
② 同上书，第194页。

适时索取，其前提是按照大自然的节奏、万物的节律来安排索取活动，而非依据人的欲求来为之。儒家十分重视对自然资源的开发与利用，而在开发利用的同时，又非常注重"谨其时禁"，即毋变天之道、毋绝地之理。"时禁"观是中国古代儒家的一种行为规范，其目的在于关注和维持人与自然的均衡持续发展，已远远超出个人修身养性的范畴。《礼记·月令》载：

> （孟春之月）禁止伐木，毋覆巢，毋杀孩虫、胎夭飞鸟，毋麛毋卵，毋聚大众，毋置城郭，掩骼埋胔。是月也，不可以称兵，称兵必天殃，兵戎不起，不可从我始。毋变天之道，毋绝地之理，毋乱人之纪。①

"月令"篇中，在"孟春之月"之后还有"仲春之月""季春之月"，直到"季冬之月"，是对各个时节人们活动行止的规范。总之"月令"中所禁止的均是有害于万物生长的行为，而所保护的对象不仅包括动物、植物，还涉及山川、土石。而禁止和保护的基本依据就是："毋变天之道，毋绝地之理，毋乱人之纪。"由此可见人虽可贵，但置身大自然中，同样要服从万物固有的节律。

《荀子》"王制"篇亦指出："圣王之制也，草木荣华滋硕之时，则斧斤不入山林，不夭其生，不绝其长也。鼋鼍、鱼鳖、鳅鳣孕别之时，罔罟毒药不入泽，不夭其生，不绝其长也。春耕、夏耘、秋收、冬藏，四者不失时，故五谷不绝，而百姓有余食也。污池、渊沼、川泽，谨其时禁，故鱼鳖优多，而百姓有余用也。斩伐养长不失其时，故山林不童，而百姓有余材也。"② 荀子"谨其时禁"的倡导，显然是对《礼记·月令》的"接着讲"。既然要"接着讲"，说明这一论说具有现实意义，毫无疑问对后来的社会也具有积极的指导价值。可以十分肯定的是，荀子的"谨其时禁"说，不仅保护了人类

---

① 李学勤主编：《十三经注疏·礼记正义》（标点本），北京大学出版社1999年版，第466页。
② （清）王先谦撰：《荀子集解》，中华书局1988年版，第165页。

的长远利益，也兼顾了自然万物的绵延生息，使人与自然能够得以和谐圆融地发展；同时也说明适时地利用自然资源的重要性与必要性。

虽然前人已经立下了如此意义重大、意味深长的论说，但人类在发展的历程中，为了一时的私欲，仍不免做出了许多过度、不合时宜的索取活动。进入工业社会以来，人类为了发展经济，不惜以破坏环境为代价，向大自然一味地索取，而如此作为的结果是，人类在为自身的发展获取经济、技术便利的同时，也在默默承受着前所未有的生存环境的压力。全球变暖、空气污染、臭氧层漏洞、酸雨、淡水资源紧缺、能源匮乏、森林资源锐减、土地荒漠化、生物物种加速灭绝、垃圾成灾、有毒化学品污染严重等一系列环境与生态问题日益加剧，成为目前威胁人类生存并已被人类认识到的环境生态问题。

而这一切的问题则大都开始于18世纪的工业文明。"有人对文明做过一个形象的比喻：在农业社会，由于人类过分利用土地，造成水土流失，土地荒漠化，大风中充满了黄沙，河流中奔涌的是泥水，这是黄色文明；在工业社会，人类大量利用煤炭、石油等资源，而无视对环境的保护，导致空气污染、污水横流，这是黑色文明。"[1] 而眼下正是这种"黑色文明"流行的时代。

而所有这些问题的出现，就其本质原因来说"在于人们忽视人与自然关系，无节制地膨胀人类单方面的利益"[2]。种种日益严重的生态问题足以表明，人类在面对自然的时候，自我定位出现了严重的偏差，在这些全球性生态危机的背后，实质上是一种文化危机。

最后，要尊重、保护自然。人与万物同生于天地之间，又同居于天地之间，本无高低、贵贱之分。但人具有能动性与主动性，正因为如此，人们在

---

① 章海荣编著：《生态伦理与生态美学》，复旦大学出版社2005年版，第70页。
② 叶平：《回归自然》，福建人民出版社2004年版，第83页。

行为实践中应尊重和保护自然，尊重自然法则、保护万物的生息。

给予大自然尊重和保护，既是人类对均衡生态的价值贡献，又是对自我发展的尊重和保护。关于这一点，我们同样可以在金元全真诗词中获得很多有益的启发。全真宗师在其作品中多处展现着仁厚慈爱的思想，其中一个主要的内容就是戒杀伐，就其保护的对象来看，不仅仅有人类，还包括动物与植物。

马钰的《战掉丑奴儿》一词，所传达的就是其对猪被屠户宰杀的悲伤情怀。王处一的《焚烧船网》诗，就是其劝化渔民尽焚渔网有感而作，"先生（王处一）赴琅琊村，诱化船户尽焚渔网，遂感海市现于东南，重楼翠阜，贝阙珠宫，惊骇数郡"。① 而丘处机的《陇山松》一诗，则传达了其对陇山之上，苍松惨遭斧侵的伤感之情。诗曰：

> 我居西山时六年，山西上有松孤然。朝云霏微接关塞，暮雨淅沥交洞天。天生此境为吾伴，隔涧相陪远相看。郁郁苍苍气色佳，萧萧瑟瑟风声贯。连枝合抱垂重阴，受命已经千载深。如何今岁上春月，平地忽遭樵斧侵。斧声丁丁响溪谷，松烟惨惨愁山麓。也知天意我将归，故遣灵岩尔先覆。景亡人散复何陈，空山黯淡悲游人。白鹤高飞失行止，苍龙偃卧无精神。②

这是一首古调，作者运用对比的手法，把苍松遭砍伐前后的情景做出了鲜明的比较。遭砍伐前：山上的景色秀美，朝云暮雨、郁郁葱葱；遭砍伐后：山中景色一片惨淡，景亡人散、白鹤远飞，直观生动地展现了陇山生态环境遭受破坏的前后经过。其中深浸着作者对苍松的怜悯，对苍松生存权利加以维护的呐喊，以及对无故滥伐行为的痛心疾首与强烈斥责。

---

① 《道藏》第三册，文物出版社、上海书店、天津古籍出版社1988年版，第362页。
② （金）丘处机著，赵卫东辑校：《丘处机集》，齐鲁书社2005年版，第43页。

人与人相处要互相尊重，这样的道理童叟皆知。若站在"道法"的高度来审视，人与自然事物之间相处如同人与人之间的相处一样，同样需要尊重。我国的传统文化中亦不乏此类的思想智慧，如道家十分倡导人类遵循自然法则，要求善待万物，尊重和保护万物，使它们各遂其生。道家高度重视自然状态，其中一个重要方面就是万物的自然状态，即保护自然事物的天性不受破坏。儒家亦是如此，儒家主张以仁待物，其仁爱的对象不仅仅是人，而且包含山川河流在内的天地万物。

然而令人抱憾的是，人类在与自然相处中，很多时候是以主人公自居，一味地行使权力，却忽略了人类对大自然应承担的义务与责任。我们拥有强大的"反客为主"的心态，以自我为中心，认为人类才是天地间价值的核心，这种自以为是明显地颠倒了是非。事实上"不仅人类能创造价值，其他生物、生态系统也能创造价值，而且，后者更为根本。不是人类创造了它们，而是它们创造了人类"①。所以，人类在面对大自然时，需要做的不是如何行使权力，而是如何更好地履行自身应有的义务，如何更好地尊重和保护大自然。

上述所有的认知与定位，都需要每一个人身体力行。对于个体的人来说，与自然的关系似乎不那么紧密，而在实际的生活中，人们也往往会淡化或忽视其与自然万物的关系。实际上，这是一种偏颇的自我定位。从自然的视角来看，每个生命个体都应是"与天合一"的，人与天地万物本质一致，应该平等和谐相处。人源自自然，应回归于自然，与自然融为一体。只有人人都做好与自然的和谐融洽，人类才能实现真正意义上的"与天合一"。

二　社会视角下"与群合一"

金元全真宗师虽倡导出家修行，但他们依然有群体生活。随着教团队伍的壮大，教团组织的完善，教团内部会定期举行聚会，由宗师讲经说道，回

---

① 叶平：《回归自然》，福建人民出版社 2004 年版，第 340 页。

答弟子提问。他们虽以"出世"自处，但又济世救人，积极入世，在修道传教中未曾脱离社会群体。同时全真宗师对于社会伦理道德规范还大加倡导，如他们遵法忠君孝亲、倡导广施仁义、倡导抑恶扬善、倡导谦和处世等。这些伦理规范，无一不是对人与人关系的疏导与调和，对这些伦理进行倡导与实施，能促进人际关系的和谐，增进社会的稳定。可以看出，这是全真宗师对于世人如何与人相处的由衷劝示。

从人类的发展历史可以看出，人是群居动物，个人的生存与发展，不可能脱离社会群体。犹如一滴水，倘若它脱离了大海就无法实现水应有的价值，也无法展现水应有的特性。当一个人脱离了社会，他的个人才能与智慧也无法施展，个人的理想与目标也无法实现，如荀子说："人之生，不能无群。"①同样，社会的发展也要依靠千万人民的共同努力与贡献，没有亿万人民生生不息的辛勤劳作，社会的繁荣与富强亦无从谈起。犹如没有千万溪流的汇集，无以成就江河的绵延；没有千万河流的流注，无以成就湖海的浩瀚。所以，个人与社会群体之间是一种相互依存、相互依赖的关系。

由此立足于社会，我们在自我定位时，就要本着"与群合一"的态度。正如张岱年先生所指出："与群为一体，则切近而有实益"，"个人与群体为一体，个人生于群中，无一息能离群。任何人皆应有群己一体之自觉"。②蔡元培更进一步指出：作为群体中的一员，在必要时要有舍己为群的觉悟与行动，其曰："舍己为群之理由有二：一曰，己在群中，群亡则己随之而亡。……一曰，立于群之地位，以观群中之一人，其价值必小于众人所合之群。"③蔡元培的论说带有深厚的集体主义思想，这正是现代人自我修养中所缺乏的思想品质。这种舍己为群的情况是"与群合一"的极端化表现，也只有"与群合

---

① （清）王先谦撰：《荀子集解》，中华书局1988年版，第179页。
② 张岱年：《心灵与境界》，陕西师范大学出版社2008年版，第212页。
③ 蔡元培：《中国人的修养》，四川文艺出版社2010年版，第5页。

一”思想极其坚卓者才能为之。

面对纷繁复杂的社会，要想真正融入其中，真正做到“与群合一”，首先，就要互相帮助。互相帮助，是人类社会生产与日常生活中最常见的模式。从远古时代的集体狩猎，到现代社会的流水线生产，均是集体合作的表现。互相帮助，不仅可以提高工作效率，更可以增进人与人之间的情感交流，促进人际关系的健康与和谐。与此同时，互帮互助还可以促进人类智慧的发展，集思广益，远非个人苦思冥想可比。思想的火花往往在碰撞中产生，所谓“三个臭皮匠，顶个诸葛亮”。

对这一互帮互助的处世哲学，我们的先祖早有洞察，如《周易》云：“二人同心，其利断金。同心之言，其臭如兰。”①《孟子》云：“天时不如地利，地利不如人和。”② 说的就是团结帮助的重要性。古人的这一智慧宣导为后世之人所深承，兼济天下、克己为公、苦己利人，也就成了中华民族鲜亮的民族精神，由此而造就了中华民族朴实谦逊、乐于助人的民族性格。

全真门人在实际的修行中，对这一民族性格亦有发挥。他们在实际修炼时结伴进行，《重阳立教十五论》就规定：“道人合伴，本欲疾病相伴，你死我埋，我死你埋。然先择人，而后合伴，不可先合伴，而后择人。”③ 意在教导门人在修行中互相帮助。

随着科技的迅猛发展，现代生活的加速，人们脑海中互相帮助的意识也在慢慢地淡化，尤其是在现代化的城市生活中，人们的交流与往来越来越少，人们之间的大众情感也就越来越淡。随之而来的是一些不和谐的社会现象屡屡发生。其中诚信缺失、诚信危机是主要原因，但互帮互助意识的淡漠也是不容忽视的一个原因。如果人人都能树立和增强互助的意识，见人危难，能

---

① 李学勤主编：《十三经注疏·周易正义》（标点本），北京大学出版社 1999 年版，第 276—277 页。

② 李学勤主编：《十三经注疏·孟子注疏》（标点本），北京大学出版社 1999 年版，第 101 页。

③ （金）王重阳著，白如祥辑校：《王重阳集》，齐鲁书社 2005 年版，第 277 页。

积极主动地伸出援手，人与人之间的关系必定更加融洽，人们内心存在的猜疑与防备必定化解，社会群体也更加和谐。

不管社会的车轮驶入怎样的时代，科技与经济如何发达，人性不会改变，人与人相处的基本规则不会改变，我们中华民族互帮互助的民族品格与精神永远值得弘扬。

其次，要为人谦和。"谦和"这一美好的品质，其对于世人有着双重的指导意义，它既是修身的准则，又是处世的原则。以谦和立身，以谦和处世，自然能够赢得别人的认可，受到他人的尊重。

金元全真宗师于此两端都率先垂范，在修身上他们严于律己，克己利人，所谓"谦和恭谨，无党无偏"。① 在与人相处上，他们柔弱谦下，利物不争。如马钰教导门人说："与人和，休打斗。"② 全真教虽沿袭道教一路，但对儒、释的教祖均恭敬有加，对三教门人均平等相待，以谦和的心态对三教思想给予充分的尊重，并进行深层吸纳和融合。这无不喻示后人在修身处世上要时时发明自我的谦和观念。

要想真正融入社会，与群合一，我们就要发挥自我的谦和品质。其一，要以谦和立身。中华民族向来注重德艺双馨，立"德"于先，所以儒家倡导先修身后齐家，然后才能治国、平天下。"谦和"就是我们应有的修身准则之一。《周易》有六十四卦，"谦"卦居其一，就是专讲君子的谦虚之德修。孔子也曾提出"少年戒色，中年戒斗，老年戒得"的人生三戒。中年之人，血气方刚，往往会争强好斗，这是不谦和的表现，所以要戒备之。自我以谦和为立身之本，不仅仅积累了自身的道德财富，同时在自觉与不自觉的谦和中还给予他人尊重与方便，营造出一种和合的生活氛围。

其二，要以谦和处世。人生在世，免不了种种世道人情，各种琐事往来，

---

① （金）马钰著，赵卫东辑校：《马钰集》，齐鲁书社 2005 年版，第 214 页。
② 同上书，第 123 页。

如何能够得心应手地应对之，态度显得尤为重要。态度的择取，决定着结果的去向，以谦和处世无疑是智慧之举。道家鼻祖老子就教导世人要以"谦下""不争""贵柔""守静"的处世态度行走于世。人都有趋利避害、争名逐利、讲究自我的本性，在行为处事中，往往会针锋相对，势不相让，进而去追求一些所谓本属自我的社会利益。事实上，真正行之长久者不是这种据理力争的处事方法，而是淡泊名利、与他无私和谦逊的处事准则。互谦互让，为人为我留足尊重的空间，才是行走四方而无阻的处世良方。

最后，要遵守社会规则。金元全真家虽以"出世"自处，但他对社会规则不排斥，反倒大加倡导，并恪守遵行。从全真宗师的言行中，我们也应有所警醒。在面对社会时，应该充分尊重社会的伦理道德，不能为了追求个人的利益而去损害、破坏它。作为社会中的一员，每个人都应对社会赖以运行和发展的规则予以尊重和保护，这是社会中人应尽的职责，从古至今都是如此。《论语·为政》云："道之以德，齐之以礼，有耻且格。"① 孔子说的虽是治国之道，但把它作为个人严于自律的行世准则也未尝不可。

我们对社会规范的遵守，实际上是对自我生活环境的维护。倘若人人都因个人私心而破坏社会规范，我们将面对的是一个糟糕的社会。遵守社会伦理道德，不仅仅是对社会及他人的尊重，更是对自我生活环境的保护。

全真宗师于道显有诗云："出家锻炼藉丛林，切忌离群快此心。试问浮云憎不义，何如流水觅知音。"② 出家修行之人尚且如此追求群体的和谐，更何况世俗之人呢？当我们面对社会、走向社会之时，给自己做出一个"与群合一"的定位，不失为智慧之举。

三　生命视角下"身心合一"

作为内丹北宗的全真教，虽持重"性功"修炼，把"内丹"精髓归结为

---

① 程树德撰：《论语集释》，中华书局 1990 年版，第 68 页。
② 薛瑞兆、郭明志编纂：《全金诗》第二册，南开大学出版社 1995 年版，第 4 页。

"识心见性"，倡导"先性后命"的修行理路，但其修行目标依旧是"性命双修"。以"性功"的觉悟促升"命功"的圆成，以"命功"的坚固涵养"性功"的澄湛。如王重阳所云："命无性不灵，性无命不立。"① 马钰云："命中养性，水里生金真本柄。"② 丘处机亦把全真内丹功法总结为："三分命工，七分性学。"③ 可见全真内丹修持并没有忽略对自身的关注，并没有遗弃肉身。

生命本就是性与命或谓精神与肉体的复合体，二者密不可分，若只兼顾一端，则不能达到真正的圆融，生命状态不能趋于和谐。修仙之道如此，而尘世生命的打理更应如此。由此而提示我们立足于生命视角，在对自我有限人生的观照中，应以"身心合一"为基本准则，在关注有形肉身的同时，关注无形的精神，做到"形神合一"。

就生命个体而言，身心或谓形体与精神本为一体，不可分割，精神依附于形体，以形体为物质基础，精神不能脱离形体而独立存在；而形体则以精神为统摄，受精神的支配，形体同样离不开精神而独立生存。因此"身心合一"或谓"形神合一"对于生命的运行与养护十分重要。《素问·上古天真论》曰："故能形与神俱，而尽终其天年，度百岁乃去。"④ "形与神俱"是《黄帝内经》中十分明确的一个论点。三国时期的嵇康在其《养生论》中说："精神之于形骸犹国之有君也，神躁于中，而形丧于外……是以君子知形恃神以立，神须形以存，悟生理之易失，知一过之害生，故修性以保神，安心以全身……使形神相亲，表里俱济也。"⑤ 南朝齐梁时期的范缜在《神灭论》中亦说："神即形也，形即神也，是以形存则神存，形谢则神灭也。"⑥ 这些论

---

① （金）王重阳著，白如祥辑校：《王重阳集》，齐鲁书社 2005 年版，第 305 页。
② （金）马钰著，赵卫东辑校：《马钰集》，齐鲁书社 2005 年版，第 139 页。
③ （金）丘处机著，赵卫东辑校：《丘处机集》，齐鲁书社 2005 年版，第 150 页。
④ （清）张志聪集注，方春阳等点校：《黄帝内经集注·素问集注》，浙江古籍出版社 2002 年版，第 2 页。
⑤ 戴明扬校注：《嵇康集校注》，人民文学出版社 1962 年版，第 145—146 页。
⑥ 严可均校辑：《全上古三代秦汉三国六朝文》，中华书局 1958 年版，第 3209 页。

说精辟而独到，在阐明"形神合一"的同时，说明了精神与形体之间存在的相互为用、互为依存的依赖关系。所以《素问·上古天真论》指出："形体不敝，精神不散，亦可以百数。"① 只有形神合一，才能保证生命的健康长寿。

"形神合一"对于现实生命的打理具有重要的指导意义，这是不言而喻的。而对这一思想的切实实施，我们认为可以从以下两端着手。

（一）身心同治——御疾视阈下的形神合一

众所周知，疾病②是破坏生命平稳状态的主要因素，一旦有疾在身，生命的机能和活力将大打折扣。因此，追求生命的健康可谓全民的终身愿望。然而人食五谷杂粮，终身无疾几乎是不可能的。有疾就要及时医治，我国中医向来讲究"辨证施治"，在医治之前先要找准生病的原因。就致病之因来说，中医和西医各有说辞。

中医病因中说，最具代表性的是"三因"说，即把生病的原因分为内因、外因、不内不外因三大类。宋代陈无择在《三因极——病证方论》中说："然六淫天之常气，冒之则先自经络流入，内合于脏腑，为外所因。七情人之常性，动之则先自脏腑郁发，外形于肢体，为内所因。其如饮食饥饱，叫呼伤气，尽神度量，疲极筋力，阴阳违逆，乃至虎狼毒虫，金疮踒折，疰忤附着，畏压溺等，有背常理，为不内外因。"③ 陈无择在此明确地指出了人的"七情"是致病的一个原因。程国彭的《医学心悟》中提出了"保生四要"，其中一要就是"戒嗔怒"，"东方木位，其名曰肝。肝气未平，虚火发焉，诸风内动，火性上炎。……善动肝气，多至呕血，血积于中，渐次发咳"。④ 程国

---

① （清）张志聪集注，方春阳等点校：《黄帝内经集注·素问集注》，浙江古籍出版社 2002 年版，第 7 页。

② 此处的疾病使用狭义意指，指躯体器官的器质性病变或功能异常。本章节所用"疾病"皆采此意。

③ （宋）陈无择著，王象礼主编：《陈无择医学全书》，中国中医药出版社 2005 年版，第 36 页。

④ （清）程国彭著，孙玉霞、屈榆生等解析：《医学心悟通解》，三秦出版社 2005 年版，第 5 页。

彭是清代中医名家，从医三十载。《医学心悟》可谓对中国医学精髓及个人学验的总结，是对祖国医学的伟大贡献。可见精神因素被中医普遍视为主要的致病原因。

西医的病因说相对于中医来说，显得微观而细致。西医一般把病因分为物理因素、化学因素、生物因素、营养因素、遗传因素、免疫因素、心理因素、社会因素等。而其中的心理因素与中医讲的"七情"或精神因素实质相同。如此一来我们便得知，无论中医抑或西医都认为精神因素是致病的一大原因。

基于"辨证施治"的医学思维，我们对待疾病时就应该采用身心同治的方法。可以肯定的是身心同治其效果远远胜于单单医治躯体。《灵枢·师传》曰："人之情，莫不恶死而乐生，告之以其败，语之以其善，导之以其所便，开之以其所苦，虽无道之人，恶有不听者乎？"[1] 强调了心理疏导对医治疾病的重要作用。宋代张杲的《医说》云："若非宽缓情意，则虽服金丹大药，亦不能已。法当令病者先存想以摄心，抑情意以养性。"[2] 情意不宽缓，纵使服用金丹大药亦效果不佳，足以说明精神状态对疾病痊愈的影响。不仅中医讲究身心同治，西医在医治躯体时同样注重心理疗法。美国 Phillip L. Rice 在其所著的《健康心理学》一书中记有这样一则故事：

> Worrall 医生在行医过程中曾治疗过一位患表面腿部溃疡的中年妇女。据说这个妇女是个极难对付的病人。据她描述，她的疼痛总是剧烈的，然而，医生却发现不了任何证明她身体疼痛的症状。Worrall 医生给她开了一些轻度到中度的止疼药。但这个病人仍旧认为这些药没有任何疗效。
>
> 事情到了这个地步，Worrall 只好向她的导师求救。她的导师答应来

---

[1] （清）张志聪集注，方春阳等点校：《黄帝内经集注·灵枢集注》，浙江古籍出版社 2002 年版，第 228 页。

[2] （宋）张杲撰，王旭光、张宏校注：《医说》，中国中医药出版社 2009 年版，第 334 页。

看这个病人，并在讨论了病人的病情后说，他想尝试一种完全不同的治疗方法。这位导师走进他的办公室，待了几分钟后走了出来，神情严肃地沿着走廊缓缓地踱步。他手里的大钳子里镊着一片巨大的药片，双臂朝前伸着，好像要使药片尽量离开自己的身体一样。他把药片放在水里，并告戒病人应在嘶嘶声停止后把药水慢慢呷掉。这一完全不同的治疗方式立即有效的制止了疼痛。然而病人并不知道，她吃的只不过是一个大个的维生素 E 胶囊。①

这则故事读起来颇有些滑稽意味。故事中的 Worrall 医生的导师并非有意戏弄这位患者，他实则使用了精神疗法，从大大的药片、医生严肃的神情到药片在水中嘶嘶作响的反应，均给患者一种心理暗示：该药物威力很大。而看到这一切的患者也会给自己一种暗示，该药物非同寻常，于是在慢慢吞下药水之后，这种强大的心理作用开始发挥"药效"，结果疼痛消失。由中度止疼药的无效到大片维生素 E 胶囊的立即止痛，极其鲜明地反映了精神治疗的强大作用。

由上所述，我们可以充分肯定，身心并治对疾病的康复有着强有力的推动作用，而这种方式不应单单是医者针对病人的治疗手段，更应是病人自我御疾的绝好方法。当我们身患疾病，在配合医生对躯体进行治疗的同时，更应在心理上进行自我调节，一方面树立自我战胜疾病的信心，另一方面要涵养精神，清净养神，放开心胸，淡然湛然，在不执不着中怡养性情。性自善，自然血脉畅通，阴阳平衡，百病自愈。正如孙思邈《备急千金要方》卷二十七云："性既自善，内外百病皆悉不生，祸乱灾害亦无由作，此养性之大

---

① ［美］Phillip L. Rice 著，胡佩诚等译：《健康心理学》，中国轻工业出版社 2000 年版，第 44—45 页。

经也。"①

（二）身心共养——养生视阈下的身心合一

对于每一个生命个体来说，尘世的生命历程只有一次。而一次生命历程其时间上是有限的，因而如何尽可能地延续生命历程，就成了尘世中绝大多数人的美好愿望。而促使这一美好愿望实现的手段，便是养生。

养生一词最早见于《庄子》。《庄子》内篇中有"养生主"一篇，专论养生。在古代养生又称摄生，是指对生命进行保养、护养，在对生命进行保养和护养的过程中，实现延年益寿的目的。同时养生又是中医的重要内容，养生学是中国医学宝库中一颗璀璨的明珠，是中华民族优秀文化的重要组成部分。在中国养生文化中，未病先防是基本原则，而身心共养则是核心理念。

中国医学向来讲究"治未病"，即未病先防。这是中国古人在对待生命的态度中，一种非常积极的思想智慧。《素问·四气调神大论》中有云："圣人不治已病治未病，不治已乱治未乱，……夫病已成而后药之，乱已成而后治之，譬犹渴而穿井，斗而铸锥，不亦晚乎?"② 孙思邈的《备急千金要方》曰："上医医未病之病，中医医欲病之病，下医医已病之病。"③《淮南子·说山训》曰："良医者，常治无病之病，故无病。圣人者，常治无患之患，故无患也。"④ 这种预防为主的思想正是上古医者智慧的总结，也是中医养生学的核心理论。事实上，未病先防这一原则在具有实施的过程中，已经包含着身心同防、身心同养的策略。

"身心共养"或谓"形神共养"，顾名思义是指人们在御养形体的同时，

---

① （唐）孙思邈著，张印生等主编：《孙思邈医学全书》，中国中医药出版社 2009 年版，第486 页。

② （清）张志聪集注，方春阳等点校：《黄帝内经集注·素问集注》，浙江古籍出版社 2002 年版，第13 页。

③ （唐）孙思邈著，张印生等主编：《孙思邈医学全书》，中国中医药出版社 2009 年版，第19 页。

④ 何宁撰：《淮南子集释》，中华书局 1998 年版，第 1115 页。

亦要涵养精神。由上述对"形神合一"的论述，不难理解，对于生命个体来说形体和精神是不可分割的有机整体，只有二者合而为一，互以为用，和谐统一，尘世生命才能真正健康长寿。因此在以延年益寿为目的的养生过程中，自然要对形体与精神双向养护、形神双全。如孙思邈所指出："夫身为神气之窟宅，神气若存，身康力健；神气若散，身乃谢焉。若欲存身，先安神气，即气为神母，神为气子，神气若具，长生不死。若欲安神，须炼元气。气在身内，神安气海，气海充盈，心安神定。若神气不散，身心凝静。静至定俱，身存年永。"① 由于形体与精神属性并不为一，在具体的养护方法上，二者各有偏重，所以下面就对御养形体与涵养精神分而论之。

对于形体的养护，人们并不陌生，因为形体是物质层面的，立体而直观，一有微恙，自身便可感知，在现实生活中人们也多会关注自身形体的保健。在几千年的养生实践中，人们慢慢积累了很多具体的形体养护的经验，如起居有常、饮食规律、劳逸有度、动静结合等。

对于这些形体养护的方略，我国古代典籍中均有明确的记载。《素问·上古天真论》曰："食饮有节，起居有常，不妄作劳，故能形与神俱，而尽终其天年，度百岁乃去。"② 孙思邈说："善摄生者卧起有四时之早晚，兴居有至和之常制，"③ 又说："养性之道，常欲小劳，但莫疲及强所不能堪耳。"④《吕氏春秋》说："流水不腐，户枢不蠹，动也。形气亦然，形不动则精不流，精不流则气郁。"⑤ 华佗亦指出："人体欲得劳动，但不当使极耳。动摇则元气

---

① （宋）张君房编，李永晟点校：《云笈七笺》，中华书局2003年版，第748页。

② （清）张志聪集注，方春阳等点校：《黄帝内经集注·素问集注》，浙江古籍出版社2002年版，第2页。

③ （唐）孙思邈著，张印生等主编：《孙思邈医学全书》，中国中医药出版社2009年版，第488页。

④ 同上。

⑤ 许维通撰：《吕氏春秋集释》，中华书局2009年版，第66—67页。

得消，血脉流通，病不得生，譬如户枢，终不朽也。"① 我国古人的这些形体御养的经验总结，体现了他们思想中尊生、重生的一面，对后人也有宝贵的启示价值。

值得一提的是，除这些形体护养的具体方法外，我国养生学中还十分倡导"顺应自然"的养生方略，即倡导人们依据天地自然的变化来调节自身的饮食起居，使与自然界的运行规律相协调，实现强身健体的目的。

金元全真宗师虽倡导内丹修炼，但他们也十分重视形体的摄生。丘处机就著有《摄生消息论》，对春、夏、秋、冬四季的摄生方法，做了详细的说明。如他在《春季摄生消息》中说："春三月，此谓发陈，天地俱生，万物以荣。夜卧早起，广步于庭，披发缓行，以使志生"②；在《夏季摄生消息》中说："夏三月属火……当夏饮食之味，宜减苦增辛以养肺"③；在《秋季摄生消息》中说："秋三月主肃杀……当秋之时，饮食之味，宜减辛增酸以养肝气"④；在《冬季摄生消息》中说："冬三月天地闭藏，水冰地坼，无扰乎阳，早卧晚起，以待日光，去寒就温，毋泄皮肤，逆之伤肾。"⑤ 可见季节不同，摄生之方也要随即变换，目的是让自身机能更好地契合自然规律。孙不二在《坤道功夫次第》中《服食》一诗云："朝迎日乌炁，夜吸月蟾精。时候丹能采，年华体自轻。"⑥ 亦在倡导朝暮顺应日月，最大限度地融合和利用自然生机，以促使自身机理的运转和升华。

在金元全真道教之外，我国古典医学典籍中也有很多顺应自然以摄生的

---

① （宋）范晔撰，（唐）李贤等注：《后汉书》，中华书局1965年版，第2739页。
② （金）丘处机著，赵卫东辑校：《丘处机集》，齐鲁书社2005年版，第96页。
③ 同上书，第98页。
④ 同上书，第100页。
⑤ 同上书，第103页。
⑥ （金）谭处端、刘处玄等著，白如祥校：《谭处端　刘处玄　王处一　郝大通　孙不二集》，齐鲁书社2005年版，第450页。

倡导。《素问·至真要大论》曰："天地之大纪，人神之通应也。"① 《黄帝内经》认为天人之间存在着明确的对应与感应关系，所以顺应自然以养生就成为必然要求。《灵枢·本神》曰："故智者之养生，必顺四时而适寒暑，和喜怒而安居处，节阴阳而调刚柔。如是则辟邪不至，长生久视。"② 孙思邈《千金要方·养性》曰："人能依时摄养，故得免其夭枉也。"③ 朱震亨《丹溪心法·不治已病治未病》说："故宜夜卧早起于发陈之春，早起夜卧于蕃秀之夏，以之缓形无怒而遂其志，以之食凉食寒而养其阳，圣人春夏治未病者如此。与鸡俱兴于容平之秋，必待日光于闭藏之冬，以之敛神匿志而私其意，以之食温食热而养其阴，圣人秋冬治未病者如此。"④

由这些论述与倡导可以看出中国古人将养生与自然规律相结合，巧妙地融合了人与自然的关系，使个体生命与自然环境形成有机的统一整体，着重强调了人与自然之间统一、协调、和谐的生态关系。和现代的"生理—心理—社会"的西医模式相比，中国传统的这种"生理—心理—自然—社会"的养生模式显得更加合理与完善，它充分体现了中国传统文化中所一直宣扬的"天人合一"思想。同时这一养生思想也启示我们：自然环境与我们的身心健康息息相关，在关注自身健康的同时，也要关注与自身息息相关的自然环境。这对于新时代的全球环保来说，无疑是一艘文化的慈航。

相对于形体养护来说，精神养护同等重要。至于精神养护的方法，前人论述的较多，概括起来主要包括：清静淡泊以养神，敛情节欲以守神，修仁

---

① （清）张志聪集注，方春阳等点校：《黄帝内经集注·素问集注》，浙江古籍出版社 2002 年版，第 596 页。

② （清）张志聪集注，方春阳等点校：《黄帝内经集注·灵枢集注》，浙江古籍出版社 2002 年版，第 55 页。

③ （唐）孙思邈著，张印生等主编：《孙思邈医学全书》，中国中医药出版社 2009 年版，第 487 页。

④ （元）朱丹溪著，田思胜等主编：《朱丹溪医学全书》，中国中医药出版社 2006 年版，第 83 页。

蕴德以悦神，怡心养性以畅神等。

首先，清静淡泊以养神。中国养生文化，十分重视影响健康的心理因素，因为人的精神活动与形体功能息息相关。倘若心清意静，则精气充盈，形体健壮；倘若心神躁动，则精气损耗，形体衰微。因此精神的护养首先要清静淡泊，心境寂淡，则杂念不生，心神不外驰，进而心定神住。《丹阳真人语录》曰："清净者，清为清其心源，净为净其炁海。心源清则外物不能扰，故情定而神明生焉。炁海静，则邪欲不能干，故精全而腹实焉。"① 心源清、炁海静，外界的喧嚷与诱惑不足以扰其心，神明自然得以养护。正如《素问·上古天真论》所指出："恬淡虚无，真气从之，精神内守。"②

金元全真教在心性修炼、心念调持中就十分注重清静淡泊。王重阳在《修仙了悟秘诀》中指出："夫全真者，是大道之清虚无为潇洒之门户，乃纯正之家风，是重阳之活计。"③ 明确指出全真宗风是清虚、无为。马钰指出："守清静恬淡，所以养道。"④ 丘处机亦说："《经》云'人能常清静，天地悉皆归'。盖清静则气和，气和则神王，神王则是修仙之本，本立而道生矣。"⑤ 意在说明清静对于养神、全神的重要性。

由这些论述我们不难看出，清静淡泊是涵养心神的主观内因。内因坚固，外界的干扰才可被有效地排拒，如此方能神安气定。因此要想使心神得到很好的养护，就要清静淡泊、心无杂念。

其次，敛情节欲以守神。"七情六欲"是人之常情，当人们所接触和感受的景与物在变化时，不同的情感与欲念便会相应地产生，若任其发展，其便会肆意膨胀，并左右人的心神。正如刘一明《金丹四百字解》中所言："欲念

---

① （金）马钰著，赵卫东辑校：《马钰集》，齐鲁书社 2005 年版，第 244 页。

② （清）张志聪集注，方春阳等点校：《黄帝内经集注·素问集注》，浙江古籍出版社 2002 年版，第 2 页。

③ （金）王重阳著，白如祥辑校：《王重阳集》，齐鲁书社 2005 年版，第 298 页。

④ （金）马钰著，赵卫东辑校：《马钰集》，齐鲁书社 2005 年版，第 255 页。

⑤ （金）丘处机著，赵卫东辑校：《丘处机集》，齐鲁书社 2005 年版，第 145 页。

者，人心之识神，见景遇物即便飞扬，六根俱发，七情并起，如群寇盗宝，不能阻挡，若不猛力窒塞，烹煎成不动不摇之物，易足败道。"① 因此要想有效地涵养心神，就要防止情欲的迸发与膨胀，做到敛情节欲。

敛情节欲，并非断绝情欲。对于尘世中人来说，各种人情世故不可避免，而要做到断绝尘情，不食人间烟火，显然不合时宜，也无此必要，而从养生学角度来说，阻塞情欲，反而有碍身心健康。个人情欲不可放纵，亦不可阻塞，需要对其加以控制和疏导，所以要"敛情""节欲"。

其一，敛情。人之"七情"要敛，因为人的喜、怒、忧、思、悲、恐、惊等情志的变化，其幅度过大或过于频繁会影响形体的气机，而且会直接伤及内脏。中医认为人的情志与五脏存在直接的对应关系，情志的非正常波动会有害于五脏气血的运行。《素问·阴阳应象大论》中说："人有五藏（脏）化五气，以生喜怒悲忧恐。"② 又说："怒伤肝""喜伤心""思伤脾""忧伤肺""恐伤肾"。③ 由此可见，五脏是情绪的物质基础，而情绪活动又会反作用于五脏，情绪活动与脏腑气血有着密切的关系。倘若"七情"激发，则五脏损伤，五脏伤则形体不健，形体不健则精神无所依，情绪变化最终会影响到人的心神涵养。所以收敛"七情"便是涵养精神的必要手段。

孙思邈的《备急千金要方》提出"多思则神殆，多念则志散，多欲则志昏，多事则形劳，多语则气乏，多笑则脏伤，多愁则心慑，多乐则意溢，多喜则忘错昏乱，多怒则百脉不定，多好则专迷不理，多恶则憔悴无欢"。④ 更为直接地阐发了"七情"过多地激发对于精神的干扰。所以养生家向来倡导

---

① 刘一明：《金丹四百字解》，见王沐浅解：《悟真篇浅解·外三种》，中华书局1990年版，第209页。

② （清）张志聪集注，方春阳等点校：《黄帝内经集注·素问集注》，浙江古籍出版社2002年版，第39页。

③ 同上书，第42—44页。

④ （唐）孙思邈著，张印生等主编：《孙思邈医学全书》，中国中医药出版社2009年版，第489页。

"少思、少念、少欲、少事、少语、少笑、少愁、少乐、少喜、少怒、少好、少恶"的守神方法。

其二,节欲。人的各种欲望虽不可断绝,但须节制。凡事过犹不及,恰当地把握尺度,做到适度才能保持状态的最佳,护养精神同样如此。《抱朴子·内篇》认为:"人复不可都绝阴阳,阴阳不交,则坐致壅阏之病;故幽闭怨旷,多病而不寿也。任情肆意,又损年命,唯有得其节宣之和,可以不损。"① 一个人若贪欲无度,则心神耗散,唯有使情意达到"节宣之和"方可不损形神。

《抱朴子·至理》云:"根竭枝繁,则青青去木矣;气疲欲胜,则精灵离身矣。"② 私欲强盛则有伤精气与灵气。中医向来认为,精、气、神是人体三宝,人要保持健康,三者缺一不可。而精是气与神的物质基础,精耗则气衰,气衰则神微,故历代医家在宣扬养神之方时都非常重视保精养神。张景岳曾说:"善养生者,必宝其精,精盈则气盛,气盛则神全,神全则体健。"③ 所以对于损耗精气的欲念,人们要处之以节,使其处于既不过度压抑也不过度损耗的状态,做到精气饱满,以达到保神益寿的目的。

需要指出的是,随着养生越来越受到人们的重视,现代医学也开始对中国古典医学的养生方略进行重新解读,其中"节欲保精"便是其一。依据现代医学的观点,节欲主要指节制性欲,保精主要指保护生理之精,由此"节欲保精"便成了节制性欲的代称。这样的阐释并无明显错误,但过于狭隘和片面。包括中国医学在内的中国传统文化所说的"精、气、神",其"精"虽包含生理层面的"精子"之意,但绝不是只此一意。"精"被认为有先天、后天之分;"气"与"神"同样具有先天、后天之分。而古人所说之欲,也

---

① 王明:《抱朴子内篇校释》(增订本),中华书局1985年版,第150页。
② 同上书,第110页。
③ 张景岳著,李志庸主编:《张景岳医学全书》,中国中医药出版社1999年版,第19页。

绝不仅指性欲，而是指各种欲望，诸如官欲、财欲、名利欲等。如《孟子·万章上》云："好色，人之所欲""富，人之所欲""贵，人之所欲"①。因此我们在对中国传统养生文化辩证继承的同时，也要客观全面。

再次，修仁蕴德以悦神。人是社会性的群居动物，人的心理反应往往会受到周围人际关系的左右，而在人的自我需求中，也有着被社会尊重和认同的需求。若个人的行为能够得到社会赞赏性的回馈与认同，人就会得到一个良好的心情以及充实的自我存在感。而这种得到别人认同进而精神愉悦的状态，可以通过主动争取的方式获得，那就是践行"修仁蕴德"的道德实践活动。心怀仁义、立德行善能够使自我精神世界得到充实，以达到助人为乐的境界。

在中国传统文化中"修仁蕴德"向来被视为修身的主要内容，通过"为善"的社会实践，来体现和实现自我的生命价值，进而展现出人格与灵魂之美。而在这种济世利人、克己利他的社会生活中，精神世界便会得到净化与美化，内心便会拥有一份恬淡与愉悦，此时的心神便会得到更多的养护。

《抱朴子·微旨》有云："欲求长生者，必欲积善立功，慈心于物，恕己及人，仁逮昆虫，乐人之吉，悯人之苦，周人之急，救人之穷，手不伤生，口不劝祸，见人之得如己之得，见人之失如己之失，不自贵，不自誉，不嫉妒胜己，不佞陷阴贼，如此乃为有德，受福于天，所作必成，求仙可冀也。"②此处葛洪虽就修道而言，但修道与养生道理是相通的。接人待物处处着一"德"字，应天理而顺人情，仁德施于外，心神安于内。孙思邈指出："善养性者，不但饵药餐霞，其在兼于百行；百行周备，虽绝药饵，足以遐年。德行不充，纵服玉液金丹，未能延寿。"③明代养生家吕坤说："养德尤养生之

① 李学勤主编：《十三经注疏·孟子注疏》（标点本），北京大学出版社 1999 年版，第 244 页。

② 王明：《抱朴子内篇校释》（增订本），中华书局 1985 年版，第 126 页。

③ （唐）孙思邈著，张印生等主编：《孙思邈医学全书》，中国中医药出版社 2009 年版，第 486 页。

第一要也。"①

修仁蕴德可以福寿延绵，这只是外在的表征，而内怀仁德者之所以能够颐养天年，是因为其内心坦荡与中正，心神恬静而安闲。仁者，爱人、济人，于他无私，不执着于私欲，便会心怀坦荡；德者，行止有度，收放自如，能够通达圆融。所以修仁蕴德者，心胸开阔、心神愉悦、神气充盈，故能形体不衰，益寿延年。

董仲舒指出："仁人之所以多寿者，外无贪而内清净，心平和而不失中正，取天地之美以养其身，是其且多且治。"② 明代王文禄《医先》曰："存仁，完心也，志定而气从；集义，顺心也，气生而志固。致中和也，勿忘助也，疾安由作？故曰养德、养生一也，无二术也。"③ 可见修仁蕴德于外可施善于他人，于内可纯化心境，涵养精神，一举两得。

最后，怡心养性以畅神。"心""性"是中国古代文化中论述最多的哲理范畴。"心"从生理角度来说，是指心脏。《说文》曰："心，人心，土藏，在身之中，象形。"④ 而从心理角度论，"心"的含义十分广泛，我国儒家思想就将意识、情感、意志等心理过程统统纳入了"心"的活动范围，并认为"心"主宰和支配着这些活动。荀子指出："心者，形之君也，而神明之主也。"⑤ 视"心"为形神一切活动的统领。

我们医学吸收儒家的这一思想，也以"心"为形神的主宰，智慧的源泉。《素问·灵兰秘典论》曰："心者，君主之官也，神明出焉。"⑥《灵枢·五癃

---

① （明）吕坤、洪应明：《呻吟语·菜根谭》，上海古籍出版社2000年版，第199页。
② 苏舆撰：《春秋繁露义证》，中华书局1992年版，第449页。
③ 王云五主编：《医经溯洄集及其他二种·医先》，商务印书馆1937年版，第2页。
④ （汉）许慎撰：《说文解字》，中华书局1963年版，第217页。
⑤ （清）王先谦撰：《荀子集解》，中华书局1988年版，第397页。
⑥ （清）张志聪集注，方春阳等点校：《黄帝内经集注·素问集注》，浙江古籍出版社2002年版，第66页。

津液别》曰："五脏六腑，心为之主。"① 《灵枢·大惑论》曰："心者，神之舍也。"② 所以要想安神养神，就要安心养心，否则"心伤则神去，神去则死矣"③。由这些经典的养生论说不难看出，怡心养心对于精神养护的重要性。

"性"在中国传统文化中有多重意指，内涵丰富。而与涵养精神相关之"性"，则偏重于指性情、习性、品性等，多与性格相关联。我们知道，人的性情与习性会直接影响人的精神状态，性情暴躁之人，精神容易起伏不定；性情温和之人，精神则平稳均一。

而不同的人会拥有不同的性情。《灵枢·阴阳二十五人》就依据五行将人的习性分为：火性人、木性人、金性人、水性人、土性人五种，指出：火性人性格急躁而有气魄；木性人外柔而内躁；金性人坚贞不屈而又自制；水性人柔弱退让、顺从随和；土性人独立自主又善于交往。可见性格各有特点，各有利弊。

性情本无优劣之分，但若性情中的某一特点过于突出或趋于极端，就不免成为养生之一害，如过于暴躁或过于柔顺都不利于涵养身心。因此对于性情中的极端成分要予以调理。《荀子·修身》中有云："血气刚强，则柔之以调和，知虑渐深，则一之以易良；勇毅猛戾，则辅之以道顺；齐给便利，则节之以动止；狭隘褊小，则廓之以广大；卑湿、重迟、贪利，则抗之以高志；庸众驽散，则劫之以师友；怠慢僄弃，则昭之以祸灾；愚款端悫，则合之以礼乐，通之以思索。凡治气养心之术，莫径由礼，莫要得师，莫神一好。夫是之谓治气养心之术也。"④ 吕祖谦指出："懦者当强，急者当缓，视其偏而用力焉。"⑤ 如此种种努力皆是为了克服性情中所具有的偏执因素。

---

① （清）张志聪集注，方春阳等点校：《黄帝内经集注·灵枢集注》，浙江古籍出版社 2002 年版，第 245 页。
② 同上书，第 465 页。
③ 同上书，第 405 页。
④ （清）王先谦撰：《荀子集解》，中华书局 1988 年版，第 25—27 页。
⑤ （宋）吕祖谦撰：《吕东莱文集》，中华书局 1985 年版，第 49 页。

而种种调节的方向为何呢？那就是性情的宽厚与宽舒。性情宽厚宽舒、不躁不怵，自然精神安顺，益寿延年。洪应明说："执拗者福轻，而圆融之人其禄必厚；操切者寿夭，而宽厚之士其年必长。"① 又说："仁人心地宽舒，便福厚而庆长，事事成个宽舒气象；鄙夫年头迫促，便禄薄而泽短，事事得个迫促规模。"② 如此一来，性情宽舒者，不仅神全而寿长，而且连福、禄也厚长。综上两端可知，怡心养性也是涵养精神的一大重要方略。

形体的御养与精神的涵养虽在方法上各有侧重，但这并不意味着二者在实际践行中可以分而为之。形与神本为生命的两个方面，二者互相依存、互相影响，因此在养护上亦要互相配合，以体载神、以神驭体，形神共养，方切养生之道。

第二节　人生境界的修行与提升

读金元全真诗词及史料，我们可以清晰地看出全真宗师们人生的轨迹，其深刻地依着于修道与传教两端，简单明了又光彩熠熠。和世俗之人相比，金元全真宗师没有建功立业的远大理想，没有飞黄腾达的宏伟抱负，更没有既显且贵的人生追求，有的只是超越尘俗的安闲、无欲无求的淡然以及心怀万民的仁德。

而正是这样的淡绝尘味、滤尽凡思的人生，给予时人及后学极大的精神鼓舞与宝贵的智慧启迪。由此全真宗师为我们证明了人生轨迹的多样，亦为我们展示了精神高度内守下的生命范本。在这样的范本中，灵魂复归了自我，

---

① （明）吕坤、洪应明：《呻吟语·菜根谭》，上海古籍出版社2000年版，第377页。
② 同上书，第426页。

精神走向了本真，生命臻于自适与圆融，而这些正是为尘俗所累、为名利所拘者生命深处所缺乏的人生质素。而这些可贵的人生质素的获得，所凭借的正是生命境界的修行与提升。

一　修德重道以成心境之阔

要提升人生境界，首先就要开阔心境。欲容人，先要有容人之量。《菜根谭》曰："面前的田地，要放得宽，使人无不平之叹；身后的恩泽，要流得久，使人有不匮之思。"① "田地"指的是心田、心胸。心胸开阔一些，就不会有人指责兴怨；对后世的恩泽多一些，就会使人不乏感念。

而要开阔心胸，广阔心境，就要倚重于修德重道。修人伦之德、重自然之道，在人伦与自然的双重维度下塑造个人的德行，使心境不隘于人类之私，而与天地万物相融。

（一）修人伦之德

天、地、人三才，人居其一，说明了人的可贵与灵逸。和天地万物相比，"人之所以异于禽兽者，以其有德性耳。当为而为之之谓德，为诸德之源；而使吾人以行德为乐者之谓德行"。② 有德而行德是人和禽兽的本质区别。

在人群中，每个人的德行有深有浅，而德行的深浅又是贤与愚的区别。因此立于人世我们就要修德，以修德来促使自我境界的提升。《大学》云："富润屋，德润身，心广体胖。"③《文子·九守》亦云："古之为道者，理情性，治心术，养以和，持以适，乐道而忘贱，安德而忘贫。"④ 身怀仁德，尘俗之人则心无愧怍，体常舒泰；而向道之人则安贫以乐道，内守以安德。

"德"在中国文化中含义丰厚，其具体所指也十分多重。我们的圣哲先贤

---

① （明）洪应明著、李伟编注：《菜根谭全编》，岳麓书社 2006 年版，第 146 页。
② 蔡元培：《中国人的修养》，四川文艺出版社 2010 年版，第 96 页。
③ （宋）朱熹注：《四书章句集注》，中华书局 1983 年版，第 7 页。
④ 王利器撰：《文子疏义》，中华书局 2000 年版，第 138 页。

们已对其种类进行了很多论述，概括起来可以分为仁、义、礼、智、信五类，即儒家所谓的"五常"。"常"指恒久不变之义，可以看出传统的儒者对于"以德修身"的重视。儒家的"五常"由汉代董仲舒总结概括而来，其曰："夫仁谊礼知信五常之道。"① 董仲舒的"五常之道"，是对孔孟道德学说的承继与升华，并成为汉代之后中国道德规范体系的核心。

古往今来，人们对仁、义、礼、智、信这五个德目已经进行了无数次的阐扬和阐述，并对其道德规范与内涵进行了诠释与挖掘。下面我们就对这五德的道德本质做简要的梳理，以便于指导具体的修心实践。

作为五德之首的"仁"，其首要的道德本质就是爱人。《论语·颜渊》载："樊迟问仁，子曰：爱人。"②《孟子·离娄下》曰："仁者爱人。"③ 孔孟对"仁"的这一解义为后世历代儒者所认同。"爱人"其意指十分明确，是爱他人而非爱自己。汉代董仲舒说："仁者爱人，不在爱我，此其法也。"④ 由此仁德思想中的利他主义内涵已十分彰显，这也正是体现仁者心境开阔之处。

而仁者爱人，并非一味地爱，对于可爱之人付之以爱，而对于可恶之人则要付之以恶，仁者爱而知恶。《论语·里仁》说："唯仁者能好人，能恶人。"⑤ 贾谊《新书·礼》说："失爱不仁，过爱不义。"⑥ 这说明仁者之爱非盲目地去爱，要有一定的原则和善恶是非的判断能力。

"仁"的第二个道德本质是"克己复礼"。"克己"为本，"复礼"为用，能做到"复礼"，其前提是"克己"，即克制自己的私欲以遵循良好的社会规范。人在修身处事中若私心过重，很难做到爱人助人，更难以促使自我心境

---

① （汉）班固撰，（唐）颜师古注：《汉书》，中华书局1962年版，第2505页。
② 程树德撰：《论语集释》，中华书局1990年版，第873页。
③ 李学勤主编：《十三经注疏·孟子注疏》（标点本），北京大学出版社1999年版，第233页。
④ 苏舆撰：《春秋繁露义证》，中华书局1992年版，第252—253页。
⑤ 程树德撰：《论语集释》，中华书局1990年版，第230页。
⑥ （汉）贾谊撰，阎振益、钟夏校注：《新书校注》，中华书局2000年版，第214页。

的提升。因此朱熹曰："公了方能仁，私便不能仁"① "公而无私便是仁"②。去私、无私便成为修仁、为仁的道德保证。所以我们要修一颗仁者之心，在遵循良好社会规范的同时，还要严于律己，不仅在语言行动上爱人无偏，更要在思想上克制私心。

"义"这一德目，历来为中国世人所看重。如果说"仁"富有"柔性"色彩的话，那么"义"则饱含有"刚性"气质。一说到义，人们自然会想到路见不平拔刀相助的侠义，亦会想到感天动地的忠义。在中国人的骨子里多少都有着对"义"的遵奉与崇敬。孔子曰"君子义以为上"，③ 又说"君子义以为质"④。

就"义"的道德本质而言，首要一点就是切中时宜，即处理一切事物要合于节度，行止恰当，顺人情而合天理。《中庸》曰"义者宜也，尊贤为大"⑤；韩愈在《原道》中说："博爱之谓仁，行而宜之之谓义。"⑥ 用现代话来说就是当行则行，当止则止，行止恰到好处。

义的第二个道德本质就是"正"，即正当、公正之义。《墨子·天下志》曰"义者，政也"⑦；《文子·道德》也说"正者义也"⑧。所以做正当、公正的事情才是义者之举。如此之下，当义与利发生冲突之时，君子就会舍利取义，所谓"见利思义"⑨ 是也。《淮南子·人间训》有曰："仁者不以欲伤生，知者不以利害义。"⑩ 在利与义之间，明智之人不会以害义而取利，可见对于

---

① （宋）黎靖德编，王星贤点校：《朱子语类》，中华书局 1986 年版，第 116 页。
② 同上书，第 117 页。
③ 程树德撰：《论语集释》，中华书局 1990 年版，第 1241 页。
④ 同上书，第 1100 页。
⑤ （宋）朱熹注：《四书章句集注》，中华书局 1983 年版，第 28 页。
⑥ （唐）韩愈撰，马其昶校注：《韩昌黎文集校注》，上海古籍出版社 1986 年版，第 13 页。
⑦ 吴毓江撰：《墨子校注》，中华书局 1993 年版，第 294 页。
⑧ 王利器撰：《文子疏义》，中华书局 2000 年版，第 225 页。
⑨ 程树德撰：《论语集释》，中华书局 1990 年版，第 972 页。
⑩ 何宁撰：《淮南子集释》，中华书局 1998 年版，第 1272 页。

"义"的践行同样要克制自我的贪利之欲，秉持一颗公正之心。

"礼"德尤其为中华民族所持重，自古至今我们都以"礼仪之邦"自称。上至国家社稷，中至民俗民风，下至个人修养，无不以"礼"为准绳。礼可以"经国家，定社稷，序民人，利后嗣"。①《左传·昭公五年》曰："礼所以守其国，行其政令，无失其民者也。"②《礼记·曲礼》说："道德仁义，非礼不成；教训正俗，非礼不备；分争辩讼，非礼不决。"③ 孔子曰："不学礼，无以立。"④ 从国家治理到民风纯化，再到个人修养，都需要一种符合时宜的行为规范，而礼正是这种具体的规范标准。具体到个人修养来说，有了"礼"德的参照，我们通过对于个人的言行举止进行观察，就可以知道其人的内在修为。因此以礼养德、以礼修身是成就高尚境界的一个途径。

以道德本质来审视，礼的道德本质有两端内容：恭敬与谦让。从"礼"的产生流变来看，恭敬是其先天基因。礼产生于宗教祭祀活动，在这样神圣庄重的场合，人们自然要秉持一种"敬神如神在"的恭敬心理，否则这样的祭祀活动就成了走过场，更是对神灵的一种不恭。如此之下，礼在产生之初便具有了"恭敬"的先天基因。在实际的推广与应用中，君臣、父子、兄弟乃至一切的人与人之间的"礼"依然具有"恭敬"的内涵。所谓"敬，礼之舆也，不敬则礼不行"⑤，"有礼者敬人，"⑥"恭者礼之本也"⑦，都是对礼本质的解读。

---

① 李学勤主编：《十三经注疏·春秋左传正义》（标点本），北京大学出版社 1999 年版，第126 页。
② 同上书，第 1216 页。
③ 李学勤主编：《十三经注疏·礼记正义》（标点本），北京大学出版社 1999 年版，第 14 页。
④ 程树德撰：《论语集释》，中华书局 1990 年版，第 1169 页。
⑤ 李学勤主编：《十三经注疏·春秋左传正义》（标点本），北京大学出版社 1999 年版，第365 页。
⑥ 李学勤主编：《十三经注疏·孟子注疏》（标点本），北京大学出版社 1999 年版，第 233 页。
⑦ （汉）王符著，（清）汪继培笺、彭铎校正：《潜夫论笺校正》，中华书局 1985 年版，第345 页。

若要严行于礼，不仅要恭敬还要谦让，谦是谦卑，让是辞让。在与人相处时，要辞尊居卑，让益于人。如孟子说："辞让之心，礼之端也"①；《左传》有云："让，礼之主也。"② 在谦让之下，不仅和谐了人我关系，消解了分歧与矛盾，更彰显出个人的心胸与气度。恭敬与谦让是自我内在修行境界的外在表现。

前面说过，仁者不仅要爱人亦要恶人，在爱与恶之间抉择时，所要依靠的就是"智"。"智"德是五德之一，也是关键的一德，若无智，仁、义、礼、信四德则难以恰当地修习。"智"其道德本质有三：一曰明辨是非；二曰识人知己；三曰善识时务。

明辨是非是智者应有的素质，也是修德、行德的前提。孔子说："知者不惑"③；孟子说："是非之心，智也。"④ 有了明辨是非之心，善恶自然不难区别，这样我们就不会行为瞀瞀，"君子……可欺也，不可罔也"。⑤ 我们可能在人情上受欺，却不会在道理上受罔。

与人交往在明辨是非的同时，亦要识人、知己。"君子不可以不修身……不可以不知人。"⑥ 所以当樊迟问何为"知"时，孔子答曰："知人。"⑦ 知人者，能辨识人的诚与伪、善与恶、智与愚、贤与不肖。所以能够识人，不仅是智慧的表现，更是对道德的尊重。能识人更要知己，拥有自知之明是拥有高明德行的表现。《老子》曰："知人者智，自知者明。"⑧ 一个人若能对自我能力的大小、品行的高低及优缺点等有清晰的认知，就不会妄自尊大，或妄

---

① 李学勤主编：《十三经注疏·孟子注疏》（标点本），北京大学出版社1999年版，第94页。
② 李学勤主编：《十三经注疏·春秋左传正义》（标点本），北京大学出版社1999年版，第909页。
③ 程树德撰：《论语集释》，中华书局1990年版，第625页。
④ 李学勤主编：《十三经注疏·孟子注疏》（标点本），北京大学出版社1999年版，第300页。
⑤ 程树德撰：《论语集释》，中华书局1990年版，第415页。
⑥ （宋）朱熹注：《四书章句集注》，中华书局1983年版，第28页。
⑦ 程树德撰：《论语集释》，中华书局1990年版，第873页。
⑧ 陈鼓应注译：《老子今注今译》，商务印书馆2003年版，第201页。

自菲薄，行为处世就能依据客观事实，如此方不失为君子风度与品质。

能审时度势、以势而动则是智者的另一品质。孔子曾说："天下有道则见，无道则隐。"① 这是有智之士依据天下形势，而行事立身的具体表现，所谓"识时务者为俊杰"。在人生中不仅仅是"现"与"隐"需要智慧的抉择，而更多的世事人情同样需要智慧的抉择，而抉择的依据就是时务。所以我们在做出某种决定之前，要审视一下时局，依时、依势而动。

"信"德，相对于仁、义、礼、智四德来说，内涵上相对简单，主要就是指信任他人，自我守信，"言必信，行必果"②。但其几千年来，被人们列为五德之一，也足见它的重要性。《论语·述而》载："子以四教：文、行，忠、信。"③ 四教之中，"信"居其一，可见孔子对"信"的重视。在文、行、忠、信四者中，孔子将信置于文、行、忠之后，似乎显示出了"信"的次要，实则不然。以忠信居后，正说明了忠信的厚重，程树德对此说道："文行忠信，此夫子教人先后浅深之序也。"④ 以"忠信"为结，方可全"文""行"之修实。我们在修习信德的实践中，一方面对他人要充分信任，另一方面也要切实保证自我守信。做到守信，一要言而有信，不食言；二要重允诺，一诺千金，不轻诺，"轻诺必寡信"⑤。严守信德，对于重品行、重修行的人来说，既是尊重他人，更是尊重自我。

（二）重自然之道

金元全真宗师在修道传教中，其目光不仅仅局限于人类本身，而且涵括了天地万物。从山川风月到鱼虫鸟兽，全真宗师均同等看待，不分彼我，并与之合而为一，和谐相处。他们对山水林泉的热爱蕴含着原始的尊重与敬畏；

---

① 程树德撰：《论语集释》，中华书局 1990 年版，第 540 页。
② 同上书，第 927 页。
③ 同上书，第 486 页。
④ 程树德撰：《论语集释》，中华书局 1990 年版，第 487 页。
⑤ 陈鼓应注译：《老子今注今译》，商务印书馆 2003 年版，第 298 页。

对于自然生命的关怀，亦出于深厚的道德卓识与自觉。他们道德体察的视域远远超出人类所居之尘世，而涵盖自然；他们生命价值的标杆非定格于世俗的指示盘，而以天地为参照。他们游走于尘内尘外无所拘，混同于物我之中而无所执。

不难看出全真宗师之心境，非立基于世俗人伦，而是发始于万物之理。由此也启示我们：欲开阔心境，除修人伦之德外，亦要重自然之道，在尊重自然、敬畏自然中，扩通天人之境域。

1. 尊重自然之物

人生于天地间，与万物并立，人与万物其根源为一，共生于自然天地，人与万物的关系，本质上是平等的。"人既不是自然的主人，也不是自然的仆人，而应是自然的朋友。"① 而这样的生态观念在中国传统文化中，历来有之，从道家的"物我为一"到儒家的"仁民爱物"皆可说明这一点。庄子说："号物之数谓之万，人处一焉"，② 又说："天地与我并生，而万物与我为一。"③ 孟子说："君子之于物也，爱之而弗仁；于民也，仁之而弗亲。亲亲而仁民，仁民而爱物。"④ 可见先秦时期的圣哲们已经关注到了人与万物的"朋友"关系。

与"朋友"的相处之道，最重要的就是尊重，以平等的姿态与之相处，不能因为其静默不语而对其我行我素。对于这位永远以静默自处的"朋友"，若能从内心深处发出一种由衷的尊重，足以说明我们的心境已与天理相接洽。

人与自然之物，毕竟属性不一，承担的角色亦不尽相同。当人们在面对各种利益时，对应有的尊重万物、与之平等相处的伦理意识往往无视之、淡漠之，古之圣哲的谆谆教诲也显得那样苍白无力。所以要想真正地与自然做

---

① 周国文：《自然权与人权的融合》，中央编译出版社 2011 年版，第 35 页。
② 郭庆藩撰，王孝鱼点校：《庄子集释》，中华书局 2004 年版，第 564 页。
③ 同上书，第 79 页。
④ 李学勤主编：《十三经注疏·孟子注疏》（标点本），北京大学出版社 1999 年版，第 377 页。

朋友，就要充分认知"自然权"，如此方能在为与不为中做出恰当的抉择。

人类为了维护自身的利益，发掘了"人权"这一保护工具。依据同样的逻辑，人类之外的自然界同样具有基本的权利。随着生态伦理学的发展，已有学者开始关注自然的权利，并提出了与"人权"相应的"自然权"的概念。周国文指出："而以权利观的基本观念来看待，不仅自然界之外的人具有基本的权利，而且自然界中相对渺小的个体也具有不可抹杀的权利，还有作为整体生态系统的自然也具有根本的权利。"① 卢风说："自然物不能说人类的语言，并不构成它们享有生存权利的根本障碍。"② 不难理解，与人类相对等的自然之物虽不懂人类的语言系统与行为规范，但它们却拥有天地所赋予的基本权利。所以"自然权的提出，其实力图建立的是一种新的伦理模式——不仅仅是人有人权，而且是自然有自然权"。③

"自然权"虽是自然界本有的，但它依然由人描述并规定，因此自然权利的明确与细化，便有待人类更加客观地予以处置。立足于生态保护及人类的长久发展，自然万物最基本的权利应该受到充分的认知与保护，诸如存在权、自主权、生态安全权等。

从尊重同类到尊重自然"朋友"，这是人类伦理道德在横向上实现的跨越，也是人类的伦理体系，实现由以人类为中心向以生态为中心转变的前提。这也说明了当我们的心境足够开阔，我们便会更客观、更理性地处理人与人、人与天地的关系。

2. 敬畏自然之法

人类社会有自身的运行规律，而自然界亦有自身的运行法则。孔子曰："天何言哉？四时行焉，百物生焉。"④ 天地不语，却四季分明，周转不乱，

① 周国文：《自然权与人权的融合》，中央编译出版社2011年版，第34页。
② 卢风：《应用伦理学：现代生活方式的哲学反思》，中央编译出版社2004年版，第132页。
③ 周国文：《自然权与人权的融合》，中央编译出版社2011年版，第34页。
④ 程树德撰：《论语集释》，中华书局1990年版，第1227页。

而百物生长。这说明自然界有着不以人的意志为转移的运行法则。这种法则道家称之为"道","道者,万物之所由也"①。

对于万物所依之"道",我们应该顺应而敬畏之,否则将会受到自然的惩罚。老子指出:"知常曰明。不知常,妄作凶。"② 庄子亦说:"天地之道,'庶物失之者死,得之者生,为事逆之则败,顺之者成。故道之所在,圣人尊之'。"③ 可见自然之道不仅仅作用于自然之物,还同样作用于人类。因此敬畏自然之法,也就成了人们德行修养的一个重要内容。

对自然之法心存敬畏,一要从自我做起,遵守自然规律,在诸如养生、处事中一要遵循自我的生理规律,二要依循自然界的运行规律,如前文所述及的"顺时以养生"便是。三要维护自然规律。人类对自然规律非但不能破坏,还要进行维护。董仲舒说:"人,下长万物,上参天地。"④ 意思是说人于下要培养万物,于上要辅助天地。这就要求我们,当面对自然规律或生态环境遭到人力或非人力的破坏时,不能袖手旁观,而要为之付出行动,起到应有的保护作用。这既是我们的社会职责,更是我们道德修养中应有的仁者心怀。

二　有舍有得以就境界之高

人生于尘世,难免有各种尘扰利诱,目染于色,耳染于声,心遂荡漾,众欲充盈其间。人们若随尘就欲,则会为物欲所累,自耗心性,难成境界之高,若不奋力提振,便会随波逐流,被尘世所同化,营蝇一生。因此想要心境通达,超脱于凡尘之上,出淤泥而不染,就要学会取舍,有舍有得,先舍后得。

---

① 郭庆藩撰,王孝鱼点校:《庄子集释》,中华书局 2004 年版,第 1035 页。
② 陈鼓应注译:《老子今注今译》,商务印书馆 2003 年版,第 134 页。
③ 郭庆藩撰,王孝鱼点校:《庄子集释》,中华书局 2004 年版,第 1035 页。
④ 苏舆撰:《春秋繁露义证》,中华书局 1992 年版,第 466 页。

舍得是一门学问，更是一种智慧。在促升境界之阶上，舍俗事得清静；舍众欲得安闲。在清静与安闲中，方能成就境界的高阔。

（一）舍俗事得清静

金元全真宗师对于入道的门人向来倡导出世修行，其目的就是想远离尘世的搅扰，以促使心清意定。从认为尘世为火坑、为牢狱就可以看出，他们对俗事的规避心态。而作为凡尘中人，不可能像全真宗师那样离尘拔世、隐迹山林，以求耳目无染，不可避免地要牵涉于俗事之中。如此一来，我们要追求境界的高阔，就要学会舍俗事。

舍俗事不等于逃避俗事，而是不执着于俗事，不为俗事所羁绊，游走于俗事之中，而脱洒于俗事之外。如庄子所言："圣人法天贵真，不拘于俗。"① 不为尘俗所拘，追求真朴，方具有圣人之境。庄子又曰："谨修而身，慎守其真，还以物与人，则无所累矣。"②

在这里，庄子实则已经告诉了我们一个舍俗事的方法——贵真、守真，把握住事物的真实面貌，就不会被其纷繁的表面现象所困扰。俗事之所以扰人心、困人意，就在于其纷繁无绪、绞绕不清，剪不断理还乱。我们若能慧眼独识，认准人生及生活的真知，自然不会纠结于无关痛痒、无关紧要的俗事之中。

而舍俗事的另一个方法，则是开阔心胸，凡事淡然处之。晋朝隐逸诗人陶渊明曾说："结庐在人境，而无车马喧。问君何能尔，心远地自偏。"③ 居尘世而不为尘俗所扰，原因就是"心已远"，心中不挂尘俗，尘俗相对就会远去。这是一种处世的心态，淡然之下，很多不必要的困惑就会被滤去。嵇康

---

① 郭庆藩撰，王孝鱼点校：《庄子集释》，中华书局 2004 年版，第 1032 页。
② 同上书，第 1031 页。
③ （晋）陶渊明著，逯饮立校注：《陶渊明集》，中华书局 1979 年版，第 89 页。

曰:"旷然无忧患,寂然无思虑。"① 把俗事舍下,赢得一片清静自然;心旷神怡,精神内守,境界自然得以擢升。

(二) 舍众欲得安闲

金元全真宗师在心性修炼中,十分注重对安闲心境的保持,这一特点在龙门派的心法之中尤为彰显。龙门开派祖师丘处机的修心法门就是"斗闲",其高足尹志平深解其中"闲味",把丘处机的"闲"之真谛阐释为"无为应缘",可谓智者之解。心无外求方可无为,心无执着方可应缘,可见安闲之境便是尘情滤尽、无所挂碍的通脱之境。

安闲之境下,心无所动,无牵无扯;气不耗损,神不外逸,唯有一片澄湛通彻;高阔之下,自显境界之真纯。正如尹志平的《临江仙·示众》词云:"目对千差无可取,心闲一境堪凭。真常不昧谷神清。群魔从此灭,一点自圆成。物外清吟唯独乐,人间宠辱何惊。"② 这正是安闲心境下的精神感知。安闲之下,自有别样体悟,用丘处机的话说就是"自乐安闲微得趣"③,此趣自然非尘俗之趣,而是心境辽阔下的超脱之趣。这样的安闲心境不仅对修真悟道者至关重要,对世俗之人也大有裨益。而这一心境的获得,其方法就是"舍众欲"。

欲念对于世人来说可谓司空见惯,人人都有,既有低级的生理之欲,也有高级的世俗之欲,诸如名利欲、富贵欲、权力欲等。而这些欲念是自然存在的,如荀子所指出:"人生而有欲"④;吕坤说:"世间万物皆有所欲,其欲亦是天理人情。"⑤

虽然欲念是天理人情,人人都有,但如何对待这些欲念,就成了判别贤

---

① 戴明扬校注:《嵇康集校注》,人民文学出版社 1962 年版,第 156 页。
② 唐圭璋编:《全金元词》,中华书局 1979 年版,第 1176 页。
③ (金) 丘处机著,赵卫东辑校:《丘处机集》,齐鲁书社 2005 年版,第 7 页。
④ (清) 王先谦撰:《荀子集解》,中华书局 1988 年版,第 346 页。
⑤ (明) 吕坤撰:《吕坤全集》,中华书局 2008 年版,第 839 页。

愚的一个分水岭。《贞观政要·慎终》云："嗜欲喜怒之情，贤愚皆同。贤者能节之，不使过度。愚者纵之，多至失所。"① 《吕氏春秋》曰："天生人而使有贪有欲。欲有情，情有节。圣人修节以止欲，故不过行其情也。"② 可见对于欲念善于节制则可成贤，过度放纵则成愚人。因此要拥有贤者的心境、智者的心胸，就要舍欲、节欲。

舍欲，不等于绝欲，欲念种类繁多，对于必要而正当的应存之，而对于庸俗低级的应去之，舍欲就是舍去庸俗之欲。"人欲不必过为遏绝，人欲正当处，即天理也。如富贵福泽，人之所欲也；忠孝节义，独非人所欲乎?"③ 对于富贵福泽之类的庸人之欲，我们当去之，而对于忠孝节义的正当之欲，当存之。而我们通常所讲的欲念，多指庸人之欲。

对于众多的庸人之欲之所以要舍，就是因为这些欲念扰人心性，乏人精气，惑人心志，动人心境。《淮南子·齐俗训》曰："日月欲明，浮云盖之；河水欲清，沙石涉之；人性欲平，嗜欲害之。"④ 正如老子所指出："五色令人目盲；五音令人耳聋；五味令人口爽；驰骋田猎，令人心发狂。"⑤ 因此欲求心境之澄，重在舍欲。所以老子倡导"见素抱朴，少私寡欲"⑥。孟子指出："养心莫善于寡欲。其为人也寡欲，虽有不存焉者，寡矣；其为人也多欲，虽有存焉者，寡矣。"⑦ 荀子亦指出："欲虽不可尽，可以近尽也；欲虽不可去，求可节也。所欲虽不可尽，求者犹近尽；欲虽不可去，所求不得，虑者欲节求也。道者，进则近尽，退则节求，天下莫之若也。"⑧ 因此在对待纵欲上，

① （唐）吴兢撰，谢保成集校：《贞观政要集校》，中华书局 2003 年版，第 546—547 页。
② （汉）高诱注：《吕氏春秋》，上海书店 1986 年版，第 16 页。
③ （清）陈确撰：《陈确集》，中华书局 1979 年版，第 425 页。
④ 何宁撰：《淮南子集释》，中华书局 1998 年版，第 775—776 页。
⑤ 陈鼓应注译：《老子今注今译》，商务印书馆 2003 年版，第 118 页。
⑥ 同上书，第 147 页。
⑦ 李学勤主编：《十三经注疏·孟子注疏》（标点本），北京大学出版社 1999 年版，第 403 页。
⑧ （清）王先谦撰：《荀子集解》，中华书局 1988 年版，第 429 页。

纵使不可断绝，亦要节制，不可尽，可以近尽，若能致力于近尽，则心境不难趋于高远也。"人之心胸，多欲则窄，寡欲则宽。人之心境，多欲则忙，寡欲则闲。"①

当这些耗精费神、搅扰心境的欲念被摒除，心神自然内守，心安神定，因无欲而无为，因无欲而不惑，不惑便可随机应缘，无为而应缘便得安闲之境。尹志平在其诗中对"得闲心法"阐释说："莫问林泉莫问山，清虚都在片心间。若能常把人情远，远尽人情便是闲。"②"远尽人情"便是得闲之法，这里的"人情"既指客观的世俗人情，更指内在自我的俗情与俗欲。由此可知滤尽人情俗欲便会赢得一片清闲。

综上所述，当我们外在摒除客观的尘情俗事，内在舍去自我的诸多欲念，在内外双向作用下，外无俗事扰心，内无俗欲费神，心境自然高阔，犹天之高纵风云穿梭，犹地之阔任河江奔流。给自我留一份湛然，以映天地之玄理；留一份宁静，以思生之意义。

第三节　修道的世俗化观照

和永恒而无限的宇宙相比，人的生命显得渺小而短暂，但它却同样拥有着无数玄妙莫测的奥秘。探寻生命的真谛，自古以来就是圣贤大哲们孜孜不倦的人生课题。在物质文明和科技文明高度发达的今天，人类对自身的认知依然存在很多盲区，我们对自身生命真理的探寻依旧需要进行。正如陆锦川先生所说："人类生命仍然存在着至今犹不能为人们所认识的诸多奥秘，因此

---

① （清）金缨撰：《格言联璧》，湖北人民出版社1994年版，第23页。
② 薛瑞兆、郭明志编纂：《全金诗》第三册，南开大学出版社1995年版，第97页。

这一探索还远远没有完结，还需要后人作进一步的探险。"①

人的存在实质是一种境界性的存在，超越现有境界追求更高的生命境界，始终是人类精神深处存在的生存意念。全真内丹道法，正是提升生命境界的绝好门径。金元时期全真家以内丹圆融的审美视角，体察和内视自我，以内丹炼养的方式来提升生命的境域与境界。这无疑为后人探索人类奥秘，提供了宝贵的理论支持与方法借鉴。事实上，"在中国，丹道的修持一直代有传人，内丹学自古至今也一直被学者们所关注"。② "《参同》而后修仙必称丹道；《抱朴》而下，学士尽读丹书"③ 的事实为世人所熟知。内丹炼养学说可谓"生命皇冠上的一颗耀眼的明珠"④。

随着知识全球化的发展，中华文明渐为世界所认知和敬仰。近些年来，"内丹学已传遍欧美各国"⑤。从内丹道法渐趋受人关注的趋势，及内丹修行的理论来看，修道离我们并不遥远，通过修道来提升自我生命境界，有可能也有必要成为人们生活的一部分，而全真家所倡导的"最上一乘"境界，有可能也有必要成为世人的人生境界修行的目标。

一 修道的现代视角

"修道"在人们的印象中似乎是出家人的事情，与世俗之人并无多大关系，事实上这是世人对修道认知的一个错觉。在古代社会居家修道者并不罕见，"居士"这一称谓为人所熟知，"居士"就是居家念佛之人。有人总结说："唐宋多居士，元代产道人。"唐宋佛教兴盛，对世人的影响深刻，许多人便以"居士"自号，如李白号"青莲居士"、白居易号"香山居士"、苏轼号"东坡居士"、李清照号"易安居士"。元代道教发达，崇奉道教者很多，

---

① 陆锦川：《仿佛谈道录·三宗五秘》，华夏出版社 1997 年版，第 11 页。
② 胡孚琛编著：《丹道实修真传·前言》，社会科学文献出版社 2012 年版，第 1 页。
③ 陆锦川：《仿佛谈道录·三宗五秘》，华夏出版社 1997 年版，第 172 页。
④ 王庆余：《秘传道家筋经内丹功》，人民体育出版社 1990 年版，第 25 页。
⑤ 胡孚琛编著：《丹道实修真传·前言》，社会科学文献出版社 2012 年版，第 1 页。

全真道就有很多俗家弟子，在家修行。而许多文人则以"道人"自号，如冯子振号"怪怪道人"、乔吉号"惺惺道人"、吴镇号"梅花道人"、赵孟頫号"雪松道人"。这说明参禅修道距当时人们的生活并不遥远。

立足于新的文明高度，再次审视"修道"，无论从形体养护来说，还是从精神涵养而论，它都应成为世俗生活的一部分，并且应该成为人生的一件大事。而要做到这一点，就要我们对修道做出现代化的解读。

（一）修道是超越宗教的内在探寻

一提到修道，人们自然而然地会想到宗教，这是因为在传统意义上修道和宗教有着天然内在的联系。这种联系体现在两个方面：

其一，宗教（主要是佛教和道教）从古至今其教义及活动，都是围绕修道这一主题展开的，其以修道为精神主体，为文化内核。没有了修道生活这一主题，传统的宗教也就成了一种社会团体，只存在于形式，而缺少了文化内核，甚至可以说离开了修道，宗教的外在形式也就不会存在。

其二，几千年来修行的道术主要依靠宗教进行传播，以宗教团体为传承媒介，且宗教内部道术的传承多秘密进行，由师徒之间口传心授。并且在收纳门徒和传授经书时，师傅都谨小慎微，唯恐所收非人、所授非人，而受到天责。

据葛洪自己说，他在接受郑隐所授丹经时，就在马迹山中立坛盟誓，以显示对道法的虔诚。丘处机在《长春真人规榜》中，亦告诫门人收徒要谨慎。其曰："若有投庵出家者，不得擅便引进。先观道气，次观悟道。或祖上家风善恶，及自己德行深浅。高明者携之，愚蠢者抑之……出家无问早晚，不择老幼，但泄理明心者，堪为上人也。"[1] 在收徒之前，要对投庵者进行仔细的辨别，高明者要给予提携，愚蠢者则要劝退。这里的"高明者"当指家风和

---

① （金）丘处机著，赵卫东辑校：《丘处机集》，齐鲁书社 2005 年版，第 147—148 页。

善、德行端正且向道之志坚卓者；而"愚蠢者"当指家风不善、品行不端且向道之志不坚者。之所以如此区别对待，并非全真宗师对世人心存歧视，而是另有因由。将高明的人，收之为徒、传之道法，是对道法的弘扬；而对愚蠢者，若收其为徒、传之道法，则难保其不会成为"江湖术士"，以道术惑众欺人，如此不仅会受到天责，更是对天地玄德的不敬与亵渎。所以收徒授道要慎之又慎。这也是道门中人对道法敬畏与珍视的一个表现。

如此之下，宗教之外的人们很难得知道术的真知。所以宗教与修道两者之间就形成了相互依赖、相互促进的发展关系，致使人们在认知上把宗教与修道视为等同、视为同构。

而在现代化的今天，随着人们对宗教文化及宗教修行研究的进入，宗教其神秘而玄幻的面纱渐渐被人揭去，修道的本质也被世人所认知。修道，其实就是一种激发自我潜能、提升自我意识，通过对精、气、神的调节以促进自我本质成长的修养模式。

与此同时，诸多之前被秘密传授的丹经心法渐被学者整理刊出，如大型道教丛书《道藏》由文物出版社、上海书店、天津古籍出版社三家联合，于1988年影印刊出。此套《道藏》为16开本36册，是明代《正统道藏》《万历续道藏》之合集，其中收有大批道教经典、论集、科诚、符图、法术、斋仪、赞颂、宫观山志、神仙谱录和道教人物传记等，内容丰富，共收入各类道书1476种5485卷。《道藏》之外另一部大型道教丛书《藏外道书》由巴蜀书社先后于1992年和1994年刊出，16开本共36册。其荟萃了《道藏》未收的道书，以及明万历以后至新中国成立之前的各种道书，共991种，其中包括一些道书中的稀世孤本和海内珍本。除此之外，亦有很多道教经典独立流行于世，如《抱朴子内篇》、《悟真篇》、"全真七子集"等。

如此一来，一些探寻人类内在奥秘、追求精神解脱与境界提升的修行道术（道教主要是内丹术）便公之于世。修行之术便慢慢不再倚重于宗教形式而可以独立传播，修道在本质上也已不属于宗教行为，其已超越宗教而成为个人探寻自我、发展自我的一种自我观照形式。

早在半个多世纪之前，"科学化唯物派的神仙信仰者"陈撄宁就对道教修道的主要内容"仙学"提出其超越宗教的观点，认为"仙学"不属于宗教而是一门独立的科学。他说："仙学是在三教范围之外独立的一种科学。"① "神仙一派，极端自由，已超出宗教范围，纯为学术方面之事。"②

当神仙修行的理论与术数不再倚重于宗教而独立传播时，其自然可以成为一门独立的学问，并且是一门提高自我、升华自我的学问。所以陈撄宁又指出："神仙家的思想理论与方术，综合而观，可以称为超人哲学。虽其中法门，种种不同，程度有深浅之殊，成功有速迟之异。然其本旨，总在乎改变现实之人生。"③ 所以在知识传播媒介极其发达的今天，修道的理论与方术完全可以不依附于宗教而独立传播，修道也就成为超越宗教的一种人生探寻模式。

（二）修道可以成为世俗生活的一部分

传统的修道倚重于宗教形式进行，其往往采取脱尘超俗、逃避生活、退居山林的修行方式，纵使在家修行的俗家弟子，亦有着许多清规戒律需要遵循。立足于现代文明视角，我们在道术修行的神秘玄幻色彩的背后，深刻地认知了修道的本质，此时修道已回归了世俗层面，世俗生活与修道可以融为一体。

对于世俗之人来说，修道重要的不是那些形式复杂的科仪、戒律等外在程式，而是能够促进内在自我成长、提升生命境界的本质内容，比如如何静心、如何养气、如何调息、如何存神等。陈撄宁曾说："一教不信的人，学此

---

① 洪建林编：《仙学解秘：道家养生秘库》，大连出版社1991年版，第124页。
② 同上书，第639页。
③ 同上书，第576页。

术（仙学），更觉适宜，因彼等脑筋中不沾染迷信之色彩，用纯粹的科学精神，从事于此，其进步更快也。"① 仙学家视野中的"迷信色彩"，其所指恐怕应该包含那些对科仪、戒律过分倚重的心理。过分注重形式本身就是一种执着，执着与修道的通脱追求相左，抛开形式在本质上下功夫，效果应该更为显著。佛家有所谓"酒肉穿肠过，佛祖心中留"的洒脱心偈，不能不说正是一种深悟佛性后的大彻大悟。

所以当我们把修道与宗教分开而看时，原有加在修道之上的那些宗教形式应该被随即滤去，而直寻修道本身。陈撄宁曾有这样一段论述，他说："自汉朝至现代，此二千年间，遂成为有仙无学之局面。非真是无学，因这班学仙的人，将儒、释、道三教之名辞与义理，混合组织，做成遮天盖地一个大圈套。彼等躲在此圈套中，秘密工作，永不公开。"② 此话的意指不难理解，以往修道修仙之人，其修仙活动是依附于宗教形式之下的，借助宗教的形式来进行仙道的修行（事实上这种借助不一定存在刻意）。如今我们把修道的本质与宗教的形式沉淀分离，修道也就变得简单化、便捷化。

当我们有志于修道，有志于提升自我的生命境界，又在阅读了修道典籍或在上师的指点下，知晓了修道的原理与方法，便可以在日常生活中进行修道实践。在金元全真典籍中我们可以看到很多具体的修行方法，诸如"性功"修持中的止念、澄心等法。就"止念"的修行方法来说，是通过一定的形式把心念固定在一个地方，而把心思全部收住。对于世俗之人来说，大部分的清醒时间内，人的思维是在无数个念头的产生与消失中进行的，一个念头接着一个念头，就促成了大脑的运转。倘若思维固定在某一个念头上，人就会疲倦而昏昏欲睡。而全真宗师的"止念"之法，就是要克服心念的流动，使心念不随意外驰，如此心神就会由发散而凝聚，由游走而内守，长久止念之

---

① 洪建林编：《仙学解秘：道家养生秘库》，大连出版社1991年版，第124页。
② 同上书，第423页。

下，自我的定力便会提升，定力强而心神稳，神气不外驰，自然神盈体健。"澄心"之法则是对内心深处所沾染的欲念进行涤除，如刘处玄将世俗之心划分为"尘心""色心""无明心"等，将这些"心"一一除尽，则"本心"即可显现。可以看出，这类"止念""澄心"方法可以随时随地地践行，如在休息时、在散步时、在公车上、在操场上，均可进行。

当然，几千年来"修道"形成了各种派系与程序，而修行的策略也不尽相同，但最终是殊途同归，只要认知其原理，具体的方法是随机变换的。而修道与世俗生活并无冲突之处，就此有不少学者指出，修道应该是生活的一部分，并且应该成为人生的头等大事。显而易见，在当下我们已不需要那种逃避生活、退居山林、脱离尘世的"修道"方式，而应把"修道"融入世俗的生活之中，在日常生活中实现自我内在的提升与成长，而这样的"修道"就是超越宗教的现代化修道模式。

二　修道的多重观照

从金元全真诗词及全真典籍的倡导中，可知修道不仅仅指提振"性命双全"的自了功夫，亦包括践行忠孝仁义的伦理参悟。提振"性命双全"的自了功夫是修"仙道"，而践行忠孝仁义的伦理参悟是修"人道"，因此修道便有着修"仙道"与修"人道"的双重观照。

对于内丹修行来说，"仙道"修行分为南北二宗，其修行的阶段与层级，前面已有述及，此不赘述。而修"人道"的伦理参悟，对于世俗之人来说更便于践行，也更具有利他的社会意义。按照全真的观点，践行伦理同样可以实现修道的终极目标，如常行忠孝可以累仙基："孝顺先知金母，更无能、背爹寻父……惺惺奉侍归紫府，也管录、姓名仙薄"[①]，"常行忠孝无私曲，应

---

① （金）王重阳著，白如祥辑校：《王重阳集》，齐鲁书社 2005 年版，第 173 页。

有神明指正宗。不觉脱离生死海，十方三界显家风"①；多行仁义可以列仙班："不唯寿永过松筠，仁人可以同仙福"②，"修仁蕴德，消灾灭祸。退己进人，亦成仙果"③；行善积德可以进仙籍："济贫拔苦慈悲福，功德无边。胜热沉栈。定是将来得上天，做神仙"，"肯济贫穷，管取将来不落空。赴仙宫"④，"常行矜悯提贫困，每施慈悲挈下殃。他日聪明如醒悟，也应归去到仙乡"⑤，等等。全真教之所以如此倡导修"人道"，是因为"人道"与"仙道"本就相通，将这些世俗的伦理践行好了，"人道"也就全了，"全于人道，仙道自然不远也"⑥。

虽然由于全真者处于宗教家的身份，他们对"人道"践履的劝示未免过多地饰加了宗教色彩，但可以肯定的是，践行"人道"对于身心健康是大有裨益的。可以看出，对于世俗生活中的修道，我们不仅可以从具体的修行术数着手，还可以从践行世俗伦理用功，人伦亦含真道，人伦亦在道中，正所谓道不远人。由此修道也就有了"仙道"与"人道"的双重观照视角。

综上所述，从"人的自我审视与定位"到"人生境界的修行与提升"，再到"修道的世俗化观照"，可以看出金元全真诗词，对现代人的精神馈赠是十分丰富的。而全真诗词所能给予我们的生活与人生的启示，远远不止这些，全真作品中所蕴含的生命智慧尚需人们深入挖掘。

无论时代如何变换，历史的车轮驶向何方，人性中永远会留存着自古不变的质素。我们依然能够从圣哲先贤们的智慧中，寻取到无数的启悟与共鸣。

---

① （金）谭处端、刘处玄等著，白如祥校：《谭处端 刘处玄 王处一 郝大通 孙不二集》，齐鲁书社 2005 年版，第 260 页。

② （金）马钰著，赵卫东辑校：《马钰集》，齐鲁书社 2005 年版，第 165 页。

③ 同上书，第 93 页。

④ 同上书，第 108 页。

⑤ （金）谭处端、刘处玄等著，白如祥校：《谭处端 刘处玄 王处一 郝大通 孙不二集》，齐鲁书社 2005 年版，第 8 页。

⑥ 张三丰著，方春阳点校：《张三丰全集》，浙江古籍出版社 1990 年版，第 3 页。

在对待和打理人生及生命的历程中，前人的智慧永远是一种启示与参照。因此，当我们回首金元全真文化，回首中国道教文化时，应持有一种客观崇敬的心态。我们相信，随着研究的深入，金元全真教及其诗词将会绽放出更加灿烂的文化光芒。

余　论

金元全真诗词作为金元文学的一个重要支脉，是研究金元文学及道教文学不可忽视的重要领域，目前已为研究者所重视。

而金元全真诗词真正被学者纳入研究视域，并成为一个新的学术增长点，是 20 世纪 70 年代之后的事情。1979 年由唐圭璋先生编纂的《全金元词》于中华书局出版，该部词集收录金元词人 280 余家，词作 7200 余首，可谓搜罗详尽，其中约二分之一为全真道士词，为后人研究提供了很大便利。《全金元词》出版后"金元词的研究才出现了一些令人欣喜的起色"[①]，金元全真诗词也渐渐受到了学者的关注。

对于金元全真诗词来说，从 20 世纪 70 年代至今，经历了被彻底否定到区别肯定，再到客观肯定的曲折过程。彻底否定的声音出现在 80 年代。金启华在《金词论纲》中指出："有大量的修仙学道、炼丹养性之作，宣传道教，企成神仙，浑似谶语、签文，虽以词牌名篇，而在思想意义方面，则无足取了。"[②] 张仓礼在《金代词人群体的组成》中认定："这些道士词人之作（全

---

① 赵维江：《金元词研究八百年》，《西北师大学报》（社会科学版）1999 年第 5 期。
② 金启华：《金词论纲》，见《词学》（第四辑），华东师范大学出版社 1986 年版，第 140 页。

真诗词）数量多而质量差，实为金词中之糟粕。"① 显然此类武断的评论有失公允，即便如此，至少亦可说明金元全真诗词已受到了学者的关注。

对这种彻底否定的观点进行纠偏的研究，则出现于新旧世纪交替之际，具有代表性的论点见于陶然的《金元词通论》，其"金元全真道教词"一章指出：

> 全真道士热衷于以词传道，当然，以传统的论词标准去衡量，这些道士词的确没有什么太大的价值，充斥其中的大都是乏味的道教教义，在道教的发展史上或许是经典之作，但在文学上皆无甚可传。……（全真词）在词史研究和文化史研究上有其独特的地位。

由此段论说可以看出，陶然对金元全真诗词的态度是否定与肯定并行的，对全真诗词的文学价值否定得明确而彻底，称为"无甚可传"，而对全真诗词的文化价值则肯定得很充分，称为"地位独特"。不难看出，陶然的观点中有着对金启华、张仓礼等人观点的沿袭，同时又有着自我的独见性。陶然之说对于金元全真诗词研究，无疑起到了承前启后的作用。至此，金元全真诗词也由被彻底否定的境地走出，而得到了区别肯定。

而近十年来，金元全真诗词在文学与文化的双重维度，都得到了应有的客观肯定。李艺在他的《金代词人群体研究》专著中总结说："曾有人说道家词（全真道词）枯燥无味，那也许是指其中的一部分词作，并不能代表全部。"② 并进一步指出："金元之际的全真道，在诗、词等文学作品的创作上更是形成了道教文学上的一个奇观，不仅作者众多，而且作品数量也很巨大。……因此，研究金词不能不研究全真道词。"③ 詹石窗的《南宋金元道教

---

① 张仓礼：《金代词人群体的组成》，《东北师大学报》（哲学社会科学版）1987 年第 4 期。
② 李艺：《金代词人群体研究》，首都师范大学出版社 2008 年版，第 245 页。
③ 同上书，第 281 页。

文学研究》专著认为："作为中国道教后期的一大道派，全真道不仅在思想史上留下颇多创获，而且在文学方面也有独特的建树。"① 于东新在其博士学位论文《多民族背景下的金代词人群体研究》中指出："作为汉族词人群的别一宗，全真道士词人群的'道士词'则与'文人词'面貌迥异，其别样的特质尤值得深思。""全真道士词实际代表了金词成就之一大宗。"② 这些论说都是立足于丰富可靠的文献资料基础之上的，可谓公允。

深入来看，金元全真诗词在文学维度上可谓异彩纷呈，其鲜明的仙道意味、独特的诗词意象与高妙的诗词意境等，均可说明其独具特色、独树一帜的诗词特点。在文化维度上，金元全真诗词更是不容小觑，其社会思想及文化内涵丰赡与多元，是世俗文人作品所无法比拟的，诸如伦理思想、内丹心性理论、隐逸文化、心态指向等，皆可看出其文化价值的丰厚与广博。而且这些思想与文化，对当今时代的生活与人生依然有着诸多智慧启迪，这也正是金元全真诗词文化价值的生命力与普适性之所在。

客观而论，作为文学与文化的载体，金元全真诗词不可避免地会存在一些局限与不足之处。前人对其否定，也在一定意义上启示我们，要客观地对其进行认知和研究。具体而言，我们认为金元全真诗词存在以下两端不足。

一、诗词可读性消损。金元全真诗词与世俗文人之作相比，最显现的不足就是其可读性消损，这也是其受到研究者否定和批评的一个重要原因。而造成这一缺陷的原因有二：一是诗词创作中大量口语、俗语的运用；二是大量仙道词汇的运用。金元全真作者为了使诗词通俗易懂而得到广泛的流传与传播，便使用了当时流行的口语与俗语。而为了传达和凸显本教特色与作者的宣传意指，全真作者亦使用了很多仙道词汇，以增强作品的仙道蕴涵。如此一来，全真诗词在被广泛接受并拥有浓厚的仙道气息的同时，也带来了可

---

① 詹石窗：《南宋金元道教文学研究》，上海文化出版社2001年版，第4页。
② 于东新：《多民族背景下的金代词人群体研究》，博士学位论文，河北大学，2010年。

读性的消损，在其逐渐趋于并最终成为案头化文学的时候，这一不足变得更为突出。

二、对社会现实映射不足。金元时期是民族矛盾尖锐、战争频仍、民不聊生的时代。国家不幸诗家幸，照理说金元全真作者对当时的阶级对立、民族矛盾、民生疾苦等社会生活应在诗词中进行不同程度的反映，但事实上，除丘处机、尹志平等少数作者的作品中对此有所映射外，绝大部分的全真诗词对当时的社会现实鲜有涉及。造成这一现象的原因，就在于全真作者关注的重心在于"自然道法"，而不在于世俗生活。这无疑使金元全真诗词与社会现实少了一分契合。

不同时代不同身份的作者，其在诗词创作中必然有所偏重，金元全真作者亦不例外。上述两点的不足客观存在，无须掩盖，但其也不足以遮蔽金元全真诗词在社会思想与文化内涵上的独特地位，也正是上述两点不足的存在，才凸显了金元全真诗词的个性。在现代化的今天，当我们再次审视金元全真诗词时，会发现其真正的价值在于对传统文化的传承与发扬，这也正是全真诗词浓墨重彩之处。有了这点已足以显示，金元全真诗词是值得后人深入挖掘和探寻的智慧宝藏。

参考文献

一 古籍类

（汉）刘安等著，何宁撰：《淮南子集释》，中华书局 1998 年版。

（汉）董仲舒著，苏舆撰：《春秋繁露义证》，中华书局 1992 年版。

（汉）严遵著，王德有译注：《老子指归译注》，商务印书馆 2004 年版。

（汉）班固撰，（唐）颜师古注：《汉书》，中华书局 1962 年版。

（汉）王符著，（清）汪继培笺、彭铎校正：《潜夫论笺校正》，中华书局 1985 年版。

（魏）嵇康著，戴明扬校注：《嵇康集校注》，人民文学出版社 1962 年版。

（晋）葛洪著，王明校释：《抱朴子内篇校释》（增订本），中华书局 1985 年版。

（晋）陶渊明著，逯饮立校注：《陶渊明集》，中华书局 1979 年版。

（南朝宋）范晔撰，（唐）李贤等注：《后汉书》，中华书局 1965 年版。

（唐）孙思邈著，张印生等主编：《孙思邈医学全书》，中国中医药出版社 2009 年版。

（唐）吴兢撰，谢保成集校：《贞观政要集校》，中华书局 2003 年版。

（唐）韩愈撰，马其昶校注：《韩昌黎文集校注》，上海古籍出版社 1986

年版。

（宋）张伯端撰，王沐浅解：《悟真篇浅解》，中华书局1990年版。

（宋）张君房编，李永晟点校：《云笈七笺》，中华书局2003年版。

（宋）欧阳修著，李逸安点校：《欧阳修全集》，中华书局2001年版。

（宋）王安石著，秦克、巩军校点：《王安石全集》，上海古籍出版社1999年版。

（宋）苏轼撰，王松龄点校：《东坡志林》，中华书局1981年版。

（宋）李清照：《李清照集》，中华书局1962年版。

（宋）朱熹注：《四书章句集注》，中华书局1983年版。

（宋）吕祖谦撰：《吕东莱文集》，中华书局1985年版。

（宋）陈无择著，王象礼主编：《陈无择医学全书》，中国中医药出版社2005年版。

（宋）张杲撰，王旭光、张宏校注：《医说》，中国中医药出版社2009年版。

（宋）黎靖德编，王星贤点校：《朱子语类》，中华书局1986年版。

（金）王重阳著，白如祥辑校：《王重阳集》，齐鲁书社2005年版。

（金）马钰著，赵卫东辑校：《马钰集》，齐鲁书社2005年版。

（金）丘处机著，赵卫东辑校：《丘处机集》，齐鲁书社2005年版。

（金）谭处端、刘处玄等著，白如祥辑校：《谭处端 刘处玄 王处一 郝大通 孙不二集》，齐鲁书社2005年版。

（金）元好问：《元好问全集》，山西人民出版社1990年版。

（元）张三丰著，方春阳点校：《张三丰全集》，浙江古籍出版社1990年版。

（元）朱丹溪著，田思胜等主编：《朱丹溪医学全书》，中国中医药出版社2006年版。

（元）陶宗仪撰：《南村辍耕录》，中华书局 1959 年版。

（明）宋濂等撰：《元史》，中华书局 1976 年版。

（明）何良俊撰：《四友斋丛说》，中华书局 1959 年版。

（明）吕坤、洪应明：《呻吟语·菜根谭》，上海古籍出版社 2000 年版。

（明）吕坤撰：《吕坤全集》，中华书局 2008 年版。

（明）张景岳著，李志庸主编：《张景岳医学全书》，中国中医药出版社 1999 年版。

（清）陈确撰：《陈确集》，中华书局 1979 年版。

（清）程国彭著，孙玉霞、屈榆生等解析：《医学心悟通解》，三秦出版社 2005 年版。

（清）彭定求等修纂：《全唐诗》，中华书局 1960 年版。

（清）赵执信、（清）翁方纲著，陈迩冬校点：《谈龙录·石洲诗话》，人民文学出版社 1981 年版。

（清）严可均校辑：《全上古三代秦汉三国六朝文》，中华书局 1958 年版。

（清）况周颐：《蕙风词话》，上海古籍出版社 2009 年版。

（清）阮元校刻：《十三经注疏》（影印本），中华书局 1980 年版。

（清）郭庆藩撰，王孝鱼点校：《庄子集释》，中华书局 2004 年版。

（清）张志聪集注，方春阳等点校：《黄帝内经集注·素问集注》，浙江古籍出版社 2002 年版。

（清）张志聪集注，方春阳等点校：《黄帝内经集注·灵枢集注》，浙江古籍出版社 2002 年版。

（清）王先谦撰：《荀子集解》，中华书局 1988 年版。

陈鼓应注译：《老子今注今译》，商务印书馆 2003 年版。

程树德撰：《论语集释》，中华书局 1990 年版。

《道藏》，文物出版社、上海书店、天津古籍出版社 1988 年版。

李学勤主编：《十三经注疏》（标点本），北京大学出版社 1999 年版。

邬国义等译注：《国语译注》，上海古籍出版社 1994 年版。

吴毓江校注：《墨子校注》，中华书局 1993 年版。

王利器疏义：《文子疏义》，中华书局 2000 年版。

王明编：《太平经合校》，中华书局 1960 年版。

许维遹撰：《吕氏春秋集释》，中华书局 2009 年版。

杨伯峻集释：《列子集释》，中华书局 1979 年版。

朱谦之校释：《老子校释》，中华书局 1984 年版。

二　近人、今人专著类

王治心编：《中国宗教思想史大纲》，中华书局 1940 年版。

陈垣：《南宋初河北新道教考》，科学出版社 1958 年版。

中国戏曲研究院编：《中国古典戏曲论著集成》，中国戏剧出版社 1959 年版。

隋树森编：《全元散曲》，中华书局 1964 年版。

唐圭璋编：《全金元词》，中华书局 1979 年版。

唐圭璋编：《词话丛编》，中华书局 1986 年版。

张璋、黄畲编：《全唐五代词》，上海古籍出版社 1986 年版。

陈垣编纂：《道家金石略》，文物出版社 1988 年版。

朱贻庭主编：《中国传统伦理思想史》，华东师范大学出版社 1989 年版。

任继愈主编：《中国道教史》，上海人民出版社 1990 年版。

任继愈主编，钟肇鹏副主编：《道藏提要》，中国社会科学出版社 1991 年版。

金正耀：《道教与科学》，中国社会科学出版社 1991 年版。

邓绍基主编：《元代文学史》，人民文学出版社 1991 年版。

洪建林编：《仙学解秘·道家养生秘库》，大连出版社 1991 年版。

么书仪：《元代文人心态》，文化艺术出版社 1993 年版。

方智范、邓乔彬等：《中国词学批评史》，中国社会科学出版社 1994 年版。

李春秋、陈春花编：《生态伦理学》，科学出版社 1994 年版。

胡道静等主编：《藏外道书》，巴蜀书社 1994 年版。

薛瑞兆、郭明志编纂：《全金诗》，南开大学出版社 1995 年版。

陆锦川：《仿佛谈道录·三宗五秘》，华夏出版社 1997 年版。

王泽应：《自然与道德》，湖南大学出版社 1999 年版。

丁放：《金元明清诗词理论史》，安徽大学出版社 2000 年版。

［美］Phillip L. Rice 著，胡佩诚等译：《健康心理学》，中国轻工业出版社 2000 年版。

詹石窗著：《南宋金元道教文学研究》，上海文化出版社 2001 年版。

陶然：《金元词通论》，上海古籍出版社 2001 年版。

丁放：《金元词学研究》，中国社会科学出版社 2002 年版。

张立文主编：《中国学术通史》，人民出版社 2004 年版。

叶平：《回归自然》，福建人民出版社 2004 年版。

卢风：《应用伦理学：现代生活方式的哲学反思》，中央编译出版社 2004 年版。

吴国富：《全真教与元曲》，江西人民出版社 2005 年版。

章海荣编：《生态伦理与生态美学》，复旦大学出版社 2005 年版。

张岱年：《心灵与境界》，陕西师范大学出版社 2008 年版。

李艺：《金代词人群体研究》，首都师范大学出版社 2008 年版。

左洪涛：《金元时期道教文学研究》，人民出版社 2008 年版。

蔡元培：《中国人的修养》，四川文艺出版社 2010 年版。

乐爱国：《中国道教伦理思想史稿》，齐鲁书社 2010 年版。

刘仲宇：《刘一明学案》，齐鲁书社 2010 年版。

李大华：《李道纯学案》，齐鲁书社 2010 年版。

张广保：《尹志平学案》，齐鲁书社 2010 年版。

陈霞主编：《道教生态思想研究》，巴蜀书社 2010 年版。

何立芳：《道教社会伦理思想之研究》，巴蜀书社 2010 年版。

何建明：《陈致虚学案》，齐鲁书社 2011 年版。

尹志华：《王常月学案》，齐鲁书社 2011 年版。

丁原明等：《早期全真道教哲学思想论纲》，齐鲁书社 2011 年版。

周国文：《自然权与人权的融合》，中央编译出版社 2011 年版。

胡孚琛编：《丹道实修真传》，社会科学文献出版社 2012 年版。

杨镰主编：《全元诗》，中华书局 2013 年版。

三 研究论文类

金启华：《金词论纲》，《词学》（第四辑），华东师范大学出版社 1986 年版。

张仓礼：《金代词人群体的组成》，《东北师大学报》（哲学社会科学版）1987 年第 4 期。

赵维江：《金元词研究八百年》，《西北师大学报》（社会科学版）1999 年第 5 期。

长虹：《重阳真人师徒词的特色》，《中国道教》2001 年第 2 期。

王树人：《全真道教之文化底蕴初探——王重阳诗魂育全真评析》，《中国社会科学院研究生院学报》2008 年第 4 期。

陶然：《元词研究》，博士学位论文，浙江大学，1999 年。

于东新：《多民族文化背景下的金代词人群体研究》，河北大学博士学位论文，2010 年。

张强：《马钰"全真"思想研究》，山东大学博士学位论文，2010 年。

后　记

时光如水，岁月如歌，在寒来暑往中，十年的大学生涯已然度过。

我的大学，起航于一个四季如夏、暖风不断的美丽岛屿——海南。2004年我考入了海南大学，在经管学院学习农林经济管理专业。在这之后的四年，是我大学生涯中最为怀念、最为留恋，也是过得最为洒脱的时光。进入海南大学学习，正值年少风华，内心的梦想与激情恰如春天般美好、夏天般火热，在宽松的学习生活环境中，总会得到很多发挥与施展的空间。在海南的学习、生活可谓挥洒自如，使我充分感受到了大学时光的美好。

客观来说，本科四年里，专业知识的学习尚属其次，我最大的收获是锻炼了综合能力，发现了自己的兴趣，初步规划了人生。所以在报考硕士研究生时，我就选择了中国古代文学专业。而在海南的这四年，也促生了我和蔡鹤龄先生的师生因缘。我之所以在硕博期间学习古代文学专业，也是缘于她的鼓励和支持。我和蔡先生是在她的《论语》选修课上相识的。她和蔼可亲、端庄大方、举止优雅，道德学问都很好。她教给我的不仅仅是读书之技，更主要的是为人之方。她当之无愧为"人师"。在硕、博阶段的学习中，蔡先生给予我很多经济上的资助和精神上的鼓舞。她不仅展现了母爱情怀的博大与无私，更展现了师生情谊的厚重与可贵。

本科阶段学习结束，我便报考了硕士研究生。由于种种原因，我被辗转调剂到了云南民族大学，以完成硕士阶段的学习。2008 年我怀揣着新的梦想来到了云南昆明。这是一座位于彩云之南、四季如春的城市。因为是跨专业进行硕士阶段的学习，所以在开始之初便遇到不少的压力与困难，但自我的兴趣与恩师的关怀促生了强劲的学习动力，随后的学习便能够迎头赶上了。总的来说在昆明的三年，一方面使我深切地感受到了西南边陲所独具特色的民族风情；另一方面使我扎实地掌握了古代文学的基础知识和学习技能，同时也扩大了书籍的阅读范围，开阔了思想胸襟、提升了学术视野。硕士阶段的学习，我初步接触到了全真教及其文学，并与之深深结缘。硕士学位论文，我便以丘处机的词作为研究对象。这也为我博士阶段的研究汇聚了因缘、打下了基础。时光如白驹过隙，倏然而过，三年的硕士学习已然结束。

在蔡鹤龄先生的鼓励和家人的支持下，我决定进入博士阶段的学习。2011 年我如愿以偿地考取了湖北大学古代文学专业的博士研究生，投到了张震英先生门下求学深造。在湖大学习的三年里，我有一种特别的归属感。一是因为博士阶段的学习对我意义重大；二是因为湖北大学文学院师生关系十分融洽；另一个重要原因就是能在张震英先生的门下学习。张先生是一位阅历丰富、年轻有为的青年专家。其为学扎实、通脱；为人挥洒、随和，其洞明世事、练达人情，既博学深邃，又通达圆融；学问境界都很高，可谓德识双馨。先生向来注重文人的综合气质，其为人与为学正是这种综合气质的绝好诠释。其《寒士的低吟——贾岛诗歌艺术新探》《诗意的凝聚——姚贾诗派研究》《唐韵的阐扬——姚贾的理论内涵及传承影响研究》等著作均可显示出其学问的融会贯通、才情的丰赡广博、性情的潇洒不羁。每每和先生交流，总会收到颇多的智慧启迪，在言谈举止中，便会受其熏染。先生教授弟子，擅于开悟心性、扣其玄关，于高处点拨、大处启发，而不拘泥于琐碎小节。因此受教于他，多有宽松自如之感，而无拘谨促迫之困。在我博士阶段的学习中，受益于先生之处颇多。

在张震英先生的关心和指导下，我的博士学位论文成功选题，以金元时期全真教诗词为研究对象，重点对金元全真诗词的社会思想及文化内涵进行探析。以往的研究者对金元全真诗词的关注视角，多集中于对诗词的语言风格、诗词体式、诗词意象等艺术特点的分析；对诗词道教思想内涵的挖掘；对全真诗词兴盛原因的梳理，以及对全真诗词影响的探讨等方面，而对金元全真诗词的社会思想及文化内涵则少有涉及。金元时期的全真教以"三教合一"为基本教理、教义，援儒入道、援佛入道，吸纳儒佛思想之精髓为道所用；以识心见性、内丹圆融为修行理路，并以诗词为传教媒介，因此全真诗词中蕴含着丰富的伦理思想、广博的文化内涵，以及独特的文化心态。这些社会思想与文化内涵，对当今时代的生活都有着重要的启迪意义。金元全真诗词不仅丰富了金元文学及道教文学，而且传承了中国古典文化的精髓。因此对其进行深入的研究，有着重要的学术意义和价值。博士论文在选题与撰写过程中，都得到了张震英先生的大力支持和鼓励，由此我也坚定了研究信心，明确了今后的研究方向。

随着湖北大学三年博士生涯的结束，十年的求学生涯随之过去，而新的起点、新的生活如约而来。2014 年博士毕业后，出于各种考量，我不远千里奔赴到了西南山地高原之省的贵州。先是签约黔西南州，后又辗转到了贵阳。如今我在贵阳已经工作了四个年头，而爽爽宜人的气候并未使我懈怠。在工作之余，我依然潜心于学术研究。2015 年国家社会科学基金项目的立项，使我获得了更大的科研与工作的动力和激情。在修改完善博士学位论文的同时，我也开启了新的科研征程。

逝者如斯，不舍昼夜。转眼间，我已跨过而立走向不惑。一路走来，既有坎坷泥泞的艰辛，也有和风细雨的惬意。蓦然回首，往事如烟云一般淡去，而充满于心的那份感激与感动却愈加浓烈。

感谢张震英先生的悉心培养和教导，感谢在湖北大学文学院求学期间的授课老师何新文先生、宋克夫先生的谆谆教诲，感谢郭康松院长、朱伟明先生在论文开题及论文修改中给予的细心指导。感谢博士论文匿评送审专家们所给予的肯定和好评，感谢博士论文答辩主席张三夕先生、答辩专家高华平先生所给予的中肯建议和指导，同时要感谢海南大学蔡鹤龄先生一直以来的关怀和支持。

在湖北大学求学期间，得到了雷艳萍师姐，胡武生、郄韬师兄的关照和指点；得到了同届博士生金霞、王园园和下一届师弟师妹向有强、魏一峰、熊恺妮的热情帮助；华中师范大学的李璇博士，对我的论文修改提出了细致的意见和建议；在此对他们表示感谢。走上工作岗位以来，得到了贵州师范学院文学院吴俊院长、韦丹书记、刘海涛副院长的关怀和提携；得到了学院同事们的诸多关爱和帮助。我昔日校友、今日的同事万国崔博士，在我工作生活中，给予了很多贴心的帮助，亦在我犹豫犯难时给予解惑与点拨。中国社会科学出版社郭晓鸿博士及诸位同人，对著作的出版颇为关心和支持，在此一并致以最诚挚的谢意。

感谢我的父母，你们的艰辛和操劳我都看在眼里，记在心里，你们默默无私的爱给了我莫大的前进动力。出自贫寒之家的孩子，更加能够明白父爱如山、母爱如海的含义，真心祝福你们健康长寿。感谢我善良而智慧的妻子，不仅给予我家的温暖，而且给予我工作科研的支持，使我的生活变得充实而快乐。

由于时间和才力的关系，书中不免有很多疏漏之处，也恳请学界的老师前辈们不吝批评指正。

郭中华

2018 年 4 月 10 日于贵阳